Brideshead Revisited

慾望莊園

伊夫林・沃 著

李斯毅 譯

BY

EVELYN WAUGH

目次
contents

前言

此刻再版的這部小說，除了許多新增的補充，也有大篇幅的刪減。各界對這部小說的讚譽曾讓我一度迷失，讓我走進一個充滿書迷來信及大量媒體鎂光燈的陌生世界。這本小說的主題——神聖恩典在一群性格迥異但彼此相繫的人物身上如何展現——或許過於放肆，但我不認為自己需要為此道歉。我比較不滿意的是它呈現的形式，然而這部小說在形式上的明顯缺失，應該可以歸咎於我撰寫時的外在環境。

一九四三年十二月，我在軍中因跳傘受到輕傷，必須暫時離開部隊。後來有一位富同情心的指揮官同意我延長休假，我才能夠幸運地休養至一九四四年六月，並且完成這部小說。

我在撰寫這本書時有一種罕見的熱情，讓我幾乎不想重返戰場。

那是一段荒涼的歲月，貧瘠且惶恐——只有大豆與基本英語的年代——導致這本書充斥著一種貪婪的氣息：對於食物、對於美酒、對於不久前的輝煌燦爛，以及對於精心修辭之華麗語言，都充滿渴求。這些事物在人們胃口獲得滿足的今天，看起來毫無品味可言。不過，我只對一些過度明顯的篇章進行修改，沒有將之完全刪除，因為那些內容其實是這本書的核心。

茱莉亞在討論原罪時的大爆發，以及瑪奇梅因侯爵臨終之前的獨白，我寫作時對這兩段的內容一直猶豫不決。我原本無意寫入這些情節，因為這一類的內容屬於另種寫作形式，與早期查爾斯和他父親之間的互動極為不同。倘若我現在重寫這本書，我不會將這種寫作方式放入一部整體而言非常逼真的寫實小說裡。然而我還是決定保留它基本的原貌，因為就像書中提到的勃艮第紅酒和月光一樣，這些代表著我寫作時盈滿在我心中的情緒，而且許多讀者喜歡這些段落，儘管這並非我考量的重點。

我在一九四四年春天時，很難想像今日的人們會對英國鄉村莊園如此感興趣。在那個年代，豪華大型宅邸這種英國式的主要藝術成就，就宛如十六世紀的修道院，註定無法逃脫衰敗及遭到掠奪的命運，因此我在字裡行間堆砌了許多真誠的熱情。倘若布萊茲赫德莊園存在於今日，應該已經可以對外開放，供大眾參觀。那棟大宅裡收藏的奇珍異寶，應該也已經經過專家之手重新擺設，掛毯與針織品肯定會比瑪奇梅因侯爵在世時得到更好的照護。英國的貴族氣派將維持它在從前幾乎無法具有的特色。

胡柏爾的升官之途後來屢屢受阻，因此在很大的程度上，這本書成了一首唱給空棺材聽的輓歌。但假如未經徹底摧毀，就無法在今日得到重生。這是一部讓年輕讀者紀念第二次世界大戰的著作，重點不在於對二〇年代和三〇年代的闡述，那些部分都只是在表面上簡單帶過而已。

伊夫林・沃

一九五九年於康蒙・佛洛瑞[1]

1 譯註：康蒙・佛洛瑞（Combe Florey）為英國索美塞特郡（Somerset）的一個小村莊。

Brideshead Revisited
慾望莊園

序幕

重返
布萊茲赫德莊園

在抵達駐紮山頂的第三連之後，我停下腳步回頭張望。灰茫茫的晨霧中，山下的營區映入我的眼簾。我們今天就要拔營了，三個月前我們來到這個地方時，這裡還被厚厚的大雪覆蓋著，如今春天的嫩芽都已經開始萌發。當初我一度認為，無論我們將來還要前往哪些荒蕪之境，都不可能比這個地方更為嚴苛。現在回想起來，我在這裡確實沒有任何愉快的回憶。我對軍隊的熱愛，在這裡已經完全消逝殆盡。

這裡是火車鐵軌的盡頭，在格拉斯哥[1]喝得醉醺醺才準備返營的士兵，可以先在車廂的座位上打個盹兒，一路睡到火車駛達終點。從火車站到軍營還有一段距離，那些士兵得先走四分之一英里的路，在經過哨站之前還有充分的時間將襯衫扣緊、軍帽戴正。過了哨站還有四分之一英里的路得走，這段路的水泥路面早已被從兩側蔓生的野草覆蓋。由於軍營在市區的最外圍，因此這裡已經看不到外觀相似且緊密相連的住宅，也沒有電影院，只有偏僻的空地。

軍營的所在位置，不久之前還是牧地和耕地。農舍依舊座落於山谷坑窪處，目前充任軍團的辦公室。果園已經荒廢了，有些地方的外牆爬滿了常春藤；洗衣房後面那片占地半英畝的老樹林雖然只剩下斷枝殘幹，但是尚且倖存。在軍隊抵達之前，這片土地早已經被標註為拆除區。倘若戰爭晚一年才爆發，這裡的農舍、果園外牆及蘋果樹就會全部遭到鏟除。貧瘠的泥巴田埂之間已經鋪上半英里長的水泥路面，市政工程承包商設計的排水系統，裝設在棋盤格狀的開放式溝渠兩側。倘若晚一年開戰，這個地方早已被開發為新興衛星城鎮。不過，曾為我們抵禦寒冬的小屋，現在將面臨遭拆除的命運。

道路的另一頭有一間市立瘋人院，即使在草枯葉落的冬季，這間瘋人院也終日隱藏在樹林間。相較於瘋人院的鑄鐵圍欄和宏偉大門，軍營粗糙的鐵絲網圍牆看起來顯得寒微，實在非常諷刺。在天氣晴朗時，我們可以看見病人們在瘋人院平整的碎石子路或舒適草坪上悠閒散步或蹦蹦跳跳。那些人放棄以微薄的力量掙扎，不僅消除了他們對各種事物的懷疑，也終結了他們所有的責任。在人類文明的進展過程中，他們無庸置疑是法律所保障的受益者，輕輕鬆鬆享受權利。我們行軍經過瘋人院時，有些士兵會隔著圍欄對著那些病人大喊──「夥伴，替我暖一張床！不久之後我就會進去了！」──但我手下新來的排長胡柏爾非常怨恨那些瘋人享受的特權。「如果英國由希特勒統治，那些傢伙早就被送進毒氣室了。」胡柏爾表示：「我覺得有些事情還是可以向希特勒學習。」

仲冬時節當我們進駐此地時，我帶領的這支團隊人人身強體壯且充滿希望。我們從沼澤地區行軍到這個碼頭區的時候，連隊裡流傳著振奮人心的耳語，說我們終於可以出發前往中東作戰了，然而隨著日子一天天過去，我們每天只是不停地鏟雪和整理閱兵場，我看得出連上弟兄已經慢慢從失望變成順服命運。他們每天聞著炸魚店傳來的氣味，耳朵留意著和平時期常聽見的工廠上下班鈴聲和舞廳樂隊演奏聲。現在只要每逢放假日，連上的弟兄就會無所事事地站在街角；若是有長官接近，他們便立刻側身溜走，因為不想在新認識的女性面前向長官行禮，覺得看起來沒面子。連隊辦公室經常得忙著處理違紀懲處和事假申請，而且每天還不到天亮，就已經有人為了偷懶而開始裝病，或者因為不滿而沉著臉，兩眼放空。

1 譯註：格拉斯哥（Glasgow）是蘇格蘭最大的城市與商港。

身為連上弟兄的長官，我理應全心關照他們——可是我根本自顧不暇，哪裡還有能力幫助他們？帶領這支連隊的上校，升官之後就從我們眼前消失了，他的位子由另一個軍團的主官兼任。那個人的年紀稍輕，也比較不討人喜歡。在戰爭剛開始時，那些和我一同接受訓練的志願兵，基於種種原因，如今已經沒剩下幾個人，幾乎快要走光了——有人因為傷病而退役、有人升遷之後調至別的軍團、有人轉任後勤幕僚單位、有人自願加入特殊兵種，還有一個在靶場上不幸殞命，一個被送進軍事法庭——這些人的空缺都由義務兵來填補。結果現在三不五時就有人來會客，晚餐前的啤酒消耗量也遠比以前多增，一切都和從前大不相同。

三十九歲的我開始覺得自己老了，每天晚上都覺得全身僵硬、疲憊不堪，甚至懶得踏出營房一步。我還慢慢養成一些特殊的要求和習慣：只坐特定的座位、閱讀特定的報紙、晚餐前固定喝三杯琴酒，絕對不會多一杯也不會少一杯，而且只要一看完九點鐘的新聞就立刻上床睡覺，每天清晨總在起床號響起前一個小時就心浮氣躁地醒來。

在這個地方，我人生中最後的愛已經死去。它的死去沒有什麼特別引人注目之處，總之在某一天，在我們駐紮於此地最後一日的前夕，我在起床號響起前醒來，靜靜躺在這個有水泥地板的隧道狀營房中，眼睛凝視著全然的漆黑，耳邊聽著同寢室另外四人發出的呼吸聲與夢囈聲，腦中反覆思忖著當天必須完成的工作——那兩個參加武器訓練課程的人員名單我交出去了嗎？今天又會有一大群人在收假時間逾期歸營嗎？我能放心讓胡柏爾自己帶儲備軍官出去勘查地形嗎？——在那個身處黑暗的一個小時裡，我突然驚覺自己心中某種枯萎許久的東西已經悄悄死去，那種感覺就像一個邁入婚姻生活第四年的丈夫，赫然發現自己對曾經深愛的妻子已經不再有任何慾望與柔情，也不再有任何敬重。他對妻子的相伴已經無法感到任何愉悅，自己也無心取悅妻子。妻子所做、所說、所想的一切，他都已經不再感到好奇，亦不期望修補這段婚姻關係，或者因為這種災難般的情況責怪自己。這些我都明白，因為這種婚姻走向毀滅的過程，正是我從軍之後所經歷的感受。最初的執著追求，到如今除了法律、責任及規範的冰冷維繫之外，軍隊和我之間早就什麼都沒有了。在這段以悲劇收場的婚姻關係中，我從頭到尾參與了各種情況：從起初的小爭執越來越常發生、眼淚越來越難產生感動，到每一次和好之後也不再甜蜜，最後則是開始產生冷漠的情緒與冷酷的批評。我越來越確定，錯的是對方而不是我。我察覺對方說話的語調充滿虛假，並學會了以理解的心情去聆聽這種虛偽；我看見對方因為不理解而在眼中浮現茫然和不滿、聽見對方從嘴中說出自私與無情。我瞭解軍隊，就像丈夫一定會瞭解三年半來日復一日與自己同住在一個屋簷下的妻子。我瞭解她的散漫、她的習慣和手法，以及她說謊時因緊張而有的小動作。她所有的神奇魅力都已經剝落，如今我眼中的她，只是一個與我志趣不合的陌生人。只能怪我一時糊塗，才會將自己與她緊緊綁在一起。

於是，在我們拔營的這個早晨，我對我們的下一站完全不感興趣。我會繼續履行我的職責、完成我的任務，但除此之外，我不會多投入一絲心力。我們接獲的命令，是要在早上九點十五分從附近的火車停靠站上車，背包裡帶著當天配給的乾糧。我只需要知道這些。連上的副官已經隨著先發部隊離開，物資也都在前一天打包完畢。胡柏爾仔細檢查隊伍的裝備，他們於七點半開始整隊，包裹都堆在營房外。自一九四〇年我們誤以為將前往保衛加萊[2]的那個令士氣大振的清晨之後，我們經歷了許多次類似的行軍與遷營，每年大概三到四次。這次，我們的指揮官採用一種不同於平常的保密措施，要我們把制服和車輛上的標誌全部拆掉。「這是針對當前軍事情況非常具有價值的訓練。」指揮官表示。「如果我在目的地發現任何一個跟隨著軍隊而來的女性，就可以確定一定有人洩露我們的行蹤。」

伙房飄出的炊煙消散在晨霧中，此刻的營地看起來像一個雜亂無章的迷宮，再加上未完成的房屋規畫，在經過多年之後被考古隊挖掘出來的模樣。

「波拉克考古隊提供了一個很有價值的考古證據，證明二十世紀公民奴隸社會與其後繼的無政府部落社會之間的關係。從挖掘現場可看出一個極為頂尖的人類文明，不僅能修築精巧的下水道系統，還能建造可永久使用的高速公路，但最後卻被一個最低等的種族所取代。」

我猜，未來的專家們將會如此寫道。轉身之後，我向迎面走來的連隊士官長打招呼。「你有沒有看見胡柏爾排長？」我問。

「報告長官，我今天早上都沒有見到他。」

我們來到已經清空的連隊辦公室，發現一扇在破損清單完成後才破掉的窗戶。「長官，這扇窗是夜裡的風吹破的。」士官長表示。

（所有裝備的破損，都是用這個理由，不然就是「被挖地道的工兵不小心震破的」。）

胡柏爾出現了。他是一個臉色蠟黃的年輕人，頭髮從前額梳往後腦，沒有分線，說話時有無趣的英格蘭中部方言口音，進入連隊已經有兩個月的時間。

軍隊裡的人都不太喜歡胡柏爾，因為他對軍中事務懂得太少，而且有時候會在大家稍息時誤稱每個人為「喬治」。然而我對他有一種近乎心疼的關懷，主要是因為他來報到後第一晚的遭遇。

當時新來的上校才上任不到一個星期，我們都還沒有摸清楚他的脾氣。新上校在休息室裡喝了幾杯琴酒，當他第一眼看見胡柏爾時，腦子已經有點不清楚。

「萊德，那個年輕軍官是你的部下，是嗎？」新上校對我說。「他的頭髮該剪了。」

「是的，長官。」我回答。他說得沒錯。「我會監督這個年輕人去剪頭髮。」

新上校又喝了幾杯琴酒，然後開始瞪著胡柏爾，壓低嗓子說：「老天，他們現在都派這種樣子的軍官給我們！」

新上校那天晚上顯然看胡柏爾不順眼，吃完晚餐之後，新上校忽然大聲地說：「在我上一個軍團裡，如果哪個年輕的排長敢以這副模樣出現在我面前，他的中尉早就上去剪了他的頭髮！」沒有人對這句提示有任何反應，因此讓新上校火氣更大。「你！」他對著第一連某個長相端正的男孩子說。「你去拿一把剪刀過來，把那個排長的頭髮剪掉。」

「長官，這是命令嗎？」

「這是上級指揮官的要求。就我所知，這是最清楚的命令，不是嗎？」

「是的，長官。」

於是在尷尬的氣氛中，胡柏爾坐在椅子上，後腦勺的頭髮被硬生生剪去。剪刀開始動作時，我就走出了大廳。後來我為這件事向胡柏爾道歉。「如果在以前，軍隊裡絕對不可能發生這種

2 譯註：加萊（Calais）為法國北部的城市，是法國本土距離英國最近的城市之一。

事情。」我說。

「喔，沒有關係啦。」胡柏爾說。「這點小事我還可以接受。」

胡柏爾對軍隊沒有抱存任何幻想——起碼與他對這個世界的總體認識沒有什麼差別，一切就像籠罩在萬里迷霧中。經過各種試圖延後入伍但徒勞無功的努力之後，胡柏爾不情願地從軍，純粹是受義務所迫，然而他很快就接受了這個事實。用他自己的話語來形容：「從軍就好比得了痲疹。」胡柏爾身上沒有任何浪漫可言，他小時候沒有閱讀童話故事書，也沒有到外面露營過夜的經驗。在介於可隨意哭泣的小男生階段與終於長大成為男人中間的漫長歲月裡，大家都遵照著學校的要求努力學習高貴的舉止並且保持堅強與沉默時，胡柏爾卻經常掉眼淚。他之所以落淚，不是因為亨利五世在聖克里斯賓節的演說[3]，也不是為了在溫泉關戰役[4]陣亡的戰士。他們在學校修習的歷史課，已經很少提到這些戰役，比較常提及人道主義立法及近代工業革命。加里波利之戰[5]、巴拉克拉瓦戰役[6]、魁北克戰役[7]、勒班陀戰役[8]、班諾克本戰役[9]、隆塞斯瓦耶斯隘口戰役[10]，以及馬拉松戰役[11]——加上亞瑟王[12]之死那一場西部戰役，上百個這樣的戰役名稱，以及從這些名稱傳出的號角聲，即便在此刻，即便在我已經枯竭且渾噩的狀態，仍會勢如破竹地將我喚回透明又充滿力量的年少時代，然而這些在胡柏爾的耳中聽來，完全都毫無意義。

胡柏爾很少發牢騷，雖然他是那種連最簡單的任務也很難讓人放心託付的部下，可是他對於辦事效率有一套自以為是的說法。除此之外，他有時還會根據自己有限的從商經驗，使用諸如「每人工時」之類的術語來批判軍隊中關於薪酬與補給的方式。「如果是做生意的話，這樣

3 譯註：聖克里斯賓節的演說（St. Chrispin's Day Speech）是莎士比亞歷史劇《亨利五世》（*Henry V*）第四幕的情節，為英王亨利五世在阿金庫爾戰役（The Battle of Agincourt）前夕的演講。聖克里斯賓節是紀念基督教聖徒克里斯賓殉道所設的節日，在歷史上，聖克里斯賓節這天曾爆發過多次重大戰役，在《亨利五世》中提到的阿金庫爾戰役，發生於一四一五年十月二十五日，是英法百年戰爭中以少勝多的著名戰役。在亨利五世的率領下，英軍以由步兵弓箭手為主力的軍隊，擊潰法國由大批貴族組成的精銳部隊。

4 譯註：溫泉關戰役（The Battle at Thermopylae）是波希戰爭中的著名戰役，也是西方歷史上的重要戰役。希臘的斯巴達國王列奧尼達一世（Leonidas I）率領三百名斯巴達戰士與部分希臘城邦聯軍於溫泉關抵抗波斯帝國，成功拖延波斯軍隊進攻，但因寡不敵眾，最後全部陣亡。二〇〇六年的好萊塢電影《三〇〇壯士：斯巴達的逆襲》（*300*），就是以這個故事為題材。

5 譯註：加里波利之戰（Battle of Gallipoli）是第一次世界大戰中土耳其加里波利半島的一場攻堅戰役。

6 譯註：巴拉克拉瓦戰役（Battle of Balaclava）是俄國與英、法爭奪小亞細亞地區之克里米亞戰爭（Crimean War）中的一場戰役，發生於一八五四年。

7 譯註：魁北克戰役（Battle of Quebec）為一七七五年英屬北美殖民地軍團圍攻英國魁北克省首府的一場戰役。

8 譯註：勒班陀戰役（Battle of Lepanto）是西方自古典時代以來最大的海戰，發生於一五七一年。

9 譯註：班諾克本戰役（Battle of Bannockburn）發生於一三一四年，是蘇格蘭第一次獨立戰爭中的決定性戰役。

10 譯註：隆塞斯瓦耶斯隘口戰役（Battle of Roncesvalles）為發生於七七八年的戰役，巴斯克民族（Basques）在法國與西班牙邊界的高山通道襲擊查理曼大軍。

11 譯註：馬拉松戰役（Battle of Marathon）發生在西元前四九〇年，古希臘城邦聯軍對抗波斯帝國，最終由雅典與斯巴達領導的希臘聯軍獲勝。

12 譯註：亞瑟王（King Arthur）是傳說中的不列顛國王，圓桌武士之首。

根本行不通。」

當我還心煩地無法入睡時，胡柏爾早就已經鼾聲如雷。

我們相處的那幾個星期，胡柏爾成了我眼中英格蘭年輕人的象徵，因此無論我什麼時候讀到公共言論中談到關於未來需要什麼樣的年輕人，以及這個世界虧欠年輕人什麼的時候，我都會用「胡柏爾」來取代抽象的「年輕人」一詞，從而檢視這些概括性的觀點是否合宜。因此，在起床號響起前的黑暗中，我腦子裡經常盤旋著這類想法：胡柏爾的集會、胡柏爾旅店、國際胡柏爾合作社、胡柏爾宗教。他是各種事物的試金石。

倘若要說胡柏爾有什麼改變，那就是比起剛從預備軍官訓練營到這裡時，他更缺乏軍人氣概了。今天早上，當他背起沉重的背包後，看起來已經不成人形。他那宛如在跳舞而滑動的腳步，以及戴著羊毛手套不停擦拭額頭汗水的手，看起來非常引人矚目。

「士官長，我有話想對胡柏爾排長說……嗯，你剛才跑到哪裡去了？我不是叫你去檢查連隊嗎？」

「我遲到了嗎？對不起，我今天早上打包行李時有點太匆忙。」

「你的勤務兵沒有幫忙你收拾東西嗎？」

「呃，理論上來說應該要，但是您也知道，他還有自己的工作要忙。而且，我和勤務兵處得不好，找勤務兵幫忙收拾，只會讓情況變得更糟。」

「好吧，快去檢查連隊的情況。」

「好喔。」

「請不要使用『好喔』這種用語。」

「抱歉，我以後會盡量記住。我剛才是不小心說溜嘴。」

胡柏爾離開之後，士官長回來了。

「長官，上校來了。」士官長說。

我馬上走出去迎接上校。

上校臉上宛如豬鬃的紅色鬍子，沾著一些露珠。

「這裡的一切都安排妥當了嗎？」

「是的，長官，我想應該是的。」

「應該是？你應該要肯定才對。」

他的目光落在那扇破窗上。「這扇窗列入破損清單了嗎？」

「報告長官，還沒有。」

「還沒有？如果我沒有看見這扇窗，天知道你什麼時候才會將它列入清單！」上校經常對我百般刁難，然而他的盛氣凌人有很大部分是來自他的自卑感。我覺得這也沒有什麼不好。他要我跟他走到辦公室後方的鐵絲網邊，那裡是我管轄的區域與運輸排管區的分界處。上校輕快地跳躍過一條原本是田埂而如今長滿雜草的溝渠，然後開始用他的手杖往溝渠裡挖，彷彿一頭被人類訓練尋找松露的豬，並且在挖出東西之後發出勝利的叫聲。他挖出一堆完全符合士兵身分的垃圾：掃帚頭、火鍋蓋、生鏽的鐵桶、一隻襪子、一塊麵包，而這些東西全都掩藏在羊蹄草和蕁麻下方一堆香菸盒與空罐頭之間。

「你看看。」上校說。「你把這些東西留給下一個駐紮在此的連隊，一定會讓他們留下非常好的印象。」

「這實在太糟糕了。」我說。

「你應該感到羞恥。在你們離開這個營區之前，請確定這些垃圾都已經全部燒毀。」

「是的，長官。士官長，立刻派人到運輸排告訴布朗上尉，上校要求他們將這條溝渠徹底清理乾淨。」

我不確定上校會不會接受我這種方式的否認，他顯然也不確定應該說什麼，只見他站在原地繼續用手杖刨了一會兒，然後才轉身揚長而去。

「長官，您不該這樣回答。」士官長對我說。自從我來到這個連隊之後，士官長一直是我的顧問。「您真的不應該這樣回答。」

「可是那些真的不是我們丟的垃圾啊。」

「或許真的不是，可是，您知道的，如果您得罪上級長官，他們一定會想辦法找您出氣。」

我們行軍經過瘋人院時，看見兩、三個年老的病人在柵欄後方說著瘋言瘋語。

「保重，夥伴們，我們一定會再見面的。」「我們不久之後就會再見到你們的。」「玩得開心一點，下次再見了。」我們的隊伍中有人這樣回應那些病人。

我和胡柏爾一起走在前鋒排的隊伍前方。

「您知不知道我們要去什麼地方？」

「不知道。」

「您覺得我們這次是真的要到前線去了嗎？」

「不覺得。」

「又是假動作？」

「是的。」

「可是大家都說，我們這次恐怕真的要上戰場了。我不知道應該要有什麼想法，因為如果我們根本不去前線作戰，那麼辛苦地受訓實在非常愚蠢。」

「這點我倒是不擔心，反正每個人一定都會有機會去前線。」

「喔，可是我也不是那麼想要去前線，您知道的，我只是希望將來可以誇口說自己曾經上過戰場。」

一列掛著老舊車廂的火車，已經在停靠站等著我們。鐵路運輸官正在指揮一隊看起來疲憊不堪的士兵將卡車上的行軍包搬上火車的貨車車廂，經過半個小時之後，一切都已準備就緒。一個小時之後，我們出發了。

我手下的三名排長與我共用一個車廂。他們吃了三明治與巧克力，抽了幾根香菸，然後睡覺。他們沒有人帶書在火車上閱讀。最初的三、四個小時，他們還會留意火車行經的每一站站名，並且在火車靠站時將身體探出窗外張望，但是到後來就失去了興趣。我們在中午及天黑時喝了微溫的可可飲，火車朝南方緩緩駛去，沿途盡是乏味的景象。

那天的主要插曲，是上校突然召開的「指揮部會議」。我們被叫去上校的車廂集合，發現他與人事行政參謀兩人頭上戴著鋼盔，身上穿著全副武裝的戰服。上校劈頭就說：「這是指揮部會議，我希望你們都穿正式服裝出席。雖然我們目前在火車上，但不代表可以忽略戰時的紀律。」我原本以為他會要求我們回去換裝，然而他只怒視我們一眼，然後就說：「坐下吧！」「我們今天離開的營區，在拔營後出現令人難堪的場面，無論從哪個角度來看，都能發現軍官沒有盡責的證據。拔營後的營地狀況，是考驗營區軍官辦事效率最有效的方式，軍團與其指揮官的名聲，全都仰賴於此。」——他真的說了接下來的這些話嗎？或者我只是從他的眼神和語氣捕捉到怨恨之意，他其實沒有這麼說——「而且，我不希望我的聲譽毀在少數幾個偷懶的軍官手中。」

我們拿著筆記本和鉛筆坐下，以便記下後續的任務。任何一個觀察敏銳之人，都能看出指揮官到目前為止表現並不出色，或許他自己也很清楚，所以才會表現得像個暴躁的小學校長。他又補上一句：「我要求的並不多，只希望大家可以盡忠職守。」

接著，他開始念出他準備好的稿子。

「命令如下。」

「情況：本軍團正準備由甲地轉往乙地駐紮，這是一項重要的指揮行動，很可能會受到來自敵人的轟炸攻擊或毒氣攻擊。」

「目標：抵達乙地。」

「交通：火車將於二十三點十五分抵達目的地……」內容諸如此類。

指揮官的報復，到最後一刻才降臨在管理條款中。第三連負責以少於一排的人力在停靠站完成裝卸軍備之任務。屆時會有三輛三噸卡車，將所有物資運往新營區，任務完成之前不得因任何理由中止。該連其餘人員負責在新營區接收並看守運抵物資，以及擔任營區周邊的哨兵。

「還有任何問題嗎？」

「任務過程中可以讓士兵飲用熱飲嗎？」

「不行。還有其他問題嗎？」

當我將這些命令告訴士官長時，他只說：「可憐的第三連倒楣了。」我知道，這是我得罪指揮官的後果。

我將指揮官的命令傳達給第三連各排排長。

「弟兄們會很不開心。」胡柏爾表示。「他們一定會氣炸。指揮官老是叫我們負責最糟糕的工作。」

「你的排就負責擔任哨兵吧。」

「好吧。可是，在黑夜裡要怎麼找到營區邊界？」

熄燈之後不久，一陣淒厲的哨音傳遍整列火車，我們被指揮官的另外一道命令驚醒。一名世故的上士大聲喊道：「第二項任務。」

「我們遭受毒氣攻擊。」我說。「確認所有的車窗確實關緊。」接著我工整地寫出一份戰情報告，表示沒有任何人員傷亡，也沒有任何物資受到汙染。所有人員都被告知，我們在火車到站之後必須先清洗火車車廂內外，然後才能離開。指揮官這次大概滿意了，所以我們沒有再接獲其他任務。天黑之後，大家陸續進入夢鄉。

感覺過了很久，我們才抵達新的營地。我們安全訓練的其中一環，就是避免在火車月臺下車，可是弟兄們從火車車廂的踏板跳至鐵軌上時，在黑暗之中引起一陣混亂。

「下車之後快點把隊伍排好。你們第三連做事還是一樣慢慢吞吞，萊德上尉。」

「報告長官，我們找不到漂白劑。」

「漂白劑？」

「長官，我們負責清洗火車。」

「喔，你們可真是認真。不要再拖時間了，動作快一點。」

我那些半夢半醒、生著悶氣的士兵，連忙在路邊整好隊。不久之後，胡柏爾的排已經消失在黑暗中，軍用卡車停在一旁，排列成行的士兵在陡峭的堤岸邊將軍用物品由上往下傳遞。由於他們此刻非常清楚自己在做什麼，因此心情也變得比較愉快。我先和他們一起搬了半個小時，然後才離開隊伍去找副官。副官剛剛才運了一卡車的東西到新營區。

「營地不算太差，是一個有兩、三座湖的私人莊園。」他表示。「看樣子，如果我們運氣夠好，說不定還可以獵到幾隻鴨子。村裡有一家酒吧和一間郵局，但數英里的範圍內沒有其他的城鎮，我已經設法替我們兩人張羅了一個帳篷。」

一直到凌晨四點，我們才完成任務。我駕駛最後一輛軍用卡車，沿著彎曲的小徑行駛。道路兩旁的樹枝往下低垂，不時刮過卡車的擋風玻璃。不一會兒，卡車駛出了小徑，來到一條大馬路上，又過了一會兒，來到一個位於兩條馬路交會處的空地，這裡只見一排防風燈懸掛在堆疊成排狀的物資上方。我們卸下最後一車的軍備品之後，就由先抵達的弟兄帶我們到營房休息。沒有星星的夜空，這時開始飄起毛毛細雨。

我一直睡到勤務兵來將我喚醒。我還是感到非常疲倦，靜靜地穿上衣服並整理儀容。走到門邊，才突然想到要問副官：「這個地方叫什麼？」

他對我說出一個地名。在那一瞬間，彷彿一切都靜止了，那些在我耳邊喧囂多日的聲音頓時全部消失。一股強大的靜默襲來，先是一片空白，等到我的意識開始恢復時，耳邊才漸漸開始回想起那些甜蜜的、自然的、早已被我遺忘的聲音。副官所說的地名，是我非常熟悉的名字，一個彷彿具有古代魔法師神奇法力的名字。就這麼一個簡單的地名，喚醒了我過往歲月的幽魂。

我佇立在帳篷外，這時候雨已經停了，但雲層依然低沉地懸在我們頭頂上方。這是一個安靜的早晨，炊煙從伙房升起，緩緩飄進陰沉的天空。恣意生長的野草覆蓋著一小段鐵軌，那段鐵軌已經慢慢生鏽，開始在泥巴地裡腐蝕。那條鐵路往山坡下延伸，在一個小山丘處消失蹤影，鐵軌兩旁擱放著人們隨意丟棄的廢鐵。新的一天又開始了，軍營裡發出各種吵雜聲與交談聲。在距離這裡不遠，有一個我更為熟悉的地方。那是一個人造的仙境，彷彿與世隔絕，被蜿蜒的峽谷環抱。我們的營區座落於平緩的坡道上，前方的土地往外延伸，是一片未受汙染的美景，中間流過一條名為布萊茲的蜿蜒小河。這條河流的源頭，位於不到兩英里路外的農場，那座農場叫做布萊茲泉，我們以前會散步到那裡喝下午茶。布萊茲河往低處流去之後，與雅芳河交匯之前，水量已經變得豐沛。雅芳河這裡被隔出三座湖泊，其中一座湖的面積很小，大小宛如一塊溼石板被放在蘆葦叢間，另外兩座湖比較大，水面映照著天上的雲朵以及生長在湖岸邊的櫸樹。這一帶的樹木只有橡樹與櫸樹兩種，此時橡樹都還是光禿禿的灰色，但櫸樹已經開始出現零星的綠色，是剛剛萌生出來的嫩芽。綠色的林間空地與寬闊的綠色樹林，組成簡單美麗的圖案——還有鹿群在這兒吃草嗎？——或許是為了讓人們在視野上有聚焦的定點，水邊矗立著一座多利安[13]神廟。這座神廟的拱形橫梁爬滿了常春藤，一路延伸至最低處的攔水壩。所有的一切都在一個半世紀之前就已精心規畫完成，才有今日我們得以欣賞的美景。從我站立的地方望去，那棟大宅邸隱沒於一片綠意後方。我對這裡太熟悉了，就算眼睛不看，也知道那棟房子的位置和模樣。我知道它座落在一片檸檬樹林間，就像一頭小鹿藏身在櫟樹叢裡。

胡柏爾悄悄地走過來和我打招呼。他行禮的姿勢很怪，看似想要模仿某人，結果變成他自己獨一無二的怪動作。由於他昨晚負責守夜，因此今天看起來有點疲憊，鬍子也沒刮。

「第二連幫了我們很大的忙。我已經叫弟兄們先解散，讓他們去盥洗了。」

「很好。」

「那棟大宅邸就在轉角處。」

「是的。」我回答。

「旅總部下個星期就會進駐這裡，這裡真是一個作為營區的好地方，我剛剛去勘查了一下，那棟大宅邸十分氣派，但比較奇怪的是，房子後面有一間羅馬天主教教堂。我往教堂裡面偷看了一眼，裡頭好像正在舉行某種禮拜儀式——但是只有一位神父與一個老人。那裡讓我覺得渾身不自在，您可能比較適合那種地方。」或許因為我看起來沒專心聽他說話，於是他又更起勁地繼續往下說，以便激起我的興趣。「臺階前方還有一個大得出奇的噴泉，上面有用石頭刻成的動物雕像，我敢說您絕對沒見過這樣的房子。」

「不，胡柏爾，我見過。我以前來過這裡。」

這句話將我深深埋葬的豐富記憶全部喚醒。

「喔，那你一定對這裡很熟悉囉。我先去洗澡了。」

我來過這裡。這裡的一切我都知道。

---

13 譯註：多利安人（Dorians）是古希臘的主要部族之一。

第一部

我也在阿爾卡迪亞[1]

1 「我也在阿爾卡迪亞」（Et in Arcadia Ego）為拉丁文，譯為英文後為「And I too in Arcadia」（我也在阿爾卡迪亞）。阿爾卡迪亞（Arcadia）即烏托邦（Utopia），意指完美的境界。「Et in Arcadia Ego」這句話的出處不詳，但最早出現於義大利，所欲表達的意思為「Even in Arcadia I, Death, can be found.」（即使在烏托邦，死神依然存在。）

一、遇見賽巴斯提安．佛萊特◆以及安東尼．布蘭屈◆初訪布萊茲赫德莊園

「我以前來過這裡。」我說。我以前來過這裡，第一次是在二十多年前，我和賽巴斯提安一起來的。那是一個晴朗無雲的六月天，溝渠裡長滿奶油色的繡線菊，空氣中充滿濃郁的夏日香氛。那天有一種奇妙且獨特的光輝。後來我曾多次回到這個地方，每一趟的心情都不相同。不過，當今天我又來到這裡，我最後一次到這個地方來，浮現在我心中的種種，卻是我第一次來訪時的回憶。

那天和今天一樣，我也是在完全不知道目的地的情況下來到這裡。我記得，那時正逢牛津大學的划船競賽週。對現在的我而言，牛津大學宛如已遭洪水淹沒而且被人遺忘的亞瑟王國度[2]，永遠不會再出現。然而那個時候的牛津大學，依然美得像一幅凹版腐蝕畫。寬敞寧靜的街道上，人們一邊走路一邊交談的模樣，都與聖若望．亨利．紐曼[3]在校時期相同：霧茫茫的秋季、灰濛濛的春季，以及罕見的明亮夏季——就和那天一樣——栗子樹上開滿了花，清澈的鐘聲迴盪在牛津大學的牆垛和圓頂之間，吐露著幾個世紀以來年輕人的安逸自在。正是這種遁世的靜謐與我們的笑聲相諧，交錯著歡愉的喧譁聲。然而這個划船競賽週卻突然攪亂了一切，校園裡湧進上百位女士[4]，她們在石子路及臺階上嘰嘰喳喳，到處參觀並尋找樂子。她們喝調酒、吃黃瓜三明治，或搭乘平底船在河面上遊覽觀光。她們在伊斯河或在學生社團裡彼此招呼寒暄，有如滑稽古怪、令人討厭的吉伯特與蘇利文鬧劇[5]。校園裡不時傳出怪誕的合唱聲，那

些外來侵入者的歌聲飄盪在牛津大學校園的各個角落，我就讀的學院裡沒有這種聲音，但卻是最擾人的問題源頭。為了替那些女士舉辦舞會，我所居住的方院，第一排房間外圍全都鋪設了地板並搭建帳篷，還在大門警衛室四周圍擺滿棕櫚樹和杜鵑花。最糟糕的是，我樓上寢室那個喜歡研究自然科學的小個子，還出借他的房間充當女士的衣帽間，公告的海報就貼在我的房門旁。

對於這一切，反應最強烈的人就是我的管家。

---

2 譯註：原文為Lyonnesse。里昂內斯（Lyonnesse）是亞瑟王傳說中的國家，因後來沉沒於海底，被稱為是迷失之境。

3 譯註：聖若望・亨利・紐曼（Saint John Henry Newman；一八〇一年二月二十一日—一八九〇年八月十一日）於一八一七年六月進入牛津大學聖三學院就讀，年輕時已是英國教會牛津運動的重要人物。他原為基督教聖公會的牧師，一八四五年皈依羅馬天主教，成為天主教神父，並於一八七九年被教宗良十三世（Leo PP. XIII）擢升為樞機。

4 譯註：在一九五七年之前，牛津大學的女性學生人數受限只能占男性學生人數的四分之一，在三十八個學院當中，只有四個女性學院。（當時每個學院所錄取的學生均為單一性別，意即女性學院只收女性學生，另外三十四個學院只收男性學生。）

5 譯註：吉伯特與蘇利文（Gilbert and Sullivan）分別為維多利亞時代的幽默劇作家威廉・吉伯特（William S. Gilbert）與英國作曲家亞瑟・蘇利文（Arthur Sullivan）。他們自一八七一年開始合作，直到一八九六年。在長達二十五年的合作關係中，兩人共同創作了十四部輕歌劇，最著名的作品包括《皮納福號軍艦》（*H.M.S. Pinafore*）、《彭贊斯的海盜》（*The Pirates of Penzance*）和《日本天皇》（*The Mikado*）。喜歡裝傻及諷刺別人的吉伯特負責編劇，比吉伯特年輕七歲的蘇利文負責譜曲。

「還沒有找到女伴的紳士，這幾天最好到外面去用餐，離這裡越遠越好。」他無奈地表示。

「您要留下來用餐嗎？」

「不了，朗特。」

「他們說，這是給管家休息的機會。真是好心！可是我還得替女士的衣帽間買針墊。辦舞會為什麼要準備針墊？我真不懂。以前的划船競賽週從來不曾舉辦舞會。放假時跳舞很平常，但划船競賽週跳舞很奇怪，難道喝茶和划船還不夠嗎？先生，如果您問我的意見，我會說這一切都是因為戰爭，如果不是因為戰爭，校方根本不會舉辦舞會。」當時是一九二三年，對於朗特及成千上萬的人來說，一切都不可能再回到一九一四年的模樣了。「在晚上小酌一、兩杯，」朗特又繼續說道，並且一如往常，他說話時總是半個身子在門內，半個身子在門外。「或者和一、兩位紳士共進午餐，這樣其實就很好了。根本沒有必要舉辦舞會。舞會這種東西是那些從戰場返鄉的人搞出來的，他們的年紀比較大，可是什麼都不會，也不肯學。這是事實，有些人甚至跑到城裡的共濟會[6]去跳舞——不過，您知道，學監會把他們抓回來……啊，賽巴斯提安先生來了。我還得去買針墊，不能一直站在這裡說話。」

賽巴斯提安走進我的房間——他身穿鴿灰色的法蘭絨西裝，搭配白色的真絲襯衫與名牌領帶，而我當時繫著一條印著郵票圖案的醜領帶——「查爾斯，你們學院怎麼變成這種樣子？有馬戲團要來表演嗎？我只差還沒看到大象而已。我說，牛津大學的每個人是不是突然都變得怪怪的？昨天晚上，校園裡到處是女人。你得趕緊跟著我一起逃走，離開這個危險的地方。我弄到一輛車，以及一籃草莓和一瓶佩里格莊園的葡萄酒——你肯定沒有品嚐過這種好酒，所以別想假裝說你喝過。這種酒和草莓非常搭。」

「我們要去哪裡？」

「去找一位朋友。」

「誰？」

「一個叫霍金斯的傢伙。記得帶錢，路上可能會看到想買的東西。這輛車是我向一個叫哈德卡索的傢伙那裡借來的。如果我出車禍死掉，你得幫我把車子的殘骸還給他，因為我開車的技術不太好。」

學院大門外面停著一輛莫里斯雙人座敞篷車，就在如今擺滿植物花草的大門警衛室後面，賽巴斯提安的玩具熊坐在駕駛座上。我們將它挪到我們之間的空位，賽巴斯提安說：「你得替我照顧它，別讓它暈車。」我們出發時，聖母瑪利亞大學教堂正傳來九點整的鐘響。我們閃過一個頭戴黑帽、蓄著白鬍、在高街[7]騎著腳踏車逆向行駛的神父，經過卡爾法克斯塔[8]與火車站，不久之後就抵達開闊的鄉間。在那個年代，到開闊的鄉間是多麼容易的事啊！

「我們動作很快，是吧？」賽巴斯提安說。「那些女人可能還在房間裡忙著化妝和換衣

---

6 譯註：共濟會（Masonic）是一種非宗教性質的兄弟會，基本宗旨為倡導博愛、自由、慈善，提升個人的內在美德，以促進社會的完善。

7 譯註：高街（High Street）是牛津市的一條東西向街道。

8 譯註：卡爾法克斯塔（Carfax）位於牛津市的市中心。這座塔的名稱源於法語Carrefour，意為十字路口。

服，她們做事總是拖拖拉拉。還好我們逃出來了，願上帝保佑把車子借給我們的哈德卡索。」

「無論他是誰，願上帝保佑他。」

「他本來也要和我們一起出來玩，可是他做事也總是拖拖拉拉。好啦，其實我騙他我們十點鐘才會出發。他是我們學院裡一個陰沉的傢伙，具有雙重身分，起碼我是這麼認為的，因為他總不可能白天和晚上都叫這個名字[9]，對不對？不然他肯定會悶死的。他說他認識我父親，但是根本不可能。」

「為什麼？」

「沒有人認識我父親。社交圈裡沒有人想跟我父親來往，你沒聽說過嗎？」

「真可惜你和我都不會唱歌。」我轉了一個話題。

太陽高高升起時，我們在斯溫頓[10]駛離主要幹道，轉到一個都是乾砌石牆和琢石房屋的地方。大約十一點的時候，賽巴斯提安不說一聲就把車子轉向馬車車道並且停下來。天氣變得很熱，我們想找樹蔭乘涼，於是就在一個剛剛被羊群吃過草的山丘上找一棵榆樹坐下，開始吃草莓和喝葡萄酒——賽巴斯提安說得沒錯，這兩者搭配品嚐非常美味——接著又躺下來抽起肥美的土耳其雪茄。賽巴斯提安看著他頭上的樹葉，而我則凝視著他的側臉。灰藍色的煙霧緩緩升起，由於沒有風，煙霧垂直飄至賽巴斯提安頭上的藍綠色樹葉中。菸草的甜味和我們四周圍的夏季甜味混和在一起，而香甜的金黃色酒氣，也彷彿將我們的身體從草地上抬高了一指幅的高度，讓我們飄飄欲仙。

「這裡是可以埋藏黃金的好地方。」賽巴斯提安說。「我想我應該在每個曾讓我快樂的地方都埋下一些珍貴的東西，等到我又老又醜又悲慘的時候，可以回來把這些寶貝都挖出來，回憶歡樂的時光。」

那時已是我入學後的第三個學期，然而在我心中，我在牛津大學的生活，是從第一次遇見賽巴斯提安才開始。我們的相遇，發生在前一學期的學期中。我們就讀不同學院，而且不同科系，因此在大學的這三年或四年中，我很可能與賽巴斯提安完全不會有交集。然而在某天晚上，他在我們學院喝醉了，而我的房間碰巧就在方院的一樓。

之前已經有人警告過我這個房間所在位置的危險性。提醒我的人，是我的堂哥賈斯伯。我剛進入牛津大學時，我父親認為必須找個人提供我求學指南，因為他什麼都沒有告訴我。他總是避免與我討論嚴肅的話題，因此一直到我入學前的兩個星期，他才談到這方面的事情。他吞吞吐吐但是帶點狡詐的口吻說：「我之前和別人談到你即將進牛津念書的事。有一天我在圖書館遇見你們學院的院長，我本來想找他談談伊特拉斯坎文明[11]的不朽觀念，但是他想討論為

---

9 譯註：哈德卡索（Hardcastle）雖是英國常見的姓氏，但由於字義上可解釋為「堅固的城堡」，賽巴斯提安這裡有嘲笑對方呆板無趣的意思。

10 譯註：斯溫頓（Swindon）位於英國西南部威爾特郡，距離牛津大約一個小時車程。

11 譯註：伊特拉斯坎（Etruscan）文明是現今義大利半島及科西嘉島於西元前十二世紀至前一世紀所發展出來的文明。伊特拉斯坎人建立起先進的文明，於西元前六世紀達至巔峰，在習俗、文化和建築等方面對古羅馬文明產生深遠的影響，但最後在羅馬共和國時期被羅馬同化。

勞工階級開設講座的事，因此我們只好折衷，開始聊起你的事情。我問他，我應該給你多少錢的零用錢才合理，他說：『一年三百英鎊就可以了，沒有理由多給，大部分學生都是拿這麼多。』我覺得那是個糟糕的答案，因為我上大學的時候，我的零用錢就比大多數人多。就我的印象，求學期間如果可以多拿幾百英鎊的零用錢，絕對會對你有幫助，也會讓你更受矚目和歡迎，所以我想給你一年六百英鎊。」我父親吸吸鼻子，每次只要他覺得有趣，就會做出這種小動作。他接著又說：「可是我又想了一下，要是你們院長知道我給你六百英鎊，可能會覺得我故意冒犯他，這樣顯得我很沒禮貌，所以我想，就給你五百五十英鎊吧。」

我向我父親表示感謝。

「是的，我知道這麼做有點放縱，可是錢很重要，你知道的……我猜我現在應該給你一些建議，可是我上大學的時候，除了阿爾佛雷德叔叔之外，沒有人給過我任何建言。你知道嗎？在我上大學之前的那個夏天，阿爾佛雷德叔叔特別搭馬車到柏頓來找，給我一些關於入學的忠告。你知道他說什麼嗎？他說：『奈德，有一件事我要求你一定要做到：學期中的每個星期天，你一定要記得戴高禮帽。因為人們會從這件事評斷你的價值。』你知道嗎？」我父親又用力吸吸鼻子，繼續說道：「我真的照辦了。有些人也會戴高帽，有些人沒戴，可是我根本看不出戴不戴高帽對他們有什麼不同的影響，也沒聽過任何人談論這樣的差異。儘管如此，我在星期天總是戴著我的高帽。這件事情顯示，在正確的時間點提供果斷的忠告，會產生什麼樣的影響。我希望自己能夠給你一點忠告，但是我什麼建議都沒有。」

我堂哥賈斯伯彌補了這個缺口。他是我父親的哥哥的兒子，每當我父親提到他哥哥時，曾不只一次半開玩笑地稱對方為「家族的領袖」。賈斯伯那時候正在牛津大學讀第四年，他在前一個學期差點贏得划船運動的藍獎，而且在坎寧俱樂部擔任祕書長，同時又是地理研究期刊社的社長，在學院裡是個風雲人物。他在我進入牛津大學後的第一個星期便正式拜訪我，並且一起喝下午茶。那天他吃了很多東西，包括蜂蜜麵包、鯷魚吐司，以及一個核桃蛋糕，最後才點燃菸斗，往藤椅上一靠，把我必須遵守的行為準則一條一條列出來。這些行為準則涵蓋各種面向，一直到今天，我幾乎還可以一字不漏地背出他所說的話。「……你主修歷史？這是很受尊重的科系。最差的科系是英國文學，其次是哲學、政治和經濟。要就選最好的科系，不然就選最差的，中間的一點意義都沒有。如果把時間花在求取中間等級的科系，等於浪費時間。你必須選擇最好的老師——例如阿克萊特教授的狄摩西尼[12]研究——無論這些課是不是開在你們學院……關於服裝，穿著像你去鄉村俱樂部時的服裝就可以了，絕對不要穿粗花呢外套或法蘭絨長褲——永遠穿著正式的西裝。去倫敦找裁縫師為你訂做，因為他們的剪裁工夫比較好，信譽也比較悠久……至於俱樂部，記得立刻加入卡爾頓俱樂部，然後在第二年加入格里德俱樂部。假如你希望參加學生會——參加學生會是好事——記得先在學生會外面打響自己的知名度，例如參加坎寧俱樂部或查塔姆俱樂部，並且在這些俱樂部的刊物上發表文章……少去野豬山[13]……」對面牆垛上方的天空漸漸變暗，我在爐火裡添了一些木炭，並且點亮屋裡的燈。我

---

12 譯註：狄摩西尼（Demosthenes，西元前三八四年—前三二二年）是古希臘著名的演說家及民主派政治家。

13 譯註：野豬山（Boar's Hill）是位於牛津西南方三英里處的小村鎮，風景優美。

堂哥身上那條在倫敦訂製的燈籠褲以及划船俱樂部會員的專屬領帶，在燈光的照映下更令人肅然起敬……「別把大學教授當成校長一樣尊敬，把他們視為老家的神父就可以了……到了第二年，你就會發現自己得花半年的時間來擺脫你在第一年所交的壞朋友……對了，你還得留意那些英國國教高教會派的教徒——他們全都是搞同性戀的傢伙，說話口音也很難聽。事實上，你最好離所有的宗教組織遠一點，那些人除了惹禍之外一無是處……」

最後，賈斯伯終於要離開了，但是他在臨行前又補充一句：「最後一件事：換個房間。」——這個房間既寬敞又有漂亮的窗簾，以及重新油漆過的十八世紀飾牆。身為一名新生，能夠入住這樣的房間，我覺得自己再幸運不過。「我見過很多學生被這種位於方院一樓的房間毀掉。」賈斯伯嚴肅地說。「大家會開始進進出出你的房間，在你這裡寄存外套，等用餐時再回來拿之類的。你會開始招待他們喝雪莉酒，而且在你還沒來得及意識到問題之前，你的房間已經變成學院裡那些討厭鬼的免費酒吧了。」

我不知道自己有沒有刻意遵守他提供的任何建議，但顯而易見的是，我從來沒有想過要換房間。這個房間的窗戶外面盛開著紫羅蘭，讓我在每一個夏夜裡沉浸於花香之中。

一個人回顧年少歲月的往事時，很容易把想像和事實混淆，賦予它虛假的成熟感，或是不實的純真感，就像我們很容易在記憶中篡改在門框上標註身高紀錄的時間一樣。我經常想像——有時候甚至真的認為——我的房間掛著威廉・莫里斯[14]的作品與來自阿倫德爾市[15]的印刷品，書架上擺著十七世紀書籍的原始手稿，以及俄羅斯第二帝國以皮革與水洗絲作為封面的法文小說。然而這些都不是事實。在我住進宿舍的第一天下午，我只能驕傲地在壁爐上方掛一幅梵谷的〈向日葵〉複製畫，並架起一個繪有普羅旺斯風景的屏風，那個屏風是羅傑．佛萊[16]的作品，我趁著歐米茄畫廊進行清倉拍賣時以低價購得。我還貼了一張麥克奈特．考福[17]的海報，以及從詩集書店買來的押韻詩詩文。最令人難堪的是，我還擺了一個陶瓷人偶，放在壁爐架上的兩枝黑色錐形蠟燭中間。我的書都平凡且不起眼——羅傑．佛萊的《視覺與設計》、梅第奇印社出版的《一個石洛普郡少年》、《維多利亞名人傳》，以及幾本《喬治詩選》、《不祥大街》與《南風》——反正我早期結交的朋友，也與這些擺飾相當匹配。這些朋友當中包括了柯林斯，柯林斯是溫徹斯特公學[18]的畢業生，立志成為一名學者，是個飽讀詩書且帶著天真幽默感的人。另外還有學院裡的一群知識分子，他們介於一種中間文化的地帶，在華麗的

14　譯註：威廉．莫里斯（William Morris，一八三四年三月二十四日—一八九六年十月三日）是英國藝術與工藝美術運動的領導者之一，為世界知名的家具、壁紙花樣和布料花紋的設計者兼畫家，同時是小說家和詩人，也是英國社會主義運動最早的發起人之一。

15　譯註：阿倫德爾市（Arundel）是英格蘭的一座公平交易城市。

16　譯註：羅傑．佛萊（Roger Fry，一八六六年十二月十六日—一九三四年九月九日）為英國畫家與評論家。

17　譯註：愛德華．麥克奈特．考福（Edward McKnight Kauffer，一八九〇年十二月十四日—一九五四年十月二十二日）是一位美國藝術家和圖像設計師，長居英國。

18　譯註：溫徹斯特公學（Winchester College）是英國第一所培養神職和公職人員的學校，現雖已改為貴族寄宿制學校，但仍保有悠久的傳統與文化。

唯美主義與住在伊夫利路[19]及威靈頓廣場[20]的清貧普羅學者之間。我第一個學期就在這個朋友圈找到自己的位置，從他們身上得到陪伴。這是我高中最後兩年所熟悉並喜歡的感覺。然而，在我的大學生活剛揭開序幕的那段日子裡，即便我有了自己的房間和自己的支票簿等令人興奮的理由，我內心深處始終隱隱覺得到，牛津大學能給我的不只這些東西。

隨著賽巴斯提安的出現，原本那些朋友都變成了灰濛濛的身影，全部融入背景消失隱去，就像高地上的羊群，隱入霧沉沉的石楠樹林。柯林斯向我闡述現代美學的荒謬：「……所有『重要形式』的理論，都因其容積而成立或失敗。如果你允許塞尚[21]在二度空間的畫布上展示第三度空間的話，你必須要同樣允許蘭德瑟[22]的獵犬眼中閃過忠誠的光輝。」然而直到賽巴斯提安隨手翻開克萊夫．貝爾[23]的《藝術》一書，讀出「有人對蝴蝶或花朵的感覺，與對教堂或畫作的感覺相同嗎？」之後，說「有，我就是。」的那一刻，我才茅塞頓開。

在我真正認識賽巴斯提安之前，我就看過他並且知道他了。這很難避免，畢竟自從他進入牛津大學的第一個星期開始，就是同年級學生當中最顯眼的一個，因為他的外表俊美迷人，以及幾乎毫無限度的古怪言行。我第一次與他近距離相遇，是在吉爾摩理髮院的門口。那次嚇到我的不是他的穿著打扮，而是他懷裡抱著一個大大的玩具熊。

「那是賽巴斯提安．佛萊特先生。」理髮師在我坐上理髮椅的時候說。「他是我所見過最有趣的年輕紳士。」

「顯然如此。」我冷淡地回答。

「他是瑪奇梅因侯爵的二公子。他的哥哥是布萊茲赫德伯爵，上個學期才剛剛畢業。那位紳士和他完全不同，個性十分安靜，沉默得像個老人。您猜猜賽巴斯提安少爺來這裡做什麼？他來替他的泰迪熊買梳子，而且指定要硬柄梳子。賽巴斯提安先生說，他不是要替泰迪熊刷毛，而是要在泰迪熊不聽話的時候拿刷子打它的屁股。最後他買了一把漂亮的象牙柄毛刷，並且要求在握柄刻上『阿洛修斯』，也就是那隻玩具熊的名字。」理髮師在替學生修剪頭髮時經常和學生閒聊，但他自己說得很陶醉，我卻始終保持著一種冷眼旁觀的態度。就算後來我又遇過賽巴斯提安幾次，無論他乘著馬車穿越校園，或者戴著假鬍子在喬治餐廳吃飯，他都無法引起我的興趣。當時正在研讀佛洛伊德的柯林斯，用了一大堆專業術語來解釋賽巴斯提安的特異行徑。

19　譯註：伊夫利路（Iffley Road）是牛津市的主要幹道，牛津大學的永久私人學堂（Permanent Private Hall）位於這條路上。

20　譯註：威靈頓廣場（Wellington Square）是牛津市的一座花園廣場，土地持有者是牛津大學，牛津大學的行政辦公室以及研究生宿舍設於該處。

21　譯註：保羅．塞尚（Paul Cézanne，一八三九年一月十九日－一九〇六年十月二十二日）是著名的法國畫家，風格介於印象派到立體主義畫派之間。

22　譯註：艾德溫．亨利．蘭德瑟爵士（Sir Edwin Henry Landseer，一八〇二年三月七日－一八七三年十月一日）是英國畫家和雕塑家，以動物畫作聞名，擅長畫馬、狗和鹿。

23　譯註：亞瑟．克萊夫．貝爾（Arthur Clive Bell，一八八一年九月十六日－一九六四年九月十七日）是一位英國藝術評論家，提出「重要形式」（Significant Form）的藝術理論。

我和賽巴斯提安正式見面時，情況也很糟糕。那是三月初的某一天，時間接近半夜，我在房間裡招待學院的幾位知識分子品嚐溫熱的香料葡萄酒，壁爐裡燃著熊熊烈火，房間充斥著濃烈的菸味與香氣，我的腦袋被他們熱烈的討論形而上學理論搞得暈頭轉向，因此打開窗戶透氣。外面的庭院裡傳來時常可聽見的醉漢笑語和踉蹌腳步聲，有個聲音說：「撐住啊。」另一個聲音說：「我沒事。」還有一個聲音說：「現在時間還早……學院……在湯姆塔[24]的鐘聲敲完之前。」又一個比其他人清醒的聲音說：「告訴你們，我突然感到很不舒服，不知道為什麼。我得離開一會兒。」然後我的窗戶旁就突然出現了一張臉，我認出那人是賽巴斯提安，可是他和平常充滿活力的模樣截然不同。他那雙已經無法聚焦的眼睛看著我，然後身子一彎，從窗外將頭探進我的房間，將胃裡的東西全部吐了出來。

晚餐聚會以這種方式結束，其實並不稀奇。事實上，類似情形發生時，我們早有默契應該給負責清潔的管家多少小費，這是我們在不斷嘗試與犯錯中學習如何面對酒精的方式。賽巴斯提安在面對突發的困境時，他選擇吐進一扇開啟的窗。雖然有點瘋狂，但又具有一種可愛的條理性。然而正如我之前所說，這種相識的過程很糟糕。

賽巴斯提安的朋友們將他攙扶到方院大門邊，幾分鐘後，他其中一位朋友，與我同年級而且面容和藹的伊頓公學[25]畢業生跑回來向我道歉，雖然這個人自己也醉到快站不穩，他的解釋囉嗦又重複，最後甚至帶著哭腔。「賽巴斯提安喝得太雜了。」他說。「他並不是喝太多，也不是酒量不好，而是混了太多種酒一起喝。如果你能明白這一點，就會瞭解事情是怎麼發生的。等你瞭解之後，就能諒解。」

「是的。」我說。然而第二天早上，當我面對朗特的抱怨時，才開始對這場鬧劇有點不高興。

「才只不過幾瓶溫葡萄酒，你們五個人就能吐成這樣，連頭都來不及伸出窗外。」朗特說。

「酒量差的人最好還是少喝酒。」

「這不是我們吐的，是其他學院的人。」

「是嗎？無論是誰吐的，清理起來都一樣噁心。」

「櫃子上有五先令，謝謝你幫忙清理。」

「嗯，我看見了。謝謝，但我寧可不賺這種錢。我不想清理這種噁心的東西，任何一天早晨都不想。」

我穿上我的學院袍出門，留下朗特慢慢清理那一團亂。那段時間我很認真上課。過了上午十一點，當我回到房間時，發現房間裡擺滿了鮮花，看起來簡直像是整間花店的花都被搬來了。事實上，當天花店裡的鮮花真的都被搬到我的房間裡了。我所有可以拿來插花的容器都被拿出來使用，朗特正偷偷用牛皮紙把最後一束花包起來，準備帶回家去。

「朗特，這些花是怎麼回事？」

24 譯註：湯姆塔（Tom Tower）是一座鐘塔，位於牛津大學基督堂學院的主要入口。

25 譯註：伊頓公學（Eton College）是英國著名的男子公學，一四四〇年由英王亨利六世創立，十七世紀後逐漸貴族化，英國王室成員都把男孩子送到伊頓公學就讀。伊頓公學已培育出二十位首相。

「昨天晚上的那位先生送的，他還留了一張紙條給您。」

賽巴斯提安用炭筆在我作畫的畫紙上寫道：「我非常懊悔，阿洛修斯也因此不理我了，除非你肯原諒我。所以，請你接受我的午餐邀約。賽巴斯提安．佛萊特。」我猜這大概就是他典型的作風，而且他認為我一定知道他住在哪一間宿舍裡。不過，我確實知道他住哪個房間。

「他是一個非常有趣的先生，能為他清理嘔吐穢物是我的榮幸。先生，我想您今天肯定會出去吃午餐吧？我已經替您婉拒柯林斯先生和帕特里奇先生的提議了——他們本來想帶午餐到這裡來和您一起吃。」

「是的，朗特，我要出去用餐。」

那場午餐派對——真的是一場派對——是我人生新紀元的開端。

我懷著一絲忐忑不安赴會，因為這不是我的行事風格。除此之外，有一種自命不凡的小聲音在我耳邊警告我，宛如柯林斯想把我拉回去。然而在那段日子裡，我一直渴望得到關愛，於是我懷著好奇，以及一種隱隱約約但無法辨識的顧慮，來到這個地方，這裡的牆面上有一扇矮門，而且顯然已經有人走進這扇矮門。它將向我展開一座封閉的魔法花園，就位在這座灰色城市的中心，在一個不會被其他窗戶俯視的地方。

賽巴斯提安的房間在基督堂學院草原大樓[26]的頂層，我抵達的時候，他獨自一人在房間裡，正從放在餐桌中央的鳥窩裡拿出一顆鵪鶉蛋，準備開始剝殼。

「我剛剛數過了。」他說。「如果每個人吃五顆蛋，最後會剩下兩顆，所以這兩顆蛋就歸我了。不知道為什麼，我今天覺得特別餓。我吃了藥房開給我的藥，現在就像被灌了迷湯，以致我開始懷疑昨晚發生的一切都只是一場夢。所以，麻煩你不要叫醒我。」

賽巴斯提安有一種帶點陰柔的迷人魅力，讓人神魂顛倒。這種美總在最好的青春時期高唱愛情，然而當第一道冷風拂過時，就會瞬間凋零枯萎。

他的房間裡擺滿各種稀奇古怪的東西——哥德式的琴箱裡裝著小型風琴、象腿造型的垃圾桶、一堆蠟雕水果、兩個大得驚人的瓷瓶，還有幾幅裱框的杜米埃[27]畫作——這些東西和學院宿舍的簡樸家具以及大餐桌顯得很不協調。壁爐上擺著許多來自倫敦的各種派對邀請函。

「兇巴巴的賀布森把阿洛修斯放到隔壁的房間去了。」他說。「這樣也好，因為我沒有多餘的鷸鶉蛋可以給阿洛修斯吃。你知道嗎？賀布森很討厭阿洛修斯。我真希望我的管家可以像你的管家那麼親切，你的管家今天早上對我非常客氣，如果換成別人，可能會對我兇巴巴。」

派對開始了，受邀者還有三位剛從伊頓公學畢業的牛津大學新生，看起來都溫文儒雅。他們前一天晚上都去倫敦參加舞會，剛剛返回牛津。說到那場舞會，他們都說宛如是一場不討人喜歡的親戚葬禮。每個人一走進賽巴斯提安的房間，都先注意到桌上的鷸鶉蛋，接著才看到賽巴斯提安，最後再以一種不抱好奇的客氣態度看著我，宛如對我說：「我們絕對不會說『你不

---

26 譯註：草原大樓（The Meadow Building）位於牛津大學基督堂學院，可眺望牛津大學著名的基督堂草原（Christ Church Meadow）。

27 譯註：奧諾雷・杜米埃（Honoré Daumier，一八〇八年二月二十六日—一八七九年二月十日）是法國著名的畫家、諷刺漫畫家、雕塑家和版畫家。

是我們這個圈子的人』之類的話語來冒犯你。」

「這些是今年才剛下的鵪鶉蛋。」他們對賽巴斯提安說。「你從哪裡弄來的？」

「我母親從布萊茲赫德莊園寄來的。布萊茲赫德莊園的鵪鶉總是為了我母親而提早下蛋。」

我們吃完鵪鶉蛋，接著開始品嚐紐堡龍蝦時，最後一位客人才抵達。

「親愛的。」他對賽巴斯提安說。「我剛才在陪我那個荒—荒—荒謬至極的導師用餐，沒有辦法提早脫身。我要離開時他非常不高興，彷彿不敢相信我竟然先走。我告訴他，我必須準備換衣服去踢足—足球。」

他的個子很高，身材纖瘦，皮膚略為黝黑，有一雙靈活的大眼睛。我們都穿粗呢西裝與厚底皮鞋，可是他穿著一套布料柔滑的巧克力色西裝，上面印有顯眼的白色條紋，搭配一個大大的領結，腳上穿著小山羊皮鞋。他進來時一面說話，一面脫掉手上那雙黃色的水洗皮手套。他散發著幾分法國氣質、幾分美國氣質，可能還有幾分猶太氣質，全身充滿異國情調。

不需要特別介紹，我馬上就知道他是「美學專家」安東尼·布蘭屈，遠近知名的話題人物。每當他宛如孔雀般招搖地走在馬路上時，我知道不少人會對他指指點點，而且我也聽說過他公然批評傳統規範的言論。但此時此刻，在賽巴斯提安魔法般的指引下，我竟然有機會能在私人場合與安東尼·布蘭屈相遇並相識，並意外發現自己對他深感興趣。

吃過午餐之後，他從賽巴斯提安房間裡那堆稀奇古怪的收藏品中翻出一個擴音話筒，然後站在陽臺上以有氣無力的腔調，對著樓下那些穿著毛衣準備走到河邊的人群朗誦起《荒原》[28]中的詩句。

「我，提爾西亞斯，早就全部都經歷過了。」他站在威尼斯式的拱梁下，對著樓下的人大喊。

發生在這張長沙發椅上或床—床上，
我，曾經坐在底比斯的牆下
並且走過最—最卑微之人的屍堆……

然後，他又輕輕走回到屋裡。「我讓那些人嚇了一大跳！我是每個划——划船選手的葛蕾絲·達令[29]。」

我們坐著品嚐君度甜酒，個性最溫和且話也最少的伊頓公學畢業生坐到風琴前開始自彈自唱起一首詩：〈他們將死去的戰士抬回家來給她〉[30]。

一直到四點鐘，大家才各自解散。安東尼·布蘭屈最先離開。他一本正經且十分禮貌地向我們每個人道別。他對賽巴斯提安

28　譯註：《荒原》（*The Waste Land*）是英國詩人T·S·艾略特（Thomas Stearns Eliot）於一九二二年出版的作品。
29　譯註：葛蕾絲·達令（Grace Horsley Darling，一八一五年十一月二十四日—一八四二年十月二十日）是一名英國燈塔管理員的女兒，她在一八三八年發生的一場划船船難中拯救了九個人的性命。
30　譯註：〈他們將死去的戰士抬回家來給她〉（*Home they brought her warrior dead*）是英國桂冠詩人阿佛烈·丁尼生（Alfred Tennyson，一八〇九年八月六日—一八九二年十月六日）的作品。

說：「親愛的，我真希望用帶刺的箭把你扎成一個針—針—針墊。」然後他對我說：「我覺得賽巴斯提安能找到你真的太棒了。你平常都躲在什麼地方？我要到你藏身的洞穴裡，把你像鼬鼠一樣趕出來。」

其他人在安東尼．布蘭屈離去後也紛紛告辭。我站起身，打算和他們一同離開，可是賽巴斯提安對我說：「我們再喝幾杯君度酒。」於是我又留下來。過了一會兒，賽巴斯提安說：「我一定得去一趟植物園。」

「為什麼？」

「去看常春藤。」

這個理由聽起來還不錯，所以我就跟著賽巴斯提安一起去。經過墨頓學院[31]外圍時，他很自然地挽起我的手。

「我從來沒有去過植物園。」我說。

「喔，查爾斯，你需要學習的東西太多了！植物園有漂亮的拱梁，裡面的常春藤種類遠比我所知道的還多。如果沒有植物園，我真不知道應該怎麼辦。」

最後當我回到宿舍，看著房間裡的一切都和我上午離開時一模一樣，不禁感覺到一絲枯燥。在此之前，我從來沒有過這種感覺。出了什麼問題？除了花瓶裡的黃色水仙花之外，其餘的事物看起來都非常不真實。是因為那面屏風嗎？我將它轉了方向，讓它面對牆壁，這樣看起來就好多了。

那面屏風的生涯就到此為止了。朗特一向不喜歡它，幾天後就把它搬到樓梯下方，讓它與拖把和水桶為伍。

那一天是我和賽巴斯提安友誼的開端，後來才會有那個六月天的上午，我在榆樹的樹蔭下，躺在賽巴斯提安身旁，看著他吐出的煙霧緩緩升起，飄進榆樹的枝枒裡。

接著我們再度上路。又過了一個小時，我們開始覺得餓了。我們在一間同時經營農場的小酒館前停車，吃了一點雞蛋和培根、醃核桃以及奶酪，並且在不見陽光的酒館休息室裡喝啤酒。酒館裡有一個老時鐘在陰暗處滴滴答答地走著，還有一隻貓在空盪的壁爐裡睡覺。

吃過午餐之後，我們繼續開車，不久之後就抵達了目的地。這裡有熟鐵鑄造的雕花大門、幾間座落在鄉村綠地上的經典雙翼房舍、一條寬敞的大馬路、更多道鐵門，以及開放式的草坪。車道轉了一個彎之後，我們眼前忽然一片開闊，宛如一幅神祕的畫捲在我們面前展開。此刻我們來到一座山谷的頂端，在我們下方半英里遠的地方，有一座古老的大宅隱藏於灰色與金色的灌木叢林間。那棟大房子的圓頂與廊柱，在陽光下閃閃發光。

「如何？」

「好氣派的房子！」我說。

「你一定得去看看它的前花園與噴泉。」賽巴斯提安將身體往前傾，換檔準備繼續開車。

「我家人住在這裡。」即便我被眼前的景象完全迷惑，但仍可在那一瞬間感受到他話語中帶著

---

31 譯註：墨頓學院（Merton College）是牛津大學最古老的學院之一，建立於一二六四年。

不安的寒意——他沒有說「這裡是我家」，而是說「我家人住在這裡。」

「別擔心。」賽巴斯提安又說。「他們都不在，你不會見到他們。」

「可是我想見見他們。」

「呃，沒辦法，他們在倫敦。」

我們驅車繞過那棟宅邸的正面，直接駛進側院——「所有的門都鎖上了，我們最好從這裡進屋裡去。」——我們走過一條有拱頂和石頭地板、看起來宛如碉堡的走廊，抵達了傭人房。「我想讓你見見霍金斯奶媽，這就是我們到這裡來的目的。」——我們走上鋪著地毯且擦拭乾淨的木頭樓梯，經過一些鋪著寬木地板、兩旁有粗毛地毯的走道，並且穿越鋪有油毯的過道，經過許多個樓梯間和鑲金邊的緋紅色滅火桶，最後又走了幾級臺階，樓梯末端是一扇門。剛才我從遠處看見的圓形屋頂其實是假的，模仿了香波爾城堡[32]的穹頂。圓頂下的空間幾乎是一層額外的樓面，隔成數個弧形的房間，以前當成育兒房。

賽巴斯提安的奶媽坐在一扇敞開的窗戶旁，那扇窗可看見噴泉、湖泊、神廟，以及在遠處閃閃發亮的方尖碑。她的雙手放在膝蓋上，手裡有一串玫瑰念珠。這位老太太睡得正熟，她年輕時每天必須工作很長的時間，到了中年又得管理這一家大小的事，現在終於可以閒下來，生活也有了保障。這一切全都寫在她的皺紋和安詳的面容上。

「喔！」她醒來時看見了賽巴斯提安。「真是沒想到。」

賽巴斯提安親吻了她的臉頰。

「這位是誰？」她看著我。「我好像沒有見過。」

賽巴斯提安介紹我們認識。

「你們來得正是時候，茱莉亞今天也在。他們這段時間到處玩，這裡沒有他們實在很無聊，只剩下錢德勒太太、兩名年輕的女僕，還有老柏特。但是他們不久之後也要休假了，鍋爐在八月分會進行維修，然後你要去義大利探望老爺，其他人也會出去拜訪朋友，等到一切又恢復正軌時，就已經是十月了。我知道茱莉亞一定和其他的年輕小姐一樣，想盡情享受屬於她的美好時光，然而我不明白，為什麼她偏偏要選在夏天最美好的時刻以及我們花園裡的花最盛放的時候去倫敦玩？這個星期四菲普斯神父來拜訪過我們，我也對他說了同樣的話。」她刻意加上最後這句話，宛如可以因此讓她的意見增添一點神聖的權威。

「妳剛才說茱莉亞也在這裡？」

「是的，親愛的。你一定剛好和她錯過了。保守黨的婦女會要在這裡舉辦聚會，原本應該由夫人發表演說，可是她身體不舒服，就由茱莉亞代替她。不過茱莉亞不會待太久，演講完畢之後，她在茶會開始前就會離開。」

「我們恐怕又要再次錯過她了。」

「別這樣，親愛的。如果她見到你，不知道會有多麼驚喜。雖然我告訴過她，她應該留下來參加茶會，因為那才是保守黨婦女會聚會的目的。好了，說說你的事情吧。你有沒有好好用功念書？」

32　譯註：香波爾城堡（Château de Chambord）位於法國盧瓦謝爾省的香波爾，屬法國文藝復興時期的建築。

「奶媽，我恐怕不太努力。」

「喔，我想你一定是整天打板球，像你哥哥一樣。不過你哥哥還會抽空念書。他從聖誕節之後就沒有回來過，但我猜他在商業博覽會期間就會回來。你有沒有在報紙上讀到關於茱莉亞的報導？她帶了一份剪報回來給我。雖然那篇報導寫得還不錯，但遠遠比不上她本人。『瑪奇梅因侯爵夫人帶著她美麗的女兒在本季亮相……秀外慧中……是本季初次進入社交圈的千金小姐中最受歡迎的一位。』嗯，這樣的形容真的一點也不誇張，不過，她剪掉長髮實在太可惜了，她那頭秀髮和夫人的頭髮一樣漂亮。我對菲普斯神父說，根本不該剪掉茱莉亞的頭髮，可是他說：『修女也需要修剪頭髮啊。』然後我說：『喔，當然。可是，神父，您該不會是希望讓茱莉亞小姐去當修女吧？想都別想！』」

賽巴斯提安和這位老太太不停地聊著。這個房間雖然為配合穹頂的弧度而有著奇怪的形狀，可是讓人覺得非常舒服。牆壁貼著絲帶與玫瑰花紋的壁紙，角落擺著木馬，壁爐架上放著一幅宗教石版畫。壁爐的格柵前堆著幾盆蒲葦和香蒲。櫃子上面的擺飾放得整整齊齊，而且一塵不染。那些擺飾都是佛萊特家的孩子帶回來送她的，包括貝殼與火山岩雕刻、皮革雕刻、木頭彩繪、瓷器、橡木雕刻、雕花銀器、礦石、條紋大理石、珊瑚，以及各種節慶的紀念品。

這時奶媽又說：「親愛的，你搖搖鈴，我們該喝下午茶了。我通常會下樓到錢德勒太太那邊喝茶，但我們今天就在這裡喝吧。平常跟在我旁邊的那個女孩，和朋友到倫敦去了，新來的女孩是村裡的人，她剛來的時候什麼都不懂，但現在已經好多了。你快點搖鈴吧。」

然而賽巴斯提安卻表示我們必須離開了。

「你不等茱莉亞？她要是知道了，一定會很生氣的。她見到你絕對會非常驚喜。」

「可憐的奶媽。」我們走出育兒房時賽巴斯提安說。「她這輩子過得很無聊。我想要把她接到牛津去和我一起住，可是這麼一來，她會想盡辦法逼我去教堂。我們還是快點離開吧！我妹妹快回來了。」

「到底是誰讓你覺得丟臉？是你妹妹還是我？」

「是我自己。我覺得自己很丟臉。」賽巴斯提安一臉嚴肅地回答。「我絕對不會讓你與我的家人見面。從小到大，他們一直從我身邊奪走我心愛的東西，一旦他們施展魅力，你就會變成他們的朋友，而不再是我的朋友了。我不會讓他們得逞的。」

「好吧。」我說。「我接受這個答案。可是，難道不能讓我參觀一下這棟房子嗎？」

「每個房間的門都鎖上了。我們是來看奶媽的。這棟宅邸在亞歷山德拉玫瑰節[33]會開放給外人參觀，門票只要一先令。唉，好吧，如果你想參觀的話……」

賽巴斯提安帶著我穿過一道以粗呢毯包覆的門，走進一條陰暗的長廊，我依稀可看見鍍金的檐口與拱型的水泥天花板。他接著推開一扇厚重而平滑的桃花木大門，領我進入一個黑暗的大廳。光線從百葉窗的縫隙透進屋裡，賽巴斯提安拉開其中一扇窗簾，並將窗扇折向一側，午後陽光頓時傾洩而入，映照在空盪盪的地板上。我看見一對巨型大理石壁爐雕飾，穹頂上則有

33 亞歷山德拉玫瑰節（Queen Alexandra's Day）在每年的六月舉行，日期不一定，是英國自一九一二年以來所舉辦的慈善籌款活動。

歌頌眾神與英雄的經典壁畫。鑲著金框的鏡子，兩側立著人造大理石柱，另外還有宛如小島般鋪著防塵布的家具。我只不過驚鴻一瞥，就宛如從公共看臺上看見華燈照耀的宴會廳。賽巴斯提安隨即又把陽光關在屋外。「這下子你全看到了。」他說。「這間房子就是這種樣子。」

自從我們在榆樹下喝完酒之後，賽巴斯提安的心情就變了。自從我們開車轉了一個彎、他說了一句「如何」之後，他的心情就完全變了。

「你看吧，沒有什麼好值得參觀的。只有幾件漂亮的東西，改天我再帶你瞧瞧——但不是現在。不過，我們有一間小教堂，你一定要看一看，那是新藝術運動風格的不朽傑作。」

設計建造布萊茲赫德莊園的最後一位建築師，為這個地方增添了走廊和側翼涼亭，另外還有一個增建物，就是賽巴斯提安說的小教堂。我們從公共門廊走進小教堂（從這條公共門廊的另一扇門可以直接通往宅邸）之後，賽巴斯提安將手指放進聖水盆裡沾了沾，在胸口畫了一個十字，然後跪下。我照著他的動作做了一遍，他不悅地問我：「你為什麼要這樣做？」

「只是基於禮貌。」

「呃，你在我面前不必這麼多禮。你不是想參觀嗎？你覺得這裡如何？」

這間小教堂曾被大火燒毀，後來依照十九世紀最後十年流行的工藝美術風格重新裝潢。穿著印花袍的天使、攀爬於牆上的玫瑰、長滿花卉的草原、跳躍的綿羊、凱爾特人[34]的文字，以及身穿盔甲的聖徒，這些複雜且色彩艷麗的圖案，覆蓋了小教堂的每一面牆。還有一幅刻在淺橡木上的三聯畫，看起來宛如雕刻在橡皮泥上。聖壇上的燈和其他的金屬製品都是由青銅打造而成，有手工製造的細痕。聖壇的臺階鋪著草綠色的地毯，上面繡有白色與金黃色的雛菊。

「我的天啊！」我驚呼。

「這是我父親送我母親的結婚禮物。如果你欣賞夠了，我們現在就離開吧。」

我們在車道上與一輛由司機駕駛的勞斯萊斯錯身而過，那輛車的後座坐著一個女孩子，她轉過頭隔著車窗看我們。

「那是茱莉亞。」賽巴斯提安說。「還好我們及時離開。」

在我們離開前，賽巴斯提安又停下車子，和一名騎著腳踏車的老先生聊了幾句——「這是老柏特。」賽巴斯提安告訴我——然後我們才駛離布萊茲赫德莊園，穿過熟鐵打造的雕花大門，經過附近的鄉村農舍，回到外面的大馬路，朝牛津的方向而去。

「對不起。」賽巴斯提安在經過了一會兒後又開口。「我覺得自己今天下午的態度不太好。布萊茲赫德莊園總會讓我心情不好，可是我一定得帶你去見見奶媽。」

布萊茲赫德莊園為什麼會讓賽巴斯提安心情不好呢？我感到十分疑惑，但是什麼話也沒說——賽巴斯提安的生活總是被這一類的「必須服從的規範」所左右。「我一定要有一件鮮紅色的睡衣，像郵筒一樣的鮮紅色。」「我一定要睡到太陽照在窗戶上才起床。」「我今天晚上一**定**要喝香檳！」——最後我只表示：「可是布萊茲赫德莊園讓我心情變得很好。」

賽巴斯提安沉默了很長一段時間，然後任性地說：「我又沒有一直追問**你**家裡的事。」

「我也沒有問你家裡的事啊。」

---

34 譯註：凱爾特（Celt）是西元前二〇〇〇年在西歐活動的民族與文化。

「可是你看起來很好奇。」

「呃，那是因為你故作神祕。」

「我希望我能夠讓一切都保持神祕。」

「或許我確實對別人的家庭感到好奇——你知道，因為我不知道家庭應該是什麼樣子。我家只有我父親和我兩個人，原本有個姑姑負責照顧我，但後來我父親和她吵架，她就搬去國外了。我母親在戰爭的時候過世。」

「喔……這真是難以想像。」

「她跟隨紅十字會前往塞爾維亞，不幸在那裡遇難。後來我父親就變得怪怪的，獨自居住在倫敦，不和朋友往來，並且沉迷於收藏東西。」

賽巴斯提安說：「你不知道自己因此省了多少麻煩。我家裡的親戚很多，你可以在德倍禮貴族年鑑[35]上查一查。」

這時賽巴斯提安的心情又變輕鬆了，彷彿我們離布萊茲赫德莊園越遠，他的不安就越少——那種鬼祟的躁動與易怒，一度讓他失控。隨著我們的車子持續往前駛去，太陽已經落在我們身後，讓我們看起來彷彿正在追趕自己的影子。

「現在已經五點半了，我們正好可以趕去哥斯托餐廳吃飯，然後去鱒魚酒吧喝酒。把車子還給哈德卡索之後，我們再沿著河堤走回去。這個計畫是不是非常棒？」

這就是我第一次短暫拜訪布萊茲赫德莊園的經過。那時的我怎麼可能會想到，將來的某一天，一名中年的陸軍上尉會含淚回憶這一切？

二、賈斯伯堂哥的嚴重告誡◆抵抗迷人魅力的警告◆牛津的星期天早晨

夏季學期即將結束的時候，我的賈斯伯堂哥又來找我，並且提供我建言。那天我沒有課，而且我前一天下午才剛剛交出歷史論文。賈斯伯的深色西裝與白色領帶暗示著他正在與學期末的考試及論文奮戰。他和所有的學生一樣，看起來都顯得筋疲力竭，擔心自己的論文在「品達[36]的奧菲斯教[37]」這個題目上沒有發揮出最佳水準。然而，賈斯伯顧不得自己的諸多問題，在責任感的驅使下，他來到我的房間。那時我正準備出門，結果被他攔住。當天晚上我要舉辦晚宴，還在忙著張羅最後一些環節——那頓晚宴是我和賽巴斯提安為了安撫哈德卡索而準備的諸多晚宴之一，因為我們把他的車停在學院外面，害得學監找他麻煩。因為這個緣故，為哈德卡索安排聚餐以便逗他開心，就成了我和賽巴斯提安那段時間的任務之一。

賈斯伯不肯坐下來說話，因為他並不是來找我閒聊的。他背對著壁爐站著，以他的說法，

---

35 譯註：德倍禮貴族年鑑（Debrett's）建立於一七六九年，是大眾瞭解英國貴族文化與社交禮儀的年鑑，記錄英國貴族爵位及佚事。創始人為約翰．德倍禮（John Debrett）。

36 譯註：品達（Pindar，西元前五一八年—前四三八年），古希臘抒情詩人。他被後世的學者認為是九大抒情詩人之首。他認為人死後的歸宿取決於在世時的行為。

37 譯註：奧菲斯教（Orphism）認為人類的靈魂雖然神聖且不朽，但經由輪迴轉世（metempsychosis）或靈魂投生（transmigration of souls），依然註定要經歷肉體壽命結束的連續「痛苦循環」。

他說自己要「像個長輩一樣地」對我訓話。

「……之前一、兩個星期，我曾多次試著與你聯絡，但我認為你似乎躲著我。如果你真的在躲我，查爾斯，我也不覺得奇怪。」

「也許你覺得不關我的事，但我覺得自己有責任。你也知道，自從你母親——自從戰爭之後，你父親就不再過問世事，完全活在自己的世界。因此我沒有辦法看著你犯下錯誤卻什麼都不做。我只需要及時提醒你幾句，就能夠挽救你的未來。」

「大學第一年都會犯一些錯，這在我意料之中，因為我們都是過來人。我自己也曾交上一群牛津大學基督教學生會的朋友，在長假期間和他們一起跑去向採啤酒花的工人傳道。可是你，我親愛的查爾斯，不知道你有沒有意識到，你已經被牛津大學裡名聲最糟糕的一群人纏上了。你可能以為，我住在學校外面，所以不清楚學院裡發生什麼事，但事實上我已經聽到許多傳聞，而且因為你的緣故，我也變成大家在餐廳裡嘲諷的對象。與你形影不離的賽巴斯提安．佛萊特，或許他並沒有什麼不好，我不太清楚。他哥哥布萊茲赫德是一個不錯的人，然而你這位朋友，我覺得看起來有點古怪，因為他總是做一些讓自己受到議論的事。當然，他們一家子本來就很怪。你知道，瑪奇梅因侯爵夫婦自從大戰開始就不住在一起了，奇怪的是，所有的人都以為他們是一對幸福美滿的夫妻。瑪奇梅因侯爵帶著由自耕農組成的義勇騎兵隊前往法國之後，就再也不曾回到英國，宛如他在戰場上已壯烈犧牲。瑪奇梅因侯爵夫人是羅馬天主教徒，她不能離婚——但也可能是她不願意離婚，我是這麼認為的。有錢人在羅馬可以為所欲為，他們那麼有錢，應該只是不願意離婚，而不是沒辦法離婚。你的賽巴斯提安．佛萊特或許不是什麼大麻煩，可是那個安東尼・布蘭屈——你絕對要和那個人保持距離，沒有什麼好說的。」

「我也不是很欣賞他。」我說。

「可是他一天到晚在這裡鬼混，學院裡那些個性嚴謹的人很不高興，大家都很討厭他。昨天晚上他又跳進墨丘里噴泉[38]胡鬧了。你的這些朋友，在自己的學院裡都不受歡迎，這才是最真實的考驗。他們以為自己有錢可以隨意揮霍，以為自己可以想做什麼就做什麼。

「喔，還有一件事。我不知道你父親給你多少零用錢，但我猜你的開銷是零用錢收入的兩倍，你把錢都花在那些東西上。」賈斯伯一面說著，一面環顧我揮霍無度的證據。他說得沒錯，我已經改變了我房間原本的冷清模樣，讓它換上了明豔的新風貌。「那個已經付清了嗎？」（櫃子上那一盒百支裝的雪茄）「還有那些呢？」（桌上好幾本內容輕佻的新書）「那些呢？」（一套醒酒器和酒杯）「還有那個令人作嘔的玩意兒呢？」（我最近剛從醫學院買來的人頭頭骨，此刻正放在一盆玫瑰花瓣中，是我書桌上主要的擺飾品。那個頭骨上刻著「即使在烏托邦，死神依然存在」。）

「我已經付清了。」我說，很高興自己終於有機會可以這麼回答。「那個頭骨我沒有賒帳，是用現金買的。」

「你這樣還有心力念書嗎？我不是說念書有多重要，假如你能在其他方面發展未來的職涯，念書並不是那麼重要——然而你有考慮過未來嗎？你曾在學生會或社團裡發表演說嗎？你

---

38 墨丘里噴泉（Mercury fountain）位於牛津大學基督堂學院。

曾與任何書報雜誌建立關係嗎？你曾試著在牛津大學戲劇社裡爭取演出的機會嗎？還有，看看你的穿著！」賈斯伯堂哥繼續說道。「你剛進入牛津大學時，我就給過你建言，要你比照去鄉村俱樂部時的標準來穿衣服，可是你的穿著看起來就像介於要去梅登黑德[39]看戲和去郊區參加歌唱比賽之間那麼不倫不類。

「還有，關於喝酒這件事——別人一學期頂多喝醉一、兩次，這無傷大雅。事實上，在某些特定場合，喝醉是理所當然的事。然而據我所知，長期以來你在下午就已經喝得醉醺醺的。」

賈斯伯只說到這裡，因為他的責任已盡。他那些煩人的考試，此刻又重新占據他的思維。

「很抱歉，賈斯伯。」我說。「我知道我讓你丟臉了，可是我就喜歡那些聲名狼藉的人，也喜歡在吃午餐時就喝到大醉。另外，雖然我的開銷目前還不到零用錢的兩倍，但是在這個學期結束之前，我肯定會花那麼多錢。對了，我這時通常會喝一杯香檳，你要不要陪我喝一杯？」

於是我的賈斯伯堂哥終於放棄了，他不再繼續對我說教。後來，我聽說他把我這些不得體的言行舉止全都寫信告訴了他的父親，他父親再寫信告訴我的父親。然而我父親沒有採取任何行動，可能甚至不當一回事。一半的原因，是因為他在過去六十年來一向不喜歡我伯父，另一半的原因，是如同賈斯伯所說，自從我母親去世之後，我父親就一直活在自己的世界裡。

賈斯伯的那番訓誡，勾勒出我大學第一年的基本輪廓。當然，在那樣的基礎之上，還可以添加無數的小細節。

很早以前，我答應過柯林斯要和他共度復活節假期，但如果賽巴斯提安有任何暗示，我會毫無愧疚地取消自己對柯林斯的承諾，拋開孤伶伶的老朋友。然而賽巴斯提安沒有給我任何暗示，於是我和柯林斯在義大利的拉文納度過了儉約但充實的幾個星期。寒冷刺骨的海風從亞得里亞海吹來，拂過古代哲人的陵墓。我在一間比較適合溫暖季節造訪的飯店裡，寫了一封長長的信給賽巴斯提安，然後每天去郵局等待他的回信。我一共收到了兩封信，分別來自不同的地址。他在信中沒有提到任何關於他自己的日常生活，內容總是帶著遙遠夢境般的風格——「我母親和她的兩位詩人朋友都得了感冒，因此我就到這裡來了。現在正逢土耳其的聖・尼苛德摩節，據說這位聖徒殉道的方式，是被人用羊皮釘在他的頭上，因此他理所當然成了光頭者的守護神。你應該把這個故事講給柯林斯聽，因為我敢肯定他一定會比我們還早禿頭。這裡人很多，其中一人戴著助聽器，讓我覺得很有趣，感謝上帝。現在我必須去釣魚了，可惜我們距離太遠，我沒有辦法寄魚給你，但我會把魚骨頭留下來……」——這封信讓我更加煩躁。柯林斯正在為他的短篇論文做筆記，指出馬賽克真跡比不上照片的理由。柯林斯在這裡播下的種子，日後將結成他一生成就的果實。多年之後，他第一部關於拜占庭藝術的鉅著問世，我在他充滿君子風範的兩頁感謝詞中發現了我的名字，讓我非常感動：「……感謝查爾斯・萊德。是他那雙具有洞察力的眼睛，讓我頭一次注意到加拉・普拉西提阿陵墓[40]及聖維塔教堂[41]……」

39 譯註：梅登黑德（Maidenhead）是位於英國伯克郡（Berkshire）的非教區小鎮。

40 譯註：加拉・普拉西提阿陵墓（Mausoleum of Galla Placidia）是位於義大利拉文納的羅馬建築，該建築裡有三座石棺，羅馬帝國皇帝狄奧多西大帝（Theodosius I）的女兒加拉・普拉西提阿（Galla Placidia）的遺體安葬於其中最大的那座石棺。

我有時會想，如果不是因為賽巴斯提安，我會不會和柯林斯一樣在文化領域發光發熱。我父親年輕時曾想到牛津大學的萬靈學院[42]念書，可是因為激烈競爭遭到淘汰。雖然他後來在其他方面獲得成功與榮耀，但早年的失敗對他影響甚鉅，並且透過他傳遞到我身上，讓我誤以為人生正確且自然的目標，只存在於萬靈學院，而且，同樣地，我也毫無疑問會失敗在相同的關卡，只不過在失敗之後，我可能會進入比較容易申請的學院，繼續我的學術生涯。這是完全可以想像的情況。然而我相信，發生這種情況的可能性極小，因為混亂的噴泉只會從沒有固態土地的地底深處噴發並且噴射至陽光下——其冷卻的蒸氣所形成的彩虹，具有巨石也無法壓抑的力量。

這個復活節假期給了我一段緩衝時間，讓我消化賈斯伯對於我急速墮落的警告，供我思考自己接下來應該繼續墮落或者努力向上？隨著我學會各種成年人的惡習，我的日子卻過得一天比一天幼稚。我在孤單中度過我的童年與少年時光，戰爭帶來的拮据以及喪親造成的黯然，讓我在青春期備感孤獨。尊貴且深具權威的英國教育體制迫使我早熟，讓我的個性更添陰鬱及嚴肅。然而，與賽巴斯提安共度的那個夏天，我就彷彿被施了魔咒，讓我得到未曾經歷的歡樂童年，只不過絲質襯衫、酒精和雪茄取代了玩具，我們的淘氣行徑也嚴重違反教規。有一種新鮮感在我們心中滋長，沒有任何事能夠阻擋我們享受這種純真的快樂。那個學期末，我參加了第一次考試。如果我還想繼續待在牛津大學，通過考試是必要的，因此整整一個星期，我禁止賽巴斯提安到我的房間來。靠著熬夜、不加糖奶的冰咖啡、消化餅以及死記課本，我通過了考試。雖然我已經不記得臨時抱佛腳的內容，可是我在那個學期獲得的體驗，將伴隨著我直到生命最後一刻。

「可是我就喜歡那些聲名狼藉的人，也喜歡在吃午餐時就喝到大醉。」對於當時的我來說，這些就已足夠了。至於現在，我還需要別的嗎？

二十年後的今天，當我回想起這一切時，我相信在那些經歷之中，沒有任何一項是我願意放棄的，而且我也不會有任何不同的做法。牛津大學讓我的堂哥賈斯伯變成一隻成熟的鬥雞，但讓我成為一隻結實的野禽。其實我可以告訴賈斯伯，我當年的淘氣惡行，好比人們在葡萄中混入的烈酒，是非常強勁的邪惡原料。這些原料在成長過程所扮演的角色，既能豐富青春期的滋味，也會減緩青少年發育成形的過程，就像烈酒會阻礙葡萄發酵，使其無法入喉。於是加了烈酒的葡萄酒只能被擱在暗處，任憑時間一年一年經過，直到可以被端上檯面的那一天。

我也可以告訴他，學會去瞭解並愛上另一個人，是一切智慧的根源。然而當我坐在我堂哥面前，看著暫時逃離「品達的奧菲斯教」的賈斯伯，看著他深灰色的西裝、白色的領帶、他身上的學士袍，並且聽著他陰沉老氣的腔調時，我卻始終神遊於從窗外飄來的紫羅蘭香氣中，覺得自己不需要做出任何辯解。我有自己隱密且堅實的防衛機制，就像人們佩掛在胸前的護身

---

41 聖維塔教堂（San Vitale）是位於義大利拉文納的一座天主教堂，始建於五二七年，五四八年竣工，因典型的拜占庭風格而聞名於世，為早期拜占庭建築藝術的代表作，教堂裡保存有著名的馬賽克鑲嵌畫。

42 譯註：萬靈學院（All Souls College）是牛津大學最富裕的學院之一，創建於一四三八年，得名於天主教追思亡者的萬靈節（All Souls' Day）。

符，能察知並確認危險的時刻。於是我對賈斯伯說了一句並非事實的話：我說我通常會在那個時間喝一杯，並且邀他與我共飲。

就在賈斯伯向我提出那些建言的同一天，我聽到另外一個截然不同的話題，而且來自我完全沒有想到的對象。

整個學期中，我見到安東尼．布蘭屈的次數比我期望的還多，因為我生活在他的朋友圈裡，但我們相見頻繁，多半是出於他的選擇，而不是我的，因為我對他仍存有一絲畏怯。

在年齡上，安東尼．布蘭屈並沒有大我幾歲，但他身上似乎背負著一種流浪的猶太人[43]的沉重包袱。事實上，他的確是一個四處為家的流浪者。

在安東尼小的時候，他的家人曾試著將他塑造為標準的英國人，因此將他送進伊頓公學，讓他待了兩年。在大戰期間，他為了躲避戰爭，前往阿根廷投靠他的母親，於是在她的隨行隊伍中，除了原本的男僕、女傭、兩名司機、一條北京狗以及她的第二任丈夫之外，增加了一名聰明且大膽的年輕男孩。安東尼跟著他們遊走全世界，在邪惡的滋養下成長，宛如賀加斯[44]畫筆下的小男孩。當世界回歸和平之後，他們重返歐洲，並且在各大飯店、別墅、溫泉度假村、賭場和陽光沙灘上過日子。安東尼十五歲那年，他還因為打賭而裝扮成女人，混進布宜諾艾利斯一家賽馬俱樂部。他曾經和普魯斯特[45]及紀德[46]一起用餐，與考克多[47]和達基列夫[48]也非常熟識；弗班克[49]曾經熱情地寄送親筆簽名的小說給他。他還在義大利的卡布里島挑起過三場鬥爭，並自稱在義大利的切法盧玩過黑魔法、在美國的加利福尼亞州戒毒、在奧地利的維也納接受戀母情結的治療。

在他身旁時，我們經常覺得自己像小孩子——只有大部分的時候，並非總是如此。安東尼身上有一種氣勢和熱情，我們其他人在悠閒安逸的青春期過程中已經遺失了那種氣勢和熱情，遺失在遊戲場上或教室裡。他源源不絕的邪惡，似乎不是為了自身的樂趣，而是為了帶給別人震撼。他的油腔滑調經常讓我想起在義大利那不勒斯遇見的一個小頑童，那個小頑童既胡鬧又

---

43 譯註：流浪的猶太人（Wandering Jew）是一個長生不老的神話人物。傳說中，當耶穌在被釘上十字架之前，一名猶太人嘲弄了耶穌，那個猶太人於是受到詛咒，必須在塵世間流浪，直到耶穌再臨。

44 譯註：威廉・賀加斯（William Hogarth，一六九七年十一月十日—一七六四年十月二十六日）是英國著名的畫家、版畫家及諷刺畫家，為歐洲連環漫畫的先驅。

45 譯註：馬塞爾・普魯斯特（Marcel Proust，一八七一年七月十日—一九二二年十一月十八日）為法國意識流作家，二十世紀最具影響力的作家之一。

46 譯註：安德烈・保羅・吉約姆・紀德（André Paul Guillaume Gide，一八六九年十一月二十二日—一九五一年二月十九日）為法國作家，一九四七年的諾貝爾文學獎得主。

47 譯註：尚・考克多（Jean Maurice Eugène Clément Cocteau，一八八九年七月五日—一九六三年十月十一日）是法國詩人、小說家、劇作家、設計師、編劇、藝術家和導演。

48 譯註：謝爾蓋・達基列夫（Sergei Pavlovich Diaghilev，一八七二年三月三十一日—一九二九年八月十九日）為俄國藝術評論家及芭蕾舞表演製作人。

49 譯註：弗班克（Arthur Annesley Ronald Firbank，一八八六年一月十七日—一九二六年五月二十一日）為英國小說家。

可笑，一直對著英國觀光客做出各種猥褻的動作。當安東尼講述他在牌桌上那一夜發生的故事時，光看著他轉來轉去的眼珠，我們就幾乎可以想像他當時如何不動聲色地打量他繼父面前那堆越來越少的籌碼。當青春期的我們在球場的泥巴堆裡抱著彼此打滾時，或者一群人狼吞虎嚥地吃著鬆餅時，安東尼是在熱帶沙灘上替享受日光浴的美女擦防晒油，或者在時髦的小酒館裡品嚐開胃酒。於是，在我們身上已經被馴服的野蠻，在安東尼身上仍舊猖獗氾濫。他也可以很殘忍，表現出一種無知無畏、虐待昆蟲的小男孩模樣。倘若他被比他年長的孩子教訓，他會低著頭握緊拳頭，一臉不服氣。

安東尼邀請我與他共進晚餐。當我得知只有我和他兩人單獨用餐時，心裡感到有點不安。「我們去泰晤士鎮吃飯。」他說。「那裡有一間很不錯的酒店，而且更棒的是，我們認識的那些人不會去那邊吃飯。我們可以喝萊茵河葡萄酒，想像我們在……在哪裡呢？反正不是無聊的地方就對了。不過我們還得先喝一點餐前酒。」

我們坐在喬治餐廳的吧檯前，安東尼告訴酒保：「四杯亞歷山大雞尾酒。」接著，他把這四杯酒排列在自己面前，大聲地自言自語說：「好喝！好喝！」他怪異的舉動引來所有人嫌惡的目光。「我猜你可能比較喜歡喝雪莉酒，可是，親愛的查爾斯，今天我不讓你喝雪莉酒。這種調酒多好喝啊！你不喜歡？好，那我替你喝。一杯，兩杯，三杯，四杯。我把這四杯酒全喝光囉。你看看那些學生盯著我的模樣。」然後他帶著我走出喬治餐廳，搭上在門外等候的汽車。

「我希望不會在泰晤士鎮那邊遇到任何同學，我現在沒有什麼心情看見他們。你應該已經聽說他們星期四那天對我做了什麼吧？他們實在太過分了，還好我那天穿的是最舊的睡衣，而且當晚天氣很熱，不然我肯定會氣死。」安東尼說話時習慣把臉靠近對方，他的呼吸中帶著雞尾酒的甜味和奶油味。我坐在這輛租來的車子裡，不由自主地往旁邊挪動身子。

「你可以想像一下，親愛的。當時我獨自一人，正在房間讀書。我剛買了一本禁書，書名是《滑稽的乾草》[50]。我知道星期天去加辛頓[51]之前，這本書是必讀的書籍，因為那裡的人毫無疑問都會談論這本書，你要是說自己沒讀過這本熱門書籍，就會顯得非常掃興。這個問題本來還有一種解決方法，那就是別去加辛頓，可是一直到剛剛之前，我都沒有想到這個方法。總之，親愛的，我那天晚上吃了一份煎蛋捲、一顆桃子、一瓶礦泉水，然後換上睡衣，開始閱讀那本書。我得說，當時我有點心不在焉，一邊翻閱著書，一邊看著光線在我眼前逐漸黯淡。我在派克沃特方院[52]裡經常這個樣子，親愛的——看著黑暗慢慢籠罩石牆，並且腐化自己的視線，是一種很有意思的體驗，讓我想起法國馬賽舊港的那些斑駁石牆。忽然間，從柱廊那邊傳來一陣鬼喊鬼叫及有如貓叫春般的騷動，讓我驚醒過來。大約二十個年輕小夥子跑了過來，你

---

50 譯註：《滑稽的乾草》（*Antic Hay*）是英國作家阿道斯・雷歐那德・赫胥黎（Aldous Leonard Huxley，一八九四年七月二十六日—一九六三年十一月二十二日）於一九二三年出版的著作，描繪第一次世界大戰結束後文化界菁英分子失去目標的悲哀與動盪。

51 譯註：加辛頓（Garsington）是位於牛津東南方的小村鎮。

52 譯註：派克沃特方院（Peckwater Quadrangle）為牛津大學基督堂學院的一座方院。安東尼・布蘭屈的意思是，他在房間裡念書時經常打瞌睡。

知道他們在喊些什麼嗎？『我們要布蘭屈！我們要布蘭屈！』聽起來就像在高呼連禱文。真受不了他們這樣公開對我示好！呃，我當下就立刻明白，自己沒有辦法繼續閱讀赫胥黎先生的那本著作了，由於我已經開始覺得無聊，因此無論什麼樣的打擾，我都非常歡迎。雖然我被那些吵鬧聲打擾，但奇怪的是，他們叫得越大聲，卻顯得越害羞。他們七嘴八舌地說：『博伊呢？』『他是博伊的朋友。』『叫博伊把他弄下來。』你肯定也見過博伊吧？他經常出入我們親愛的賽巴斯提安的宿舍，是我們這種外國佬眼中最典型的英國大少爺。他是個大帥哥，倫敦的年輕女孩都在倒追他。我聽說他在女孩子面前表現得非常高傲，可是，親愛的，我知道他其實是被女孩子嚇壞了，大笨蛋一個——博伊．穆開斯特就是這個樣子——另外，親愛的，他還是一個粗俗的惡棍。復活節期間，他到圖勒凱[53]去找我玩，是我邀請他來的，我也不知道自己為什麼會邀請他。他玩牌時輸掉一筆錢，結果竟然要我替他還錢——總之，博伊．穆開斯特也在那群人裡面。我看見他笨拙的身影出現在樓下，並且聽見他說：『這樣不好啦！他不在宿舍裡，我們回去吧！我們去喝酒好不好？』於是我把頭伸到窗外，大聲地對著他說：『晚安，穆開斯特，你這個到處吃閒飯的馬屁精。你和這群笨蛋是一夥兒的嗎？是不是準備來還錢了？你為了那個邋遢的臭婊子，在賭場向我借了三百法郎。不過，那個臭婊子伺候你這個大麻煩，要價三百法郎根本不算貴，因為你是個討人厭的大麻煩。穆開斯特，快點上來還錢！你這個可悲的小流氓。』」

「就這樣，親愛的，我似乎把他們惹火了。只聽見樓梯間傳來一陣吵雜的腳步聲，他們就出現在我面前了。大約六個人闖進我的房間，其餘的人則站在門外繼續叫囂。親愛的，那些人看起來真的太荒唐了，顯然才剛剛結束他們在俱樂部的晚餐聚會。他們每個人都穿著五顏六色的燕尾服——有點類似管家制服的那種燕尾服。『親愛的。』我對他們說，『你們看起來就像一群亂七八糟的男僕！』於是他們當中的某個人，一個長得挺好看的小傢伙，站出來指責我平常那些不合常理的邪惡言行。『親愛的。』我回答他。『我確實不正常，但是我不貪心，你可以自己一個人來找我就好！』接著他們開始失控地口出惡言，我也被他們激怒了。『有沒有搞錯！』我當時心想。『在我十七歲的時候，法國的萬塞訥公爵（我指的當然是阿爾曼德，不是菲利浦）曾經因為我與公爵夫人（當然是史蒂芬妮，不是老波比）談了一場精神戀愛而找我決鬥，但我可以保證，我和公爵夫人之間絕對不止精神戀愛——我什麼樣的混亂場面沒見識過，怎麼可能會向這群喝醉酒的青春痘處男屈服……』於是我收斂起輕鬆戲謔的口吻，表現出一點攻擊性。」

「於是他們說：『抓住他！把他扔進墨丘里噴泉。』你知道，我房間裡有兩件布朗庫西[54]的雕塑，還有一些別的漂亮藝術品，因此不希望他們亂來。於是我心平氣和地對他們說：『親愛的各位，你們這些可愛的鄉巴佬，如果你們懂得一點點性心理學，就能瞭解你們這種肉感的

53 譯註：圖勒凱（Touquet）是巴黎附近的海濱市鎮，一九一二年起被開發為重要的旅遊度假區。

54 譯註：康斯坦丁・布朗庫西（Constantin Brâncuși，一八七六年二月十九日—一九五七年三月十六日）是出生於羅馬尼亞的法國雕塑家和現代攝影家，他是繼羅丹（Auguste Rodin，一八四〇年十一月十二日—一九一七年十一月十七日）之後最具影響力的二十世紀雕塑家，被譽為現代主義雕塑先驅。

年輕人對我動粗，能帶給我多麼強烈的快感。這絕對是最有意思的狂喜。因此，如果你們當中任何一人想成為我享樂尋歡的伴侶，那麼就動手吧！來抓我吧！話說回來，如果你們只是想滿足某種突發奇想的性欲，希望看到我洗澡的模樣，親愛的笨蛋們，那就安靜地跟我到噴泉去吧！』

「你知道嗎？他們都愣住了。於是他們跟著我走下樓，但是沒人敢靠近我，然後我自己跳進了噴泉。我告訴你，因為真的很涼快，所以我在水裡玩了一會兒，擺了幾個姿勢，直到他們悶悶不樂地轉身走開。我聽見博伊．穆開斯特說：『無論如何，我們讓他進了墨丘里噴泉！』查爾斯，你知道嗎？這就是他們接下來三十年會一直拿來說嘴的話題，等他們各自娶了長相有如母雞般的老婆、生下和他們一樣蠢得像豬的笨兒子、只會穿著相同顏色的西裝到同一間晚餐俱樂部買醉之後，當我的名字再被他們提及，他們會說：『有天晚上我們把他扔進了墨丘里噴泉。』然後他們粗俗的女兒就會竊笑，想像她們的父親在年輕時原來是那麼淘氣的小夥子，如今怎麼會變得這麼無趣？喔，令人乏味的北方佬。」

就我所知，這並不是安東尼第一次被扔進墨丘里噴泉，但這次的事件似乎讓他特別在意，因此他在吃晚餐時又說：

「如果這種不愉快的事情發生在賽巴斯提安身上，你一定無法想像，對不對？」

「是的。」我回答。「我無法想像。」

「對。因為賽巴斯提安有一種魅力。」安東尼舉起他的酒杯，將酒杯靠向燭光，重複說道：「他非常有魅力。你知道嗎？那件事發生之後的隔天，我特別跑去找賽巴斯提安。我原本以為我在前一晚經歷的一切，會把賽巴斯提安逗得哈哈大笑，結果你猜猜我在他房間裡看到什麼？——除了他那隻有趣的玩具熊之外，還有博伊．穆開斯特以及他前一個晚上的兩名死黨！他們看起來還是一臉傻樣，但賽巴斯提安卻沉著得像《噴趣》雜誌[55]裡面的龐—龐—龐森比．德．湯姆金斯夫人[56]。他對我說：『你一定認識穆開斯特吧！』那幾個蠢蛋則異口同聲地說：『我們只是來看看阿洛修斯。』在他們眼中，那隻玩具熊和我們一樣有意思——或者，我應該說，比我們更有意思。他們離開之後，我說：『賽—賽—賽巴斯提安，你知道剛才那幾隻喜歡奉—奉承阿諛的鼻—鼻涕蟲昨晚如何羞辱我嗎？要不是天氣這麼熱，我可能會得重—重—重感冒！』賽巴斯提安回答：『可憐的傢伙，我想他們一定是喝醉了。』你看！賽巴斯提安總是以良善的角度去解釋每個人的行為，這真的是很了不起的魅力。」

「而且我看得出來，他已經徹底擄獲你的心，我親愛的查爾斯。喔，這點我一點也不吃驚。當然，你認識他的時間不像我這麼久，我和他一起上伊頓公學。你一定不會相信，那個時候大家都叫他小婊子，我是說那幾個很瞭解他的刻薄男孩。當然，其他人以及所有的老師都非常喜歡他，但我猜他們私底下都很嫉妒他。他從來沒有惹過任何麻煩。我們其他人經常因為

55 譯註：《噴趣》雜誌（*Punch*）是英國的幽默和諷刺雜誌，一八四一年創立。

56 譯註：龐森比．德．湯姆金斯夫人（Mrs Ponsonby de Tomkyns）法裔英籍漫畫家喬治．路易．帕爾梅拉．布松．杜穆里埃（George Louis Palmella Busson du Maurier，一八三四年三月六日—一八九六年十月八日）筆下的人物。杜穆里埃自一八六五年起成為《噴趣》雜誌的插畫師。

各種微不足道的小事被老師打，只有賽巴斯提安從來沒有挨打過。他是學校裡唯一沒有被老師打過的學生。我到現在還能清楚記得那個時候的他，記得他十五歲的模樣。你知道，當別的男孩子長青春痘的時候，他卻什麼都沒長，博伊．穆開斯特的青春痘更是長滿了整張臉，可是賽巴斯提安完全沒有。或許他長過一、兩顆青春痘，可能有一顆倔強的青春痘偷偷長在他的後頸上？現在回想起來，他一定有長過青春痘。他是一朵長了膿包的嬌豔水仙。賽巴斯提安和我都信奉天主教，有時候我們會一起去做彌撒。他總是花很長的時間懺悔，因此我相當好奇，他到底在懺悔什麼？他從來沒有做錯過任何事，一次都沒有。起碼沒有受過任何懲罰。或許他的魅力也穿透了懺悔室的小窗格，讓神父忍不住和他多聊幾句。我在學校裡一直覺得自己烏雲罩頂，你懂我的意思——但其實我不明白別人為什麼這樣形容。對我而言，我認為比較像是有刺眼的強光一直照射著我，我和導師的談話也成為一連串可怕的經歷。當我發現這位溫和的老先生其實什麼事情都知道時，真的非常難堪。他知悉了關於我的一些事情，但那些事情我以為沒有人知道——除了賽巴斯提安。因此我學到一個教訓：永遠不要相信那些慈祥的老先生——也不要相信充滿魅力的男學生。

「我們要不要再開一瓶這種酒？還是你想換喝別種酒？不一樣的酒，例如勃艮第，好嗎？你看看，查爾斯，我是不是很懂你的品味？你一定得和我一起去法國品嚐那裡的美酒，我們要喝最上等的酒。我會帶你住在萬塞訥公爵家，我和他們之間的恩恩怨怨都已經化解了，他家有全法國最棒的酒。還有伯特隆親王——我也會帶你去拜訪他。我覺得他們一定會讓你非常開心，而且毫無疑問，他們都會非常喜歡你。我想把你介紹給許多朋友，而且我已經向考克多提過你了，他急著想見你。你看，親愛的查爾斯，你是不可多得的稀世珍寶，你是藝術家。喔，是的，你千萬不要害羞。在你那冷漠的、英式的、平靜的外表下，包藏著一個藝術家的內在。我看過你藏在房間裡的那些畫作，那些畫作都很精緻美麗，可是你，親愛的查爾斯，如果你明白我的意思，你一點也不精美，一點也不。藝術家本來就不應該精緻美麗。我非常精緻，賽巴斯提安在某種程度上也很精緻。然而藝術家是永恆的、紮實的、有目標的、觀察力敏銳的——而且，深藏在這一切底下的，是熱—熱情。查爾斯，我說得對嗎？」

「可是有誰會注意到你呢？有一天，我對賽巴斯提安談到你，我說：『你知道，查爾斯是個藝術家，他的作品很有安格爾[57]年輕時的風格。』可是你知道賽巴斯提安怎麼回答嗎？——『對啊，阿洛修斯畫得也很好，而且畫風更具現代感。』他的回答真是幽默、真是有趣啊！

「當然，像賽巴斯提安這種具有魅力的人，是不需要有腦子的。史蒂芬妮．德．萬塞訥四年前真的逗得我很開心，親愛的，我甚至在腳趾塗上和她一樣的指甲油。我使用她說話的詞彙、模仿她點菸的動作、學習她講電話的口氣，結果讓萬塞訥公爵誤以為我是她，對著我說了好多情話。可能是因為這個原因，才讓他決定以老派的方式，用手槍和刺刀討回自己的面子。我繼父覺得這件事給了我最好的教訓，他認為這麼一來我就能夠擺脫所謂的『英國惡習』，真是個可悲的傢伙。他是一個非常南美風格的人……我從來沒有聽過任何人說史蒂芬妮的壞話，

57　譯註：尚．奧古斯特．多米尼克．安格爾（Jean Auguste Dominique Ingres，一七八〇年八月二十九日—一八六七年一月十四日）是法國畫家，新古典主義畫派最後一位領導者。

除了萬塞訥公爵之外。可是，親愛的，她確實是一個非常愚蠢的白痴！」

當安東尼沉浸在他從前的羅曼史時，他的口吃也突然好了。那些故事伴隨著咖啡和酒精，一一飄回安東尼的腦中。「純正的綠—綠蕁麻酒，是修道士在被放逐之前所釀製的。那種酒在你的舌尖上翻滾時，應該有五種鮮明的味道，彷彿你嚥下的是一道光—光譜。你是不是很希望賽巴斯提安現在也在這裡？肯定如此。那麼我呢？我也希望賽巴斯提安在這裡嗎？我不知道。我們的話題始終環繞在那個迷人的傢伙身上，這點毫無疑問，但我想我一定是被你迷惑了，查爾斯。我花了那麼多錢帶你到這裡來，親愛的，原本是想和你聊聊我自己的事，結果我只顧著說賽巴斯提安的事情，其他什麼都沒說。這實在太奇怪了，因為賽巴斯提安除了生長在一個充滿罪惡的家庭之外，根本沒有任何神祕之處。

「我忘了你是不是見過他的家人。我不認為他會讓你見到他的家人。他太聰明了，那一家人非常非常可怕。你是不是也覺得賽巴斯提安有一點可怕？沒有嗎？或許只是我自己的感覺，畢竟他和他的家人實在太相像。

「第一個是布萊茲赫德，他就像是出土文物一樣，宛如是從塵封千年的洞穴裡挖出來的。他的臉就宛如一名阿茲特克[58]雕刻師試圖雕塑出賽巴斯提安的面容，結果卻出了差錯。布萊茲赫德是一個受過最高等教育卻固執狹隘的人，一個堅守繁文縟節的鄉下人，一個被冰雪封閉的喇嘛……呃，隨便你怎麼想像。接著是茱莉亞，你知道她長什麼樣子吧？誰能夠不多看她一眼？她就像是藥品廣告的模特兒，照片經常出現在畫報上。她擁有文藝復興時期的完美臉蛋，任何一個長得那麼漂亮的女孩子，都會想要進入演藝圈，可是茱莉亞沒有這種想法。她很聰明——

就像史蒂芬妮一樣。茱莉亞身上沒有任何唯美主義的氣息，她的個性活潑、舉止端莊，而且非常有主見。我很好奇她是不是有亂倫的傾向，真的很好奇。她所嚮往的只有權力，應該要由宗教法庭來審判她，將她焚毀。他們家還有一個妹妹，應該還只是個孩子，但我目前對這個最小的妹妹所知有限，只聽說她的家庭教師不久前發瘋並跳河自殺了，所以我很確定她一定很討人厭。你看看，可憐的賽巴斯提安別無選擇，只能盡力表現出甜蜜又迷人的模樣。

「不過，只有當你瞭解賽巴斯提安的父母之後，你才能解開這個無底洞般的謎團。親愛的，那對夫妻真的很不尋常。真不知道瑪奇梅因侯爵夫人是怎麼辦到的？大家都很好奇。你見過賽巴斯提安的母親嗎？她長得非常非常漂亮，是個天生麗質的大美人，雖然現在已經開始長出優雅的銀髮。她不施胭脂，皮膚蒼白，有一雙大大的眼睛——大得出奇。她的眼瞼透著淡藍色的血管，呈現其他人渴望以眼影營造出來的效果。她經常佩戴著珍珠項鍊和幾件珍貴且閃閃發亮的祖傳首飾，說話的聲音聽起來宛如祈禱，輕柔又充滿力量。至於瑪奇梅因侯爵，他雖然有點胖，但是長相極為英俊。他出身權貴、迷戀酒色、生性浪漫，雖然有點無趣懶散，但絕不是會被輕易擊倒的人。然而外遇事件害慘了他，親愛的——完完全全毀了他。他再也不敢讓他那張英俊的紅潤臉孔出現在任何公開場合，他是歷史上最後一個真正被逐出社會的人。布萊茲赫德不去看他，兩個女兒可能也不會去看他，只有賽巴斯提安會去。當然囉，因為賽巴斯提安是甜蜜的好孩子。沒有人敢靠近瑪奇梅因侯爵。為什麼這麼說呢？去年九月瑪奇梅因侯爵

---

58 阿茲特克（Aztec）是存在於西元一四二八年—一五二一年的墨西哥古文明，印第安帝國。

夫人在威尼斯，住在佛格利埃家。告訴你實話，她在威尼斯的行為實在有點可笑，因為她不肯接近麗都[59]，這點不讓人意外，可是她整天都和艾德里安．波森爵士在一起，搭著貢多拉漫遊運河——非常優雅。親愛的，她簡直就像法國名媛雷加米埃夫人[60]。有一次我看見他們搭乘著佛格利埃家的貢多拉出遊，我和他們的船夫四目相接。親愛的，那個船夫是我原本就認識的朋友，他還對我眨眼睛。瑪奇梅因侯爵夫人參加派對時都穿著薄如蟬翼的紗衣，親愛的，宛如在演出凱爾特古裝劇，或者以為自己是梅特林克[61]戲中的女主角。除此之外，她還會去教堂。你應該知道，威尼斯是義大利的城市中唯一一個沒人上教堂的地方。總之，她算是那個年度的話題人物。因為這個原因，你猜猜誰只好躲到莫爾頓勛爵的遊艇上？當然是可憐的瑪奇梅因侯爵。他當時原本要住在威尼斯的一座小型宅邸，可是你覺得他能夠順利入住嗎？多虧莫爾頓勛爵幫忙，派了一艘遊艇去接瑪奇梅因侯爵和他的男僕，將他們載往第里雅斯特[62]。瑪奇梅因侯爵的情婦當時並沒有陪在他身邊，因為她去度假了。沒有人知道莫爾頓勛爵如何得知瑪奇梅因侯爵夫人也在威尼斯，不過，你知道嗎？那一整個星期他都只能偷偷摸摸，宛如做了什麼見不得人的事。他確實因為這件事蒙羞。佛格利埃公主舉辦舞會時，莫爾頓勛爵以及當時在遊艇上的瑪奇梅因侯爵都沒有接獲邀請——還有與他們一起在遊艇上度假的德班尼奧斯一家。真不知道瑪奇梅因侯爵夫人是怎麼辦到的？她讓全世界都以為瑪奇梅因侯爵是個惡魔，沒有人知道真相。他們的婚姻大約維持了十五年，然後瑪奇梅因侯爵參加了戰爭，從此之後沒有回家。他與一名非常有才華的舞蹈家發展出戀情，這種外遇的例子很多。瑪奇梅因侯爵夫人不肯離婚，因為她十分虔誠，忠於自己的信仰。遭到背叛但不願離婚的妻子很多，雖然有時人們反而會同情起在外偷情的丈夫，但是沒有人同情瑪奇梅因侯爵。大家都認為這個可惡的老頭子虧待瑪奇梅因侯爵夫人、偷走她娘家的財富、將她掃地出門、把她的孩子們醃了烤了吃了，然後自己在索多瑪和娥摩拉的花花世界裡淫亂作樂。然而事實正好相反，瑪奇梅因侯爵給了夫人四個耀眼出眾的孩子，還給她布萊茲赫德莊園、位於倫敦聖詹姆斯區的瑪奇梅因公館，以及她這輩子都花不完的財富。瑪奇梅因侯爵一無所有，只能和一名優雅的中年舞蹈家，以傳統的愛德華式風範在知名的拉瑞餐廳用餐，而瑪奇梅因侯爵夫人卻得以豢養一群受她指使的小團體，提供她各種樂子。她吸他們的血。你可以在艾德里安・波森洗澡的時候看見他肩膀上滿是齒痕。我親愛的查爾斯，艾德里安・波森曾經是我們這個時代最偉大而且唯一的詩人，可是他被榨乾了血，什麼都不剩了。另外還有五、六個人，有男有女，全都像幽靈一樣跟隨著瑪奇梅因侯爵夫人。一旦被她咬住，你就別想逃開了。他們就像中了巫術一樣，除此之外沒有別的合理解釋。

「所以你必須明白，就算賽巴斯提安有時候會表現得有點無趣乏味，我們也不能怪他——不過，查爾斯，你本來就不會責怪他任何事情，對吧？在這麼黑暗的環境下成長，賽巴斯提安

59 譯註：麗都（Lido）是位於義大利威尼斯東南方的沙洲島，每年夏天吸引許多觀光客前往度假。

60 譯註：雷加米埃夫人（Madame Recamier，一七七七年十二月三日—一八四九年五月十一日）是法國著名沙龍主辦人。

61 譯註：莫里斯・梅特林克（Maurice Polydore Marie Bernard Maeterlinck，一八六二年八月二十九日—一九四九年五月六日）是比利時詩人、劇作家、散文家，一九一一年諾貝爾文學獎得主。

62 譯註：第里雅斯特（Trieste）是義大利東北部靠近斯洛維尼亞邊境的港口城市。

除了努力裝出天真迷人的模樣，還能夠怎麼辦？尤其在他不具備任何優異天賦的情況下。我們根本不能怪他，我們怎麼能怪他呢？愛他都來不及了。

「你坦白說，賽巴斯提安有沒有聊過什麼話題能讓你記住超過五分鐘？我告訴你，每次聽他說話，我都覺得噁心——他的話語就像一堆空泛的肥皂泡泡。聊天應該要很有趣，就像雜耍一樣，應該把球和盤子上下來回拋動、讓探照燈照射在這些實實在在、閃閃發亮的東西上。如果失手，這些東西就會『啪』地一聲掉落在地上。可是每次親愛的賽巴斯提安說話時，就像有小小的肥皂泡泡從陶管中飄出來，不知要飄往何處，雖然五光十色有如彩虹，但是那些肥皂泡泡馬上就會——噗！消失得無影無蹤，什麼也沒有留下，什麼都沒有。」

然後安東尼又說到藝術家應該具備的經歷，要預期能得到朋友什麼樣的讚賞、批評和鼓勵，以及為了追尋情感表達必須承擔的風險。他開啟的話題一個接著一個，但是我已經有點睏了，因此開始心不在焉。我們坐車返回學校，在經過莫德林橋的時候，安東尼再度提起吃晚餐時所談的核心話題。「呃，親愛的，我敢說，明天早上你會做的第一件事，就是跑去告訴賽巴斯提安我今天所說的一切。但是我現在就可以告訴你兩件事：第一，這不會改變他對我的看法；第二，親愛的——儘管我已經讓你無聊得打起瞌睡，我還是希望你能記住這句話——我肯定他會立刻把話題引到他最感興趣的那隻玩具熊身上。晚安，祝你好夢。」

可是我睡得很不安穩，在床上昏昏沉沉地翻來覆去將近一個小時。我又醒了過來，覺得口乾舌燥、情緒亢奮，而且忽冷忽熱。我喝太多酒了，但不是因為混著喝酒的緣故，也不是因為蕁麻酒或瑪芙蘿達夫尼酒鬆糕的緣故，甚至不是因為我一整晚坐著沒有說話的緣故。我們總是習慣一邊喝酒、一邊像小狗一樣打打鬧鬧，藉此消耗掉酒精。這些理由都無法解釋我整晚被惡夢纏身的原因。其實我並沒有真的做夢，只是將今晚聽見的種種扭曲成恐怖的畫面。我清醒地躺著，腦中回想安東尼所說的話，心裡默默捕捉他的口音和他說話時的抑揚頓挫和起伏節奏。我閉著眼睛，眼底卻浮現隔著桌子的燭光下他那張蒼白的臉。我在黑暗中驚醒，坐到打開的窗戶前，看著我放在起居室的畫作，然後將那些畫作一一翻面，讓它們背對著我。方院裡黑漆漆的，沒有一點聲音，除了塔樓每刻響起一次的鐘聲。我喝了一點蘇打水，並且抽了一根菸，就這樣心煩到天色泛白、涼意漸起，才又回到床上。

我醒來的時候，朗特站在開著的房門邊。「我沒有叫醒你。」他說。「因為我覺得你應該不想參加聖餐禮。」

「沒錯。」

「大部分的新生都去參加了，還有一些二年級和三年級的學生，因為來了一個新神父。以前從來沒有舉行過這種團體聖餐禮儀式——想領聖餐的人可以自行選擇去小教堂或夜間禮拜堂參加聖餐禮。」

那天是這個學期及這個學年的最後一個星期天，我去澡堂的路上，看見方院裡擠滿穿著學士袍的學生從小教堂走向禮堂，而當我洗完澡回房間時，那些學生則一群一群地站著抽菸。賈斯伯從他的住處騎腳踏車過來，加入那些人的陣容之中。

我沿著空盪盪的寬街走去吃早餐。星期天我通常會去貝利奧爾學院[63]對面的茶館用餐。空氣中迴盪著來自四周圍塔樓的鐘聲，陽光在空地上照出長長的影子，驅走黑夜的恐懼。茶館安靜得像圖書館，當我走進裡頭時，幾個穿著臥室拖鞋的貝利奧爾學院學生與三一學院學生紛紛抬起頭看我，然後又繼續低頭閱讀他們的星期天晨報。在一夜未眠之後的這個早晨，我吃了炒蛋佐苦橙皮醬，然後點燃一根菸，繼續坐了一會兒。那些貝利奧爾學院和三一學院的學生陸續結帳離開，踩著拖鞋踢踢躂躂地穿過街道，回到各自的學院。我離開時已經接近上午十一點，當我走在路上時，我聽見教堂的變奏鐘聲停止，整座城鎮的天空只剩下單一的報時鐘聲，提醒大家教堂的禮拜儀式即將開始。

那天早上，路上只有準備前往教堂的人：大學生、研究生、家庭主婦、生意人。他們都以一種英國人上教堂的明確步伐，不疾不徐地走在路上，手裡拿著黑色羊皮封面或白色塑膠封面的聖典，走向不同宗教的禮拜儀式：聖巴拿巴教堂[64]、聖高隆[65]教堂、聖阿洛修斯[66]小禮拜堂、聖母瑪利亞大學教堂[67]、皮塞之家[68]、黑衣修士院[69]以及其他各種宗教禮堂，走向修復的諾曼式建築或復興的哥德式建築，走向拙劣模仿的威尼斯建築甚至雅典建築。在這個陽光明媚的夏日，每個人走向他們各自的宗族神廟。路邊有四名異教徒，高傲地表現出自己不相信任何宗教。另外還有四個印度人從貝利奧爾學院的大門走出來，身上穿著乾淨的白色法蘭絨襯衫和筆挺的西裝外套，頭上包著雪白的頭巾，棕色肌膚的厚實大手裡捧著顏色鮮艷的坐墊、野餐籃及蕭伯納[70]的《令人不愉快的戲劇》[71]，朝著河邊走去。

在玉米市場街上，一群觀光客站在克拉倫登酒店大門的臺階，拿著地圖與司機討論路線。

我從馬路對面金十字小酒館的拱梁，看見了幾位我們學院的同學。他們剛在小酒館吃完早餐，正在爬滿常春藤的庭院中抽菸斗，於是我向他們打了招呼。一支朝著教堂走去的童軍隊伍，每個人身上都掛滿獎章與彩帶，腳下踏著不夠軍事化的輕盈步伐。我在卡爾法克斯塔看見市長，

---

63 譯註：貝利奧爾學院（Balliol College）是牛津大學最古老的學院之一，以活躍的政治氛圍著稱，培養出多位英國首相和政界重要人物。

64 譯註：聖巴拿巴（St. Barnabas）為新約聖經中記載的猶太人基督徒，他致力傳教，促進基督教的廣傳。

65 譯註：聖高隆（St. Columba）是將天主教傳入蘇格蘭和愛爾蘭的先驅。

66 譯註：聖阿洛修斯（St. Aloysius）又名聖內思，為義大利貴族貢扎加家族（Gonzaga）出身的耶穌會教士。

67 譯註：聖母瑪利亞大學教堂（University Church of St Mary the Virgin）是牛津最大的教堂，位於牛津市中心高街北側，四周環繞牛津大學的建築。

68 譯註：皮塞之家（Pusey House）是位於英國牛津的英國國教宗教機構。

69 譯註：黑衣修士院（Blackfriars）是牛津大學的一個永久私人學堂，底下包含三個職司不同的機構：聖靈小修道院（Priory of the Holy Spirit）、英格蘭多明我會神學研究中心（Blackfriars Studium）和牛津大學的教育機構黑衣修士堂（Blackfriars Hall）。

70 譯註：蕭伯納（George Bernard Shaw，一八五六年七月二十六日—一九五〇年十一月二日），為英國及愛爾蘭的劇作家，亦為倫敦政治經濟學院（The London School of Economics and Political Science）的聯合創始人，早年靠撰寫音樂和文學評論謀生，後來因為寫作戲劇而出名。

71 譯註：《令人不愉快的戲劇》（*Plays Unpleasant*）裡收錄〈鰥夫的房子〉（*Widowers' Houses*）、〈調戲女人的男人〉（*The Philanderer*）以及〈華倫太太的職業〉（*Mrs. Warren's Profession*）等三部蕭伯納的劇作。

他穿著紅長袍、戴著金項鍊，前面有旗手為他開路，一行人朝著市教堂走去。在今天這種日子，沒有人會對這類遊行隊伍感到好奇。走過阿爾達特街時，我與一群唱詩班的男孩子擦身而過，他們身上穿著衣領漿過的衣服，頭上戴著奇怪的帽子，往基督堂學院大門和大教堂的方向走去。穿越過這個虔誠的世界之後，我來到賽巴斯提安的房間。

他外出了。我隨手翻閱他散放在書桌上的信件，沒有什麼特別的；接著我又仔細察看他放在壁爐上的邀請卡，也沒有新來的邀約。然後我才坐下來閱讀《淑女化狐記》[72]，直到他回來。

「我剛剛去天主教神職人員禮拜堂參加彌撒。」賽巴斯提安說。「我這個學期都沒去過。貝爾神父上個星期約了我兩次，邀請我和他一起吃晚餐，但是我都沒去。我知道是怎麼一回事：一定是我母親寫信給他，叫他這麼做。所以我今天故意坐在最前面，好讓貝爾神父看到我。彌撒結束時，我還故意大喊一聲『萬福瑪利亞』。這麼一來，他應該就不會再煩我了。你和安東尼的晚餐如何？你們都聊什麼？」

「呃，主要都是他在說話。告訴我，你念伊頓公學的時候認識他嗎？」

「我念第一年的下學期時，他就被學校開除了。我記得我在學校裡見過他，畢竟他在任何地方都很顯眼。」

「你和他一起上教堂嗎？」

「應該沒有。怎麼了嗎？」

「他見過你的家人嗎？」

「查爾斯，你今天到底是怎麼回事？沒有，我不記得他見過我家人。」

「他沒有在威尼斯見過你母親嗎？」

「我想她好像提過這件事，但我已經不記得細節了。她好像去拜訪我們的義大利親戚佛格利埃家，在飯店用餐時遇見安東尼和他的家人。接著佛格利埃家舉辦了一場派對，可是沒有邀請安東尼一家。我記得，當我告訴我母親安東尼是我的朋友時，她好像說了些什麼。我實在搞不懂，安東尼為什麼會想參加佛格利埃家的派對——那位公主對於自己具有英國血統非常自豪，所以開口閉口都只聊這個。其實沒有人討厭安東尼——就我所知，起碼沒有非常討厭。比較討人厭的是他的母親。」

「誰是萬塞訥公爵夫人？」

「波比？」

「史蒂芬妮。」

「那你得問問安東尼了。他對外宣稱自己和她有過一段情。」

「那是真的嗎？」

「我猜是真的吧。我想這種事情在法國坎城多少算是必須的經歷。你為什麼突然對這些事情這麼感興趣？」

「我只是想知道，安東尼昨晚說的事情有多少真實性。」

---

72 譯註：《淑女化狐記》（*Lady into Fox*）為英國作家大衛・加內特（David Garnett，一八九二年三月九日—一九八一年二月十七日）所寫的小說。

「我覺得他沒有半句真話。這就是他最了不起的魅力。」

「或許你覺得他很有魅力，但我認為他很邪惡。你知不知道，他幾乎一整晚都在企圖讓我討厭你，而且他差一點就成功了。」

「真的嗎？他真蠢。我相信阿洛修斯絕對不會允許這種事情發生。你說是嗎？你這隻可愛的熊！」

這時，博伊．穆開斯特走了進來。

三、父親在家◆茱莉亞．佛萊特小姐

長假開始了，因為我沒有特別的計畫，而且沒錢，所以只好回家。為了支付學期末的一些開銷，我把那面從歐米茄畫廊買來的屏風以十英鎊的價格賣給柯林斯，如今口袋裡只剩四英鎊。我開出的最後一張支票，讓我的帳戶透支了幾先令，因此銀行捎來通知，表示未來沒有經過我父親的授權，我將無法再從我的帳戶領取任何一分錢。由於下一筆零用錢要等十月才會入帳，我只能面對眼前的慘狀，腦子裡不斷為過去那幾個星期的揮霍感到後悔。

在學期剛開始時，我預繳膳食費之後還剩下一百多英鎊，現在卻一毛錢都沒有，也找不到地方可以讓我賒帳，我已一無所有。我不該那麼浪費，享受我負擔不起的生活，那些錢彷彿全都丟進了水裡。賽巴斯提安以前常嘲笑我──「你花錢像賭徒。」──可是我的錢都是和他一起花掉或者花費在他身上。賽巴斯提安自己的經濟狀況一直處於一種模糊的痛苦狀態。「一切都得由律師經手。」他無能為力地說。「我猜他們一定盜用了不少錢，因為我拿到的錢總是很少。當然，如果我開口，我母親什麼都會給我。」

「你為什麼不請你母親直接給你一筆合理的零用金呢？」

「喔，因為我母親喜歡把所有的東西都當成禮物，她一向這麼體貼。」賽巴斯提安回答，讓我又多了一點線索想像瑪奇梅因侯爵夫人是什麼模樣。

現在賽巴斯提安已經回到他自己的世界，而我沒有受邀同行。我被拋棄了，獨自懊悔自己的過度揮霍。

我們在後來的生活中，經常苛刻地否認青春的良善心境，在渾渾噩噩、無所事事的漫長夏日，開始對於過去經歷的美好和歡愉視而不見，甚至加以詆毀。一個人邁入成年的初期，其實不會停止以童年故事書中的道德標準來審視自己，並且一次又一次地懊悔與修正。這種沉重的時光，就像賭桌輪盤上的零，在人們的腦中規律地出現。

就這樣，我在家中度過假期的第一個下午。從這個房間晃到那個房間，透過玻璃窗看看院子，再看看外面的大街，沉浸在強烈的自責感之中。

我知道我父親在家，可是他在書房裡，而他的書房是禁區，任何人都不能進去。一直到吃晚飯的時候，我父親才出來和我打招呼。當時他才年近六十，然而言行舉止看起來遠遠超出這個歲數。別人乍看之下，可能會覺得他已經七十多歲，如果再聽他說話，可能會以為他已接近八十。他向我走來，以刻意營造的小碎步方式，臉上帶著些許害羞但表示歡迎的笑容。他在家裡用餐時——當然，他很少到外面吃飯——總是穿一件天鵝絨的吸菸服，雖然那種吸菸服在多年前可能流行過，而且現在已經再度流行起來，然而在那個時候，卻顯得非常過時。

「親愛的兒子，他們沒告訴我你回來了。旅途一定很辛苦吧？他們有沒有替你倒茶？你一切都好嗎？我剛剛從聖納祥商行買了一個有點大膽的東西——五世紀的陶製公牛，忙著上上下下地檢查，因此忘了你回來這件事。火車的車廂擠不擠？你的座位在角落嗎？（因為我父親很少旅行，因此很喜歡聽別人分享旅行的經驗。）海特有沒有拿晚報給你讀？當然，晚報上沒有什麼新聞，盡是廢話。」

吃晚餐時，我父親依照他多年的習慣，帶著一本書邊吃邊讀，隨後才意識到我的存在，悄悄將那本書扔到椅子下方。「你想要喝點什麼？」他問我。然後轉頭對管家說：「海特，家裡還有什麼可以給查爾斯喝的？」

「家裡有威士忌。」

「有威士忌。還是你想喝點別的？」父親說。他又問管家：「我們還有別的嗎？」

「主人，家裡沒有別的酒了。」

「喔，沒有別的了。你得告訴海特你想喝什麼，讓他買回來。現在我已經不在家裡存放葡萄酒了，因為我不能喝酒，家裡也沒有客人會來。不過，在你放假期間，家裡一定會提供你想喝的酒。你會待很久嗎？」

「父親，我也不確定。」

「假期非常長。」他若有所思地說。「我們以前會去參加一種叫做『閱讀派對』的活動，那種活動總是在山裡舉行。為什麼呢？為什麼呢？」他無緣無故地發起脾氣，重複問道。「難道人們認為山上的風景比較有利於學習？」

「我考慮花點時間去上藝術課——人體寫生課。」

「親愛的孩子，你會發現那種課程都已經關門了。我們那個年代，學生會去巴比松派[73]的學校或者類似的地方學習戶外寫生，還有一種叫做『素描俱樂部』的地方——那裡有男有女。」（他吸吸鼻子）「他們騎著腳踏車。」（又吸吸鼻子）「穿著黑白條紋的燈籠褲，隨身帶著荷蘭雨傘。以及，當時讓人十分嚮往的『自由戀愛』。」（他又吸吸鼻子）「那些人簡直胡鬧，但我猜現在還有這種地方，你可以去試試看。」

「父親，這個假期，我真正的問題是錢。」

「喔，在你這種年紀，不應該擔心錢的問題。」

「您知道，我現在手頭有點緊。」

「是嗎？」父親毫不關心地說。

「事實上，我根本不知道該如何度過這兩個月。」

「喔，這個問題我最沒有發言的資格了，因為借用你那種痛苦的說法，我從來沒有『手頭緊』的體驗。對了，這種情況還能怎麼形容呢？拮据？赤貧？窮困？尷尬？一文不名？」（他

---

73 譯註：巴比松派（École de Barbizon）是一八三〇年到一八四〇年在法國興起的鄉村風景畫派。由於該畫派的主要畫家都住在巴黎南郊約五十公里處楓丹白露森林（Fontainebleau Forest）附近的巴比松村，故在一八四〇年之後，這些畫家就被稱為「巴比松派」。

再度吸吸鼻子）「財務觸礁？負債？我們姑且稱你為負債好了，就這樣吧。你的祖父有一次對我說：『盡你所能地生活，但如果確實遇到困難，來找我就好，別去找放高利貸的猶太人。』這些都是廢話。你可以去找傑敏街的那些放款商人試試看，看他們會不會同意讓你寫張字條就借到錢。親愛的孩子，他們什麼都不會給你。」

「那您建議我怎麼做？」

「你的堂叔梅爾奎爾投資失利之後負債累累，就跑到澳洲去了。」

自從我父親某次在倫巴底[74]語的祈禱書中發現兩張來自二世紀的古典文獻之後，我還沒有見過他如此開心。

「海特，我的書掉到地上了。」

管家海特將我父親的書從他腳邊拾起，攤開並放在餐桌飾架旁。剩餘的晚餐時光，我父親就沒有再說過一句話，只會偶爾愉快地吸吸鼻子，但我想他吸鼻子的動作應該與那本書無關。

吃過飯後，我們到花園房裡坐著，但是我父親將我冷落在一旁，他的思緒完全沉浸在一個遙遠的世界，那個世界的時間是以世紀流逝，所有的形體都已毀壞，所有與他作伴的名字都已經隨著時間改變意義。他以一種任何人都會覺得不舒服的姿勢坐著，身體側靠在他的直背扶手椅上，並且將書捧得高高的，斜斜地對著光線。他還三不五時順著懷錶鍊掏出一個金色的鉛筆盒，在書本空白處寫上筆記。窗戶朝著屋外的夏夜敞開著，此時的聲音只有大鐘的滴答聲、從貝斯沃特街依稀傳來車馬聲，還有我父親規律的翻書聲。我本來覺得自己不應該在哭窮的時候還抽雪茄，但此刻實在忍不住，就回房裡去拿了一根雪茄。我父親始終沒有抬頭看我。我剪開雪茄並點燃後，憑著因此重獲的些許自信，說：「父親，您肯定不希望我整個暑假都待在家裡吧？」

「什麼？」

「我在家裡待這麼久，您難道不會感到厭煩嗎？」

「就算我有這種感覺，也絕對不可能表現出來。」我父親輕聲地回答，然後又回到他書中的世界。

夜晚一分一秒過去，家裡各式各樣的時鐘都敲了十一下，我父親才闔上書本、取下眼鏡。「我很歡迎你繼續待在這裡，親愛的兒子。」他說。「你想待多久就待多久，只要你高興。」他走到門口時停了一下，回過頭來。「你堂叔梅爾奎爾是以當水手的名義到澳洲去的。」（他又吸吸鼻子）「我根本不知道『當水手』是什麼意思。」

在接下來那個悶熱的一星期，我與我父親的關係急遽惡化。白天我幾乎看不到他，他老是待在書房裡，偶爾才出來一次，我只聽見他隔著欄杆喊道：「海特，替我叫一輛計程車。」然後就出去了。有時候他只出去半個小時或者更短的時間，有時候則是一整天。他從來沒有告訴過我，他到底在忙什麼。我經常看見管家在奇怪的時間端著托盤送點心到書房給他，托盤上總是擺滿小孩子愛吃的零食——小餅乾、牛奶、香蕉等。如果我們在走廊或樓梯間相遇，他總會

74　譯註：倫巴底（Lombard）是日耳曼人的一支，起源於斯堪地那維亞，今瑞典南部。經過約四個世紀的民族大遷徙，倫巴底人最後抵達並占據義大利半島（Penisola italiana）北部。

以迷惘的神情看著我，隨口說聲「啊—哈」，或者「天氣真熱」，或是「很好，很好」。然而晚上當他穿著那件天鵝絨吸菸服走進花園房時，又會一本正經地和我打招呼。

晚餐餐桌成了我們的戰場。

第二天晚上，我去吃晚餐時也隨身帶著一本書。我父親安靜而游移的雙眼忽然充滿興致地盯著我那本書，等我們走過走廊，他才偷偷把他的書留在走廊的邊桌上，沒有帶進餐廳。我們坐下之後，他看起來有點憂鬱，對我說：「查爾斯，我真心覺得你應該和我聊天。我今天很累，很希望晚餐時可以聊聊天。」

「好的，父親，您希望聊什麼？」

「聊點讓我開心的事，把我從我自己的世界裡拉出來。」他任性地說。「告訴我最新上演那些戲劇吧！」

「可是我什麼戲都沒看啊！」

「你應該去看戲的，真的，一個年輕人整個晚上都待在家裡很不正常。」

「唉，父親，我告訴過您，我沒有錢可以看戲。」

「親愛的兒子，不要讓金錢主宰你的生活，讓我告訴你為什麼。你的堂叔梅爾奎爾在你這個年紀時，已經和別人合寫了一齣音樂劇，那是他少數愉快的回憶之一。你也應該多到劇院走走，當成是個人教育的一部分。只要你讀讀傑出人物的傳記，就會發現一半以上的偉人，第一次看戲都是坐在劇院最便宜的頂層樓座。有人告訴我，沒有其他樂趣能比得上在頂層樓座看戲，你可以在那裡遇見真正的劇評家與熱情的戲劇愛好者。他們說，頂層樓座是『與上帝坐在一起』的位置，而且票價非常便宜。你等著驗票進場時，還可以順便欣賞街頭藝術家的表演。改天我們也試試那種『與上帝坐在一起』的頂層樓座。你覺得艾貝爾太太做菜的手藝如何？」

「老樣子。」

「她受到你菲莉帕姑姑的影響。菲莉帕留給艾貝爾太太十道菜的食譜，她離開之後，艾貝爾太太就只煮這十道菜。我一個人在家時，從來沒有留意過自己吃了什麼，可是現在你也在家，我們必須有點變化。你想吃什麼？現在有什麼當季的食材？你喜歡龍蝦嗎？海特，請你告訴艾貝爾太太，明晚就做龍蝦料理吧！」

當天的晚餐包括索然無味的白湯、煎得過老的龍利魚淋上粉紅色的醬汁、羊排佐洋芋球，以及海綿蛋糕配燉梨。

「我願意吃這種耗時的晚餐，完全是出自我對你姑姑的尊重。她說，晚餐如果只有三道菜，是中產階級的生活。她說：『如果你讓僕人們得逞一次，你很快就會發現，每天晚餐只有一塊肉那麼簡單了。』可是那正是我所希望的。其實，每次只要艾貝爾太太休假，我就去俱樂部用餐，而且只點一塊肉。不過，你姑姑規定，只要在家裡吃飯，就一定要有一道湯加上三道菜，有時候是魚、肉與餐後點心，有時候是肉、甜點和餐後點心——有好幾種不同的組合。

「有些人會把自己的個人意見變成像刻在碑文上的經典那般不容質疑，實在非常了不起，你姑姑就有這種本事。

「一想到我和她之前每天晚上就像你我現在這樣一起吃晚餐，心裡就覺得怪怪的。她執意要把我從我自己的世界裡拉出來，總喜歡找我閒聊她又看了哪些書。你知道，當初說要同住，是她的主意，因為她覺得如果我獨自生活，我會變得越來越古怪。或許我已經變得很古怪了，對不對？可是她的點子實在行不通，我後來把她弄走了。」

他說這句話的口氣，無異帶有威脅的意味。

此刻，我在我父親家中，感覺自己像個陌生人，有很大的原因是因為少了菲莉帕姑姑。自從我母親過世之後，菲莉帕姑姑就搬來與我父親同住。如我父親所說，是我姑姑主動希望與我們一起住，但是我當時對於與我父親同桌吃晚餐的痛苦毫無感覺，因為我還有菲莉帕姑姑作伴，我毫無條件地接受她，就這樣過了一年。後來最早出現的變化，是姑姑把她那棟原本準備賣掉的薩里郡小屋重新整理好。我住校期間，她就回到那間小屋去住，偶爾才來倫敦購物或看戲。等我放暑假時，我們會一起去海邊度假。在我讀中學的最後一個學期，我姑姑離開了英國。「我後來把她弄走了。」我父親以這種操弄別人的勝利者之姿談論那位善良的女士，而且他知道，我可以從他的話語中聽出他對我的挑釁。

我們吃完晚飯準備離開餐廳時，我父親又說：「海特，你已經告訴艾貝爾太太我要求明天吃龍蝦了嗎？」

「主人，我還沒說。」

「那就不用說了。」

「好的，主人。」

我們準備在花園房坐下時，我父親忽然說：「我不知道海特到底有沒有打算去交代艾貝爾太太買龍蝦，我猜他根本沒打算去說。你知道嗎？我相信他認為我只是在開玩笑。」

第二天，我偶然獲得了一項對抗我父親的武器：我遇見了一個以前的同學，一個和我同屆、名叫喬金斯的傢伙。我以前不太欣賞他。有一次，當菲莉帕姑姑還在的時候，喬金斯曾來我家喝下午茶，當時菲莉帕姑姑對他的評論是：雖然第一眼看起來不討人喜歡，但可能內心是個不錯的孩子。我熱情地向喬金斯打招呼，並邀請他到家裡來吃晚餐。他來了，言行舉止沒有太大的變化。海特肯定告訴了我父親晚上有客人，因為我父親沒有穿他平常吃晚餐時那件天鵝絨吸菸服，而是換上了燕尾服，搭配一件領子很高的黑色背心，以及一個小小的白色領結。這就是他的正式服裝。他穿著這身衣服，看起來顯得非常陰鬱，彷彿正處於守喪期，也許他年輕時曾覺得自己很適合這樣的打扮，於是就把這些衣物留下來了。他沒有正式的晚宴服裝。

「晚安，晚安。你大老遠過來吃飯，真是太好了。」我父親對喬金斯說。

「喔，一點也不遠。」喬金斯回答。他就住在蘇塞克斯廣場。

「科技縮短了距離。」我父親的話語令人感到奇怪。「你這一次來到這裡，是為了談生意嗎？」

「呃，我現在是在做生意，不知道您的問題是這個意思嗎？」

「我以前有個堂弟也在做生意——你應該不認識，那是很久以前的事了。前幾天我還向查爾斯提過那個堂弟，我常常想起他。那個堂弟啊……」我父親為了強調他接下來的古怪說法，刻意停頓了一下。「跌了一大跤。」

喬金斯神經質地笑了兩聲，然而在我父親責怪的眼神下，他馬上就停止了。

「你覺得他不幸的遭遇是可笑的話題嗎？還是你不熟悉我的用詞？你可能會用『垮臺』一

詞來形容。」

我父親是個預設立場的大師。他認為喬金斯是美國人，於是一整晚就以這種預設立場和喬金斯聊天。他向喬金斯解釋對話中出現的英式用語，還把英鎊換算成美元，並且很有風度地向喬金斯表達尊重：「當然，依照你們的標準……」「我們這裡的東西，對喬金斯先生來說一定非常俗氣吧？」「在你們習慣的那片寬闊土地上……」這位客人隱約感覺到主人對他的身分有所誤解，但是找不到機會解釋。吃晚餐的過程中，他一次又一次試著與我父親眼神交會，想從我父親眼中看出這一切是不是在開玩笑，然而他只看見一張溫和慈祥的面容，因此越來越困惑。

我父親說了一句話，讓我覺得他實在胡鬧過頭了。他對喬金斯說：「你住在倫敦的這段期間，一定很懷念你們國家的運動吧？」

「我們國家的運動？」喬金斯問。他完全不明白我父親是什麼意思，然而他以為自己終於等到機會，可以把事情解釋清楚。

我父親的目光從喬金斯轉到我身上，表情從溫和變成惡意，隨後他將目光再度投向喬金斯時，又變成一派慈祥。他就像是一個賭徒，準備放手一搏。「你們國家的運動。」他優雅地說。「板球。」接著又無法自制地吸吸鼻子，宛如在強忍笑意，並以餐巾擦擦眼睛。「你在城市裡工作，肯定覺得能打板球的時間大大減少了吧？」

晚餐後，我父親在餐廳門口前向喬金斯道別，讓我們兩人自己聊天。「晚安，喬金斯先生。」他說，「希望你下次跨越『鯡魚塘』[75]的時候再來拜訪我們。」

後來喬金斯問我：「你父親是什麼意思？他好像認定我是美國人。」

「他有時候不太正常。」

「他還建議我去參觀西敏寺大教堂之類的觀光景點，實在太不可思議了。」

「是的。但我也無法解釋他的行為。」

「我認為他在戲弄我。」喬金斯一臉疑惑地表示。

幾天之後，父親又出擊了。他叫住我，問：「喬金斯先生還在我們家嗎？」

「不在，父親，他當然不在。他那天只是來吃晚餐。」

「喔，我本來還希望他在我們家住下呢。他真是一個多才多藝的年輕人。你會待在家裡吃晚餐嗎？」

「是的。」

「我打算舉行一場晚餐派對，讓你這段時間枯燥無味的夜生活有點變化。你覺得艾貝爾太太會不高興嗎？我想應該不會。還好我們邀請的客人並不挑剔，卡斯柏特爵士與奧瑪赫里克夫人是主客。晚餐後我希望可以欣賞一點音樂。我還特別為你邀請了幾位年輕人。」

我對我父親這個計畫的不祥預感，根本遠遠不及現實的慘況。當客人們聚集在我父親毫不害羞地稱為「藝廊」的房間裡時，我馬上就看出，這些賓客都是他刻意挑選，故意要讓我不舒服的人。他所謂的「年輕人」包括葛洛莉亞．奧瑪赫里克小姐，一位大提琴家；她的未婚夫是

75 譯註：鯡魚塘（The herring pong）是指大西洋。

個禿頭的男人，任職於不列顛博物館；另外還有一個只會說德文的慕尼黑出版商。我父親站在他們中間，從瓷器櫃後方對著我露出笑容，並且吸吸鼻子。那天晚上他的穿著宛如戰場上的騎士，上衣鈕扣洞裡還插著一朵小小的紅玫瑰。

晚宴的菜色豐富且經過精心安排，正如他挑選過的客人，完全不是菲莉帕姑姑的食譜，而是一份更古早的菜單，來自他還不必下樓用餐的幼年時期，只經過些許改良。這些菜餚的擺盤都很好看，而且紅肉與白肉交替上桌，然而這些菜色和當晚的葡萄酒都令我覺得索然無味。吃過晚餐後，我父親帶著那位德國出版商走到鋼琴旁，當德國人開始演奏時，我父親就離開客廳，帶著卡斯柏特爵士與奧瑪赫里克夫人去「藝廊」欣賞他的伊特拉斯坎公牛。

那是一個可怕的夜晚，派對結束時，我驚訝地發現時間才不過是晚上十一點。我父親替自己倒了一杯麥酒，說：「我的這些朋友們真是無趣乏味。你知道，要不是因為你在家，我絕對不會有邀請他們來吃飯的念頭。近幾年來我一直疏於交際應酬，但現在你要待在這裡這麼久，我得多舉行幾次像今晚這樣的活動。你喜歡葛洛莉亞·奧瑪赫里克小姐嗎？」

「不喜歡。」

「不喜歡？是因為她嘴唇上方的細毛，還是因為她的那雙大腳？你覺得她今晚玩得開心嗎？」

「不開心。」

「我也是這麼覺得。我不認為哪個客人會把今晚當成一次愉快的經歷。那個外國年輕人彈琴彈得糟透了，起碼我是這麼認為的。我是在哪裡認識他的呢？還有康斯坦西亞·史麥斯威克小姐，我又是在哪裡認識她的呢？然而我必須盡到主人的義務，只要你還待在這裡一天，我就不能讓你感覺到一絲無聊。」

接下來兩個星期我們依然衝突不斷，我輸多贏少，因為我父親經驗老到，而且他有比我更大的操控空間，我就宛如被釘死在高地和汪洋之間的橋頭堡。他從不說出他掀戰的目的，直到今日我仍不清楚這是不是純粹為了懲罰我？——在他的意識深處是不是有一種地緣政治感，有意將我逐出他的領土，就像他把菲莉帕姑姑驅趕到義大利的博爾迪蓋拉[76]、把堂叔梅爾奎爾逼走至澳洲的達爾文[77]。或者，最有可能的，是他喜歡這樣，為了戰鬥而戰鬥，而且他確實也在戰爭中閃耀光芒。

在這段期間，我曾收到賽巴斯提安寫來的一封信。某天，父親在家裡吃午餐時，鄭重其事地把信交給我。我看得出來他很好奇，因此我拿了信之後就立刻走開。那封信寫在維多利亞晚期厚重的黑邊訃聞紙上，並且使用相襯的信封。我急切地打開來讀：

布萊茲赫德莊園
威爾特郡
我不知道今天是幾月幾號

76 譯註：博爾迪蓋拉（Bordighera）是義大利因佩里亞省（Provincia di Imperia）的一個小鎮。
77 譯註：達爾文（Darwin）是位於澳洲西北海岸的主要城市。

親愛的查爾斯：

我在一張書桌的抽屜裡發現這盒信紙，所以我一定要寫封信給你。我正在為我逝去的純真而哀悼，但或許我的純真從來就不曾活著，所以醫生們一開始就很絕望。

不久之後，我就要出發去威尼斯找我父親，和他一起住在他那棟充滿罪惡的宅邸裡。真希望你也能同行。我多麼希望你就在這裡。

我始終沒能享受片刻清靜，因為我的家人來來去去，一會兒出現，一會兒又拿了行李走人。不過，白色的覆盆子都已經成熟了。

我確定不帶阿洛修斯去威尼斯，因為我不希望讓他沾染義大利熊的惡習。

給你我的愛，以及你想要的一切。

賽

我以前也收過他寫的信，我在拉文納的時候收到過他的來信。我不應該感到失望，可是那天我將那張硬邦邦的信紙撕毀並丟進垃圾桶。我憤怒地看著骯髒的花園與貝斯沃特亂糟糟的後街，在汙水管、火警門與凹凹凸凸的玻璃溫室間，我腦子裡浮現出安東尼．布蘭屈那張蒼白的面孔，彷彿他正透過我眼前那些零落的樹葉窺探著我，就像他在泰晤士的酒館裡，隔著燭光注視我的模樣。同時，我還可以從街上傳來的車馬聲中聽見安東尼說話的聲音……「賽巴斯提安有時候會表現得有點無趣乏味，我們也不能怪他……每次聽他說話，我都會覺得噁心——他的話語就像一堆空泛的肥皂泡泡。」

在那天之後，我一連好幾天都覺得自己有點討厭賽巴斯提安，但後來在某個星期天下午，我收到他捎來的一封電報，那一瞬間驅散了我心中原本的陰影，但也添上一層更沉重的擔憂。

當時我父親外出，當他回來時，發現我正處於一種焦慮不安的狀態。他站在門廳，頭上還戴著他出門時所戴的巴拿馬草帽。他面帶微笑地看著我。

「你一定猜不到我今天去哪裡了。我去了動物園，真是愜意。動物們看起來都十分享受陽光。」

「父親，我必須立刻離開這裡。」

「喔？」

「我的一位好朋友受了重傷，我必須立刻趕去看他，海特正在替我收拾行李，半小時後有一班火車。」

我把電報拿給我父親看，電報上簡單寫著：「嚴重受傷，速來。賽巴斯提安。」

「喔。」我父親表示。「很遺憾這件事讓你心煩。不過，讀完這封電報，或許我不應該這麼說，但我覺得事情沒有你想像中的那麼嚴重，否則你這位受傷的朋友不可能親自簽名。當然，他可能意識清醒，只不過是眼睛瞎了，或者因為脊椎斷了而殘廢。你去探望他的必要性何在？你既沒有醫學專業知識，也不是神職人員。你是希望他可以分你一些遺產嗎？」

「我已經告訴過您了，他是我很好的朋友。」

「喔，奧瑪赫里克也是我很好的朋友，但我肯定不會在炎熱的星期天下午趕去他床前流淚送終，我也不確定奧瑪赫里克夫人會不會歡迎我去。不過，我看得出來你不擔心這方面的事。我會想念你的，親愛的兒子，千萬不要因為我的緣故就特別趕回來。」

那個八月的星期天，黃昏中的帕丁頓車站，陽光從車站屋頂朦朧的窗格照進大廳，書報攤都關著，為數不多的旅客不慌不忙地走在替他們搬運東西的行李員旁。這樣的畫面如果是在不焦急的心境下，或許非常宜人。車廂幾乎是空的，我把行李箱放在三等車廂的角落，然後到餐車找了一個座位坐下。「先生，過了雷丁站之後，我們才會提供第一次晚餐，大約在七點鐘左右。您現在需要喝點什麼嗎？」我點了杜松子酒和苦艾酒。酒送來時，列車正好啟程出站。刀叉叮叮作響，窗外開闊的風景向火車後方退去，可是我無心欣賞。相反地，恐懼就像酵母一樣，在我的意識裡發酵膨脹，災難的慘狀宛如一團一團的泡沫浮現：有人不小心拿到一把子彈上了膛的槍；馬兒因為受到驚嚇而仰頭抬腿，導致騎士從馬背上跌落；樹蔭下的水池裡藏著看不見的木樁；橡樹的樹枝在寂靜的清晨突然斷落；道路轉彎處衝出了一輛車。這些對文明生活形成威脅的各種事件，一股腦兒全部從我的腦子裡冒出來嚇唬我。我甚至想像一個殺人狂躲在暗影中喃喃自語，手裡揮舞著一根長長的鉛管。火車車窗外的玉米田和沉鬱的樹林快速往後退去，在金黃色的薄霧中，火車車輪的悸動在我耳邊不斷重複著：「你來晚了！你來晚了！他死了！他死了！他死了！」

吃過飯後，我換乘本地線的列車。在暮色中，我終於抵達了目的地：梅爾斯德．卡柏里。

「先生，您要去布萊茲赫德莊園嗎？茱莉亞小姐已經在外面等您了。」

茱莉亞坐在一輛敞篷車的駕駛座上，我一眼就認出她來，絕對不會錯。

「你是萊德先生嗎？請上車。」她的聲音和賽巴斯提安很像，說話的口氣也和賽巴斯提安一樣。

「他還好嗎？」

「你是說賽巴斯提安？喔，他沒事。你吃過晚餐了嗎？我猜你一定還沒吃。家裡已經準備好晚餐了，因為只有我和賽巴斯提安兩個人在家，所以我們想等你來了再一起吃。」

「他發生了什麼事？」

「他沒告訴你嗎？不過，我猜，他覺得你要是知道真相，肯定不會趕過來。他的腳踝斷了一小塊骨頭，那塊骨頭小到沒有名稱。昨天醫生替他照了X光，並且叫他把腳抬高一個月。他悶壞了，因為所有的計畫都被打亂，所以整天小題大作……大家都離開了，他一直想辦法要我留下來陪他。呃，我想你一定知道，他有時候可憐得多麼討人厭，我差點就屈服了，但我說：『你一定還有別人可以依靠吧？』他說每個人都走了，或者在忙，或者……總之，沒有人能來這裡陪他。最後他同意試著找你來。我向他保證，如果你沒辦法來陪他，我就留下來。因此你不難想像，我有多麼感激你。我不得不說，你在這麼短的時間就趕過來，情操實在非常高尚。」雖然茱莉亞這麼說，可是在我聽來，起碼就她的口氣，她有一絲瞧不起我這種隨傳隨到的表現。

「他是怎麼受傷的？」

「信不信由你，他是打槌球時受傷的。他鬧脾氣，結果被一個鐵環絆倒。不是什麼太光彩的傷口。」

她和賽巴斯提安太相像了。我坐在越來越深沉的暮色中，迷失在一種既熟悉又陌生的雙重幻覺裡，就像從一個高倍望遠鏡遠遠看著一個人走進視野，你一面仔細觀察著對方的臉龐與衣服的細節，以為自己伸手可及，同時又一面驚訝於對方根本聽不到你也看不到你。忽然之間，你再用裸眼去看，才意識到自己在對方眼中只是遠處的一個小黑點，甚至看不出人形。我認識茱莉亞，但是她不認識我。她深色的頭髮和賽巴斯提安的頭髮差不多長，而且也和賽巴斯提安一樣將髮絲從前額往後梳。她的雙眸在黑暗中看起來也和賽巴斯提安一樣，只是更大一些。茱莉亞抹著口紅的嘴唇，沒有賽巴斯提安那種對這個世界的善意。她的手腕上戴著一個有小飾物的手鐲，耳朵上墜著小小的金色耳環，單薄的外套下露出大約一、兩英寸長的花紋絲質裙，是那個年代流行的短裙。而茱莉亞的那雙腿、操控著汽車的那雙腿，看起來就像細長的紡錘，也是當時的風尚。由於她的性別有著介於我熟悉和陌生之間可觸知的差異，這種差異似乎填滿了我和她中間存在的空隙。在她之前，我從來沒有對女性有過任何感覺，因此在這一刻，她在我眼中具有非常強烈的女性魅力。

「我很怕在晚上這個時候開車。」茱莉亞說。「可是好像沒有別的會開車的人在家。賽巴斯提安和我基本上就像在家裡露營一樣，一切從簡，希望你沒有期待會有什麼盛大的派對歡迎你來。」她將身體往前傾，從置物櫃拿出一包菸。

「喔，我沒有任何期待。謝謝。」

「替我點一根菸好嗎？」

這輩子頭一次有人叫我做這種事。當我將香菸從我的嘴邊移開、放到她的嘴唇時，那一瞬間，我彷彿感覺到一絲宛如蝙蝠躁動的性欲。那種細微的躁動聲，除了我自己之外沒有人聽見。

「謝謝。我知道你來過布萊茲赫德莊園，奶媽告訴過我。我們都覺得你們兩個人很怪，那天竟然沒有留下來等我一起喝下午茶。」

「是賽巴斯提安趕著走。」

「你好像太任由他擺布了。你不應該這樣子，這樣對他也不好。」

這時我們已經轉過彎，樹林的色彩已經徹底消失在黑夜之中。天空與布萊茲赫德莊園的那棟大宅，都宛如灰色的浮雕畫，只有敞開的大門中央流瀉出一片金黃色的光芒。有人正站在那裡等著替我提行李。

「我們到了。」

茱莉亞帶著我走上臺階，走進大廳。她將外套扔在一張大理石桌上，然後彎腰去撫摸一隻跑來迎接她的小狗。「假如賽巴斯提安已經提早吃晚餐，我也不會覺得太驚訝。」

這時，我看見穿著睡衣和睡袍的賽巴斯提安自己推著輪椅，從遠處的廊柱間出現。他的一隻腳上纏著厚厚的繃帶。

「喔，親愛的，我把你的好朋友接來了。」茱莉亞對賽巴斯提安說，口氣中仍藏有一絲不易察覺的輕蔑。

「我還以為你快死了。」我說。我原本以為賽巴斯提安發生不幸，但當我抵達這裡之後，才發現自己被他愚弄，因此他的安然無恙只讓我滿腔憤怒，並沒有覺得鬆一口氣。

「我也是這麼認為。太痛了，太折磨人了。茱莉亞，妳覺得維爾考克斯今晚會準備香檳嗎？

如果妳叫他準備的話。」

「我討厭香檳，而且萊德先生已經吃過晚餐了。」

「萊德先生？萊德先生？查爾斯隨時都可以喝香檳。妳知道，看看我這隻被包紮得厚厚的腳，我總覺得自己好像得了痛風，而這樣的感覺讓我非常想喝香檳。」

我們在被他們稱為「繪廳」的房間裡吃晚餐。那個寬敞的房間是八邊形，設計風格看起來比屋裡其他的房間年代稍晚，牆上裝飾著花環圓形浮雕，莊嚴的龐貝[78]田園牧歌人物橫跨整片拱頂，鏡子與壁燈都是同一種造型，出自同一個設計師的手。「家裡只剩我們的時候，我們都在這個房間吃飯。」賽巴斯提安說。「這個房間很愜意。」

他們用餐時，我一邊吃著水蜜桃，一邊告訴他們我和我父親之間的戰爭。

「就我聽來，他是一個好人。」茱莉亞說。「我先走了，你們兩個男生慢慢聊。」

「妳要去哪裡？」

「去育兒房。我答應奶媽要陪她再玩一次跳棋。」茱莉亞親了賽巴斯提安的額頭之後，我替她打開房門。「晚安，萊德先生。我要順便向你道再見，因為我想我們明天不會碰面。我一大早就會離開這裡。真不知道應該如何向你表達我的感激，謝謝你讓我從病床前脫身。」

「我妹妹今晚表現得非常自以為是。」賽巴斯提安在茱莉亞離開後表示。

「我覺得她不是很喜歡我。」我說。

「我不覺得她喜歡任何人。可是我愛她，她跟我很像。」

「你也不喜歡任何人嗎？她跟你很像嗎？」

「我是說她的長相，還有她說話的方式。我當然不喜歡任何一個性格與我相像的人。」

喝過波特酒之後，我走在賽巴斯提安的輪椅旁，陪他穿過大廳的柱廊前往書房。那天晚上，以及接下來一個月幾乎每天晚上，我們都在書房裡度過。書房在屋子的側面，可以俯瞰湖景。窗戶對著滿天的星光及芬芳的空氣敞開著、對著靛藍色與銀白色敞開著、對著月光照亮的山谷敞開著、對著噴泉流動的聲音敞開著。

「我們將在這裡度過一段有如天堂的日子。」賽巴斯提安說。第二天早上，我正在刮鬍子的時候，從浴室的窗戶看見茱莉亞從前院驅車離開，車子後座放著行李。直到車子消失在山坡盡頭，她都沒有回頭望過一眼。那一刻我突然感覺到解放和平靜，就如同多年之後，在動盪不安的夜晚結束時，哨聲響起，警報正式解除。

四、賽巴斯提安在家◆瑪奇梅因侯爵在國外

青春的倦怠——多麼獨一無二，而且多麼典型！轉眼之間，它就消失無蹤。激烈且豐沛的愛情、幻覺、絕望，這些經常被人談論的青春特質——除了倦怠之外——全部都在我們的人生歷程中來來去去。這些都是生命的一部分。然而倦怠——那種放鬆卻又不知疲倦的原動力，那

78 譯註：龐貝（Pompeii）為古羅馬城市之一，位於那不勒斯灣維蘇威火山腳下，西元七九年被維蘇威火山爆發時的火山灰所覆蓋。

種與世隔絕的利己主義——卻只屬於青春歲月，並且隨著青春的遠去而消亡。也許在地獄廣廈裡的英雄們，正是以此作為無緣親睹至福幻象的補償；又或許至福幻象本身，正與這樣的塵世經歷有著千絲萬縷的連繫。不管怎麼說，我認為在布萊茲赫德莊園度過的那段慵懶時光裡，自己真的距離天堂好近。

「為什麼把這房子叫做『城堡』？」

「因為這間房子原本是一座城堡，只不過被拆掉了。」

「什麼意思？」

「就是這個意思啊！以前我們家族在一英里外有一座城堡，就在村子那邊。後來他們覺得這片山谷地點較佳，於是就拆了那座城堡，把石頭一塊一塊地運到這裡來，蓋起現在這棟房子。我很高興他們這麼做。你覺得呢？」

「如果這棟房子是我的，我應該永遠都不會離開這裡。」

「不過，你知道，查爾斯，這棟房子不是我的。也許此時此刻它是我的，可是這裡經常充滿窮凶惡極的野獸。唉，我多麼希望人生可以永遠像現在這樣——永遠是夏天、永遠不被打擾，而且水果永遠是熟成的、阿洛修斯永遠是開心的……」

這是我希望記住的賽巴斯提安。那個夏天，當我們獨自在那棟魔法宮殿穿梭時，他那種無憂無慮的模樣。賽巴斯提安坐在輪椅上，溜過修剪整齊的菜園小徑，尋找來自寒冷高山的野草莓以及原本生長在溫熱地區的無花果。我們經過一個又一個暖棚，從一種香味走到下一種香味，從一個季節走到下一個季節，剪下麝香葡萄，為我們上衣的鈕扣洞挑選適合的蘭花。賽巴斯提安像演默劇似地蹣跚走到以前的育兒房，和我一起並肩坐在破舊的花地毯上，身旁都是已被清空的玩具箱。霍金斯奶媽坐在育兒房的角落，心滿意足地做針線活，一邊說：「你們這兩個孩子，一個和另一個同樣頑皮。你們的大學就是這樣教導你們的嗎？」賽巴斯提安有時也會在陽光下躺在柱廊的躺椅上，就像現在這樣，而我則坐在一張硬椅子上，試著畫出那座噴泉。

「那個穹頂也是英尼格．瓊斯[79]的設計嗎？可是看起來年代應該要更晚一些。」

「喔，查爾斯，別像觀光客一樣好嗎？只要看起來漂亮就好，哪個年代修建的又有什麼差別？」

「但是我想要知道。」

「喔，親愛的，我還以為我已經把你從煩人的柯林斯身邊拯救出來了。」

生活在這些牆面之間，就宛如沉浸在美學教育之中。從這個房間到另外一個房間，從索恩式[80]的圖書館到中國式客廳裡金碧輝煌的東方寶塔、中國人偶、潑墨畫作和齊本德爾[81]的雕刻，

79　譯註：英尼格．瓊斯（Inigo Jones，一五七三年七月十五日—一六五二年六月二十一日）是近代第一位重要的英國建築師。

80　譯註：約翰．索恩爵士（Sir John Soane，一七五三年九月十日—一八三七年一月二十日）為英國建築師，以新古典主義建築聞名。

81　譯註：湯瑪斯．齊本德爾（Thomas Chippendale，一七一八年六月五日—一七七九年十一月十三日）是著名的英國家具工匠，出身於英格蘭東北部的約克郡。

從龐貝風格的起居室到迄今已兩百五十年但仍一成不變地懸掛著織錦畫的大廳。我坐在陰涼處往露臺眺望，享受著在這裡的每一個小時。

露臺是這棟房子最後規畫的部分，修建於湖岸雄偉的石牆堡壘上。從大廳的臺階望去，它就像是懸掛在湖面上。彷彿只要站在露臺的欄杆旁，輕輕一扔，就可以把一顆石頭扔進腳下的湖水裡。這個露臺被兩側的柱廊環繞，由露臺往上走有一片青檸檬樹，延伸到位於山腰的森林裡。露臺有一半是鋪整好的路面，另一半是花園及修剪整齊的蔓藤矮樹，另外還有高一點且密不透風的樹籬，圍成一個橢圓形，每一段都被修剪成甕狀。橢圓形的地面散落著一些雕塑，正中央矗立著一座大噴泉，主宰這個燦爛耀眼的空間。這種大型噴泉，人們經常可以在南義大利的廣場上看到。事實上，這座噴泉正是一個多世紀之前，賽巴斯提安的祖先在義大利南部買下並運來英國，將它放置在這個喜歡它、欣賞它的異鄉土地上。

賽巴斯提安讓我畫這座噴泉。要畫出這樣的對象——橢圓形的水池，中央有一座岩石雕刻小島，石頭上長著義大利熱帶植物及英國的複雜蕨草，石縫間有許多模仿泉水的細流汩汩流動，小島四周環繞著一同朝著外面噴水的生動雕塑：駱駝、長頸鹿、張牙舞爪的獅子，岩石上則矗立著一座與山形牆齊高、以紅砂岩打造的埃及方尖碑——對我這種業餘畫家而言確實有難度，不過，儘管這項挑戰完全超出我的能力範圍，我還是藉著一點機智的省略，加上些許作畫技巧，最後還是將它完成，拼湊出一幅有點模仿皮拉奈奇[82]風格的作品。「我要不要把這幅畫送給你的母親呢？」我問。

「為什麼要送她？你又不認識她。」

「這樣做才合乎禮節啊，畢竟我住在她家。」

「送給奶媽吧。」賽巴斯提安說。

我依照他的建議，把畫送給了奶媽。奶媽把畫放在她櫃子上那堆收藏品中，並評論道：畫得確實和那座噴泉有點像呢！她經常聽別人讚美那座噴泉，可是從來不覺得它美麗。

對我而言，它的美麗是一種新的發現。

從我還是小學生的時候，我經常騎腳踏車到附近的教區，積極地畫出黃銅器皿上的圖案或拍攝教堂的洗禮盤，透過這樣的經歷，我培養出對建築的熱愛。雖然受到我們這一代年輕人特質的影響，導致我在觀念上很容易從拉斯金[83]的清教主義過渡到羅傑．佛萊的清教主義，然而在內心深處，我仍舊非常封閉、愚昧且充滿中世紀風格。

在這裡，我皈依了巴洛克風格的藝術創作。在這裡，有居高臨下、俯視一切的穹頂，還有方格狀的天花板。在這裡，當我穿過那些拱梁和斷壁、走到柱廊的陰影處、不知倦怠地坐在噴泉旁邊好幾個小時，觀察著它的光影、追逐著它的回聲、感動著它大膽的創造力成果時，我只感受到無限的歡欣，宛如我體內誕生出一個全新的感知系統。那些從石縫間汩汩湧出的泉水，

---

82 譯註：喬凡尼．巴提斯塔．皮拉奈奇（Giovanni Battista Piranesi，一七二〇年十月四日—一七七八年十一月九日）是義大利畫家、建築師及雕刻家。

83 譯註：約翰．拉斯金（John Ruskin，一八一九年二月八日—一九〇〇年一月二十日）是英國維多利亞時代主要的藝術評論家之一，也是英國藝術與工藝美術運動的發起人之一。

似乎真是我的生命之泉。

某天，我們在一個櫃子裡發現一個大大的日本漆器盒，裡面裝著油畫顏料，而且還沒有壞。「我母親在一、兩年前買的。有人對她說，唯有試著用畫筆去描繪這個世界，才能徹底鑑賞它的美好。這件事情讓她被我們笑慘了，因為她根本不會畫畫。無論顏料多麼鮮豔，只要經過她的調色，就立刻變成卡其色。」調色盤上有一團一團已經乾掉的泥色顏料，證明賽巴斯提安所言不假。「蔻蒂莉亞老是被我母親叫去清洗畫筆。最後我們全都表示抗議，母親才不再繼續作畫。」

這些顏料讓我們想到一個點子：何不裝飾一下那間工作室呢？那個房間不大，有一扇門與柱廊相連，曾經是布萊茲赫德莊園的管理室，如今已被棄置，堆放著一些戶外遊戲器材，以及一盆已經枯死的蘆薈。毫無疑問，那個房間原本有更美好舒適的用途，例如喝下午茶的房間或書房，這可以從水泥牆上纖細的洛可可鉻板裝飾及有漂亮穹窿的屋頂看出來。那個房間裡有一個小小的橢圓形牆框，我先在上面描繪出一幅浪漫派的風景畫線條，接著又花幾天的時間塗上顏色。也許是因為幸運，也許是因為當時心情愉快，這個作品非常成功，畫筆似乎完全聽從我的指揮。那是一幅沒有人物的風景畫，在藍色的遠景中，呈現白雲飄過的夏日景緻；近景則是被常春藤覆蓋的斷壁殘垣，岩石與噴泉彷彿訴說著隱身於背景的風光。原本我對油畫幾乎一無所知，只能一面畫一面學，然而一個星期之後，當我完成這幅畫作時，賽巴斯提安已經熱情地希望我在另一面較大的牆壁作畫。我描出一些線條，賽巴斯提安說他想要一幅「鄉村聚會[84]」

圖，要有裝飾著緞帶的鞦韆、黑人男侍，以及吹奏排笛的牧羊人。但這件事情最後不了了之，因為我知道我畫不出那幅風景畫，那種精緻且盛大的畫面，不是我有辦法畫出來的。

有一天，我們和維爾考克斯一起到酒窖去，看見一些空著的儲酒格。那些儲酒格裡曾經存放許多美酒，如今只剩下十字形的框架。以前所有的儲酒格都擺滿了，其中有好幾瓶是五十年的陳年美釀。

「自從主人去了國外，這裡的酒就不曾增加過。」維爾考克斯說。「有些老酒應該喝掉。我們本來應該買一些十八年和二十年的酒來存放，酒商寫過好幾封信來問我們的購買意願，然而夫人要我去問布萊茲赫德伯爵的意思，但布萊茲赫德伯爵又叫我去問主人，主人則說問律師。總之，我們的酒藏就這樣減少了。看著目前的存量，大概還夠喝十年，可是喝完的時候應該怎麼辦才好呢？」

維爾考克斯對於我們喝酒的興致表示歡迎，從儲酒格拿了幾瓶酒出來給我們。在這樣的靜謐夜晚與賽巴斯提安在一起，我才真正認識了葡萄酒的魅力，為日後的豐收播下種子。在我後來經歷的許多荒蕪歲月，葡萄酒成了我的歸宿。賽巴斯提安和我坐在那間「畫室」裡，桌上開著三瓶酒，每人面前三個杯子。賽巴斯提安找到了一本關於品酒的書籍，我們細細遵循書上的指示，一切照著書本的內容去做：先用燭火將酒杯微微加熱，將酒斟到三分之一的高度，輕輕

84　譯註：鄉村聚會（Fête champêtre）是十八世紀流行的娛樂活動，以園遊會的形式呈現，在法國宮廷中特別受到歡迎。

搖晃酒杯並用手心輕撫；再把杯子舉到光線下欣賞，聞一聞、輕啜一口，讓葡萄酒充滿口中並且滑過舌頭，像在櫃檯上滾動銅板那樣；最後再將頭輕輕往後仰，讓酒一點一滴地滲進咽喉。接著我們一邊聊天，一邊品嚐餅乾，然後再開下一瓶酒。等到三瓶酒都喝完一輪之後，又回到第一瓶和第二瓶，直到三種酒在我們體內混合，就像在我們面前已經混淆順序的酒杯，分不清楚哪個杯子裝哪種酒，甚至哪個杯子是誰的，只知道總共有六個酒杯，其中有些杯子裡混著不只一種酒。到後來我們不得不重新開始，各自面前重新擺上三個乾淨的杯子。酒瓶空了，我們對這些酒的頌讚也越來越狂放、越來越奇特。

「……這瓶酒有一點淡，像一隻羞怯的小羚羊。」

「像一個小妖精。」

「絢麗燦爛，像是織錦畫上的草原。」

「像平靜的水邊傳來的笛聲。」

「……這一瓶是充滿智慧的老酒。」

「像洞裡的先知。」

「……這一瓶，是雪白的頸子上的一串珍珠。」

「像天鵝。」

「像僅存的獨角獸。」

最後，我們離開金色燭光照耀的餐廳，走到外面的星空下，坐在噴泉旁邊，將手伸進沁涼的水中，醉醺醺地聆聽岩石間汩汩流動的水聲。

「我們是不是應該每天晚上都喝醉？」有天早上賽巴斯提安這樣問我。

「是的，我覺得我們應該每晚都喝醉。」

「我也這麼認為。」

我們很少見到陌生人，但偶爾會在路上遇見一個代理商，他是一個身材纖瘦、動作遲緩的退伍上尉，曾經和我們喝過一次下午茶，但是大部分的時候，我們都想盡辦法躲避他。每個星期天早上，一名修士會從附近的修道院來布萊茲赫德莊園主持彌撒，然後與我們共進早餐。他是我認識的第一個修士，我發現他和教區神父有很大的不同，然而布萊茲赫德莊園對我而言本來就是一個神奇的地方，因此我在這裡遇見的人事物理所當然都應該是獨一無二的。菲普斯神父是一個性情溫和、臉型圓潤的男人，很喜歡打板球，並且固執地認為每個人都應該要對板球有相同的興趣。

「您知道，神父，查爾斯和我對板球根本一無所知。」

「我真希望能親眼看見上星期四丁尼生男爵拿下五十八分的那局比賽，那肯定相當精彩。《泰晤士報》的報導寫得很好。你看了他和南非隊比賽的那場賽事嗎？」

「我從來沒有看過他。」

「我也沒有。我已經好多年沒有看過板球比賽了，上次還多虧格雷夫神父，我們去艾培爾福斯修道院參加院長的就職典禮，在經過里茲時，格雷夫神父帶我去看過。格雷夫神父想辦法找到一班火車，我們在下午挪出三個小時，去觀賞對抗蘭開夏的那場比賽，那真的是一個非常棒的下午。我還記得那天的每一球。在那之後，我就只能從報紙上看比賽結果了。你很少看板球比賽吧？」

「我從來沒看過。」我回答。他看著我，臉上帶著神職人員特有的無邪表情，不理解在這個危險的世界裡，為什麼有人不願意給自己一些撫慰？

賽巴斯提安總是聆聽他主持的彌撒。他的彌撒很少人參加，因為布萊茲赫德莊園並不是天主教的重要領地，雖然瑪奇梅因侯爵夫人雇用了幾名信奉天主教的僕役，但大多數的僕人和所有的村民如果有禱告需求，都是去鎮上佛萊特家族墓園附近的灰色小教堂。

當時，賽巴斯提安的信仰對我而言是一個謎，但並不是什麼我特別想要破解的謎。我沒有宗教信仰。當我還小的時候，每個星期大人都會帶我去教堂做禮拜；上小學的時候，我也每天去教堂。然而彷彿是對我的補償，自從我進入公學之後，放假期間我就被徹底免除了上教堂的義務。我的神學教師們總叫我不要相信聖經的經文，而且也不會建議我禱告。我父親除了家族中不可避免的場合之外，從來都不上教堂，即使他去了，回來後也免不了嘲笑教堂一番。至於我的母親，我認為她很虔誠。她拋下我父親和我，跟著救護軍前往塞爾維亞，在波斯尼亞的大雪中死於心臟衰竭。她把這一切都當成她的使命，然而在我眼中一度顯得非常不可思議。可是後來我在自己身上也發現與此相似的精神，並且開始接受將神聖視為現實的信念。在一九二三年時，我根本不可能費心思考這方面的事。那年夏天在布萊茲赫德莊園，我清楚知道自己沒有這種需求。

自從我認識賽巴斯提安以來，在我們的對話中總會有一些詞語跳出來提醒我，讓我記得他是一名天主教徒。這種情況發生得很頻繁，幾乎每一天。不過，我只把這當成是他的怪癖之一，就像他的那隻泰迪熊一樣。直到我在布萊茲赫德莊園的第二個星期天之前，我們從來沒有真正討論過這方面的事。菲普斯神父離開之後，我們坐在柱廊下閱讀報紙，賽巴斯提安突然說了一句話，讓我大吃一驚。「喔，老天，當一名天主教徒真是不簡單。」

「這對你有什麼差別嗎？」

「當然有，無時無刻。」

「呃，我真的從來沒有注意過。你正因為抵抗誘惑而感到掙扎嗎？但是你的品德好像不比我高尚多少。」

「我非常非常邪惡。」他憤慨地表示。

「所以呢？」

「是誰總是這樣禱告：『主啊，請讓我變成好人，但現在還不要』？」

「我不知道。是你吧？我只能這樣猜想。」

「你為什麼這麼猜？是的，是我，我每天都這樣禱告。但我要表達的不是這個。」他翻翻《世界新聞》的報導，說：「我是一個不守規矩的童子軍。」

「我覺得宗教期望你相信許多無稽之談。」

「無稽之談嗎？希望如此。然而好多時候，宗教理念在我看來都非常合理。」

「我親愛的賽巴斯提安，你該不會真的相信那些宗教故事吧？」

「不可以嗎？」

「我是說，關於聖誕節、關於伯利恆之星[85]、關於東方三賢士[86]，以及那些牛和驢。」

「喔，是的，我相信，那些都是非常美好的故事。」

「可是你不能因為那些故事聽起來美好就去相信吧？」

「偏偏我就是相信。我就是這樣相信宗教的。」

「那麼你也相信禱告囉？你覺得跪在一座雕像前，說幾句話，甚至不用大聲說出口，只要在心裡默念，就能夠改變一切？或者，某些聖徒在某些事情上會比其他人更具有影響力？還是你覺得應該找出正確的方法來幫助你解決問題？」

「嗯，是的。難道你不記得上個學期我帶阿洛修斯出去，結果不記得把它忘在什麼地方的那次經驗嗎？我對著帕多瓦的聖安東尼[87]雕像瘋狂禱告，結果剛吃過午餐，負責看守坎特伯里大門的尼古拉斯先生就抱著阿洛修斯出現了。我把阿洛修斯忘在計程車裡了。」

「好吧。」我說。「如果你相信這些，又不希望自己變成好人，那麼你在信仰上到底遭遇什麼樣的困難呢？」

「如果你不明白，你就不會明白。」

「呃，明白什麼？」

「好了，別煩我了，查爾斯。我想讀一下這篇關於一名住在赫爾區的女性替人進行人工流產的報導。」

「話題明明是你先提起的，我才剛開始覺得有意思罷了。」

「我再也不會提到這方面的事了……她替三十八個人進行過人工流產，可能會被判處六個月徒刑——天啊！」

可是賽巴斯提安後來又提到了宗教，就在大約十天後，當時我們兩個躺在屋頂上，一面進行日光浴，一面用望遠鏡看樓下庭院中正在進行的農業博覽會。這個博覽會是為期兩天、規模中等、讓鄰近教區居民參與的活動，但是不像嚴肅的農業成果競賽，比較像是進行社交與銷售產品的場合。他們用旗幟標出一個大圓環，六個大小各異的帳篷圍繞著這個圓環，還有一個裁判席，以及關著牲畜的圈欄。最大的帳篷供應來賓點心和飲料，正有一大群農夫聚集在那裡。這個農業博覽會的準備工作已經進行了一個星期。「到時候我們得躲起來。」隨著農業博覽會的日子越來越接近，賽巴斯提安這麼說。「我哥哥會回來這裡，因為他是農業發展委員會的重要人物。」因此，這天賽巴斯提安和我就跑到屋頂上來晒太陽。

布萊茲赫德一大早就搭著火車抵達，並且和代理商芬德爾上尉一起吃午餐。他剛到的時候，我匆匆見了他一面，大約五分鐘左右。安東尼．布蘭屈之前的描述十分傳神：布萊茲赫德有一張佛萊特家族的面孔，但是經由阿茲特克人雕塑出來。我們透過望遠鏡看著他，他正笨拙

---

85 譯註：伯利恆之星（Star of Bethlehem）也被稱作聖誕之星或者耶穌之星，在耶穌降生之後指引東方三賢士找到耶穌。

86 譯註：東方三賢士（The Three Kings）：根據馬太福音第二章一至十二節的記載，耶穌出生時有來自東方的三賢士朝拜耶穌。

87 譯註：帕多瓦的聖安東尼（Sant'Antonio di Padova）是一位天主教聖人，出生於富裕家庭。今日天主教徒在遺失物品時，常對著他的雕像呼求協助。

地在佃農間來回走動，並在裁判席前停下腳步打招呼。他的身體斜倚著牲畜欄，一臉嚴肅地看著那些動物。

「我哥哥是一個古怪的傢伙。」賽巴斯提安表示。

「他看起來還算正常。」

「喔，可是他一點也不正常。你不知道，他是我們當中最瘋狂的一個，只是平常不會表現出來。他的內心是扭曲的。你知道嗎，他曾經想去當修士。」

「我不知道。」

「我覺得他現在還是很想這麼做，他差一點就成了耶穌會的修士，從斯托尼赫斯特公學 88
畢業後直接去當修士。這對我母親來說簡直太可怕了，可是她無法阻止他，這毫無疑問是她最不希望發生的事。你想想看，人們會怎麼說——布萊茲赫德是她的長子，如果是我去當修士，或許還好一點。還有我可憐的父親，原本教會就已經讓他非常頭疼了，這下子還會有一大堆嚇人的事——修士和神父會經常在家裡走來走去，像老鼠一樣。至於布萊茲赫德自己，他只會死氣沉沉地坐著，談論上帝的旨意。父親離開我們到國外去的時候，布萊茲赫德是我們當中最傷心的一個——他真的比我母親還要傷心。最後他們終於說服了他先去牛津大學念書，利用三年的大學時光好好想清楚。現在，他可能正在做決定，一會兒說要去皇家侍衛隊，一會兒又說想進議會，根本搞不清楚自己想要什麼。我有時候會想：倘若我當時也進了斯托尼赫斯特公學，會不會也變得像布萊茲赫德一樣？要是我父親早一點離開家，在我開始上學之前就走了，我可能會去斯托尼赫斯特公學念書。我父親唯一堅持的事，就是我必須進伊頓公學。」

「你父親放棄了他的宗教信仰嗎？」

「嗯，就某種程度上而言，是他必須放棄。他本來是為了和我母親結婚才受洗的，因此當他離開我母親時，便將信仰和我們一併拋棄了。你一定要見見他，他是一個非常好的人。」

在這之前，賽巴斯提安從來沒有嚴肅地談過他父親的事。

我說：「你父親離開的時候，一定讓你們每個人都傷透了心。」

「每個人，除了蔻蒂莉亞之外，因為她還太小。我當時難過了一陣子，我母親試著向我們三個比較大的孩子解釋，好讓我們不要恨我父親，然而我是唯一不恨他的孩子。我相信，我母親心裡其實希望我恨我父親，因為我是我父親最疼愛的孩子。倘若不是因為我的腳受傷，我現在應該和我父親在一起。我是唯一願意去探望他的人。你何不陪我一起去呢？你一定會喜歡他的。」

下方有個拿著擴音器的男子宣布最後一項活動的結果，他的聲音隱約傳進我們的耳朵。

「所以你看，我們是一個信仰混雜的家庭。布萊茲赫德和蔻蒂莉亞是虔誠的天主教徒，他很痛苦，而她像隻小鳥一樣快活；茱莉亞和我都是半異教徒，我很快樂，我覺得茱莉亞並不開心。至於我的母親，大多數人都把她當成聖人。我的父親已經被逐出教會——他們兩人快不快樂，我無從得知。總之，無論你從哪個角度看，快樂似乎與宗教無關，而我唯一想要擁有的就是快樂……我真希望自己可以多喜歡天主教一點。」

---

88 譯註：斯托尼赫斯特公學（Stonyhurst College）是一所男女同校的羅馬天主教私立學校，位於英格蘭蘭開夏郡（Lancashire）的斯托尼赫斯特莊園。

「他們看起來和其他人沒有什麼不同。」

「親愛的查爾斯，他們恰好就是與別人不同——尤其在這個國家，他們是極少數的一群，不僅因為他們在宗教信仰上有派別之分——事實上，這四個派別大部分的時間都在彼此互相詆毀——他們每個人都對自己的生活有不同的展望，他們重視的事情都與別人不同。他們試著隱藏真實的自己，但又總是不自覺地表現出來。這很自然，真的，他們確實應該如此。可是對於像茱莉亞和我這樣的半異教徒來說，實在很困難。」

我們這段異常沉重的對話，被來自煙囪那頭某個小女孩的呼喚聲打斷了。「賽巴斯提安！賽巴斯提安！」

「老天！」賽巴斯提安驚呼，並且趕緊抓起毯子。「聽起來像是我妹妹蔻蒂莉亞的聲音，快點遮好你的身體。」

「賽巴斯提安，你在哪裡？」

一個看起來大約十歲或十一歲的小女孩出現在我們面前。她的五官毫無疑問有著佛萊特家族的特徵，但組合方式卻不甚高明，形成一張圓潤平淡的臉孔。她頭上紮著兩條過時的辮子，長長地垂在她的背後。

「走開，蔻蒂莉亞。我們沒穿衣服。」

「為什麼？你們看起來很體面啊。我就知道你在這裡。你沒有料到我會上來找你，對不對？我和布萊茲赫德一起回來的，回來的路上還先去看了法蘭西斯・薩維爾。（她轉過頭對我說明）那是我養的小豬。然後我們和芬德爾上尉一起吃了午餐。法蘭西斯・薩維爾雖然被大家看好，可是最後卻是長滿疥癬的畜牲蘭德爾得到第一名。親愛的賽巴斯提安，真高興再次見到你，你可憐的腳恢復得如何？」

「妳忘了向萊德先生問好。」

「喔，對不起。你好嗎？」她展現笑容之後，才顯出他們家族的魅力。「下面的人都喝得醉醺醺的，所以我就離開了。對了，是誰在那個房間裡作畫？我剛才進去找瞄準支架時發現的。」

「說話要小心。是萊德先生畫的。」

「畫得真好。那真的是你畫的嗎？你可真厲害。你們兩個為什麼不穿好衣服下樓去呢？樓下已經沒有人了。」

「布萊茲赫德肯定會邀請那些評審到屋裡坐坐。」

「他不會。我聽他擬訂計畫時是這麼說的。他今天很討厭，一開始還不准我和你們一起吃晚餐，可是我已經把事情搞定了。快點下樓去吧，在你們可以見人之前，我要先去奶媽那裡待一會兒。」

當天晚上的氣氛十分肅穆，只有蔻蒂莉亞一個人完全放鬆，因為她喜歡晚餐的菜色，還可以延後上床睡覺的時間，而且有兩個哥哥陪她。布萊茲赫德比我和賽巴斯提安年長三歲，但看起來像是上一輩的人。他也擁有這個家族的長相特徵，每當他展露罕見的笑容時，看起來就像他們家其他的人一樣美好，然而他說話的時候，在他與賽巴斯提安相似的聲音裡，卻多了一層凝重與壓抑。那種語氣如果是從我堂哥賈斯伯的口中說出，聽起來肯定會顯得自以為是又虛情假意，可是從他的嘴裡說出，聽起來純粹是一種自然且無意識的表現。

「很抱歉我沒能在你來訪期間抽空陪你。」布萊茲赫德對我說。「他們招呼你還周到嗎？我希望賽巴斯提安已經安排你品嚐一些葡萄酒。維爾考克斯自己待在這裡時，經常變得過於吝嗇。」

「他對我們很慷慨。」

「很高興聽你這麼說。你喜歡喝葡萄酒嗎？」

「非常喜歡。」

「我希望我也喜歡，因為那是與別人產生互動的良好連結。在牛津大學的莫德林學院[89]念書時，我曾經試過一、兩次想要喝醉，可是我真的不喜歡。啤酒和威士忌更不合我的胃口。今天下午那種活動對我來說，簡直就是折磨。」

「我喜歡喝葡萄酒。」蔻蒂莉亞說。

「我妹妹蔻蒂莉亞最近一次的學業評量上顯示，她不僅是全校成績最差的女孩子，也是在最老的修女記憶中有史以來最糟糕的女孩。」

「因為我拒絕當個『瑪利亞的孩子』。院長說，如果我不把房間收拾得整齊一點，我就不能成為『瑪利亞的孩子』。於是我回答她，那麼我就不當『瑪利亞的孩子』好了。我不相信聖母會在乎我把運動鞋放在舞鞋的左邊還是右邊。結果院長氣得臉色發青。」

「我們家的女孩子應該要懂得順服。」

「布萊茲赫德，你不要表現得那麼虔誠。」賽巴斯提安表示。「今晚我們有無神論者在場。」

「我是『不可知論者』。」我說。

「真的嗎？你們學院裡有很多這樣子的人嗎？在莫德林學院裡有不少。」

「我不知道，但我在進牛津大學之前就已經是不可知論者了。」

「到處都是不可知論者。」

宗教彷彿是那天無可避免的話題，我們聊了一會兒關於農業發展委員會的情況之後，布萊茲赫德又說：「上個星期我在倫敦見到主教，你知道，他說想要關閉我們的小教堂。」

「喔，他不能這麼做。」蔻蒂莉亞說。

「我不認為母親會同意他這樣做。」賽巴斯提安表示。

「因為我們這裡太遠了。」布萊茲赫德說。「鎮上很多家庭都沒辦法過來。主教打算在鎮上成立一個彌撒中心。」

「那我們怎麼辦？」賽巴斯提安問。「難道我們在冬天的早晨還得開車到鎮上去？」

「我們這裡一定要保留聖餐禮。」蔻蒂莉亞又說。「我喜歡隨時可以去小教堂的教堂，母親也是。」

「我也是。」布萊茲赫德接話。「可是我們這裡人太少。這裡不是古老的天主教區，領地的居民也不是人人都會來做彌撒，關閉小教堂是遲早的事，或許在母親離開之後就會關閉。問題是，現在就關閉會不會更好一點？萊德，你是藝術家，從美學角度來看，你覺得我們這間小教堂如何？」

89 譯註：莫德林學院（Magdalen College）是牛津大學的一個學院，創建於一四五八年。莫德林學院被認為是牛津大學最美的學院之一，也是參觀人數最多的學院之一。

「我認為它美極了。」蔻蒂莉亞說，眼眶裡已經淌著淚水。

「它是一件好的藝術品嗎？」

「呃，我不太明白你的意思。」我小心翼翼地回答。「我認為它是那個時期傑出的建築範本，也許八十年後它會廣受讚譽。」

「但是不可能二十年前很好、八十年後也很好，而現在卻不好吧？」

「呃，也許它現在很好。我只是說我個人並不是特別喜歡。」

「喜歡某個東西與認為它很好，兩者之間有很大的區別嗎？」

「布萊茲赫德，不要表現得這麼像耶穌會的會員好嗎？」賽巴斯提安說。然而我很清楚，布萊茲赫德與我之間的意見分歧，不光是表面上的咬文嚼字。真正透露出來的，是我們有更深一層無法跨越的鴻溝。過去我們互相不理解，將來也永遠不會。

「那不正是你剛才說到葡萄酒時的那種區別嗎？」

「不，我喜歡葡萄酒和我認為葡萄酒好，都是以它可以提升人與人之間的情感交流作為出發點，然而這兩點對我個人來說都無法企及，所以我既不喜歡葡萄酒，也不認為它好。」

「布萊茲赫德，請你不要再說了。」

「對不起。」他說。「我還以為這是很有趣的觀點呢。」

「感謝上帝，還好我是去念伊頓公學。」

晚餐結束後，布萊茲赫德說：「我恐怕得借走賽巴斯提安半個小時，因為我明天要忙一整天，而且農業博覽會活動一結束，我就得馬上離開，但還有很多需要我父親簽署的文件，賽巴斯提安必須把那些文件拿出來，讓我解釋給他聽。蔻蒂莉亞，妳該去睡覺了。」

「我得先消化一下。」她說。「因為我很少在晚上吃這麼多東西。我要陪查爾斯聊天。」

「查爾斯？」賽巴斯提安不太高興。「查爾斯？小女孩，妳應該稱呼他『萊德先生』！」

最後只剩下我和蔻蒂莉亞獨處時，她說：「好了，查爾斯，你真的是不可知論者嗎？」

「你們家總是無時無刻談論著宗教話題嗎？」

「不會無時無刻，但宗教就是自然而然會出現的話題。這樣有什麼問題嗎？」

「是這樣嗎？我以前從來沒有遇過這樣的情況。」

「看來你真的是不可知論者呢！我會替你禱告的。」

「喔，妳人真好。」

「但是你知道，我不能把全部的念珠都給你，只能為你念一段完整的祈禱文。我有一份很長的名單，順序都排好了，我每個星期輪流給每個人念一段完整的祈禱文。」

「我肯定這已經超過我應得的了。」

「喔，我的名單上有一些比你難搞的例子，例如勞合．喬治[90]、德國皇帝威廉二世，還有奧莉芙．班克斯。」

「她是誰？」

90 譯註：大衛．勞合．喬治（David Lloyd George，一八六三年一月十七日—一九四五年三月二十六日）是英國政治家，於一九一六年—一九二二年間領導戰時內閣，並在一九二六年—一九三一年間擔任自由黨黨魁。

「她是從上學期開始在修道院宿舍裡睡我上鋪的女孩子，我也不知道為什麼要替她禱告。你知道，院長發現她寫了一些不好的東西。如果你是不可知論者，我應該向你要五先令，替你買一個黑人小女孩。」

「妳的宗教已經沒有什麼事能讓我吃驚了。」

「這是上學期某位傳教士發起的新活動。你只要寄五先令到非洲給一些修女，她們就會替當地一名嬰兒施洗，並用你的名字為嬰兒命名。我已經讓六個黑人女嬰取名為蔻蒂莉亞了，你不覺得這很有趣嗎？」

賽巴斯提安和布萊茲赫德回來後，蔻蒂莉亞被叫去睡覺，然後布萊茲赫德又繼續談論我們剛才的話題。

「當然，其實你是對的。」他說。「你把藝術當成方法而非結果。這是神學比較嚴格的意義，很少不可知論者相信這一點。」

「蔻蒂莉亞向我保證，她會為我禱告。」我說。

「她也替她養的小豬連續禱告九天。」賽巴斯提安說。

「你知道，我很難理解這方面的事。」我又說。

「我覺得我們在製造醜聞。」布萊茲赫德說。

那天晚上我才開始意識到，我對賽巴斯提安的瞭解非常貧乏，並且開始理解他為什麼總是想要將我和他人生另一個部分隔開。他就像我在海上郵輪所認識的朋友，如今我們已經到達他的港口。

布萊茲赫德與蔻蒂莉亞離開了。展場上的帳篷撤掉了，旗桿也拔掉了，被踩壞的草坪開始恢復原本的顏色。以悠閒姿態展開的這一個月，如今已經悄悄進入尾聲。賽巴斯提安終於可以不需要拄著拐杖走路，他似乎也忘了自己曾受過傷。

「我覺得你最好和我一起去威尼斯。」他說。

「我沒有錢。」

「我已經考慮過這一點了。到那裡之後，我們可以在我父親家吃住。律師會支付我們的旅費——我原本要坐一等臥鋪，可以換成兩張三等車廂的座位。」

就這樣，我們去了威尼斯，先搭乘緩慢的廉價跨海渡輪前往敦克爾克[91]，在晴朗的夜空下坐在甲板一整晚，看著灰色的晨曦在沙丘間展露曙光。接著我們坐上硬木座椅列車抵達巴黎，在那裡叫了一輛計程車前往洛堤飯店[92]，洗了澡也刮了鬍子，然後在福約特飯店[93]吃午餐。福約特飯店裡很熱，餐廳一半的座位是空的。隨後我們疲憊地逛街，先在一間又一間的商店裡遊

---

91 譯註：敦克爾克（Dunkirk）是法國第三大港。

92 譯註：洛堤飯店（Hotel Lotti Paris）位於巴黎市中心，近車站及杜樂麗花園（Tuileries Garden）和盧森堡花園（Luxembourg Gardens）。

93 譯註：福約特飯店（Hotel Foyot）曾是法國參議員們經常前往用餐的餐館，但因建築結構不良，已經在一九三七年拆除。

蕩，接著又呆坐在咖啡館裡耗時間，等待我們列車出發的時刻到來。在那天悶熱且塵土飛揚的傍晚，我們來到巴黎里昂火車站，搭上往南行駛的慢車，座位又是木板座椅。車廂裡擠滿準備去拜訪親戚的窮人——他們和北方國家的窮人一樣，旅行時每個人手裡都拿著大包小包，臉上掛著對權威充滿耐心與順服的表情——和放假準備返家的船員。我們斷斷續續地睡覺，沿路顛簸不已且不時停車。我們在夜裡換了一次車，然後再次睡著，醒來時發現車廂裡已經空空盪盪，窗外是往後退去的松林及遠處的山峰，海關人員也已穿著另一款制服，行經的車站櫃檯擺著咖啡與麵包，四周圍的人散發著一種南部人的優雅與歡愉。隨後我們又進入平原，針葉林變成葡萄園和橄欖林。我們在米蘭又換了一次車，買了大蒜香腸、麵包，還從推車買了一壺奧爾維耶托[94]葡萄酒（我們在巴黎幾乎花光了所有的錢，身上只剩下幾法郎）。太陽高掛在天空，這個國家被烤得炙熱。車廂裡擠滿了農人，每一站都有人上車下車，大蒜味充斥於悶熱的車廂中，令人難以忍受。最後，我們終於在傍晚抵達威尼斯。

一個外表陰鬱的男人在車站迎接我們。「他是我父親的貼身男僕，普倫德爾。」

「我還等了稍早的那班快車。」普倫德爾說。「主人說，您肯定看錯了車次，因為這班列車似乎是從米蘭駛來的。」

「我們是搭三等列車來的。」

普倫德爾很客氣，輕聲地說：「我替兩位準備了貢多拉，我會帶著行李搭乘汽船尾隨在兩位後面。老爺去了麗都，他原本不確定能不能在你們抵達前趕回來——他以為你們會搭乘快車。不過，他現在應該已經回來了。」

普倫德爾帶我們走到等候的貢多拉旁，船夫們穿著白綠相間的條紋制服，胸口別著銀色徽章，臉上帶著笑容向我們鞠躬致意。

「回宅邸去，現在可以出發了。」

「是的，普倫德爾先生。」

船夫開始划動貢多拉。

「你來過這裡嗎？」

「沒有。」

「我以前來過一次——但我是從海上來的。威尼斯就應該以今天這種方式過來。」

「先生，我們到了。」

眼前的義式宅邸不如我預期的那麼宏偉：只有狹窄的帕拉帝奧式外牆、長滿青苔的臺階，以及一條以凹凸不平的大石塊搭建成的幽暗拱道。一名船夫跳上岸，將貢多拉繫在木樁上，並且按了門鈴，另外一名船夫站在船頭，將船固定在臺階前方。門開了，一名管家從門裡走出來，領著我們走上臺階。這個管家穿著有點邋遢的夏季亞麻條紋制服。雖然屋外看起來陰陰沉沉，但是一走進屋內立刻豁然開朗。主屋的光線充足，陽光照射在丁托列托[95]風格的牆壁上。

94 譯註：奧爾維耶托（Orvieto）位於義大利中部，是優質酒產地。

95 譯註：丁托列托（Tintoretto，一五一八年九月二十九日－一五九四年五月三十一日）的本名是雅科波．康明（Jacopo Comin），為義大利文藝復興晚期的畫家。

我們的房間在樓上，要從陡峭的大理石臺階走上去。房間的百葉窗將午後陽光阻隔在外，管家將窗戶打開後，大運河就出現在我們眼前。床上懸掛著蚊帳。

「現在沒有蚊子。」

每個房間都有小小的圓弧形衣櫃，以及一面霧濛濛但鑲著金邊的鏡子，除此之外就沒有別的家具，只有光禿禿的大理石地板。

「你是不是覺得有一點簡陋？」賽巴斯提安問我。

「簡陋？你過來看看。」我帶他走到窗戶旁。在我們的下方與四周，簡直是無與倫比的美景。

「一點也不簡陋。你不能將這樣的美景稱為簡陋。」

一聲巨響將我們引到一扇門邊，門後是一間煙霧瀰漫的浴室，看不到天花板，牆面從地板直直延伸至空中，管家的身影幾乎消失在從古董鍋爐裡冒出的蒸氣中。有一股壓過一切味道的煤氣味，還有一種隱約潺潺流動的冷水味。

「這樣子不好。」

「是的，是的，少爺，我馬上就派人修理。」

管家跑到樓梯口，對著下面叫人上來幫忙。有個女人在樓下回應，她的聲音聽起來比管家的聲音還大。賽巴斯提安和我回到窗邊欣賞美景，過了一會兒，吵雜的聲音停止了，一個女人帶著一個孩子出現在我們面前，對著我們微笑，但是卻對管家臭著臉。那個女人在賽巴斯提安的小衣櫃上放了一個銀製的臉盆和一壺熱水。管家替我們打開行李箱，將我們的衣服收進衣櫃裡疊好，嘴裡不自覺地以義大利文對我們訴說那個古董鍋爐的優點。忽然間，他警覺地將頭轉向一側，說：「老爺回來了！」接著就立刻飛奔下樓。

「和我父親見面之前，我們最好先梳洗一下。」賽巴斯提安說。「但是不用特別換上正式的服裝，因為我猜他是自己一個人。」

我好奇且急切地想見到瑪奇梅因侯爵，然而等我真正見到他的時候，第一眼反而先注意到他展現的常人姿態。他的這項特質，隨著我見到他的次數越多，就越認為值得多加琢磨。他似乎很清楚自己身上散發的浪漫光環，而且這在他自己眼中是很糟糕的特點，因此一直努力壓抑。當他站在沙龍的陽臺上，轉過身子來歡迎我們時，他的臉孔正好在強光的陰影之下，因此我只能看見一個高挺的輪廓。

「親愛的父親。」賽巴斯提安說。「您看起來真年輕。」

他親吻了瑪奇梅因侯爵的臉頰，而我是個自從離開育兒房之後就沒有再親吻過父親的人，因此在看見這個畫面時，只能害羞地站在他們面前。

「這是查爾斯。」賽巴斯提安向他父親介紹我，接著就問我：「查爾斯，你不覺得我父親相當英俊嗎？」

瑪奇梅因侯爵與我握手。

「無論是誰負責查詢你們的火車班次，肯定犯了相當愚蠢的錯誤。」瑪奇梅因侯爵說——他的聲音和賽巴斯提安十分相似。「因為根本沒有那一班車。」

「我們就是搭那一班車來的。」

「不可能，那個時段只有一班從米蘭出發的慢車。那個時段我都在麗都，我每天傍晚都會去那裡和專業好手打網球，因為一天之中只有那個時段比較不熱。我希望你們兩個可以接受樓上的房間。這棟房子彷彿是設計給一個人專用的，現在我就是那個人。我的臥室和這個客廳一樣寬敞，還有很棒的更衣室。卡拉睡在另外一間還算寬敞的房間。」

聽見瑪奇梅因侯爵以這種直接且輕鬆的口吻提到自己的情婦，讓我有點驚訝，可是後來我猜測，他是因為我在場才刻意這樣說。

「她好嗎？」

「你說卡拉嗎？我希望她很好。她明天就會回來和我們在一起了。此刻她正在布倫塔運河的一間別墅探望從美國來的朋友。我們今晚要去哪裡吃飯呢？可以去月神酒店，可是那裡現在都是英國人。如果在家用餐，你們會覺得無聊嗎？明天卡拉回來之後，肯定會想要到外面吃晚飯。家裡的廚子其實手藝非常好。」

他說完之後就從窗邊走開，站在明亮的夕陽下，身後是紅色的錦緞牆。我看著他那張充滿貴族氣質的臉龐，臉上的一切彷彿都是在他控制下規畫出來的，有一絲倦意、一絲嘲諷、一絲華麗，看起來宛如處於生命的巔峰時期。一想到他僅僅比我父親年輕幾歲，就讓我覺得不可思議。

我們在靠窗的大理石飯桌享用晚餐。這棟屋子裡的一切，不是大理石、天鵝絨，就是石膏。瑪奇梅因侯爵說：「你們在這裡打算如何度過假期？想要享受日光浴或者是四處觀光？」

「做做日光浴，再加上一點觀光。」我回答。

「卡拉肯定會很樂意帶你們四處走走——她是這裡的女主人，賽巴斯提安可能已經告訴過你了。你沒有辦法又做日光浴又四處觀光，因為你一旦去了麗都，就不可能離開那裡了——你會忙著玩雙陸棋、在酒吧裡流連、在太陽底下晒得昏昏沉沉。所以，還是專心參觀教堂吧！」

「查爾斯很喜歡畫畫。」賽巴斯提安告訴他父親。

「是嗎？」我察覺到瑪奇梅因侯爵對這個話題感到一絲無聊，這點推敲來自我對我父親的深刻瞭解。「你有特別喜歡的威尼斯畫家嗎？」

「貝利尼。」我隨便回答。

「喔？哪一個貝利尼？」

「我不知道有兩位貝利尼。」

「精確地來說，一共有三位[96]。你會發現在以前那個偉大的年代，繪畫往往是家族事業。你們離開英國的時候，那裡一切都好嗎？」

「好極了。」賽巴斯提安說。

「是嗎？是嗎？我痛恨英國鄉村，這是我個人的悲劇。我想，繼承了重大的責任卻又對責任視若無睹，是非常無恥的事。我身上具有社會主義者希望我擁有的各種特質，但我卻成為這個階級的絆腳石。唉，不過，毫無疑問，我的長子肯定能夠改變一切。當然，前提是如果他還有家產可以繼承……我一直很想知道，為什麼義大利甜點被公認為最好吃的甜品？我們在布萊

---

96 譯註：雅科波・貝利尼（Jacopo Bellini，一四〇〇年—一四七〇年）為文藝復興時期歐洲藝術家，他的兩個兒子真蒂萊・貝利尼（Gentile Bellini，一四二九年—一五〇七年二月二十三日）和喬瓦尼・貝利尼（Giovanni Bellini，一四三〇年—一五一六年）也都是藝術家。

茲赫德莊園一直聘有來自義大利的甜點師傅，直到我父親那一輩才更換為來自奧地利的甜點師傅，他做的點心比之前的師傅好吃多了。布萊茲赫德莊園現在的甜點師傅是誰？我猜應該是個手臂粗壯的英國女人。」

晚餐結束後，我們從馬路側走出瑪奇梅因侯爵的宅邸，穿過有如迷宮的小橋、廣場和街道，來到花神咖啡館[97]，看黑壓壓的人群一批批從鐘樓下走過。「很難在別的地方看見類似威尼斯的人潮。」瑪奇梅因侯爵表示。「整座城市都是無政府主義者——不過，前幾天晚上，有一個穿著露肩裝的美國女子，想要坐在這裡，被這些人嚇跑了。這些人一直盯著她看，而且不發一語，宛如環繞於四周的海鷗，直到她主動離開。英國人在表達道德方面的譴責時，做法不會這麼體面。」

這時正巧有一對英國夫婦從河邊走過來，在我們旁邊的座位坐下，但忽然又移往遠一點的桌子，以斜眼偷看我們，並且小聲地竊竊私語。「那個男人和他的妻子，是我以前從政時的舊識。賽巴斯提安，他們是你們教會裡的重要人物。」

那天晚上我們準備上床睡覺時，賽巴斯提安對我說：「我父親是個好人，對不對？」

瑪奇梅因侯爵的情婦在第二天回來了。當年我只有十九歲，對女人一竅不通，連街上的妓女也無從分辨，因此對於一對通姦的男女同住一個屋簷下這件事，我很難做到無動於衷。然而我已經到了懂得隱藏好奇心的年紀，於是就在這種充滿衝突的複雜情緒中，我頭一次見到瑪奇梅因侯爵的情婦。那一刻，所有的期待都因為她的外表而失落。她一點也不像羅特列克[98]畫筆下的誘人侍女，也絕非「甜美的小可愛」。她是一個保養得宜、穿著得體、姿態優雅的中年女子，與我在公共場所看見或偶遇的中年女性沒有任何差別，身上沒有任何被社會標註汙名的痕跡。她回來那天，我們去麗都吃午餐，餐廳裡幾乎每一桌的客人都過來與她打招呼。

「維多莉亞・科洛波納邀請我們星期天去參加她的舞會。」

「她真客氣，但妳知道我不跳舞。」瑪奇梅因侯爵說。

「難道你不肯為了這兩個男孩子參加一次嗎？這是非常值得見識的場面——科洛波納家將會為了這場舞會點亮宅邸所有的燈，沒人知道將來還有沒有機會看到類似規模的舞會。」

「這兩個男孩子可以做他們想做的事，但我們必須婉拒維多莉亞・科洛波納的邀約。」

「另外我還邀請了哈金・布倫勒爾夫人與我們共進午餐，她有一個非常迷人的女兒，賽巴斯提安和他的朋友一定會喜歡她。」

「賽巴斯提安和他的朋友對貝利尼的興趣高過於認識有錢人家的小姐。」

「可是我一直期望著這次的聚餐。」卡拉說，然後就機伶地變換談話的主題。「我來這裡的次數已經多到數不清了，可是艾利克斯從來沒帶我進去過聖馬可大教堂[99]。這次我們終於可

97 譯註：花神咖啡館（Caffè Florian）位於威尼斯的聖馬可廣場（Piazza San Marco），成立於一七二〇年，是義大利最古老的咖啡館。

98 譯註：亨利・德・土魯斯—羅特列克（Henri de Toulouse-Lautrec，一八六四年十一月二十四日—一九〇一年九月九日）為法國後印象派畫家。

以去當觀光客了，對不對？」

我們真的當起了觀光客，卡拉找了一名身材矮小的威尼斯貴族擔任我們的嚮導，這位威尼斯貴族可以通行任何場所的大門。他走在卡拉身旁，卡拉手裡拿著旅遊指南，陪我們四處遊覽。她偶爾會跟不上我們的腳步，可是從來沒有因此放棄。她是威尼斯各種絢麗景緻中的一個美好但是平凡的人物。

在威尼斯的兩個星期過得飛快而甜蜜——也許太甜蜜了，我就像被蜂蜜淹沒，而且不必擔心被蜜蜂螫。有時候，日子就像貢多拉悠閒地在狹窄的河道穿梭，當我們探頭望向旁邊的運河時，船夫會發出鳥鳴般的警告；有時候，日子又像在陽光下搭乘汽艇，行駛於翻著白色泡沫的瀉湖。留下的混亂記憶交織著炎熱的耀眼沙灘、沁涼的大理石屋，以及無所不在的水花飛濺在平滑的石頭上。波光反射在彩繪的屋頂上，還有拜倫[100]可能熟悉的科洛波納宅邸之夜，以及另一個在基奧賈[101]淺水灣垂釣小龍蝦的浪漫夜晚。發出磷光的小船、掛在船頭的燈籠、撈起水草泥沙及鮮魚的魚網、在沁涼的早晨坐在陽臺上享用哈密瓜與帕馬火腿、在哈里酒吧品嚐熱乳酪三明治和香檳雞尾酒。

我記得賽巴斯提安抬頭望著科萊奧尼[102]的雕像對我說：「戰爭真是令人感傷。我不敢想像，如果發生戰事，我們兩人會變怎樣。」

但這段假期讓我印象最深刻的，是接近假期尾聲時我和卡拉的一段對話。

賽巴斯提安和他的父親去打網球，卡拉表示自己累了，因此那天下午，我們就坐在面對大運河的窗戶旁，卡拉在沙發上刺繡，我則坐在一張扶手椅上發呆。這是我們兩人頭一次單獨相處。

「我覺得你非常喜歡賽巴斯提安。」卡拉對我說。

「那是當然的啊！這有什麼問題嗎？」

「我知道英國人和德國人會有這種浪漫的友誼，但這種事情不會發生在拉丁人身上。我覺得，如果不會持續太久，有這種友誼也很不錯。」

她看起來很沉著，而且話語句句屬實，沒有任何語病，可是我不知道應該要有什麼樣的回應。然而她好像也並不期待我有任何回應，繼續專注於她手裡的刺繡，偶爾停下動作，轉頭在她身旁的工作袋裡挑選可以拿來搭配這件作品的絲線。

「這是一種發生在年輕人真正明白愛情真諦之前的愛，在英國，通常會發生在即將成年之際。我想，我很喜歡這種愛。如果男孩子的這種愛情，對象是另外一個男孩子，會比對象是女孩子來得更好。你知道，艾利克斯的這種愛情就是發生在一個女孩子身上，也就是他的妻子。你覺得他愛我嗎？」

---

99 譯註：聖馬可大教座（Basilica Cattedrale Patriarcale di San Marco）是位於義大利威尼斯的天主教宗座聖殿，座落於聖馬可廣場東面，與總督宮（Palazzo Ducale）相連。

100 譯註：喬治．戈登．拜倫（George Gordon Byron, 6th Baron Byron，一七八八年一月二十二日—一八二四年四月十九日）為英國詩人及浪漫主義文學泰斗。

101 譯註：基奧賈（Chioggia）位於威尼斯以南二十五公里處。

102 譯註：巴托洛梅奧．科萊奧尼（Bartolomeo Colleoni，一四〇〇年—一四七五年）為義大利威尼斯在文藝復興時期的軍事將領。

「卡拉，您問的這個問題實在令人尷尬。我怎麼會知道答案呢？我認為……」

「他不愛我。他一點也不愛我。但他為什麼還要繼續留在我身邊呢？讓我告訴你，因為我可以保護他不被瑪奇梅因侯爵夫人打擾。艾利克斯恨她，你無法想像他有多麼恨她。你看他總是那麼心平氣和的模樣、那麼充滿著英國貴族的氣息——他就是一個老紳士，見識過各種場面。他所有的熱情都已經死去了，現在只求日子過得舒適無憂。而且，我待在他身邊，還可以幫他解決男人的各種需求。不過，我的朋友，艾利克斯根本是一座充滿怨恨的火山，他不能忍受與她呼吸相同的空氣，所以他不可能再踏上英國的土地一步，因為那裡是她的家。艾利克斯和賽巴斯提安在一起的時候，也幾乎無法感覺到快樂，因為賽巴斯提安是瑪奇梅因侯爵夫人的兒子，儘管賽巴斯提安也很痛恨她。」

「這一點我很肯定是您弄錯了。」

「賽巴斯提安可能沒有向你坦承這件事，他甚至無法對自己坦白。他們一家人都充滿了恨——恨他們自己。艾利克斯和他的家人……你知道他為什麼不願意和社交圈的人往來？」

「我以為是因為每個人都討厭他。」

「親愛的孩子，你太年輕了。人們怎麼可能會討厭一個像艾利克斯這麼英俊、聰明而且富有的男人呢？是他將那些人從他身邊趕走的。直到現在，他們還是一次又一次地回來，但是遭到他冷漠的對待與嘲笑。這一切都是因為瑪奇梅因侯爵夫人，艾利克斯不想觸碰到任何一隻可能觸摸過她的手。每當我們有客人來訪時，我都看得出艾利克斯在暗忖著：『他們是不是曾經去布萊茲赫德莊園拜訪過她？他們接下來會去布萊茲赫德莊園嗎？他們會在她面前提到我嗎？

他們接下來會不會變成這個可恨的女人與我之間的連繫橋梁？』這是千真萬確的，而且出自肺腑。這就是艾利克斯心裡所想的。他是一個瘋子。瑪奇梅因侯爵夫人到底做了什麼，讓艾利克斯如此憎恨她？其實她什麼都沒做，除了讓一個永遠不願意長大的男人愛上她。我不曾正式與瑪奇梅因侯爵夫人相識，我只見過她一次，但如果你和一個男人在一起生活，自然會瞭解他曾經深愛過的另一個女人。我非常瞭解瑪奇梅因侯爵夫人，她是一個簡單的好女人，只不過被人以錯誤的方式愛上。

「當人們用盡一切力量去憎恨時，他們所痛恨的其實是自己身上的某種東西。艾利克斯憎恨他男孩時代的幻影——純真、上帝、希望。可憐的瑪奇梅因侯爵夫人必須承受這一切，畢竟女人不會有這些五花八門、各種形式的愛。

「艾利克斯現在很喜歡我，因為我把他從自己的純真中解救出來。我們在一起的時候非常自在。

「賽巴斯提安迷戀著自己的童年，這點可能讓他很不快樂。他每天黏著泰迪熊、依戀著他的奶媽……可是他已經十九歲了……」

卡拉在沙發上動動身子，調整坐姿，以便看見窗子下方那些來來往往的船隻。她以一種愉悅且帶著嘲諷的口吻說：「能夠坐在陰涼的地方談論愛情，感覺真是舒坦。」接著話鋒一轉，說出了一句實在話：「賽巴斯提安喝酒喝太多了。」

「我和他都喝太多了。」

「你沒有什麼問題。你們兩個在一起喝酒的時候，我曾仔細觀察過。可是賽巴斯提安不一樣，如果沒有人及早出現制止他，他將來會變成一個酒鬼。這是存在於他血液裡的習性，我從賽巴斯提安喝酒時的模樣就能看出這一點，他喝酒的樣子和你不同。」

我們在新學期開始的前一天回到倫敦。我們從查令十字路驅車返家，我讓賽巴斯提安在他母親家的前院門口下車。「這裡就是瑪奇梅因公館。」賽巴斯提安嘆了一口氣。「假期就這樣結束了。我不請你進去了，因為我的家人可能都在裡面。我們回牛津大學再見面吧。」於是我繼續搭車穿過公園，回到家裡。

我父親以一貫的溫和語氣與我打招呼。

「你今天回來，明天又要走。」他說。「我好像很少見到你，這裡對你來說可能太無聊了，不然你怎麼會總是這樣來來去去呢？你過得開心嗎？」

「非常開心。我去了一趟威尼斯。」

「很好，很好，我猜也是。那裡天氣好嗎？」

經過了沉默不語、只有閱讀的夜晚，我父親在起身去睡覺前，突然停下腳步問我：「你擔心的那個朋友，最後死掉了嗎？」

「沒有。」

「那真是令人開心。你應該寫信告訴我一聲，我一直很掛念他。」

五、牛津的秋天◆與雷克斯．莫特崔恩共進晚餐，和博伊．穆開斯特共嚐睡前點心◆山姆葛拉斯先生◆瑪奇梅因侯爵夫人在家◆賽巴斯提安與全世界為敵

「典型的牛津大學。」我說。「總是在秋天開始新的學年。」

到處都有飄零的落葉，無論是鵝卵石馬路、碎石子小徑或草地上都有。學院花園裡的營火所發出的煙霧，與河面上的水氣混合在一起，在灰色的石牆間飄飛，菖蒲則茂盛地生長在腳邊。隨著方院四周的窗戶亮起一盞一盞燈光，金黃色的光芒映向遠方。穿著新制服的新生在黃昏的拱梁下穿梭，熟悉的鐘聲傾訴著這一年來的記憶。

賽巴斯提安和我都感受到悲秋之情，彷彿六月的美好都已經隨著紫羅蘭凋謝。那些曾在我窗前蔓延的芬芳，此刻都掩埋在溼答答的落葉裡，堆疊在方院角落。

這是本學期第一個星期天的晚上。

「我感覺自己像個一百歲的老人。」賽巴斯提安說。

賽巴斯提安是前天晚上回到學校的，比我早一天。自從我們在計程車上告別之後，這天是頭一次見面。

「今天下午我又被貝爾神父叫去訓話，這已經是開學以來第四次聽訓了——我的導師、三年級的學監、萬靈學院的山姆葛拉斯先生，再加上貝爾神父。」

「萬靈學院的山姆葛拉斯先生？」

「他是我母親的朋友。他們說我第一年的課業表現很差，因此校方特別關注我。如果我這學期不加以改進，就會被學校開除。一個人怎麼可能說改就改？是不是要我加入國際聯盟[103]、每星期閱讀《伊斯雜誌》[104]、每天早上去卡丹納咖啡館[105]喝咖啡、抽菸斗、打冰上曲棍球、到野豬山用餐、去基布爾學院聽演講、騎著籃子裝滿筆記本的腳踏車、晚上一面喝熱巧克力一面嚴肅地討論性方面的議題？喔，查爾斯，從上個學期到現在的這段時間到底發生了什麼事？為什麼我覺得自己變得好老？」

「我也覺得自己像中年人，這種感覺真的很糟。我覺得我們已經耗盡了所有的樂趣。」

我們在壁爐的爐火旁靜靜地坐著。

「安東尼・布蘭屈被學校開除了。」

「為什麼？」

「他寫了一封信給我。他在慕尼黑租了一間公寓——他現在正和一名德國警察交往。」

「我會想念他的。」

「我大概也會想他，在某種意義上。」

我們再度陷入沉默，兩人坐在爐火旁不發一語，以致有個人來我的房間找我時，誤以為沒有人在，在門口站了一會兒又轉身離開。

「新學年不應該以這種方式開始。」賽巴斯提安說。然而十月的這個陰沉夜晚，似乎將冰冷潮溼的空氣一路吹向未來的幾個星期。那一整個學期、一整年，賽巴斯提安和我都越來越不開心，就連阿洛修斯那隻泰迪熊也備受冷落，孤伶伶地坐在賽巴斯提安房間的櫃子上，宛如異教徒膜拜的神像，為了不被傳教士發現而藏在暗處，最後遭人永久遺忘。

賽巴斯提安和我都變了，前一年我們為了探索新生活而出現的失序及混亂，如今都已經消失，我覺得自己已經開始定下心來。

出乎意料的是，我竟然有點想念我的堂哥賈斯伯。賈斯伯在經典學科[106]拿到優等成績，此刻正在倫敦努力開創他的政治職涯。我需要他在我身邊，好讓我得到一點刺激。缺少了賈斯伯這種龐大的影響力，學院彷彿不再完整，我再也無法像夏天那樣可以隨便找個人來挑釁並宣洩怒氣。此外，我似乎已經玩夠了也靜下心來了，我決定安分一點，絕對不要再受到我父親的奚落。他那種稀奇古怪的迫害方式，比任何訓斥都更能說服我：倘若一個人不能量入為出，是相當愚蠢的。我這個學期都沒有被師長找去訓話，因為歷史考試考得不錯，加上學期報告拿到B-的成績，讓我在導師面前比較沒有壓力，不必花太多力氣與師長周旋。

我與歷史系一直維繫著一種若即若離的關係，每個星期寫兩篇報告，偶爾去上上課。除此之外，我在第二學年一開始就進入了拉斯金美術學校[107]，同學大約十幾個人——其中至少半數

---

103 譯註：國際聯盟（The League of Nations Union）是英國於一九一八年十月成立的組織，旨在國際正義及國家之間的永久和平。

104 譯註：《伊斯雜誌》（*Isis Magazine*）是牛津大學的學生出版物，創立於一八九二年。

105 譯註：卡丹納咖啡（Cadena Café）為英國的連鎖咖啡店，成立於一八九五年。

106 譯註：牛津大學針對古羅馬文、古希臘文、拉丁文、哲學等經典人文科目（Literae humaniores，經常被暱稱為Greats）所開設的大學部課程。

是家住牛津北部的女孩子——每個星期有兩、三天的早上，我們會在阿什莫林博物館[108]碰面，參觀裡面的文物和古董。此外，我們會在一間茶館樓上的小房間畫人體畫，每個星期兩次。有時候警察會來找麻煩，要我們證明沒有在晚上做出淫穢的行為，因此充當模特兒的年輕女子，白天從倫敦到牛津來工作，但晚上不能在學校裡過夜。我記得她身體靠近壁爐的那側總是被火烤得通紅，另一側則因為寒冷而滿是雞皮疙瘩。在充滿煤油味的小房間裡，我們跨坐在凳子上，隱約喚醒特莉比[109]的幻影。我當時的畫作都沒有任何價值，但還在自己房間裡煞費苦心地設計了一些仿製畫，被當時的一些朋友收藏，後來三不五時曝光，讓我無地自容。

指導我們作畫的是一個和我年齡相仿的男子，他對我們懷著防範的敵意。他總是穿著深藍色襯衫、繫著檸檬黃色的領帶，戴著一副牛角眼鏡。他的穿著打扮提醒了我，讓我改變了自己的穿衣風格，變成我堂哥賈斯伯建議的那種鄉村俱樂部裝扮。就這樣，我穿著嚴肅古板的服裝，積極參與學校各項活動，變成了學院裡受到尊敬的一員。

賽巴斯提安的情況則與我截然不同。這一年的混亂失序讓他內心產生逃避現實的深刻需求，隨著時間的經過，這個曾經讓他覺得最自由的地方，如今讓他喘不過氣，整個人變得無精打采且乖僻抑鬱，就連和我在一起的時候也一樣。

*

那個學期，基本上我們還是彼此相伴，往來密切，沒有各自尋找或結交其他朋友。我堂哥賈斯伯曾經說過，一般人往往會在第二年擺脫第一年所交的朋友，事實果真如此。我大部分的朋友都是和賽巴斯提安一起認識的，如今我們又一起擺脫那些人，沒有再交新朋友。我們並沒有與任何人絕交，起初我們還像以前那樣，與他們頻繁見面或參加他們的聚會，只是不再舉行派對邀請大家。我也沒有任何想要去認識新生的念頭，那些新生和他們在倫敦準備進入社交圈的姊妹們一樣，在牛津大學裡也準備進入社交圈，因此每一場派對上都會有新面孔出現。幾個月前還熱衷於結交新朋友的我，如今已經感到乏味。就連我們那個親密的小圈子，之前在夏日陽光下如此活躍，此刻在瀰漫的薄霧中也已變得黯淡又無聲無息。河面上的暮色，已經讓前一年的時光在我眼前逐漸模糊。安東尼・布蘭屈的離去帶走了一些東西，他彷彿鎖上了一扇門，並且將鑰匙拿走。對他所有的朋友而言，他一直是個謎樣的陌生人，如今大家都需要他。

就好比一場慈善表演結束了，這是我的感覺。經紀人穿上他的羊皮外套，拿著他的酬勞離開了，留下孤伶伶的女演員不知何去何從。少了經紀人的帶領，女演員錯過了開場、說亂了臺詞，她們需要經紀人及時拉上布幕，也需要他來調整聚光燈、在後臺提詞指點、用具有權威的眼神暗示樂隊指揮。少了經紀人在場，沒有人可以安排媒體攝影師拍照、沒有人能營造友善的氣氛以滿足女演員的期待，也沒有堅強的力量將大家凝聚在一起。金黃色的蕾絲與天鵝絨如今

---

107 譯註：拉斯金美術學校（Ruskin School of Drawing & Fine Art）是牛津大學的一所藝術學校。

108 譯註：阿什莫林博物館（Ashmolean Museum）位於英國牛津市中心，被公認是英語世界中第一間大學博物館，興建於一六七八年—一六八三年間。

109 譯註：特莉比（Trilby）是法國作家杜穆里埃的作品，內容講述三位英國藝術家與模特兒特莉比的故事。

都已經收起來還給戲服製造商，取而代之的是平淡無奇的日常服裝。幾個小時的彩排和幾分鐘欣喜若狂的演出，她們各自演出了光鮮亮麗的角色、她們偉大的祖先、她們試圖模仿的肖像。但現在一切都結束了，在耀眼的陽光下，她們必須各自回家，回到常去倫敦的丈夫身邊、回到打牌輸錢的男友身邊、回到長得太快的孩子身邊。

安東尼·布蘭屈的圈子散了，變成十幾個零零散散、昏昏欲睡的英國男孩。在將來的歲月中，他們肯定會說：「你還記得那個特立獨行的傢伙嗎？我們以前在牛津大學念書時認識的那個傢伙——安東尼·布蘭屈，不知道他現在變成什麼樣子了？」他們之所以聚集在一起，原本是安東尼一時興起、毫無理由促成的，此時他們自然變成了一盤散沙，基本上已各自解散。這種變化對他們來說，並不像對我們這麼明顯，他們仍偶爾會跑來我們的房間，但是我們已經不會再主動約他們。我們開始喜歡和低階層的人來往，晚上經常在位於聖艾布區、聖克萊芒區以及老市場和運河之間的賀加斯風格的小酒館度過。我們在那裡能得到一些快樂，而且我相信我們也頗受那些低階層的人歡迎。「園丁之手」、「嘮叨者」、戲院旁的「朱伊德」，以及「地獄通道的草皮」，都是我們熟悉的酒吧。然而這種地方最容易遇上大學生——那些來酒吧鬼混的布雷齊諾斯學院[110]的學生——賽巴斯提安慢慢開始對他們產生恐懼，就像有些軍人害怕面對戰爭。於是我們有許多夜晚就被那些入侵者毀了，只要一有學生走進酒吧，賽巴斯提安就會立刻放下喝了一半的酒，匆匆跑回學院。

就是在這種情況下，瑪奇梅因侯爵夫人發現了我們的不同。在米迦勒學期[111]開始時，她來牛津待了一個星期，發現賽巴斯提安變得死氣沉沉，原本一大群朋友只剩我一個。瑪奇梅因侯爵夫人接受我和賽巴斯提安交朋友，並且試圖讓我也變成她的朋友。她這麼做，在不知不覺中動搖了賽巴斯提安和我的友誼基礎。在瑪奇梅因侯爵夫人給予我的豐厚善意中，這是唯一可遭責難之處。

瑪奇梅因侯爵夫人到牛津來，主要是為了要與萬靈學院的山姆葛拉斯先生討論一些事。山姆葛拉斯在我們的生活中漸漸扮演越來越重要的角色，瑪奇梅因侯爵夫人正致力於編纂一部關於她弟弟奈德的回憶錄，並打算將這部回憶錄分送給親友閱讀。她家族中有三人在蒙斯戰役[112]與帕斯尚爾戰役[113]中犧牲性命，奈德是這三位傳奇英雄當中最年長的一位。他身後留下大量文字——詩歌、信件、演講稿與文章。要將這些素材好好編輯成冊，就算只打算在小圈子裡流通，也需要非常老到的經驗，因為過程需要做出許多判斷和取捨。這份工作讓一個非常崇拜弟弟的姊姊來執行，很容易出差錯。因此，當瑪奇梅因侯爵夫人意識到這個問題之後，便開始向外尋求建議，最後找到山姆葛拉斯先生來幫助她。

山姆葛拉斯先生是一位年輕的歷史學家，是一個裝扮精緻的矮胖男子。他將稀疏的頭髮往後梳，蓋在一顆尺寸過大的頭顱上。他的雙手整潔、雙腳嬌小，給人的整體印象是洗澡次數過

110 譯註：布雷齊諾斯學院（Brasenose College）是牛津大學的一個學院，名稱來自青銅門環（Bronze door knocker）。
111 譯註：米迦勒學期（Michaelmas term）是指英國和愛爾蘭一些大學的秋季第一學期。
112 譯註：蒙斯戰役（The Battle of Mons）是第一次世界大戰中的一場戰役。
113 譯註：帕斯尚爾戰役（Battle of Passchendaele）是第一次世界大戰中的一場戰役。

於繁多。他的態度和藹，說話方式奇特。漸漸地，我們和山姆葛拉斯先生變得十分熟悉。

山姆葛拉斯先生似乎天生喜歡幫別人寫書，他自己也寫了好幾本頗具特色的著作。他喜歡鑽研考究，對於別具一格的內容有著靈敏的嗅覺。賽巴斯提安只輕描淡寫地表示山姆葛拉斯先生是「他母親的朋友」，但精確地來說，山姆葛拉斯先生是「每個人的朋友」，只要對方在某方面能吸引他。

山姆葛拉斯先生在宗譜和正統研究方法方面都是專家，他熱愛研究破產的皇室貴族，對於篡位的冒牌者之合法性瞭若指掌。他本身雖然不是虔誠的宗教信徒，但是對於教會的瞭解卻幾乎超越所有的天主教徒。他在梵蒂岡有朋友，可以在復活節前的齋戒會上滔滔不絕地談論政策及教會高層的人事任免，以及當今有哪些教士受到青睞、哪些不受歡迎、哪些神學假設正受到質疑、哪個道明會[114]或耶穌會[115]多麼困苦或多麼得意。總之，他擁有一切，除了虔誠的宗教信仰。後來他非常熱衷參加布萊茲赫德莊園小教堂的祝禱，在那裡欣賞佛萊特家族女眷在虔誠祈禱時從黑色蕾絲頭紗底下露出的頸部。他還喜歡那些已經被大眾遺忘的上流社會醜聞，可謂血統爭議方面的專家。他表示自己熱愛過去的事，但我總覺得在他的眼中，那些與他有關的光鮮事物，無論活著的或者已經消逝的，都只是虛無的存在，只有山姆葛拉斯先生自己才是真實的，其他的一切不過是轉瞬即逝的派對。他是維多利亞時代的旅行者，堅實純粹，屈尊俯就。唯有透過他的娛樂喜好，稀奇古怪的事物才有機會受到主流世界的讚嘆。然而他從事著述的行為似乎顯得過於歡樂，讓我忍不住懷疑他家裡是不是藏著一臺口述錄音機。

我在他與瑪奇梅因侯爵夫人見面時第一次見到他們。當時我心想：山姆葛拉斯先生這種追求利益的知識分子，正是瑪奇梅因侯爵夫人最明顯的對比，也是她最佳的陪襯品。瑪奇梅因侯爵夫人不喜歡以引人注目的方式介入他人的生活，然而在那個星期結束前，賽巴斯提安酸溜溜地對我說：「你和我母親似乎交情甚篤。」而我也意識到，我在不知不覺中被迅速捲入一種親密關係中，因為瑪奇梅因侯爵夫人似乎沒有耐性維持達不到標準的人際關係。當她離開牛津時，我已經答應她在寒假期間，除了聖誕節那幾天之外，其餘時間都在布萊茲赫德莊園度過。

在一、兩個星期後的星期一上午，我獨自在賽巴斯提安的房間裡等他上完個別輔導課，沒想到茱莉亞突然走了進來，身後跟著一名身材高大的男性，她介紹他為「莫特崔恩先生」，他則自稱「雷克斯」。他們說，他們共度了週末，然後就開車過來。雷克斯．莫特崔恩穿著格子圖案的長大衣，看起來溫暖又舒服；茱莉亞披著貂皮，可是看起來又冷又不自在。她一邊發抖一邊走到壁爐前，蹲在爐火旁邊取暖。

「我們本來還指望賽巴斯提安能替我們準備午餐呢！」茱莉亞說。「如果這裡沒東西吃，我們就去博伊．穆開斯特那裡試試，但我比較想和賽巴斯提安一起吃飯。我們實在餓壞了，因為在卡斯姆斯家度週末根本沒東西可吃。」

「博伊．穆開斯特和賽巴斯提安今天都要去我那裡吃午餐，你們也一起來吧。」

他們沒有反對，加入了我的午餐聚會，就像我以前在房間舉辦的那種餐會。雷克斯．莫特

114　譯註：道明會（Dominican Order）是天主教的主要派別之一。
115　譯註：耶穌會（Society of Jesus）是天主教的主要派別之一。

崔恩努力讓眾人對他留下好印象。他長得很好看，深色的瀏海遮著額頭，眉毛又濃又黑，操著迷人的加拿大口音。在短短的時間內，他就已經讓大家知悉他想讓大家知道的一切，包括他的運氣很好，賺了不少錢，目前是個國會議員，喜歡賭博，但是個好人，定期和威爾斯親王[116]一起打高爾夫球。無論提到加拿大企業家畢福布魯克男爵[117]、法蘭西斯・愛德華茲爵士[118]、英國女演員歌楚德・勞倫斯[119]、威爾斯藝術家奧古斯都・約翰[120]還是古巴小說家卡彭鐵爾[121]——任何一個被提及的人，彷彿都是他非常熟識的老朋友。然而聊到大學，他便說：「喔，我沒念過大學。念大學只會讓你比其他人晚三年開始自己的人生。」

他的人生，就他目前所披露的，是從戰爭開始。他在加拿大軍隊服役，並且獲得十字勳章，最後成為一名備受愛戴的副官。

當我們初識時，雷克斯絕對還沒有超過三十歲，然而這樣的年紀在牛津大學校園裡看起來很年長。茱莉亞對待他的態度，就像她對待全世界一樣，帶著一絲絲輕蔑，還有一種主導欲。吃午餐時，茱莉亞叫雷克斯去車上拿她的香菸，而且有一、兩次當雷克斯自吹自擂時，茱莉亞代他向大家致歉，說：「別忘了，他是從殖民地來的。」對於茱莉亞的作為，雷克斯都只是以哈哈大笑回應。

雷克斯離開後，我問賽巴斯提安雷克斯是誰。

「喔，他是茱莉亞的朋友。」賽巴斯提安回答。

一個星期後，我們意外地收到雷克斯發來的電報。雷克斯邀請我、賽巴斯提安和博伊・穆開斯特到倫敦參加他的晚宴，晚宴的時間就在「茱莉亞的派對」結束後。

「我猜他可能沒認識幾個年輕人。」賽巴斯提安說。「他所有的朋友都是市政府與下議院那些老滑頭。我們應該去嗎？」

我們討論了一會兒，鑑於我們目前在牛津大學校園裡的無趣慘況，最後決定出席。

「為什麼他也邀請了博伊？」

「我和茱莉亞認識博伊好久了，而且博伊也參加了你的午餐聚會，我猜他可能以為博伊是我們的好朋友吧？」

其實賽巴斯提安和我都不太欣賞博伊．穆開斯特，然而我們三人對於可以離開學校一晚都

116 譯註：威爾斯親王（Prince of Wales），這裡應該是指愛德華八世（Edward VIII）。

117 譯註：畢福布魯克男爵（Baron Beaverbrook）名為威廉．麥克斯威爾．艾特肯（William Maxwell Aitken，一八七九年五月二十五日－一九六四年六月九日），是加拿大與英國的報紙出版商及政治家。

118 譯註：法蘭西斯．愛德華茲爵士（Sir Francis Edwards，一八五二年四月二十八日－一九二七年五月十日）為英國自由黨的政治人物。

119 譯註：歌楚德．勞倫斯（Gertrude Lawrence，一八九八年七月四日－一九五二年九月六日）是英國女演員、歌手、舞蹈演員和音樂喜劇演員。

120 譯註：奧古斯都．約翰（Augustus John，一八七八年一月四日－一九六一年十月三十一日）是威爾斯畫家、製圖員和蝕刻師，是英國後印象派的重要代表人物。

121 譯註：阿萊霍．卡彭鐵爾（Alejo Carpentier，一九〇四年十二月二十六日－一九八〇年四月二十四日）是古巴著名的小說家、散文家、音樂理論家、文學評論家和新聞記者。

感到非常興奮，於是我們就開著哈德卡索的車子前往倫敦。

按照計畫，我們當天晚上會在瑪奇梅因公館過夜，所以我們先去那裡換衣服，並且一邊更衣、一邊喝香檳，在彼此的房間裡進進出出。我們的房間在三樓，比起樓下大廳的華麗，三樓的房間顯得有些簡陋。我們下樓時，正好與準備上樓換裝的茱莉亞擦肩而過，那時她還穿著白天的便服。

「我肯定會遲到。」茱莉亞說。「你們最好先去雷克斯那兒等我。我真高興你們來了。」

「這是一場什麼樣的宴會？」

「是一場可怕的慈善舞會，雷克斯堅持要辦成晚宴的形式。我們在宴會上見吧！」

雷克斯．莫特崔恩的房子位於從瑪奇梅因公館步行可達之處。

「茱莉亞會遲到一會兒。」我們告訴雷克斯。「她才剛剛上樓換衣服。」

「這表示她要一個小時之後才會到，我們最好先喝點葡萄酒。」

一位被稱為「錢皮恩夫人」的女子說：「雷克斯，我敢肯定茱莉亞很快就會到，我們可以先開動。」

「呃，總之我們就先喝葡萄酒。」

「雷克斯，你為什麼要買大瓶裝的酒？」錢皮恩夫人抱怨地說。「你總是喜歡容量大的東西。」

「這對我們來說不會太大。」雷克斯表示。他正拿著開瓶器打開酒塞。

有兩個看起來與茱莉亞差不多年紀的年輕女孩，正在忙著布置舞會場地。博伊．穆開斯特以前就認識她們，但是我看不出來她們對他有任何好感，僅當他是一個舊識。錢皮恩夫人拉著雷克斯聊天，我和賽巴斯提安則一如往常坐在旁邊喝酒。

過了很久，茱莉亞終於到了。她看起來不慌不忙，艷光四射，而且對於自己的遲到毫無歉意。「你們不應該順著雷克斯的意思等我。」她說。「那是雷克斯的加拿大式禮節。」

雷克斯．莫特崔恩是一位慷慨大器、不拘小節的主人，當晚宴結束時，我們三個從牛津來的客人已經差不多喝醉了。我們站在大廳等女孩子們下樓時，雷克斯和錢皮恩夫人從我們身旁走開，兩人低聲交談，情緒看起來頗為激動。穆開斯特說：「嘿，我說，不如我們從這場糟糕透頂的舞會溜走吧！去梅菲爾德媽媽那兒！」

「誰是梅菲爾德媽媽？」

「你不知道梅菲爾德媽媽？每個人都知道老百酒館的梅菲爾德媽媽。我有一個老相好在那裡——她是一個很甜美的女孩，名叫艾菲。如果艾菲知道我來倫敦卻沒去找她，我可就有大麻煩了。走吧！我們去梅菲爾德媽媽那邊找艾菲。」

「好吧。」賽巴斯提安說。「我們就去梅菲爾德媽媽那邊找艾菲。」

「我們從大好人莫特崔恩這裡再拿走一瓶香檳，然後才離開這個該死的舞會到老百酒館去。這個主意聽起來如何？」

離開舞會一點也不困難。雷克斯．莫特崔恩邀請的那些女孩子有很多朋友，我們只和她們跳了一、兩支舞，我們那一桌就坐滿了她們的朋友。於是雷克斯．莫特崔恩又叫人送了好幾瓶酒過來。過了一會兒，我們三人已經溜出雷克斯家的大門外。

「你知道那個地方在哪裡嗎？」

「當然知道，在辛克街一百號。」

「那是什麼地方？」

「在萊斯特廣場旁，我們最好開車去。」

「為什麼？」

「那種場合最好要有自己的車。」

我們沒有針對這一點提出反駁，因此埋下錯誤的伏筆。車子停在距離我們剛才跳舞的莫特崔恩家不到一百碼處的瑪奇梅因公館前院。由穆開斯特開車，他繞了好幾圈之後，才將我們安全載抵辛克街。一名守門的警衛站在黑壓壓的入口旁，入口另一側則站著一個身穿晚禮服的中年男子，他面對著牆壁，額頭倚在磚牆上，彷彿在讓額頭降溫。這個地方就是我們的目的地。

「不要進去裡面，你們會被人下毒。」那個中年男子說。

「你們是會員嗎？」守門的警衛問。

「我是穆開斯特。」博伊回答。「穆開斯特子爵。」

「好，進去吧。」警衛說。

「你們會被搶。被下毒、被汙染、被搶劫。」那個中年男子又說。

穿過漆黑的走道之後，我們來到一個明亮的入口。

「你們是會員嗎？」一個穿著晚禮服的胖女人問。

「很好笑。」穆開斯特說。「妳明明認識我。」

「是的，寶貝兒。」胖女人冷淡地表示。「每人十先令。」

「喔，妳知道的，我進去裡面從來不需要付錢。」

「肯定沒有，寶貝兒，可是今晚客滿了，所以每人需要花十先令才能入場。比你們來得更晚的人，每個人得花一英鎊，算你們好運。」

「讓我和梅菲爾德夫人說。」

「我就是梅菲爾德夫人。每人十先令。」

「啊，怎麼搞的，媽媽。您穿得這麼漂亮，我都沒有認出來。您認識我吧？對嗎？我是博伊．穆開斯特。」

「是的，小可愛，每人十先令。」

我們付了錢之後，有個一直擋在我們與入口之間的人才側過身讓我們進去。裡面又熱又擠，老百酒館當時正處於鼎盛時期，我們找到一張空桌子坐下，點了一瓶酒，服務生先收了錢才肯開瓶。

「艾菲今晚在哪裡？」穆開斯特問。

「誰是艾菲？」

「艾菲，在這裡上班的一個女孩子，皮膚黑黑的。」

「很多女孩子都在這裡工作，皮膚有的黑、有的白，有的長得很漂亮。我沒有閒工夫記住她們的名字。」

「我去找她。」穆開斯特說。

他離開一會兒之後，兩個女孩子在離我們座位不遠處停下腳步，好奇地打量我們。「省省吧。」其中一個女孩子對另一個說。「我們別浪費時間了，這兩個人顯然是同性戀。」

這時穆開斯特正好凱旋而歸，身邊帶著艾菲。服務生自動替艾菲端了一盤煎蛋和培根。

「這是我今晚吃的第一口食物。」艾菲說。「這裡唯一好吃的食物是早餐。走來走去讓人容易肚子餓。」

「請付六先令。」

艾菲填飽肚子之後，擦擦嘴巴看著我們。

「我經常在這裡看到你，對不對？」她對我說。

「恐怕沒有。」

「但是我有見過你吧？」她這次是對著穆開斯特說。

「喔，是的。妳沒忘了我們在九月共度的那個夜晚吧？」

「沒有，親愛的，我當然沒忘。你是那個擔任皇家侍衛隊的男孩子，你切斷了自己的腳趾，對不對？」

「好了，艾菲，別鬧了。」

「喔，不對，那是別人，是嗎？我知道了——警察進來的時候，你正好和邦蒂在一起。我們躲在堆放垃圾的地方。」

「艾菲就是喜歡和我開玩笑。艾菲，妳在開玩笑，對吧？我這麼久沒回來看她，所以她生氣了。對不對？」

「隨便你怎麼說，反正我知道我**曾經**在哪裡看過你。」

「好了，別鬧了。」

「我不是故意鬧你，真的。你想跳舞嗎？」

「現在不想。」

「謝天謝地，我的腳今天很痛。」

艾菲很快就和穆開斯特聊得火熱。賽巴斯提安側身靠過來對我說：「我去叫那兩個女孩子過來加入我們。」

剛才打量過我們但目前還沒有找到男伴的那兩個女孩子，現在又走到我們旁邊。賽巴斯提安面帶微笑地站起來向她們打招呼，不久之後，她們也開始大吃大喝。這兩個女孩子，一個長得像骷髏，另外一個像生病的小孩。骷髏女似乎盯上了我。「我們來開一個小型派對如何？」她說。「就我們六個人，到我住的地方去吧！」

「太好了。」賽巴斯提安說。

「你們剛來的時候，我以為你們是同性戀。」

「因為我們青春無敵。」

骷髏女笑了出來。「你真有趣。」她說。

「你真可愛。」生病的小孩說。「我得去找梅菲爾德媽媽，告訴她我們要外出。」

時間還早，我們走到街上時，才剛過午夜不久。門口的守門人想勸我們叫一輛計程車。

「我會照顧您的車，先生。換成是我，我絕對不會自己開車，真的，先生。」

然而賽巴斯提安還是坐上了駕駛座，那兩個女的擠在副駕駛座，其中一個坐在另一個身上，為賽巴斯提安指路。艾菲、穆開斯特和我坐在車子後座。當賽巴斯提安發動車子時，我們發出一陣歡呼。

車子開了沒多遠，剛轉到沙夫茨伯里大道並準備朝皮卡迪利廣場的方向前進時，我們差點撞上一輛迎面駛來的計程車。

「拜託，看在老天的分上！請你看清楚前方再開車吧！」艾菲說。「你想害我們死掉嗎？」

「是那個傢伙太粗心。」賽巴斯提安辯解。

「你這樣開車很不安全。」骷髏女說。「我們應該行駛在車道的另一側。」

「應該是吧。」賽巴斯提安一邊說，一邊將車子快速駛向馬路另一側。

「夠了！停車！我寧可走路！」

「你要我停車？遵命！」

賽巴斯提安踩了剎車，車子就斜斜地停在馬路中央。兩名警察快步向我們走來。

「讓我下車！」艾菲說。她跳下車之後就迅速跑開。

我們其餘的人就被警察抓了。

「警官，如果我阻礙了交通，真的很抱歉。」賽巴斯提安小心翼翼地說。「可是有位女士堅持要我停車，她不接受任何拒絕。就像您們剛才看到的，她急急忙忙下車。您們知道，女人都很神經質。」

「讓我來跟他們說。」骷髏女說。「兩位帥哥，別這麼嚴肅嘛！除了您們之外，沒有人看見我們違規。這些男孩子沒有惡意，我保證會把他們送上計程車，讓他們安安靜靜地回家。」

那兩個警察若有所思地看著我們，心裡盤算著要如何處置這件事。倘若穆開斯特這時沒有進來攪局，我們應該可以全身而退。「看我這裡，你們這兩個傢伙！」穆開斯特說。「你們不必管我們，因為我們剛剛從梅菲爾德媽媽那裡出來，我可以想像她一定付給你們不少錢，要你們睜一隻眼閉一隻眼。呃，你們可以把眼睛都閉起來，不會有什麼損失的。」

穆開斯特這句話讓這兩名警察省了不少麻煩，我們馬上就被關進拘留所。

我已經不太記得前往拘留所及被收監的過程，只記得穆開斯特一直表達強烈的抗議，而且當我們被要求拿出口袋裡的東西時，他還指控看守的警察偷他的東西，接著我們就被關起來了。我第一個清晰的記憶是牢房牆壁貼滿瓷磚，高處有一盞燈，燈外罩著厚厚的玻璃。房裡有一張上下鋪的床，還有一扇門，但是門的這一側沒有把手。賽巴斯提安和穆開斯特在我左邊的牢房裡大喊大叫，賽巴斯提安在來到拘留所的路上還算平靜，現在卻鬼吼鬼叫，似乎發狂了，一邊拍打著門，一邊大喊：「該死的傢伙，我沒有喝醉！快點開門！我要看醫生，我告訴你們我沒有喝醉！」博伊．穆開斯特也跟著咆哮：「老天！你們一定會為此付出代價！我告訴你們，你們犯了天大的錯誤！快點打電話給內政大臣，叫我的律師來！我要申請人身保護令！」

抗議的吵鬧聲隨之從其他牢房裡傳來，那些想要睡覺的流浪漢和扒手們開始抱怨：「嘿！閉嘴！」「安靜一點好不好？」「這裡是拘留所還是瘋人院啊？」——在牢房外巡視的警官，隔著欄杆警告賽巴斯提安和博伊：「如果你們再不安分一點，今晚就別想出去了！」

我沮喪地坐在床上，迷迷糊糊地打起瞌睡。過了一會兒，他們終於安靜下來。賽巴斯提安喚了我一聲：「嘿，查爾斯，你睡著了嗎？」

「我還醒著。」

「這實在太糟糕了。」

「我們可以申請保釋之類的嗎？」

穆開斯特似乎睡著了。

「我知道現在應該找誰來幫忙——雷克斯．莫特崔恩。他能幫得上忙。」

我們花了一點工夫才聯絡上雷克斯。我們叫了半個小時，值班的警官才回應我們，並且滿腹狐疑地打電話到雷克斯舉辦慈善舞會的飯店。又過了很久，我們牢房的門終於再次被打開。拘留所充滿灰塵與消毒劑酸味的汙濁空氣中，飄來一絲香甜醇厚的哈瓦那雪茄味——這個味道來自兩根雪茄，因為值班的警官也正抽著一根。

雷克斯坐在偵訊室裡，看起來充滿威嚴與派頭——宛如在演一齣搞笑劇。他穿著一件有羊皮領的鑲邊皮革外套，頭上戴著一頂純絲帽。態度恭敬的警官站在他身旁，看起來非常樂於為他效勞。

「我們必須盡到責任。」那個警官說。「暫時監禁這些年輕的紳士，是為了保護他們。」

穆開斯特一副酗酒後的醉樣，又開始胡言亂語地抱怨，說他要求見律師卻被拒絕，表示自己的公民權沒有得到保障。雷克斯說：「你最好不要說話，事情交給我來處理。」

此時我的腦袋已經清醒多了，滿心佩服地觀察雷克思如何處理這件事。他讀了筆錄，客氣地和逮捕我們的警察進行溝通，並隱約透露賄賂對方的意願。但他隨即發現這個案子已經拖太久了、知悉案情的人數太多，於是又不著痕跡地收回賄賂的暗示。他向警方保證隔天上午十點鐘會送我們到法庭，然後就帶我們離開拘留所。他的車子停在拘留所外。

「今晚不要再討論這件事了。你們要在哪裡過夜？」

「瑪奇梅因公館。」賽巴斯提安說。

「你們最好跟我回去，今晚由我負責照顧你們，把一切都交給我吧。」

毫無疑問，他對自己的能力相當滿意。

第二天早上，他的安排更是令人刮目相看。我在陌生的房間醒來時，整個人還有一點茫然，但是不一會兒就清醒過來，昨晚的記憶也全都回來了。一開始像是一場惡夢，隨即我才意識到一切都是真的。雷克斯的貼身男僕正在打開一個箱子，他看見我醒來，就走到洗手臺邊，從一個瓶子倒出一些液體。「我想我已經把所有的東西都從瑪奇梅因公館拿來了。」他說。「莫特崔恩先生還派人去赫佩爾藥房買了這個回來。」

我喝了那種藥水之後，身體覺得好多了。

一位川普爾理容院的師傅替我們整理儀容。

隨後雷克斯走進房間，並且和我們一起吃早餐。「體面的形象在法庭上很重要。」雷克斯表示。「還好你們看起來都不像昨晚喝多了的樣子。」

吃完早餐後，律師也來了。雷克斯把整件事的經過告訴了律師。

「賽巴斯提安比較麻煩。」律師說。「他可能會因為酒醉駕駛而被判處六個月徒刑。而且，很不幸地，你們要面對的是格雷格法官，他對這類案件通常非常嚴格。我們今天上午所能做的，就是請求法官給予賽巴斯提安一個星期的時間來準備辯護。你們兩個則必須認罪道歉，並且支付五先令罰金，然後我再來思考如何搞定那些晚報記者。《星報》可能會比較困難。

「記住，最重要的一點，就是千萬不能提到老百酒館。幸好那幾個女人當時神智清晰，沒有被警方審問或監禁。不過她們的名字已經被記錄下來，成為案發時的證人。如果我們硬要與警方爭辯，法院就會傳喚她們出庭作證，我們必須不惜一切代價避免這種事情發生，因此我們一定要全盤接受警方的指控，請求法官對犯錯的年輕人網開一面，不要因為一次幼稚的行為就毀了他們的大好前程，這樣應該就會沒事了。我們還需要一位牛津大學的老師來證明你們平時表現優異。茱莉亞說有一個叫做山姆葛拉斯的人可以來幫你們作證。另外，你們的說詞必須是這樣：你們從牛津大學來到倫敦，是為了參加一場高尚的慈善舞會，但因為平常很少喝酒，不小心就喝醉了，在開車返回牛津時不慎迷路。

「等這裡的事情搞定之後，我們再來想想應該怎麼向校方解釋。」

「昨晚我叫警察打電話給我的律師，可是他們拒絕這麼做。」穆開斯特說。「警方自己也沒有依法行事，我不懂他們為什麼可以不受追究。」

「看在老天的分上，不要再爭執這件事了。乖乖認罪、支付罰金。知道嗎？」

穆開斯特嘀咕了一句，但最後還是服從雷克斯的指示。

法庭裡的一切都如同雷克斯的預期，上午十點半的時候，我和穆開斯特已經站在法庭外的弓街上，我們兩個都自由了，賽巴斯提安則簽了保證書，一個星期後回來報到。穆開斯特乖乖閉嘴，沒有再多談他的委屈和不平。我和他都接受了法官的訓誡，並且繳了五先令的罰款以及十五先令的費用。穆開斯特這時已經讓我和賽巴斯提安心生厭煩，因此當他表示要在倫敦辦點事情的時候，我們都鬆了一口氣。律師也忙著離開，最後只剩我和賽巴斯提安，我們兩人覺得孤單又悲涼。

「我猜我母親一定會知道這件事。」賽巴斯提安說。「該死！該死！該死！天氣這麼冷，可是我不想回家。我沒有地方可去，不如我們回牛津吧！等法庭來找我們再說。」

看著那些衣衫襤褸、經常出入拘留所的傢伙進進出出、在臺階上上下下，我和賽巴斯提安卻依然站在強風吹拂的街角，不知道該何去何從。

「你為什麼不和茱莉亞聯絡呢？」

「要不然我就出國去吧？」

「親愛的賽巴斯提安，你最多只會被教訓幾句、罰幾英鎊的罰款，如此而已。」

「是啊，可是我討厭那些閒言閒語——我母親、布萊茲赫德，還有一大堆人以及學校的老師。我寧可坐牢。如果我逃到國外，他們就抓不到我了，對吧？別人不也是這樣嗎？被警察追的時候就溜出國。我知道我母親會把這件事弄得好像是她必須承擔一切責任。」

「我們先打電話給茱莉亞吧！找個地方約她出來見面，把這件事說清楚。」

我們約在柏克萊廣場的咖啡館碰面。茱莉亞就像當時大部分的女孩子，戴著一頂拉得很低、帽緣垂在眼睛位置的綠色帽子，那頂帽子上繡著一個鑽石箭頭。她手裡抱著一隻小狗，那隻狗有四分之三都被包覆在茱莉亞的貂皮大衣裡。茱莉亞熱情地向我們打招呼，和平常大不相同。

「喔，你們兩個感情真好！不過，我得說你們在這種情況下，狀態看起來還算很不錯。我以前喝醉過一次，隔天整個人都癱了。我覺得你們昨晚應該帶我一起離開的，那場舞會實在無聊透頂，而且我一直很想去老百酒館看看，偏偏沒有人能帶我去。老天！」

「這麼說，妳什麼都知道了？」

「雷克斯今天早上和我通過電話，把一切都告訴我了。你們的女伴長什麼樣子？」

「我的女伴長得像骷髏。」

「我的女伴看起來像得了肺病。」

「我的天啊！」茱莉亞驚呼。但這件事顯然讓茱莉亞開始對我們另眼相看，因為我們已經是和女人約會過的男人了。對茱莉亞來說，這才是她感興趣的。

「母親也知道了嗎？」

「她不知道你們的女伴像骷髏和肺病病人，可是她知道你們進了拘留所，是我告訴她的。她沒有大驚小怪，你不用擔心。你知道，奈德舅舅是完美的人，可是他也曾被關進牢裡一次，因為他帶著一隻熊去參加勞合．喬治的會議。所以母親覺得這件事沒什麼大不了的。她只希望你們陪她吃頓午飯。」

「喔！天啊！」

「唯一的麻煩是報紙和家裡其他的人。查爾斯，你有一大堆麻煩的家人嗎？」

「我家裡只有父親。他永遠不會知道這件事。」

「我們家就太可怕了。我可憐的母親現在就要開始忙著應付那些親戚。他們會寫信或直接來訪以表示關切，可是他們當中有一半的人心裡想的是：『這就是以天主教的方式教養兒子的結果！』另一半的人心裡則想著：『這就是讓孩子去念伊頓公學而非斯托尼赫斯特公學的下場！』可憐的母親怎麼做都不對。」

我們接下來和瑪奇梅因侯爵夫人共進午餐，她帶著一絲幽默的不苟同，但是接受了這件事情，唯一不滿的地方是：「我不明白你們為什麼去找莫特崔恩先生，並且和他待在一起。你們可以先來找我、告訴我發生什麼事情！」

「我應該怎麼向家族裡的人說明這件事呢？」她又問。「他們可能會很驚訝，發現自己對這件事情比我還要難過。你知道我的弟媳芬妮．羅斯康姆吧？她一向認為我把孩子教得很糟，但現在我開始覺得她可能是對的。」

我們離開之後，我對賽巴斯提安說：「你母親的反應已經非常好了，你原本到底在擔心什麼？」

「我沒有辦法解釋。」

一個星期之後，賽巴斯提安出庭，被判處十英鎊罰金。報紙對這件事情大肆報導，其中一則標題充滿嘲諷：「**侯爵之子喝不慣葡萄酒**」。法官表示，由於警方及時採取行動，才避免了更嚴重的後果發生……「你運氣好，不必因此為嚴重的意外事故負責……」山姆葛拉斯先生出庭證明賽巴斯提安是個無可挑剔的好學生，這次事件可能會傷害他在牛津大學的輝煌前程。另一家報紙也針對這個案子下了標題——「**模範學生前途危在旦夕**」。法官亦表示，倘若沒有山姆葛拉斯先生的證詞，賽巴斯提安可能被判處重刑，以彰顯司法的公正，因為在法律之前，無論牛津大學的學生或者街上的小混混都一律平等。事實確實如此，但越是顯赫的家庭，蒙受的屈辱就越嚴重……

山姆葛拉斯先生不只在法庭上展現價值，他還在牛津大學大展身手，就如同雷克斯．莫特崔恩在倫敦時那樣。山姆葛拉斯先生去拜會學院的管理階層、學監及副院長，並勸說貝爾神父去拜訪基督堂學院的院長，還安排瑪奇梅因侯爵夫人與校長進行會談。最後，這一切的努力成果，是我們三人在這個學期必須受到門禁限制。不知道什麼原因，哈德卡索使用他那輛車子的權利也被剝奪了。然而這件事情就這樣慢慢過去，我們遭受最持久的懲罰，就是從此與雷克斯．莫特崔恩以及山姆葛拉斯先生發展出密切的關係。雷克斯住在倫敦，每天在政治圈和上層金融圈忙碌；山姆葛拉斯先生距離我們比較近，他就住在牛津大學裡，因此我們的痛苦多半來自山姆葛拉斯先生。

那個學期剩下的日子，山姆葛拉斯先生成了我們生活中的惡夢。我們受到門禁限制，晚上也不能待在一起。拜山姆葛拉斯先生所賜，每天晚上九點鐘之後，我們必須各自獨處。他每晚會來檢查我們的情況，不是去查看賽巴斯提安就是來查看我。每次他一提到「我們那場小小的越軌行為」，口氣就宛如他當時也和我們一起進了拘留所，與我們共同經歷了一切……有一次我翻牆爬出學院，去找賽巴斯提安。山姆葛拉斯先生在學院大門關上之後，到賽巴斯提安的房間突擊檢查，結果發現了我，他把這件事當成他和我之間的連結。因此，當我在聖誕節後去拜訪布萊茲赫德莊園，發現山姆葛拉斯先生獨自坐在被稱為「織錦廳」的房間壁爐旁時，他臉上的表情看起來就像在刻意等我出現，但我一點也不覺得驚訝。

「你來得真巧，我正獨享著這一切。」山姆葛拉斯先生對我說。確實，他宛如擁有整個大廳，以及懸掛於大廳的那些陰森狩獵圖，也擁有壁爐兩側的女神像廊柱。當他站起身子，像主人一般與我握手時，也彷彿擁有了我。「今天早上，瑪奇梅因狩獵隊在草地上聚集——」他接著說。「這是多麼迷人的古老景觀重現啊——所有的年輕人都參與了這次的獵狐活動，包括賽巴斯提安。如果我告訴你，他穿上紅色獵裝之後有多麼俊美，我想你一定不會感到驚訝。布萊茲赫德看起來的模樣，則應該用令人折服來形容，而不是俊美。他和本地一位很有趣的華特．斯特里克蘭維納布爾斯爵士一同擔任狩獵隊的領隊，我真希望他們兩人的身影也能被添加在這幅單調的壁畫之中——如此一來，這幅壁畫看起來會更具色彩。

「女主人待在家裡，還有一位正在養病的修士。他可能讀了太多馬里頓[122]的作品，但不夠多黑格爾[123]的作品。當然，還有艾德里安．波森爵士與兩位比較難以溝通的匈牙利表親——我試著用德語或法語和他們聊天，但是都沒能引起他們的興趣。他們現在開車去拜訪鄰居了，因此我整個下午都可以愜意地在壁爐旁與《追憶似水年華》[124]的查爾斯[125]共度。你的到來讓我鼓

122　譯註：雅克．馬里頓（Jacques Maritain，一八八二年十一月十八日－一九七三年四月二十八日）為法國天主教哲學家。

123　譯註：格奧爾格．威廉．弗里德里希．黑格爾（Georg Wilhelm Friedrich Hegel，一七七〇年八月二十七日－一八三一年十一月十四日）為德國哲學家。

124　譯註：《追憶似水年華》（*À la recherche du temps perdu*）是法國作家馬塞爾．普魯斯特（Marcel Proust，一八七一年七月十日－一九二二年十一月十八日）的作品。

125　譯註：查爾斯．斯萬（Charles Swann）為《追憶似水年華》中的人物。

起勇氣想吃甜點和喝下午茶。我還能告訴你什麼事呢？喔，明天大家就會解散了，茱莉亞小姐要去別的地方慶祝新年，她要把『美好的世界』一起帶走，我會想念那些漂亮的少女們環繞在這間屋子裡的時光——尤其是一個叫做西西莉亞的女孩。西西莉亞的哥哥，是之前和我們認識的博伊．穆開斯特。令人開心的是，西西莉亞長得一點也不像博伊。她說起話來就像小鳥一樣，每隔一會兒就啄開一個話題，太迷人了，而且她的穿著像中學生，可說是十分俏皮的女孩子。我一定會很想念她的，因為我明天不會跟著離開。從明天開始，我就要認真地做好女主人交代我的工作——相信我，那簡直是一塊瑰寶，是原汁原味的一九一四年。」

僕人端來茶點，隨後賽巴斯提安就回來了，因為他提早離開了狩獵隊伍。他說，他想要早一點回家。不久之後，其他人也搭車回來了，但是布萊茲赫德去狗舍辦點事情，蔻蒂莉亞陪他一起去。這些人回來後，大廳就擠滿了人，而且大家開始吃炒蛋和鬆餅。吃過午餐後就在壁爐前昏睡整個下午的山姆葛拉斯先生，此時又跟著大家繼續大吃大喝。不一會兒，瑪奇梅因侯爵夫人也回來了。當我們上樓準備換上吃晚餐的衣服時，瑪奇梅因侯爵夫人問：「有人想去教堂禱告嗎？」賽巴斯提安和茱莉亞都說他們想要洗澡，因此只有山姆葛拉斯先生和那位修士跟著她去。

「真希望山姆葛拉斯先生快點離開。」賽巴斯提安在浴缸裡說。「我已經厭煩了對他充滿感激。」

在接下來的兩個星期中，討厭山姆葛拉斯先生成了整個莊園上上下下心照不宣的共識，只要他一出現，艾德里安．波森爵士那雙成熟好看的眼睛就會轉開，彷彿探索著遠方地平線上的什麼東西，他的嘴脣也會立刻固定在一種經典的哀傷表情。只有那兩個匈牙利表親，因為誤解這位大學導師的身分，以為他是一位特立獨行的上等人，因此對於他的在場與否沒有任何反應。

山姆葛拉斯先生、艾德里安．波森爵士、匈牙利人、修士、布萊茲赫德、賽巴斯提安和蔻蒂莉亞，是從聖誕節慶祝人群中留下來的幾位。

宗教主導著整座莊園，不僅在日常的崇拜活動中——每天早晚在小教堂舉行的彌撒與祝禱——也體現在各種人際往來中。「我們一定要使查爾斯成為一名天主教徒。」瑪奇梅因侯爵夫人說。在我停留期間，我們曾有過無數次所謂的「閒聊」，每次她都不動聲色地將話題帶向神聖的宗教。經過最初幾次之後，賽巴斯提安問我：「我母親有沒有找你『閒聊』？她總是這樣，我真希望她不要再這樣做了。」

事實上，我並沒有被正式地找去「閒聊」，通常是在我還沒有意識到的時候，事情就已經發生了。當瑪奇梅因侯爵夫人打算與某人親密交談時，那個人會自然而然地發現自己已經與瑪奇梅因侯爵夫人單獨相處了。倘若在夏天，這種場面一定是發生在幽靜的散步過程，不然就是在湖邊，或者在玫瑰園籬的角落；倘若在冬天，則一定是發生在她位於一樓的起居室裡。

那間起居室是瑪奇梅因侯爵夫人專用的，是她特別留給自己的，而且一切依照她的意思重新裝修，讓人一走進去就覺得彷彿置身在一間不同的房子裡。她調低了房間的天花板，如此一來，屋簷上那些造型講究的檐口，那些能使其他房間看起來更為優雅的裝飾，在瑪奇梅因侯爵夫人的起居室裡都看不見。牆壁上掛著許多幅她心愛的水彩畫，紅木書櫃裡也擺滿皮革書以及她經常閱讀的詩歌和宗教書籍。壁爐架上是她珍貴的私人收藏品——象牙雕刻的聖母像、聖約瑟夫的石膏像，以及她三個已經過世的弟弟的遺照。之前，我和賽巴斯提安在布萊茲赫德莊園共度那個燦爛的八月時，我們總是遠離瑪奇梅因侯爵夫人的起居室。

一些零星的對話，隨著我對那個房間的記憶不斷閃現而出。我記得瑪奇梅因侯爵夫人說：「當我還是個小女孩的時候，家境雖然相對而言算窮，但是仍比這世上大部分的人還要富裕。結婚後，我一下子變得非常有錢，這種轉變以前經常讓我感到憂慮。我認為，當別人一無所有，你卻擁有這麼美好的物質生活，是一種錯誤。但現在我已經意識到，富人覬覦窮人的特權，也是一種罪惡。窮人一直是上帝和祂的使徒所偏愛的群體，但我相信神的恩典能達成的特別成就，是聖化每一個生命，包括有錢人的生命。在異教時代的羅馬，財富象徵殘酷，但現在已非如此。」

我說了一句關於駱駝穿過針眼[126]的話，瑪奇梅因侯爵夫人很高興地接續這個話題。

「當然了。」她說。「沒有人預期駱駝能夠穿過針眼，但福音書就是充滿著無法預期的事件。你也不可能預期一頭牛和一頭驢會走到搖籃旁邊，表達牠們的崇拜。動物總在聖徒的生命中做出各種稀奇古怪的事。這些都是宗教裡的詩意，就像愛麗絲夢遊仙境。」

我雖然沒有被她的虔誠或魅力所打動，但是將這兩者結合為一之後，我確實稍微被打動。那時候我所有的心思都放在賽巴斯提安身上，其他任何事都提不起我的興趣。而且，儘管我看出賽巴斯提安感受到威脅，並且顯出恐慌，卻不明白這種威脅多麼深遠、多麼黑暗。賽巴斯提安一直絕望地祈禱，無非是希望不受叨擾。在他心裡有著蔚藍的湖水和蕭瑟的棕樹，他就像是一個快樂且無害的玻里尼西亞人，只有在大輪船將錨抛到珊瑚礁上時、在切割機行駛到瀉湖沙灘上時、山坡出現未曾見過的鞋印時，商人、官員、傳道者、遊牧民族冷酷地侵略這片土地時——只有在這樣的時刻，他才會開始翻出部落裡古老的武器，在山坡上敲鑼打鼓；或者，說得更簡單些，他會從陽光照耀的門邊轉身而去，孤身躺在黑暗之中，那裡的牆上畫著無力的神像，徒勞地排成一列。而他，置身在一堆蘭姆酒的酒瓶中，把心都咳出來了。

由於賽巴斯提安將自己的意識以及人類的情感需求都當成入侵者，他在阿爾卡迪亞的日子也因此更加屈指可數。這一段我眼中的寧靜歲月，卻讓賽巴斯提安感到無比恐慌。我很清楚他處於充滿警戒和懷疑的狀態，宛如一頭小鹿因為察覺遠處傳來獵人的腳步聲而忽然緊張地抬起頭來。我看過他一提到自己的家庭和信仰就變得小心謹慎的樣子，但如今我也變成讓他緊張的原因。他並沒有失去愛人的能力，不過他棄絕了享受愛人的樂趣，因為我不再是他離群索居的一分子。隨著我與他家人的關係日益密切，我同樣也成了他想要逃離的世界。另一方面，我仍是他與這個世界連繫的樞紐。從我和他母親的閒聊中，我感覺得到他母親一直希望我去扮演這樣的角色。在這段時間裡，每一件事都十分神祕，然而我只是偶爾產生些許疑慮，好奇這一切到底是怎麼回事。

從表面上看來，山姆葛拉斯先生是唯一的敵人。有兩個星期的時間，賽巴斯提安和我在布萊茲赫德莊園過著我們自己的生活，因為賽巴斯提安的哥哥忙著參加各種活動及管理資產，山

126 譯註：出自馬太福音第十九章二十四節：「駱駝穿過針的眼，比財主進神的國還容易呢！」

姆葛拉斯先生則在書房裡忙著撰寫瑪奇梅因侯爵夫人的書。瑪奇梅因侯爵夫人大部分的時間都在陪伴艾德里安・波森爵士，除了晚上之外，我們很少見到他們。那棟大宅邸有足夠的空間，讓各種不同的人在一起生活。

過了兩個星期，賽巴斯提安說：「我再也無法忍受山姆葛拉斯先生了。我們去倫敦吧！」於是他住到我家，不肯在瑪奇梅因公館過夜。我父親很喜歡賽巴斯提安。「我覺得你的朋友很有趣。」他說。「以後經常邀請他來玩吧。」

回到牛津之後，我們又重拾那種在空氣中似乎越來越萎縮的生活。賽巴斯提安前一個學期的悲傷情緒，如今變成了憤怒，甚至對我也一樣。他心裡一定有某種苦痛，但我不知道是什麼，也不知道應該如何幫助他，只能替他擔心。

賽巴斯提安只有在喝醉的時候才會感到開心，但他每次喝醉就想要捉弄山姆葛拉斯先生。他寫了一首打油詩，裡面重複著「放屁臭瓦斯，山姆葛拉斯——放屁臭瓦斯，山姆葛拉斯。」他以聖母瑪利亞大學教堂鐘聲的曲調來吟唱這首打油詩，每個星期都跑到山姆葛拉斯先生宿舍的窗外吟唱這首小夜曲。山姆葛拉斯先生是學院裡第一位在宿舍裡裝設私人電話的教授，賽巴斯提安經常在喝酒的空檔時間打電話給山姆葛拉斯先生，將這首歌唱給他聽。大家都認為山姆葛拉斯先生欣然接受了賽巴斯提安的惡作劇，因為我們每次和山姆葛拉斯先生見面時，他都依然笑容可掬，而且更加自信，彷彿這些羞辱讓他覺得自己已經更緊緊掌握賽巴斯提安的一舉一動。

在這個學期，我開始意識到賽巴斯提安和我不同。他是一個酒鬼。雖然我也經常喝醉，但我總是在非常高興的時候喝醉，並且在喝醉的時刻充滿歡樂與愛，希望這種體驗可以延長、可以增強。賽巴斯提安將自己灌醉，純粹只是為了逃避。隨著我們一起成長、一起變得成熟，我喝得越來越少，他卻越喝越多。我發現，有時候我離開他返回自己的學院之後，他會整晚不睡覺，獨自呆坐到深夜並喝酒澆愁。一系列的災難因此在他身上降臨，而且發生速度之快，令人吃驚。我甚至不知道自己是什麼時候才準確地意識到，我這位朋友已經深陷麻煩之中。復活節期間，我才清楚感受到賽巴斯提安出了問題。

茱莉亞以前常說：「可憐的賽巴斯提安，他身上有某些化學反應和別人不同。」

那是當時的流行語，來自民間對科學的誤解。「他們之間有某些化學反應」這句話，以前經常被人用來形容兩人之間具有難以壓抑的憎恨或愛情，而當時這種關於化學反應的說法，只是已經過時的決定論，以嶄新的面貌重現江湖。我根本不相信賽巴斯提安的身體裡有什麼與眾不同的化學反應。

到布萊茲赫德莊園過復活節是一次痛苦的經歷，在微弱但難忘的痛苦中達到高潮。賽巴斯提安在他母親的房子裡，還不到晚餐時間就已經喝得酩酊大醉，這表示他的人生悲劇又邁入一個新紀元，他在逃離家庭、摧毀自己的道路上又邁出了一大步。

那天即將結束，在布萊茲赫德莊園參加復活節派對的客人們剛剛離去。那場活動雖然名為復活節派對，但實際上是在復活節那週的星期二舉行。從濯足節[127]一直到復活節當天，佛萊特

---

127 譯註：濯足節（Maundy Thursday）為復活節前的星期四，紀念耶穌基督最後的晚餐。

一家都在某間修道院裡的客棧度過。賽巴斯提安一開始說他今年不想去，然而到了最後一刻，他讓步了。他們從修道院回來之後，賽巴斯提安就一直處於強烈的抑鬱和痛苦中，我試著將他拉出來，可是卻無能為力。

賽巴斯提安整個星期都瘋狂酗酒——只有我知道他喝得有多瘋狂——他以一種緊張且詭祕的方式酗酒，和以前截然不同。派對進行期間，書房裡有一個擺滿各種烈酒的托盤，賽巴斯提安一直溜進書房裡偷喝，沒讓我知道。那天上午屋裡沒有什麼人，因此非常安靜。我在柱廊的花園房裡繪製另一面牆的壁畫，賽巴斯提安推說自己有點小感冒，什麼地方都不想去。其實他在那段時間一直半醒半醉，藉由沉默不語暫時擺脫別人的關注。在派對上，我三不五時發現客人會以好奇的眼光偷瞄他，然而那些人和他不熟，因此沒有察覺到他的變化。至於他的家人，都忙著招呼自己邀請來的客人。

當我去提醒賽巴斯提安注意自己的言行時，他說：「我受不了他們在這裡晃來晃去。」然而真正讓他崩潰的時刻，是賓客離開之後他不得不近距離面對家人。

按照常規，書房的那些烈酒將在晚上六點鐘送來客廳，讓每個人調製自己想喝的雞尾酒，等我們去換上吃晚餐的正式服裝時，僕人會把托盤裡的酒收走。稍後在晚餐之前，會再供應一輪雞尾酒，但這次改由僕人端著托盤，讓賓客自行取用。

賽巴斯提安在喝過下午茶之後就不見人影。天黑之後的一小時，我都在陪蔻蒂莉亞玩麻將[128]。晚上六點鐘，我獨自坐在客廳時，賽巴斯提安回來了。他皺著眉頭，我對那種表情非常熟悉。他一開口說話，我就聽出他的聲音充滿醉意。

「他們把雞尾酒送來了嗎？」他笨手笨腳地拉動呼叫僕人的拉鈴。

我問：「你剛才去哪裡了？」

「我去樓上找奶媽。」

「我才不信。你躲在哪裡喝酒？」

「我在房間裡看書。今天我的感冒變嚴重了。」

盛酒的托盤送來之後，賽巴斯提安拿了整瓶杜松子酒和苦艾酒就走出房門。我尾隨他上樓，但是他當著我的面甩上房門，把我鎖在他的房間門外。

我只好回到客廳，心裡非常沮喪，還有一種不祥的預感。

佛萊特一家人出現了，瑪奇梅因侯爵夫人問：「賽巴斯提安在哪裡？」

「他在休息，他的感冒變嚴重了。」

「喔，天啊，希望不是流行性感冒。最近他有一、兩次看起來像有點發燒。他需不需要吃點什麼或喝點什麼？」

「不必了。他明白地表示，希望我們不要打擾他。」

我猶豫著要不要找布萊茲赫德談談，但是他那張如岩石般嚴峻的面容，擊潰了我所有的信心。因此，在準備上樓回房間換衣服的時候，我把這件事告訴了茱莉亞。

「賽巴斯提安喝醉了。」

---

128 譯註：麻將（Mah-Jongg）是源自中國的牌類遊戲，據稱始於一八八〇年，並於二十世紀傳遍全世界。

「不可能，他根本沒有到客廳來喝雞尾酒。」

「他整個下午都在房間裡喝。」

「他真奇怪！真是個愛惹麻煩的傢伙！他能下樓吃晚餐嗎？」

「沒有辦法。」

「好吧，那麼你得去照顧他。這不關我的事。他經常這樣嗎？」

「最近經常如此。」

「他實在太討人厭了。」

我試著打開賽巴斯提安的房門，可是房門上了鎖，希望他在睡覺。然而當我盥洗完畢走出浴室時，卻發現他坐在我壁爐前的椅子上，而且已經著裝完畢，準備去吃晚餐。只不過他沒有穿鞋，而且領結是歪的，頭髮也亂七八糟，一張臉紅通通的，微微瞇著眼睛，說起話來含糊不清。

「查爾斯，你說得沒錯，我沒有去奶媽那裡，我一直待在樓上喝威士忌。現在書房裡沒有酒了，派對也結束了，大家都走了，只剩下我母親。我喝得有點醉，或許我應該在這裡吃點東西，而非下樓和我母親共進晚餐。」

「你上床休息吧。」我對賽巴斯提安說。「我會告訴大家，說你的感冒變嚴重了。」

「非常嚴重。」

我扶他回到他的房間，想哄他上床，可是他坐在梳妝臺前，斜眼看著鏡中的自己，試圖重新打好領結。壁爐旁的寫字桌上有一瓶威士忌，瓶裡的酒只剩一半。我悄悄拿起那瓶酒，原本以為賽巴斯提安不會發現，可是他在鏡子前轉身對我說：「把酒放下。」

「別這麼混蛋，賽巴斯提安，你真的喝太多了。」

「他媽的，我喝多少跟你有什麼關係？你只不過是個客人——我的客人！我在自己家裡，想喝多少就喝什麼！」

我覺得，為了爭奪那瓶酒，他可能會和我打起來。

「好。」我回答，並且把酒放下。「但是看在老天的分上，不要讓別人看見你這副模樣。」

「喔，少管閒事！你剛來這裡的時候，原本是我的朋友，但現在卻幫著我母親監視我。我什麼都知道！好了，你可以出去了！你去告訴她，將來我會自己挑選我的朋友，請她也自己挑選她的眼線。」

於是我離開賽巴斯提安，回到客廳。

「我探望過賽巴斯提安了。」我告訴大家。「他的感冒變嚴重了，已經上床休息。他說他什麼都不想吃。」

「可憐的賽巴斯提安。」瑪奇梅因侯爵夫人說。「他最好喝一杯熱威士忌。我上去看看他。」

「母親，您別去，讓我去吧。」茱莉亞起身表示。

「我去。」蔻蒂莉亞說。那天蔻蒂莉亞獲准與我們共進晚餐，這是復活節派對結束後給她的特殊待遇。由於她剛好坐在客廳門邊，因此我還來不及阻止她，她就已經跑出去了。

茱莉亞和我彼此互看一眼，她聳聳肩膀，但也無可奈何。

幾分鐘之後，蔻蒂莉亞回來了，表情十分嚴肅。「賽巴斯提安說他什麼都不想吃。」蔻蒂莉亞說。

「他的情況如何？」

「喔，我不知道，但我覺得他喝得很醉。」她回答。

「蔻蒂莉亞！」

這孩子突然咯咯傻笑起來。「侯爵之子不勝酒力。」她模仿報紙的標題說。「模範學生前途堪憂。」

「查爾斯，賽巴斯提安真的喝醉了嗎？」瑪奇梅因侯爵夫人問。

「是的。」

這時僕人走進客廳，表示晚餐已經準備好，於是我們走到餐廳，沒有人再提及這個話題。

當晚我和布萊茲赫德獨處時，他問：「你剛才說，賽巴斯提安喝醉了？」

「是的。」

「他可真會挑時間。難道你不能阻止他嗎？」

「沒有辦法。」

「沒有辦法。」布萊茲赫德說。「我也覺得你沒辦法。我曾經看過我父親喝醉的樣子，就在這個房間裡，當時我還不到十歲。如果一個人想把自己灌醉，別人攔也攔不住。你知道，我母親就無法阻止我父親喝醉。」

他用那種怪異又冷漠的腔調說著，讓我突然意識到，一旦對這一家人的瞭解越深，就越能看見他們不尋常的地方。「今晚我應該請我母親為大家朗讀。」

後來我才明白，這是他們家的傳統。每當他們的家庭關係出現緊繃的情況，瑪奇梅因侯爵夫人就會為全家人朗讀。她的聲音非常好聽，而且具有極出色的表達能力。那天晚上她讀的是《布朗神父的智慧》[129]中的一段。茱莉亞坐在一張小凳子前，凳子上擺滿指甲美容用品，小心翼翼地修剪指甲。蔻蒂莉亞在和茱莉亞的北京狗玩耍，布萊茲赫德假裝自己耐心地聆聽著，而我則在一旁悠閒地打量眼前這個漂亮的家庭，並且為我那個在樓上酗酒的朋友感到難過。

然而那天晚上的悲劇還沒結束。

瑪奇梅因侯爵夫人的習慣是，當全家人都在的時候，就寢前一定要去小教堂一趟。這時她已經闔上書本，準備叫大家陪她一同前往，但客廳的門突然打開了，賽巴斯提安出現在我們面前，身上還穿著晚餐前換上的那套衣服，不過他原本紅通通的臉頰此時已經變得慘白。

「我是來道歉的。」他說。

「賽巴斯提安，親愛的，你回房間去吧。」瑪奇梅因侯爵夫人說。「我們明天早上再談。」

「我不是向您道歉，我是向查爾斯道歉。他是我的客人，可是我剛才對他態度很差。他是我的客人，也是我唯一的朋友，我卻那麼殘酷地對待他。」

一陣寒意襲向所有的人，我趕緊把賽巴斯提安送回房間，他的家人們則去小教堂禱告。我和賽巴斯提安回到樓上之後，我發現剛才那個酒瓶已經空了。「你應該上床睡覺了。」我說。

---

129 譯註：《布朗神父的智慧》（*The Wisdom of Father Brown*）是英國作家卻斯特頓（G.K. Chesterton）的偵探推理小說作品，出版於一九一四年。

賽巴斯提安開始啜泣。「你為什麼要站在他們那邊，為什麼要和他們一起對付我？我就知道，如果我讓你認識他們，你一定會變成這樣。你為什麼要監視我？」

他說了很多話，我無法承受將那些話語全部記下來。即使到現在已經過了二十年，我還是沒有辦法重述他所說的話。總之，我最後終於讓他睡著了，然後自己也懷著一顆受傷的心上床。

第二天早上，賽巴斯提安很早就跑到我的房間來，那個時候整棟屋子裡的人都還在睡覺。他拉開窗簾，吵醒了我。我看見他全身已經穿戴整齊，正背對著我一邊抽菸，一邊看著窗外。遠處的黎明灑落在清晨的朝露上，早起的鳥兒在剛萌芽的樹梢上發出嘰嘰喳喳的聲音。我開口喚他，他立刻轉過身來，臉上已經沒有昨夜那場折磨的痕跡，看起來神清氣爽，但有一絲悶悶不樂，宛如一個失望的小孩。

「呃。」我說。「你還好嗎？」

「感覺很奇怪。我想我可能還有一點宿醉。我剛剛去了車庫一趟，想找輛車，可是車庫的門還鎖著。我們走吧。」

他從我床邊的水瓶裡喝了一點水，並且隨手將菸蒂往窗外扔出去，接著又點燃一根新的菸。點菸時，他的雙手抖得像個老人。

「你要去哪裡？」

「我也不知道，也許去倫敦吧？我能不能去住你家？」

「當然可以。」

「那就好。快點起床換衣服，我可以叫僕人替你整理行李，再利用火車運送到倫敦。」

「我們不能就這樣一走了之。」

「但我們也不能繼續待下去。」

賽巴斯提安坐在窗臺旁，眼睛望著窗外，沒有看我。然後他說：「有些煙囪已經開始冒煙了，馬廄的門可能也打開了。動作快一點。」

「我還不能走。」我說。「我必須先向你的母親道別。」

「你真是一隻聽話的狗。」

「隨便你怎麼說，總之我不喜歡用這種方式離開。」

「我才不在乎。反正我是走定了，而且越遠越好、越快越好。你可以和我母親繼續策畫各種陰謀，總之我不會再回來了。」

「你昨天晚上也這麼說。」

「我知道，對不起。我還有一點宿醉，查爾斯。倘若這句話能讓你開心，我可以告訴你：我非常討厭自己。」

「我一點也不覺得開心。」

「我覺得你一定覺得很開心。好吧，如果你不想和我一起走，起碼替我向奶媽說聲再見。」

「你真的要走？」

「當然。」

「你會來倫敦找我嗎？」

「會。我會去你家住。」

賽巴斯提安離開了我，可是我沒有再次入睡。大約兩個小時之後，一名僕人端著麵包、奶油和熱茶進來，並替我準備這天要穿的衣服。

那天上午，我去找瑪奇梅因侯爵夫人。因為起風的緣故，我們選擇待在室內，坐在她的起居室裡。我們坐得很近，兩人都坐在壁爐前。她微微彎著腰刺繡，我則看著攀爬在窗臺上的藤蔓嫩芽。

「我真不希望看見他那副樣子。」瑪奇梅因侯爵夫人說。「因為實在太殘忍了。我不介意知道他會喝醉，因為每個男人都會喝醉，我已經習慣了。我的弟弟們在他這個年紀時也都很狂放不羈。然而昨晚讓我傷心的是，他看起來很不快樂。」

「我懂。」我說。「我以前從來沒有看過他那種模樣。」

「他什麼時候不好挑，偏偏要挑昨天晚上……所有的客人都已經離開，只剩下我們一家人——你知道，查爾斯，我早就把你當成自己人，我知道賽巴斯提安很喜歡你——他不必勉強假裝快樂，因為他確實不快樂。我昨晚幾乎沒睡，一直在想著這件事情。他是真的非常不快樂。」

我對於賽巴斯提安灌醉自己的原因一知半解，因此很難向瑪奇梅因侯爵夫人說明，然而我當時一心認為：「她很快就會明白一切，或許她早就已經明白了。」

「他昨晚真的表現得很糟。」我說。「但請您不要誤會他平常就是這樣。」

「山姆葛拉斯先生告訴我，賽巴斯提安一整個學期都在喝酒，他喝太多了。」

「可是他並沒有喝到像昨晚那種程度——從來沒有。」

「他為什麼突然變了？為什麼回來這裡就會變了樣子？為什麼和我們在一起的時候會有這種表現？我整晚都在思考這些事，並且不停地禱告，同時還考慮應該如何和他談論這個問題。然而今天早上他竟然一走了之，一句話都不說就走了，這麼做實在太殘忍。我當然不希望他感到愧疚——但我覺得他是因為羞愧，所以亂了方寸。」

「他之所以感到羞愧，是因為他沒有辦法讓自己快樂。」我說。

「山姆葛拉斯先生說，賽巴斯提安在學校裡經常吵吵鬧鬧、情緒亢奮。這點我相信。」瑪奇梅因侯爵夫人的語氣中帶著一絲幽默，宛如一道穿越滿天烏雲的罕見的陽光。「我知道你和他經常捉弄山姆葛拉斯先生，你們很淘氣。我很敬重山姆葛拉斯先生，你們也應該要喜歡他，畢竟他為你們做了很多事。可是，我想，如果我是男性，而且是在你們這種年紀，我大概也會忍不住想要捉弄山姆葛拉斯先生。我不介意你們惡作劇，可是昨天晚上和今天早上這兩件事情已經超越了惡作劇。你知道，其實以前也發生過這種事情。」

「我只能說，雖然我常看見賽巴斯提安喝醉的樣子，我自己也常跟著他一起喝醉，但是他昨晚的表現，對我來說確實十分陌生。」

「喔，我指的不是賽巴斯提安，我指的是在許多年以前，一個我曾深愛過的男人也發生過這種情況。呃，你一定明白我在說什麼——賽巴斯提安的父親，他以前就是醉到這種模樣。有人告訴我，他現在已經不會喝醉了。我向上帝祈求，希望那些人所說的都是真的。如果他已經不再酗酒，我要全心全意感謝上帝。但是關於一走了之這件事——賽巴斯提安的父親當時也是一走了之，你知道的。正如你剛才所說的，他之所以感到羞愧，是因為他沒有辦法讓自己快樂。他們兩人都不快樂、都因此感到羞愧，而且都選擇一走了之，實在讓人同情。」——瑪奇梅因侯爵夫人那雙美麗的眼睛，視線從她手中的刺繡轉向放在壁爐架上的三尊雕像——「然而我的三個弟弟都沒有這種問題，所以我不明白他們為什麼如此。你呢？查爾斯，你明白嗎？」

「我也不太明白。」

「賽巴斯提安對你的喜愛遠遠超過他對我們的情感，你知道的，所以你一定要幫助他，因為我沒有辦法幫他。」

我把我與瑪奇梅因侯爵夫人在起居室裡的對談濃縮成這短短幾句話。瑪奇梅因侯爵夫人的溝通方式很低調，她以一種十分女性化的態度，一種近乎調情的方式來談論她想觸及的話題。她先兜圈子，一會兒靠近，一會兒又退開，虛情假意地像蝴蝶般到處盤旋，也像在玩「一二三木頭人」的遊戲，你背對她的時候，她會以你難以察覺的腳步偷偷靠近，當你回過頭看她時，她又會立刻靜止不動。賽巴斯提安和他父親的不快樂及一走了之——這些都對她造成了傷害，但是她一直到談話結束前才以自己的方式表達出這樣的感受。在她真正說出肺腑之言前，時間都已經過了一個小時。當我站起來向她道別時，她彷彿想到了什麼，又補充一句：「對了，你還沒看過我弟弟的那本書吧？那本書才剛剛出版。」

我告訴她，我曾在賽巴斯提安的房間裡簡單翻閱過。

「我希望你也擁有一本。我可以送你一本嗎？我三個弟弟都是非常優秀的人，奈德是其中最出色的一個，也是最後一個壯烈犧牲的。報喪的電報如我預期地送達我手上時，我當時心想：『現在輪到我兒子去完成奈德未竟的使命了。』那時候我孤伶伶的只有獨自一人，因為賽巴斯提安剛去伊頓公學念書。如果你讀了奈德的書，你就會明白我的心境了。」

她早就已經準備好一本，並且放在書桌上了。我心裡暗忖：「在我來之前，她已經計畫好這種告別方式，只是不知道她有沒有排練過這次會談？倘若我們的對話沒有依照她預期的方式進展，她會不會把那本書收回抽屜裡？」

瑪奇梅因侯爵夫人在那本書的扉頁寫下她的名字和我的名字，並註記日期和地點。

「我晚上都會替你禱告。」她說。

我離開她的起居室，在身後關上房門。被我一起關在身後的，還有醜陋的宗教裝飾品、低矮的天花板、印花棉布、羊皮書套、佛羅倫斯的風景畫、風信子與香草乾燥花、針景畫，以及各種女性雜誌。我回到鑲著花格木板的穹形屋頂，回到有著大型圓柱與古典雕飾的大廳，回到充滿威嚴與陽剛的美好時光。

我並不是傻瓜，我的年紀已經夠成熟，看得出瑪奇梅因侯爵夫人努力唆使我站到她那一邊。但也因為我的年紀還輕，因此經過她的誘導，我或多或少被她說服了。

那天上午我沒有遇見茱莉亞，然而當我正準備離開布萊茲赫德莊園時，蔻蒂莉亞跑到車門前對我說：「你會見到賽巴斯提安嗎？請你轉告他，我非常愛他。你會記得嗎？——我非常愛他。」

在前往倫敦的火車上，我讀了瑪奇梅因侯爵夫人送我的書。那本書的書封印著一個身穿擲彈兵制服的年輕人照片，從他的臉上，我可以清楚看出布萊茲赫德那種嚴峻的五官是遺傳自何處，那種冷酷掩蓋過他父親家族的和藹親切，宛如居住在森林與洞穴裡的人，屬於獵人和部落首領，表現出人類與環境發生衝突時的嚴厲傳統感。那本書裡還有其他的照片，是三個兄弟在度假期間拍攝的照片。我可以從每一張照片裡看出他們相似的特徵，然而當我想起瑪奇梅因侯爵夫人充滿光彩的柔美姿態時，卻又找不出她與這三名嚴肅男子的相像之處。

書裡提到瑪奇梅因侯爵夫人的篇幅不多，因為她比這三個弟弟當中最年長者還要大九歲，他們還在學校念書時，她已經出嫁了。她和這三個弟弟之間還有兩個妹妹，她的父母在生下第三個女兒之後，為了求得男丁，曾經到許多地方膜拜、行善與許願，好讓他們古老的家族延續香火。這三名男性繼承人出生得很晚，而且成長於一個豐足的年代，就當時看來，他們家族的血脈毫無疑問可以永遠延續下去，殊不知突如其來的戰爭悲劇讓一切中斷。

他們的家族歷史，和典型的英國天主教鄉紳家庭無異。自從伊莉莎白女王統治時期開始，一直到維多利亞時代之間，他們都過著與世隔絕的生活，周遭只有佃農和親戚。三個兒子都被送往國外求學，然後在那裡結婚成家。如果他們沒有在國外結婚，就會在數十個像他們這樣的家庭之中挑選伴侶，不得有個人偏好。雖然許多世代因此經歷了教訓，但這個家族最後誕生的三名男丁還是遵循這種人生模式。

山姆葛拉斯先生以其嫻熟的編輯才華，將各種不同格式的文字——詩句、信件、零散的日記、未曾發表的散文拼接在一起，組成了這本風格統一且內容有趣的書籍，散發出高調、嚴肅、俠義、超凡的氣息。在他們死後，由他們的朋友所撰寫的信件，儘管每個人的表達能力各異，但訴說的故事都相同：這三名男子在學業與運動方面都出類拔萃、前途似錦，在同輩之中脫穎而出，然而卻為國捐軀，成為躺在花環下的犧牲者。他們必須死去，才能夠讓其餘的凡夫俗子有出頭的機會。他們就像原住民，是受法律保護的害蟲，可以被隨意屠殺，好讓世界上那些戴著厚片眼鏡、手掌粗肥多汗、露出假牙而笑的販夫走卒可以得到更多安全感。隨著火車將我緩緩載離瑪奇梅因侯爵夫人，我心裡忍不住想：瑪奇梅因侯爵夫人和她的家人是否也被烙上了相同的印記，他們是否也註定要被摧毀？只不過，摧毀他們的不是戰爭。這種厄運的微弱呢喃，瑪奇梅因侯爵夫人可曾在壁爐爐火的紅色火光中瞥見？可曾在攀爬於窗緣的藤蔓間聽見？

火車終於抵達帕丁頓車站。我一回到家，就發現賽巴斯提安已經在等著我。他身上的悲劇氣息彷彿都消失了，看起來非常愉快自得，就像我第一次見到他那時的模樣。

「蔻蒂莉亞要我轉告你，她非常愛你。」

「你是不是又和我母親聊過天？」

「是的。」

「你又站在她那邊了嗎？」

如果賽巴斯提安早一天問我這個問題，我會回答他：「我沒有選邊站。」可是這時我說：

「不，我支持你。『賽巴斯提安與全世界為敵。』」

關於這個話題，我們就只說到這裡為止。而且不光是那天，後來也不曾再提起。

然而，烏雲在不久之後又再度層層籠罩賽巴斯提安。我們回到牛津，紫羅蘭再度在我窗臺下綻放，栗子花也彷彿把每一條的街道點亮，馬路上溫熱的石頭蓋滿隨風飄落的花瓣。然而一切都和以前不同了，因為賽巴斯提安心裡仍是寒冬。

好幾個星期的時間過去了，我們一直在尋找下個學期的住處，後來在莫頓街找到一間在網球場附近但環境靜謐的小房子，房租相當昂貴。

我遇見最近鮮少看到的山姆葛拉斯先生時，他正站在布萊克威爾書店陳列德文新書的書桌前，身旁還有一疊他準備購買的書籍。我告訴他，我和賽巴斯提安即將搬至莫頓街的決定。

「你打算和賽巴斯提安住在一起？」他問。「這麼說，他下個學期還會回來上課囉？」

「我想是吧？為什麼您覺得他不會回來上課？」

「我也不知道，我只是覺得他可能不想念了。不過，我經常誤判這方面的事。我喜歡莫頓街。」

山姆葛拉斯先生讓我看他打算購買的書，可是我不懂德文，所以對那些書沒有興趣。我準備離開時，他又對我說：「別誤會，我不是想要多管閒事，可是我建議你在確定情況之前，先不要急著訂下莫頓街的房子。」

我把這件事告訴賽巴斯提安，他說：「沒錯，他們確實在計畫一些事。我母親希望我搬去和貝爾神父一起住。」

「你為什麼沒有告訴我？」

「因為我不會搬去和貝爾神父一起住。」

「但我覺得你還是應該讓我知道。你母親什麼時候說的？」

「喔，就是最近這一陣子。你知道，我母親很聰明，她已經發現沒辦法再指望你了。我猜是因為你在讀完奈德舅舅的書之後寫給她的那封信。」

「可是我在那封信裡幾乎什麼都沒提到啊。」

「那就是重點。如果你願意幫助她，你一定會在信裡寫很多事。奈德舅舅那本書只是一個小小的測試，你知道的。」

不過，瑪奇梅因侯爵夫人似乎還沒有徹底放棄，因為我在幾天之後又收到一張她捎來的短箋，上面寫道：「我星期二會經過牛津，希望可以見到你和賽巴斯提安，並且在見他之前先與你單獨相處五分鐘。不知道這樣的要求會不會讓你感到為難？我大概中午十二點會抵達你的宿舍。」

瑪奇梅因侯爵夫人到了之後，先簡單參觀我的房間。「……你知道，我兩個弟弟，西蒙和奈德，以前也是這個學院的學生，奈德的房間面對著花園，我也希望賽巴斯提安能夠住到這裡來，不過，你也知道，我丈夫以前念基督堂學院，他一直緊緊抓著賽巴斯提安的教育大權。」接著她又讚美了我的作品。「……大家都很喜歡你在布萊茲赫德莊園的花園房所畫的壁畫，如果你不將它完成，我們一定永遠不會原諒你。」最後，她才終於提到來找我的目的。

「我想你大概猜得到我想要問你什麼。很簡單，我想知道賽巴斯提安這個學期是不是還繼續酗酒？」

我當然猜得到她想問什麼。我回答：「如果他這學期還酗酒，我不會告訴您。可是我可以告訴您事實真相：他沒有。」

她說：「我相信你，感謝上帝！」接著我們才一起前往基督堂學院吃午餐。

殊不知，就在那天晚上，賽巴斯提安又鬧出第三場災難。一名三年級的學監在半夜一點鐘發現他喝得酩酊大醉，在湯姆方院裡遊蕩。

我和賽巴斯提安分開的時間，大約是午夜前的幾分鐘，當時他的情緒雖然低落，可是依舊非常清醒。在我離開他之後的一個小時，他自己一個人喝掉了半瓶威士忌。隔天上午他來找我，談起這件事時，他表示自己什麼都記不得。

「你經常這樣嗎？」我問他。「你常在我和你分開之後獨自喝酒嗎？」

「大概兩次，也許四次，每次都是在他們開始煩我之後，我才會喝酒。如果他們不來煩我，我就不會有事。」

「他們現在不會煩你了。」我說。

「我知道。」

然而我們兩人都很清楚，這次是真正的危機。那天早晨我對賽巴斯提安已經不存有任何關愛，儘管他非常需要，但是我一點也無法給他。

「說真的。」我告訴他。「如果你每次見到你的家人都必須大醉一場，你已經沒救了。」

「喔，是的。」賽巴斯提安哀傷地說。「我知道，我沒救了。」

我的自尊受到了刺激。因為他喝醉的行徑，讓我覺得自己像一個騙子，所以我不想理會他需要別人的關懷。

「好吧，那你有什麼打算？」

「什麼都不做。他們會替我安排所有的事。」

於是我就這麼讓賽巴斯提安走了，沒有給他任何安慰。

然後，日子又繼續一天一天地過去，就像十二月那次一樣，我目睹一切再次發生。山姆葛拉斯先生和貝爾神父去見了基督堂學院的院長，布萊茲赫德也到牛津待了一個晚上。大齒輪轉動之後，帶動小齒輪的運轉。每個人都替瑪奇梅因侯爵夫人感到遺憾和惋惜，她弟弟們的名字還閃亮地刻在戰爭紀念牆上，她弟弟們的事蹟還鮮明地活在許多人的心中。

瑪奇梅因侯爵夫人又來找我，我不得不陪她聊天並搭乘渡輪到牛津北部。當天晚上她住宿在牛津北部一間她長期捐助資金的修道院。

「請您一定要相信我。」我對她說。「當我告訴您賽巴斯提安沒有喝酒時，我所說的是我知悉的事實。」

「我知道你希望當他的好朋友。」

「我不是那個意思。我想說的是，我深信我告訴您的情況，而且我至今仍有某種程度的信念。我相信他以前只喝醉過兩次或三次，不會更多。」

「沒用的，查爾斯。」瑪奇梅因侯爵夫人說。「如今已經證明，你對他的影響力，還有你對他的瞭解，全都不如我所想像的那樣。無論你或我試著去相信他，結果都不會有任何好處。我非常清楚酒鬼是什麼樣子，他們最糟糕的行為就是會欺騙別人。事實真相才是我們必須優先考量的。

「經過那頓愉快的午餐，在你離開後，賽巴斯提安對我很好，就像小時候一樣貼心，我也答應了他每一項要求。你知道，我原本對於他要和你同住這件事心存疑慮，但我想你可以理解我的意思。你也很清楚，我們都很喜歡你，不只因為你是賽巴斯提安的朋友，如果你沒來看我們，我們都會非常想念你。可是我希望賽巴斯提安有各式各樣的朋友，而不是只有你一個朋友。貝爾神父告訴我，賽巴斯提安從來不和其他的天主教徒來往，也不去紐曼社團[130]，就連彌撒都很少參加。當然，我並非要求他只與天主教徒做朋友，但他總得認識幾個吧？一個人必須要有強大的信念，才能夠不靠別人就堅守住信仰。賽巴斯提安並不是一個擁有強大信念的人。

「然而星期二的那頓午餐，我真的感到非常開心，甚至決定放棄反對。我和賽巴斯提安一起去看了你們找好的房子，那個地方確實不錯。我們還在倫敦挑選了一些家具，這樣一來就可以把那間房子布置得更漂亮一些。可是，就在我來看他的那天晚上，他又喝醉了！——不，查爾斯，事情不應該是這樣啊！」

瑪奇梅因侯爵夫人說這些話的時候，我心想：「這肯定是她剛剛從貝爾神父那裡聽來的。」

「呃，好吧。」我說。「您有什麼方法可以解決他的問題嗎？」

「學院十分寬容。他們說，只要賽巴斯提安答應和貝爾神父住在一起，學校就不開除他。這不是我有權提出的要求，而是貝爾神父自己的意思。他還特別要我告訴你，他也隨時歡迎你搬過去住。貝爾神父那裡其實沒有多餘的房間讓你去住，但我猜你也不想搬去。」

「瑪奇梅因侯爵夫人，如果您真的希望把賽巴斯提安變成一個酒鬼，這肯定是最好的途徑。難道您沒有發現，他認為自己受人監視的想法，對他傷害極大嗎？」

「喔，親愛的，現在再多說什麼都已經沒有用了。我知道新教徒總認為天主教的修士全是密探。」

「我不是那個意思。」我想要解釋，可是卻越解釋越糟。「他需要感受自由。」

「他本來就是自由的，他一直都很自由，直到現在。你看看結果是什麼樣子？」

我們一路聊到渡輪靠岸，但我們的對話也遇上難解的死結。我沒有再多說什麼，只靜靜目送她走進修道院，然後再搭乘公車到牛津市中心的卡爾法克斯塔。

賽巴斯提安在我的房間裡等我。「我要去發電報給我父親。」他說。「他絕對不會答應讓他們硬把我塞進一個修道士的家。」

「可是，如果這是讓你繼續待在牛津大學念書的條件呢？」

「那我就不念了。你能想像嗎？——要我一個星期去參加兩次彌撒、在靦腆的天主教迎新茶會上幫忙、和紐曼社團的訪問學者一起吃晚餐、在有客人的情況下才能喝一杯波特酒。還要忍受貝爾神父的目光不時在我身上打轉，窺探我有沒有多喝幾杯，深怕我在離開餐桌時聽見大家批評我是個丟臉的小酒鬼，只靠我迷人的母親拜託學校的修道士收容我？」

「我已經告訴你母親了，我說這樣不是辦法。」我說。

「我們今晚要不要大醉一場？」

「就這麼一次，毫無顧忌。」我說。

「與全世界為敵？」

---

130 譯註：紐曼社團（The Newman Society）是牛津大學裡歷史最悠久的羅馬天主教社團。

「與全世界為敵！」

「願上帝保佑你，查爾斯。我們今後沒有多少機會可以像這樣共度夜晚了。」

於是那天晚上，在這麼多星期以來的頭一次，我和賽巴斯提安肆無忌憚地將自己灌醉。當每一座鐘樓的鐘聲敲響午夜時，我目送他走進他們學院的大門，然後才踉蹌地走回自己的房間。當時星星堆滿天，星光在塔樓之間旋轉游移。我沒換衣服就直接倒頭就睡，我已經整整一年沒有做過這種事。

第二天，瑪奇梅因侯爵夫人離開牛津，並帶著賽巴斯提安一起離開。布萊茲赫德和我一起到賽巴斯提安的房間去整理他的私人物品，決定哪些東西要帶走，哪些要扔掉。

布萊茲赫德和往常一樣陰沉冷漠。「賽巴斯提安不夠瞭解貝爾神父，實在令人遺憾。」他說。「只要和貝爾神父住在一起，賽巴斯提安將不難發現，貝爾神父是一個充滿魅力的人。我在牛津大學的最後一年就是住在貝爾神父家。我母親覺得，賽巴斯提安已經是個千真萬確的酒鬼了，是嗎？」

「他正處於可能變成酒鬼的危險之中。」

「我相信，比起許多值得尊敬的人，上帝更偏愛酒鬼。」

「看在老天的分上！」我忍不住發怒。那天早上我幾乎都快哭了。「為什麼每個話題都要扯到上帝？」

「抱歉，我忘了你不喜歡聊到上帝，但是你知道，這是一個很有趣的問題。」

「是嗎？」

「對我而言非常有趣，但是對你來說也許並非如此。」

「對我來說一點也不有趣。我覺得，倘若沒有你們信仰的宗教，賽巴斯提安可能有機會成為一個健康又快樂的人。」

「這可很難說。」布萊茲赫德回答。「你覺得他還想要這個象腿垃圾桶嗎？」

那天傍晚，我穿越過方院去找柯林斯，當時他坐在窗戶旁邊，利用逐漸暗去的光線閱讀論文。「哈囉。」他向我打招呼。「快進來吧，我整個學期都沒有看到你，不過我這裡恐怕沒有東西可以招待你。你那個很時髦的朋友呢？」

「我現在是牛津大學裡最孤獨的人。」我說。「賽巴斯提安．佛萊特被退學了。」

我問柯林斯在長假期間做了什麼，他分享之後，我覺得實在無聊到極點。接著我又問他是否已經找到下學期的住處，他說他已經找到了，新居的地點雖然偏遠，但是環境十分舒適。他將與擔任論文社團祕書的丁蓋特同住。

「我們那裡還有一間空房，原本巴克要和我們同住，但他現在當上了學生會主席，因此覺得自己應該住在學校附近。」

我們兩人心裡都思忖著：或許我應該租下那個空出來的房間。

「你要搬到哪兒？」

「我本來要和賽巴斯提安．佛萊特合租一間位於莫頓街的房子，可是現在沒辦法了。」

然而柯林斯和我都沒有說出心裡的想法，開口的時機就這樣錯過了。當我準備離開時，柯林斯說：「希望你能找到可以與你合租莫頓街房子的人。」我也說：「希望你能找到願意租下伊夫利路那個空房間的人。」後來我就再也沒有與柯林斯交談過。

學期還剩下十天，我不知道自己最後是怎麼過完的。接著，我就像一年前那樣沒有任何計畫地回到倫敦，只不過一切都已物換星移。

「你那個長得很好看的朋友呢？」我父親問。「他沒有和你一起回來嗎？」

「沒有。」

「我還以為他已經把這裡當成自己家了。喔，真遺憾他沒有來，我喜歡他。」

「父親，您希望我拿到大學學位嗎？」

「我希望你拿到大學學位？老天，我為什麼要這麼希望？你的大學學位對我一點用處也沒有。或許對你也沒有什麼用處，至少我是這麼認為的。」

「我也是這麼想。我覺得再回去牛津大學上課，可能只是浪費時間。」

在此之前，我父親對於我說的話完全不感任何興趣，但這個時候他放下了手中的書，並且摘下眼鏡，一臉困惑地看著我。「你是不是被學校開除了？」他問。「我哥哥之前警告過我，這種事可能會發生。」

「沒有，我沒有被學校開除。」

「喔，那麼你為什麼要說這些話？」他試探地問，並且重新戴上眼鏡，在書上尋找他剛才讀到的段落。「每個人都至少要花三年讀大學，但我也認識一個花七年時間才拿到神學學位的人。」

「我只是認為，如果我將來從事不需要大學學位的職業，或許我應該早點投入實務領域比較好。」

這一次，我父親沒有任何回應。

然而這件事情在他心裡紮了根，因為當我們再次談到這件事情時，他已經有一套非常明確的想法。

「你成為畫家的時候，會需要一間工作室。」星期天吃午餐時，我父親對我說。

「是的。」

「呃，可是家裡沒有畫室，也沒有可以充當工作室的空間。」

「沒關係，我從來都沒打算挪用家裡的空間當工作室。」

「我同樣不希望在家裡看見一絲不掛的模特兒，以及那些說著可怕術語的評論家。另外，我不喜歡松節油的氣味。我猜，如果你打算好好作畫，一定會使用油畫顏料，對吧？」我父親那一輩的人把畫家分成兩種：正式的畫家和業餘的畫家，分類的標準在於他們使用油彩或水彩作畫。

「我不覺得自己第一年能夠畫出多少作品，但是無論如何，我會在學校裡作畫。」

「國外的學校嗎？」我父親以抱著希望的口吻問。「我相信國外有一些非常出色的學校。」

沒想到這一切來得比我預期的還早。

「要去國外或者留在英國，我想先看看再決定。」

「要看就直接到國外去看吧。」他說。

「所以您同意讓我離開牛津大學？」

「同意？同意？親愛的兒子，你都已經二十二歲了。」

「我只有二十歲。」我說。「今年十月才會滿二十一歲。」

「是這樣嗎？我還以為經過的時間不只如此。」

一封來自瑪奇梅因侯爵夫人的信，讓這個章節寫下句點。

「親愛的查爾斯」她寫道。

賽巴斯提安今天早上離開了我，去國外找他的父親。在他離開之前，我問他有沒有和你通信，他說沒有，因此我必須寫信給你，雖然我不認為自己可以在字裡行間表達出上次散步時無法對你訴說的話語，然而我也不能讓你什麼都不知情。

校方只讓賽巴斯提安停學一個學期，他可以在聖誕假期過後復學，但條件是他必須和貝爾神父同住，由賽巴斯提安自己決定願不願意接受這個條件。另外，山姆葛拉斯先生非常好心，答應繼續照顧賽巴斯提安，等賽巴斯提安結束拜訪他父親的行程，山姆葛拉斯先生就會去接他，帶他前往黎凡特[131]。山姆葛拉斯先生一直想去那裡參訪東正教的修道院，並希望藉此激發賽巴斯提安在宗教方面的興趣。

賽巴斯提安在這裡的期間一直非常悶悶不樂。

等他們回來過聖誕節的時候，如果你能夠來看看賽巴斯提安，他一定會很開心，當然我們也會很高興。希望你下學期的課業壓力不會太沉重，祝福你一切順心。

你誠摯的友人

泰瑞莎・瑪奇梅因

今天早上我去了花園房，心裡覺得十分遺憾。

131 譯註：黎凡特（Levant）指地中海東岸及阿拉伯沙漠以北的地區。

第二部

荒廢的
布萊茲赫德莊園

一、山姆葛拉斯先生露出真面目◆我離開布萊茲赫德莊園◆雷克斯露出真面目

「我們沿著那條路走到山頂時，聽見身後傳來陣陣馬蹄聲。」山姆葛拉斯先生說。「兩名士兵騎著馬來到篷車前方，要軍隊立刻掉頭回去。是將軍派他們來的，來得可正是時候，前方不到一英里處，就有一班人……」

他說到這裡時停了一會兒，他的一小群聽眾也安靜地坐著，雖然明知他期待聽眾有所反應，卻又不知該如何才能禮貌地表達他們聽得津津有味。

「一班人？」茱莉亞說。「老天啊！」

但是山姆葛拉斯先生顯然還期待著更多回應，於是瑪奇梅因侯爵夫人說：「我猜，在那種地方應該不容易遇見鄉親吧？」

「親愛的瑪奇梅因侯爵夫人，那一班人不是鄉親，而是強盜。」他回答。坐在我身旁沙發上的蔻蒂莉亞強忍著不敢大笑出來。「那座山上到處都是凱末爾[1]軍隊的逃兵和撤退時脫隊的希臘人，我可以向你們保證，他們全部都是窮凶惡極的傢伙。」

「快捏我一下，別讓我笑出來。」蔻蒂莉亞小聲地對我說。

我捏了她，才讓她停止在沙發上發出躁動。「謝了。」她說，並且用手背擦擦笑出淚水的眼睛。

「所以你們最後什麼地方都沒去成囉？」茱莉亞問山姆葛拉斯先生。「賽巴斯提安，難道

你不失望嗎？」

「我？」賽巴斯提安說。他坐在燈光沒有照到的陰暗處，壁爐爐火散發的暖意也無法延展到他的身上，他完全置身於家人圍成的小圈圈之外。牌桌上散放著一些他們在旅途中拍攝的照片。「我？喔，我那天好像不在車上吧？山姆葛拉斯先生，我那天在嗎？」

「你那天生病了。」

「我那天生病了。」他像回音一般重複著。「因此，我本來就什麼地方都去不成。山姆葛拉斯先生，你說對嗎？」

「瑪奇梅因侯爵夫人，請看看這張照片，這是停在阿勒波旅館院子裡的篷車，這位則是我們的亞美尼亞[2]廚師，他叫做貝格德比安。那張照片是我騎著小馬，那是捲收起來的帳篷。這個庫德人[3]有點討厭，他是我們當時的導遊……這張照片是我在朋土斯[4]、這在以弗所[5]、這在特拉布宗[6]、這在克拉克騎士城堡[7]、這在薩莫色雷斯島[8]、這在巴統[9]——

1 譯註：穆斯塔法．凱末爾．阿塔圖克（Mustafa Kemal Atatürk，一八八一年五月十九日—一九三八年十一月十日）是土耳其軍事將領、改革家和作家，亦是土耳其共和國的第一任總統。

2 譯註：亞美尼亞（Armenian）是發源於高加索（Caucasus）和安納托利亞（Anatolia）東部的民族。

3 譯註：庫德人（Kurd）是生活在中東的遊牧民族，主要分布在土耳其、敘利亞、伊拉克、伊朗四國境內。

4 譯註：朋土斯（Pontus）是古代小亞細亞北部的一個地區，位於黑海南岸。

5 譯註：以弗所（Ephesus）是古希臘人在小亞細亞建立的大城市。

6 譯註：特拉布宗（Trebizond）是位於黑海南岸的土耳其城市。

當然，我還沒有將照片依照時間順序排列好。」

「為什麼全部都是導遊、古蹟、騾子？」蔻蒂莉亞說。「賽巴斯提安呢？」

「他啊！」山姆葛拉斯先生回答時，語氣裡帶著一絲絲勝利的沾沾自喜，宛如他一直在等著聽眾提出這個問題，他早就有備而來。「照片都是他拍的啊！自從他學會不可以用手擋住鏡頭之後，似乎就變成攝影專家了。賽巴斯提安，我說得對不對？」

這次陰暗處沒有傳來任何回應，山姆葛拉斯先生又開始在他的豬皮書包裡翻找東西。

「這張照片是一名街頭攝影師替我們拍的合照。」他說。「地點在貝魯特，聖喬治酒店的陽臺。賽巴斯提安在這兒。」

「什麼？」我說。「這個人不是安東尼．布蘭屈嗎？沒錯吧？」

「是的。我們和他見了好幾次面，我們在君士坦丁堡遇到他，他是一個令人愉悅的旅伴，我真想不出來為什麼之前會錯過認識他的機會。他一路跟著我們到貝魯特。」

僕人已經將茶點收走，並且拉上窗簾。這天是聖誕節過後兩天，我來布萊茲赫德莊園拜訪的第一天，也是賽巴斯提安與山姆葛拉斯先生回來後的頭一個晚上。我抵達火車站時，看見他們兩人也出現在月臺上，感到十分意外。

瑪奇梅因侯爵夫人在三個星期前寫了一封信給我，信上寫道：「我剛剛收到山姆葛拉斯先生的來信，正如我們所期待的，他和賽巴斯提安會平平安安回來過聖誕節。之前我有很長一段時間沒有接到他們的消息，我擔心他們可能迷了路，因此在沒有得到確定消息之前，我不想安排任何事。賽巴斯提安一定很想見你，如果你方便的話，請和我們一起過聖誕節；如果沒辦法，聖誕節過後也請過來和我們聚聚。」

由於我早就已經答應要和我伯父共度聖誕，所以我只好千里奔波，在回程途中換搭火車。我原以為賽巴斯提安早已經返回布萊茲赫德莊園，沒想到他竟然坐在我隔壁的車廂裡。當我問他為什麼和我搭乘同一班火車時，山姆葛拉斯先生馬上滔滔不絕地回答，告訴我他們拿錯了行李、聖誕假期期間商店沒有營業等理由，因此我立刻察覺，背後肯定還有被刻意隱藏的原因。

山姆葛拉斯先生顯得不太自在，儘管他依然保有自信的小習慣，可是全身上下都散發出內疚感，宛如過期雪茄的氣味揮散不去。瑪奇梅因侯爵夫人在歡迎他的時候，我也看出她露出「一切都在預料之中」的表情。喝下午茶時，山姆葛拉斯先生一直暢談著他們旅遊的經歷，最後瑪奇梅因侯爵夫人才把他帶到樓上進行一場「小小的對談」。我以一種近乎同情的心情看著山姆葛拉斯先生離開，任何一個玩過撲克牌的人，一定都能感覺到山姆葛拉斯先生不只是在吹牛，甚者可說在行騙。聖誕假期期間到底發生了什麼事，他肯定有必須說出口的真相，可是他不想說，也不知道應該如何向瑪奇梅因侯爵夫人開口。依照我的推測，他必須說出的事情，不光只發生在聖誕假期，還包括他們整趟黎凡特之旅。他有許多必須吐實但企圖隱匿的經歷。

「走吧，我們去找奶媽。」賽巴斯提安說。

---

7 譯註：克拉克騎士城堡（Krak des Chevaliers）為十字軍東征時期修建的城堡。

8 譯註：薩莫色雷斯島（Samothrace）位於北愛琴海。

9 譯註：巴統（Batumi）為喬治亞（Georgia）重要的港口和商業中心，位於黑海之濱。

「拜託，我也想一起去。」蔻蒂莉亞哀求。

「那就來吧！」

我們上樓走到位於穹頂下方的育兒房。在上樓途中，蔻蒂莉亞問賽巴斯提安：「回到家來，難道你不高興嗎？」

「我當然高興。」賽巴斯提安回答。

「喔，那你就應該表現出來！我這麼期盼你回家。」

奶媽似乎不太希望別人找她說話。她喜歡來看她的人不要太注意她，只要讓她一邊打毛線衣、一邊看著他們的臉，想像他們還是她記憶裡熟悉的孩子。比起這些孩子年幼時生病的模樣或淘氣的行徑，眼下的一切完全不重要。

「喔！」奶媽說。「你看起來很憔悴。我猜你可能不習慣國外的食物吧？現在你回來了，可得趕緊胖回來才好。你看起來似乎也沒睡飽，瞧瞧你的眼睛——你八成熬夜跳舞了吧？（在霍金斯奶媽的印象中，上流社會人士永遠都在舞會中度過夜晚。）你的襯衫也該補一補了，送洗之前先拿來給我，我替你補好。」

賽巴斯提安看起來健康狀況不佳，這點無庸置疑。過去五個月彷彿在他身上烙下了好幾年的歲月痕跡，他比以前更瘦弱、更蒼白，眼袋明顯、嘴角下垂，下巴還多了一個燙傷的疤痕。他的聲音聽起來比以前有氣無力，動作則是在遲緩笨拙與緊張驚慌之間不停切換。賽巴斯提安隨興的穿著與凌亂的髮型，讓他看起來更顯落魄。以前是灑脫，如今卻有一種蓬頭垢面的邋遢感。最糟的是，他的眼中閃爍著戒慎恐懼。我在復活節發現這一點時感到非常驚訝，但這種眼神現在好像已經變成他的習慣。

由於他的謹慎小心，我完全沒有多探問他的事，只告訴他我這個秋天和冬天做了什麼。我和他說起我在聖路易島[10]的住處以及我念的美術學校，讓他知道那裡的老師有多棒、學生有多糟。

「那些學生根本不去羅浮宮參觀。」我說。「就算他們去了，也只是因為他們碰巧讀到某篇文章裡提到某幅畫作，該畫作又正好符合當月介紹的美學理論。他們當中有一半希望自己將來能像畢卡比亞[11]一樣一舉成名，另一半的人則希望簡簡單單靠著替時尚雜誌畫廣告或替夜總會畫海報過日子。老師們則始終不放棄，試著讓每個學生都能變成像德拉克羅瓦[12]一樣優秀。」

「查爾斯。」蔻蒂莉亞說。「當代藝術根本就是垃圾，對不對？」

「超級垃圾。」

「喔，我真高興聽你這麼說。我和一位修女討論過這件事，她說我們不應該評論自己不懂的事物。現在我可以告訴她，我從一位真正的藝術家口中聽見這種說法，我可以駁倒她了。」

到了蔻蒂莉亞該回房間吃晚餐的時間，我和賽巴斯提安也該到客廳去喝雞尾酒。布萊茲

10　譯註：聖路易島（Île Saint-Louis）是法國塞納河（Seine）上的兩座天然河島之一。另一座天然河島是西堤島（Île de la Cité）。

11　譯註：弗朗西斯·畢卡比亞（Francis Picabia，一八七九年一月二十二日—一九五三年十一月三十日）為法國畫家及詩人。

12　譯註：歐仁·德拉克羅瓦（Eugène Delacroix，一七九八年四月二十六日—一八六三年八月十三日）是法國著名浪漫主義畫家。

赫德獨自坐在客廳裡，我們走進客廳後，維爾考克斯馬上也跟著進來，對布萊茲赫德說：「少爺，夫人有話對您說。夫人在樓上。」

「這不太像我母親的風格，竟然派僕役來叫人上去和她說話。她通常會自己尋找目標。」

客廳裡沒有半杯雞尾酒，等了幾分鐘之後，賽巴斯提安拉鈴叫僕人過來。一名男僕說：「維爾考克斯先生在樓上，他在夫人那裡。」

「喔，無所謂。你先把雞尾酒端上來吧！」

「可是酒窖鑰匙在維爾考克斯先生身上，少爺。」

「喔……好吧，等他下樓時，叫他送雞尾酒過來。」

賽巴斯提安和我聊了一會兒關於安東尼．布蘭屈的事——「在伊斯坦堡時，安東尼蓄著鬍子，可是我後來叫他剃掉。」——等了十分鐘，賽巴斯提安說：「唉，我不想喝雞尾酒了，我要去洗澡。」說完後他就離開了客廳。

當時是晚上七點半，我猜其他人都上樓換衣服了，於是我也準備這麼做，結果遇見正下樓來的布萊茲赫德。

「請稍等一下，查爾斯，我有一些事情要向你解釋。剛才我母親交代，所有房間都不能擺放酒精飲料。你一定明白她的道理。如果你想喝什麼，請直接讓維爾考克斯端來給你。你只要交代一聲就行了——不過，最好等你獨處的時候才點酒喝。我感到非常抱歉，但現在就是這樣。」

「有這個必要嗎？」

「我認為非常必要。或許你已經聽說，但也可能你還不知道：賽巴斯提安一回到英國就馬上大醉一場，而且聖誕假期期間，他無緣無故失蹤了，山姆葛拉斯先生直到昨天下午才找到他。」

「我就知道事情不太對勁。不過，你肯定這樣做是最好的因應方式？」

「這是我母親的因應方式。既然賽巴斯提安現在不在這裡，你想不想喝杯雞尾酒？」

「我會嗆到。」

每次我來到布萊茲赫德莊園，都被安排在頭一次拜訪時入住的房間。那個房間緊鄰賽巴斯提安房間，因此我們共用一間浴室。那間浴室以前是更衣室，大約二十年前被改建為浴室，裡面有一個鑲著桃花芯木框的銅製浴缸，浴缸很深，它的水龍頭由厚重如海上輪船機件般的黃銅打造而成。浴室的其他部分都維持更衣室原本的樣貌，冬天時會擺一盆燃燒的炭火。我經常想起那間浴室——水蒸氣讓它的影像如水彩畫般模糊不清，也讓掛在印花布扶手椅上的大毛巾變暖——與它形成對比的，是摩登世界的奢華：這個像病房一樣整潔的小房間，因為裡面的鍍鉻飾品和鏡子而閃閃發亮。

我在浴缸裡泡澡，然後倚著爐火將身體慢慢烤乾，心裡不停想著我朋友這次沉重的歸來。接著我套上浴袍，走到賽巴斯提安的房間，像往常一樣沒有敲門就走進去。賽巴斯提安靠在壁爐旁坐著，衣服穿了一半。他聽見我走進他的房間，便生氣地放下手中的漱口杯。

「喔，是你。嚇了我一跳。」

「你在喝酒？」我問。

「我不知道你在說什麼。」

「看在老天的分上，你不必在我面前裝傻吧？」我說。「你應該替我倒一杯才對？」

「是我酒壺裡剩的，現在已經喝完了。」

「到底發生了什麼事？」

「沒什麼，很多事情。我再找時間告訴你。」

等我穿好衣服再回到他的房間，他仍是我剛才離開時的模樣，衣服只穿一半，呆坐在壁爐旁。

茱莉亞一個人在客廳裡。

「呃。」我問。「這到底是怎麼一回事？」

「喔，只不過是另一樁家庭醜聞。賽巴斯提安又開始把自己灌醉，因此我們大家都得緊盯著他，真的很煩人。」

「他也覺得很煩。」

「嗯，但這是他的錯。為什麼他就不能像別人一樣呢？說起盯著賽巴斯提安的人，你覺得山姆葛拉斯先生如何？查爾斯，你有沒有發現到，那個人好像藏著什麼祕密。」

「他藏了很多祕密。妳覺得妳母親有沒有察覺到這一點？」

「我母親只看見她想看見的，她不可能監控全家每個角落。你知道，我也讓她非常焦慮。」

「我不知道。」我說。然後又謙卑地加上一句：「我才剛從巴黎回來。」我這麼說是為了讓茱莉亞安心：無論她面對什麼樣的麻煩，不好的名聲並沒有傳到海外。

這是一個陰鬱的夜晚。我們在起居室用餐，賽巴斯提安很晚才下樓，大家都懷著一種苦悶的心情，擔心他會以滑稽的方式出場，讓我們大吃一驚。然而他現身時非常有禮，一面為自己遲到而道歉，一面在他的位子坐下，讓山姆葛拉斯先生繼續滔滔不絕地進行他的獨白。賽巴斯提安的表現既像不願打斷山姆葛拉斯先生，更像根本沒聽見他在說話。德魯茲教派[13]、牧首[14]、偶像、臭蟲、羅馬遺跡、以山羊眼和綿羊眼做成的奇怪菜餚、法國與土耳其官員——山姆葛拉斯先生把他在旅途中遇上的一切都搬出來與我們分享。

維爾考克斯拿著香檳在桌旁替我們斟酒。當他走到賽巴斯提安面前時，賽巴斯提安說：「給我威士忌，謝謝。」我發現維爾考克斯抬頭看看瑪奇梅因侯爵夫人，她以一種旁人幾乎無法察覺的動作微微點頭。在布萊茲赫德莊園，他們會使用小型的玻璃瓶替大家斟酒，那種玻璃瓶的容量，大約為一般酒瓶的四分之一。那種玻璃瓶端上來的時候，通常是裝滿的，不需要另外吩咐，然而維爾考克斯端來給賽巴斯提安的玻璃瓶卻只有半滿。賽巴斯提安故意將玻璃瓶高高舉起，並將瓶身傾斜後看了一眼，然後才把酒倒進自己的酒杯，酒量大約只有兩指高。我們在座的其他人隨即開始聊天，除了賽巴斯提安之外。山姆葛拉斯先生這時才發現根本沒有人在聽他說話，他的分享宛如對牛彈琴。但不久之後我們又陷入沉默，於是山姆葛拉斯先生繼續開口，直到瑪奇梅因侯爵夫人與茱莉亞離開起居室。

「別待到太晚，布萊茲赫德。」瑪奇梅因侯爵夫人在起居室門邊說，就像平常一樣。但那天夜裡誰也不想久留，維爾考克斯替大家斟了波特酒之後，立刻將小玻璃瓶拿出起居室。我們

---

13 譯註：德魯茲教派（Druze），是中東一個源自於伊斯蘭教的獨立教派。
14 譯註：牧首（Patriarch）為主教制基督教宗派的一種神職人員職稱。

很快喝完各自酒杯裡的酒，來到客廳，布萊茲赫德請他的母親為大家朗讀《小人物日記》[15]，直到晚上十點鐘。瑪奇梅因侯爵夫人闔上書本後，說她不知什麼原因感到非常疲倦，因此當晚不去小教堂。

「明天誰會參加狩獵？」她問。

「蔻蒂莉亞。」布萊茲赫德說。「我明天要騎茱莉亞那匹小馬，讓牠習慣一下獵犬環繞在旁的感覺，但我不會讓牠在外面待超過兩個小時。」

「雷克斯明天會來。」茱莉亞說。「我最好留下來等他。」

「要在哪裡集合？」賽巴斯提安突然問。

「就在這裡，佛萊特的聖瑪莉花園。」

「那麼我也想去打獵，如果可以的話。」

「當然了，這太讓人開心了。我本來就想問你，可是又覺得你老是抱怨大家喜歡拉你出門。你可以騎奇妙仙子，牠這一季表現非常好。」

每個人都因為賽巴斯提安想參加狩獵而感到開心，他的決定似乎消除了今晚的種種不愉快。布萊茲赫德甚至拉鈴叫僕人送威士忌過來。

「還有別人想喝嗎？」

「也給我來一點吧。」賽巴斯提安說。這次應鈴而來的雖然是別的男僕，不是維爾考克斯，但這名僕人同樣和瑪奇梅因侯爵夫人交換一個眼神，可見每名僕役都被警告過了。男僕將酒端進客廳，那兩杯酒都直接裝在酒杯裡，而非裝在玻璃瓶中，看起來宛如酒吧裡的雙份酒。每個人的眼睛都盯著那個托盤，彷彿在餐廳裡聞到香味的小狗。

然而賽巴斯提安要參加狩獵的決定，讓氣氛保持著歡樂。布萊茲赫德寫了一張紙條交代男僕拿去馬廄，大夥兒才開開心心地各自回房休息。

賽巴斯提安直接爬到床上，我則坐在他房間的壁爐旁抽菸斗。我說：「真希望我明天可以和你一起去打獵。」

「呃。」他說。「就算你去了，也不會看見我打獵太久。我現在就可以告訴你我明天打算做什麼：當我們抵達第一座森林時，我就會偷偷離開布萊茲赫德，溜去附近的酒館，一整天坐在酒館裡喝酒，哪裡都不去。如果我的家人要把我當成酒鬼來看待，那麼我就給他們一個貨真價實的酒鬼！反正我本來就討厭打獵。」

「好吧，反正我也攔不住你。」

「事實上，你可以阻止我——只要你不給我酒錢，就能夠阻止我。你知道，他們已經取消了我的銀行帳戶，今年夏天取消的。這是我近來最大的困境，我已經典當了手錶和香菸盒，好讓自己能夠度過一個愉快的聖誕節。明天一整天的開銷，我得伸手向你要。」

「我不會給你的。你很清楚，我不能夠這麼做。」

「查爾斯，你不給我嗎？好吧，我猜我可以自己想辦法。我最近已經練就這種本事——靠

15　譯註：《小人物日記》（*Diary of a Nobody*）是英國作家喬治・格羅史密斯（George Grossmith，一八四七年十二月九日—一九一二年三月一日）的作品。

自己想辦法。我必須凡事靠自己。」

「賽巴斯提安，你和山姆葛拉斯先生之間到底發生了什麼事？」

「他在吃晚餐時不是都說了嗎？——我們看了遺跡、找了導遊，還騎了騾子。那些就是山姆葛拉斯先生所做的一切。我們決定各走各的路，就是這樣。可憐的山姆葛拉斯先生，目前他表現得還不錯，希望他可以堅持下去，可是他對於我的歡樂聖誕節太不小心了。我猜，他擔心如果自己說出實情，這份工作可能就不保了。

「你知道，這份工作讓他賺了不少錢。我不是暗指他貪汙，我相信他在金錢方面還算老實。當然，他有一本丟臉的小筆記本，上面記錄他兌現的支票如何花用，他得把這本筆記本帶回來給我母親和律師看。他想去世界各地參觀，如果以陪伴我的名義前往，而不是他原本的學者身分，他就可以舒舒服服地到處旅行。唯一的缺點，是他必須忍受我一直在他身旁，不過我們很快就解決了這個問題。

「我們以非常氣派的方式出遊，你明白我的意思，我們帶著大人物的介紹信到每一個地方，在希臘的羅德島住在軍事總督家，在土耳其的君士坦丁堡則住在大使的家。這是山姆葛拉斯先生當初接下這份工作時表面上的任務。當然，監督我讓他忙得不可開交，他還得提醒接待我們的每一位主人，告訴他們我無法為自己的行為負責。」

「賽巴斯提安！」

「無法完全為自己的行為負責——因為我沒有錢花，當然也沒辦法經常開溜。我連小費都需要他幫我付。他把錢放進別人手裡，然後把數字記在他那本小筆記本裡。我的幸運之神是在君士坦丁堡降臨的。有一天晚上，我趁著山姆葛拉斯先生不注意的時候，偷偷溜去打牌，贏了一點錢，隔天我就從他身邊逃走了。當我在托卡利安飯店的酒吧喝得正開心時，你猜猜誰走了進來？安東尼．布蘭屈！他留著鬍子，身旁跟著一個猶太男孩。在山姆葛拉斯先生上氣不接下氣地跑來抓我回去之前，安東尼借了十英鎊給我。從那次之後，我就沒有辦法離開山姆葛拉斯先生的視線一分鐘。大使館的工作人員把我們送上前往比雷埃夫斯[16]的船，目送我們離開。然而到了雅典就容易多了，某天吃過午餐之後，我走出大使館，先去換錢，再故意打聽前往亞歷山卓[17]的船班，以便誤導山姆葛拉斯先生。接著我搭乘公車前往碼頭，找了一個會說英文的船員，在他的船艙裡一直待到開船，然後就返回君士坦丁堡。就是這樣。

「安東尼和他的猶太男孩住在市場附近一間可愛的老房子裡，我在那裡住到天氣變冷，才和安東尼往南。三個星期前，我和山姆葛拉斯先生約在敘利亞見面。」

「他不介意你跑掉嗎？」

「喔，我覺得他那個陰森的傢伙還挺自得其樂的——只不過，既然我不在他身邊，他就沒有機會接近那些上流階層的人了。剛開始他有點緊張，我當然也不希望他驚動整個地中海區域的艦隊，於是我從君士坦丁堡發了電報給他，告訴他我一切無恙，並且要他匯錢到奧圖曼銀行給我。他當然一收到電報就立刻跑來找我，可是以他的立場而言，要帶我走並不容易。首

16　譯註：比雷埃夫斯（Piraeus）位於希臘雅典以南，自古以來就是雅典的港口。
17　譯註：亞歷山卓（Alexandria）為埃及第二大城。

先，我已經成年；其次，他沒有任何證據顯示我精神異常，因此無法強行帶我離開。偏偏他也不能讓我挨餓，畢竟他花的是我母親的錢。更重要的是，他沒有臉告訴我母親發生這種情況。我掌控了全局，可憐的山姆葛拉斯先生。我原本要讓山姆葛拉斯先生難堪，但安東尼幫了一個大忙，他說以和平的方式解決比較好，最後他也真的以和平的方式解決了所有事情。就是這樣。」

「直到聖誕節過後。」

「對，因為我下定決心要過一個愉快的聖誕節。」

「你的心願實現了嗎？」

「我覺得已經實現了，但是我記不清楚了。什麼都不記得也是好事，對吧？」

第二天吃早餐時，布萊茲赫德穿了猩紅色的獵裝，蔻蒂莉亞的裝扮也十分時尚，喝湯時小心翼翼。當賽巴斯提安穿著花呢外套出現時，蔻蒂莉亞哀號地說：「喔！賽巴斯提安！你怎麼可以穿這樣參加狩獵呢？快回房間去換件衣服！你穿獵裝最帥了！」

「我不知道把獵裝收到哪裡去了，吉布斯找不到。」

「你說謊！他們叫你起床之前，我就已經把你的獵裝拿出來擺好了。」

「我很多東西都不見了。」

「你這樣是在幫助史崔克蘭・凡納布爾斯一家。他們的表現很糟，他們的馬夫連高禮帽都不戴。」

十點四十五分，馬夫將馬匹牽出來，但是樓下卻沒有半個人在，彷彿大家都躲起來，等賽巴斯提安一聲令下才肯現身。

他下樓開始準備。等別人都已經躍上馬背之後，他示意我到大廳去。他的帽子、手套、馬鞭和三明治放在桌上，旁邊有一個狩獵用的酒壺。他把酒壺拿起來搖一搖，酒壺是空的。

「你看。」他對我說。「他們連這一點小事都不信任我，發瘋的人是他們，不是我。這下子你不能拒絕給我錢了吧？」

我給了他一英鎊。

「多給一點。」他說。

我又給了他一英鎊，然後看他上馬，跟在他哥哥和妹妹後面，騎著馬以小跑步之姿離去。

山姆葛拉斯先生走到我身邊。他宛如是舞臺上負責替賽巴斯提安提詞的人，這會兒可以暫時卸下了任務。他伸手勾著我的手臂，拉著我到屋裡的壁爐旁，先暖暖他那雙整潔的小手，接著轉身坐到椅子上。

「啊，賽巴斯提安現在去追狐狸了。」他說。「接下來這一、兩個小時，我們的麻煩可以暫時擱到一旁。」

我並不打算容忍山姆葛拉斯先生。

「我昨晚聽說了您這趟偉大旅行的經過。」我說。

「哈，我就猜到你可能會知道。」山姆葛拉斯先生顯然毫無懼色，甚至彷彿因為有人得知真相而鬆了一口氣。「我沒有把那些事說給我們的女主人聽，以免讓她心煩，畢竟結果比我們預期的還好，但我確實必須向她解釋一下賽巴斯提安在聖誕節期間發生了什麼事。你可能已經觀察到昨晚的一些防範措施了吧？」

「是的。」

「你認為他們做得太過分了嗎？我也這麼覺得，尤其這已經犧牲了我們這些客人的舒適性。我今天早上已經見過瑪奇梅因侯爵夫人了，你該不會以為我才剛剛起床吧？我已經在樓上和我們的女主人進行過一場談話，我想我們可以期待今晚能夠放鬆一下，畢竟沒有人希望昨晚的情況重演。我覺得自己昨天晚上拚命娛樂大家的努力並未得到足夠的感激。」

與山姆葛拉斯先生談論賽巴斯提安，對我來說是一件非常反胃的事，然而這時我不得不提醒他：「我不確定今晚會不會是放鬆的最佳時機。」

「當然是。為什麼不是呢？他今天一整天都會在原野上狩獵，身旁還有布萊茲赫德嚴厲的監督，還有比今晚更好的放鬆機會嗎？」

「喔，我想這不關我的事。」

「嚴格來說，也不關我的事，因為賽巴斯提安已經平安回到家了。我只是覺得，瑪奇梅因侯爵夫人願意徵求我的意見，讓我感到非常榮幸。我現在認為，與其說今晚是賽巴斯提安的福利，倒不如說是我們的福利。我真的非常需要喝第三杯波特酒，希望僕人端到書房的托盤上放著裝滿酒的玻璃瓶。不過，你認為今晚不是放鬆的時機，可否讓我知道原因？賽巴斯提安今天絕對不可能做出任何踰矩的事，因為我至少確定一件事：他身上沒有半毛錢。我可以保證這件事，我甚至把他的手錶和香菸盒都拿到樓上去了，他沒辦法玩花樣……除非有壞心腸的人拿錢給他……啊，茱莉亞小姐，早安，早安。今天這個進行打獵活動的早晨，妳的北京狗好嗎？」

「喔，我的北京狗很好。唉，今天我邀請雷克斯．莫特崔恩過來，希望昨晚發生的一切不會重演，我們得找個人提醒我母親。」

「已經有人提醒她了。我和她聊過了，我認為今晚一切會沒事。」

「謝天謝地。查爾斯，你今天也會去畫畫嗎？」

畫畫如今已經變成一種傳統。每次我來到布萊茲赫德莊園，都會在花園房裡畫一面橢圓飾牆。這個傳統很適合我，提供我遠離人群的最佳理由。當這棟房子裡都是人的時候，育兒房與花園房就變成兩個避難所，人們會輪流去那裡抱怨其他人。於是我也不費吹灰之力，掌握了所有的八卦。如今我已完成三幅橢圓壁畫，每一幅畫如果單獨欣賞，在某種程度上都算漂亮，然而各幅畫之間卻大相逕庭，因為我現在的喜好，與十八個月前我開始繪製這個系列時，已有非常大的改變，我的技法也嫻熟許多。因此，就從裝飾房間的角度來看，這個系列的畫作是失敗的。那天早上，就像許多早晨一樣，花園房又成為我的避難所，我一進去就馬上投入工作。茱莉亞也在花園房，她看著我作畫，然後我們開始聊天。無可避免地，話題又是賽巴斯提安。

「你不厭倦這個話題嗎？」茱莉亞問。「為什麼每個人非要一直關注這件事？」

「因為我們都愛他。」

「喔，我也愛他，就某個角度可以這麼說，我想。可是我希望他能像別人一樣正常。我在一個充滿醜聞的家庭中長大，你應該知道我說的是什麼——我的父親。我們不能在僕人面前提到他，我們還小的時候，別人也不可以在我們面前提到他。倘若我母親執意要把賽巴斯提安變成另一樁家庭醜聞，那就太過分了。如果賽巴斯提安喜歡喝醉，他為什麼不搬去肯亞或任何一個不在意他喝醉的地方？」

「他在肯亞不會開心，難道這不重要嗎？」

「別傻了，查爾斯，你懂我的意思。」

「妳的意思是，他搬到肯亞，就不會搞出這麼多讓妳難堪的場面，對不對？好吧。我想說的是，我擔心賽巴斯提安今晚只要一有機會，就會搞出難堪的場面。他的心情不太好。」

「喔，打獵一整天之後，他的心情會變好的。」

對於打獵一天的價值，大家竟然都抱持著如此虔誠的信仰，簡直讓人感動。瑪奇梅因侯爵夫人上午匆匆來了花園房一趟，她對這個話題也以其出了名的含蓄幽默自嘲一番。

「我一向不喜歡打獵。」瑪奇梅因侯爵夫人說。「因為打獵似乎會在最優雅的人身上激發出特殊且嚇人的野蠻能量。我也不清楚那是什麼。可是只要他們穿上狩獵服裝並躍上馬匹，他們就會變得像普魯士[18]人，事後還會不斷吹噓。像這樣的夜晚，我就會坐在餐桌旁，害怕地看著這些我原本熟悉的男女，看他們變成彷彿半夢半醒、自命不凡、對狩獵痴迷的笨蛋。……不過，你知道的——這是幾個世紀累積下來的東西——我只要一想到賽巴斯提安今天和他們一起出去打獵，我的心情就變得輕鬆無比。『賽巴斯提安不會有問題的。』我對自己說。『他和大家去打獵了。』——這個結果彷彿是我的祈禱得到回應。」

瑪奇梅因侯爵夫人問及我在巴黎的生活。我談到我住的地方，並告訴她：從我的住處往外望，可以看見塞納河風光與聖母院的塔樓。「我離開布萊茲赫德莊園後，希望賽巴斯提安可以到倫敦和我住一段時間。」

「如果可以的話，那當然很好。」瑪奇梅因侯爵夫人說。她嘆了一口氣，彷彿這是一個難以達成的願望。

「我希望他能到倫敦來住一段時間。」

「查爾斯，你知道這是不可能的。倫敦對賽巴斯提安來說，是最壞的選擇。在那個地方，連山姆葛拉斯先生也看不住他。我們家沒有什麼祕密，你知道的，賽巴斯提安在聖誕假期期間跑掉了，山姆葛拉斯先生最後能找到他，是因為他付不出帳單，酒館老闆打電話到家裡來要錢。這實在太可怕了。不行，我不能答應讓他到倫敦去。他必須待在這裡，和我們在一起。……我們一定要讓他在這裡待一陣子，讓他開心起來、健康起來。他可以去打獵，然後再讓山姆葛拉斯先生帶他到海外旅行……你知道，這種事情我以前都經歷過。」

然而事實擺在眼前，無可爭辯，我和瑪奇梅因侯爵夫人都心知肚明——「您沒有辦法關住瑪奇梅因侯爵，他走了。賽巴斯提安也會走，因為他們兩人都憎恨您。」

這時有一聲號角聲和一陣狩獵者的歡呼聲從我們下方的山谷傳來。

「他們在那裡呢，在附近的樹林裡。我希望賽巴斯提安今天玩得很開心。」

然後，瑪奇梅因侯爵夫人、茱莉亞和我陷入無話可說的局面。不是因為我們不瞭解彼此，而是因為太瞭解。布萊茲赫德回來吃午餐時，又和我談論到賽巴斯提安這個話題——這個話題

18 譯註：普魯士（Prussia）在歷史上是德意志統一及德意志帝國立國的主要力量。

在這棟屋子裡無所不在，就像船底發出的火花，隱藏在水平面下，既黑暗又紅亮。嗆人的煙霧從艙口冒出來，忽然再透過舷窗和煙管滾滾而出——和布萊茲赫德在一起，我彷彿處於一個陌生的世界，一個死寂的世界，那個星球的表面流動著荒蕪的岩漿，讓我呼吸困難。

他說：「我希望他只是太愛喝酒。這是非常不幸的事，我們都必須幫助他。我擔心他是故意灌醉自己，因為他喜歡喝醉的感覺。」

「確實如此——我們都喜歡喝醉，他和我在一起時就是故意灌醉自己。只要你母親願意相信我，我可以幫助他改變。但如果你們一直以監督與治療的方式去干涉他，過不了幾年，他就會變成真正的酒鬼，毀了他的健康。」

「毀了健康不是罪惡。你知道，無論郵政局長也好、獵狗主人也罷，或者到八十歲還能走上十英里路，這些都與一個人必須承擔的道德義務無關。」

「罪惡！道德義務！」我說。「你又回到宗教議題上了。」

「我從來就沒有離開過宗教。」布萊茲赫德說。

「布萊茲赫德，你知道嗎？如果我曾突然有想要當天主教徒的念頭，只要和你交談五分鐘，我就會立刻覺醒，拋卻這樣的想法。你總能夠把一些看起來非常有道理的陳述，變成徹徹底底的無稽之談。」

「沒想到你也這麼說，實在太奇怪了，我以前也聽別人這樣說過。這正是我覺得自己無法成為一名好修士的原因之一，我猜我的思維模式和別人不太一樣。」

吃午餐時，茱莉亞心不在焉，腦子裡只惦著她即將來訪的客人。她開車到車站去接對方，回來後正好趕上喝下午茶。

「母親，快來看雷克斯送我的聖誕禮物！」

那是一隻小烏龜，龜殼上鑲著鑽石，排列成茱莉亞名字的縮寫。這隻看起來有點噁心的小東西，在拋光地板上緩緩爬動，先爬過牌桌桌底，接著因為地毯而爬得更慢。只要人們碰牠，牠就會微微退縮。牠這會兒伸長了脖子，搖晃牠那顆乾枯且原始的腦袋。這些畫面成為那天傍晚的回憶，也成為在那場大危機中一件令人分心且無法忘懷的小事。

「喔！天啊！」瑪奇梅因侯爵夫人驚呼。「希望牠吃的食物和普通烏龜一樣。」

「如果牠死掉的話，我們該怎麼辦？」山姆葛拉斯先生問。「我們可以把另一隻烏龜塞進牠的殼裡嗎？」

已經有人告訴雷克斯關於賽巴斯提安的事——他根本無法忍受這樣的氛圍——這種事情對他來說，彈指間就能解決。在經過大家一整天竊竊私語地討論之後，雷克斯在喝下午茶時爽朗且公開地提出他的建議。這件事總算被攤開來談論，讓人鬆一口氣。「送他到蘇黎世，柏瑞塞斯那裡。柏瑞塞斯是最適合的人選，他每天都在他的療養院裡創造奇蹟。您應該知道查理．吉爾卡特尼以前是怎麼喝酒的吧？」

「不知道。」瑪奇梅因侯爵夫人回答，帶著她特有的甜蜜嘲諷。「不，我恐怕不清楚查理．吉爾卡特尼以前喝成什麼樣子。」

茱莉亞聽見自己的情人被母親嘲笑，不高興地瞪了那隻烏龜一眼。可是雷克斯．莫特崔恩對這種小小的嘲弄完全視而不見。

「他的兩任妻子都對他感到絕望。」雷克斯說。「當他和席薇亞訂婚時，席薇亞提出的條件，就是他一定得去蘇黎世接受治療。結果真的有效，三個月後查理・吉爾卡特尼回來時，已經完全變了一個人。他從此滴酒不沾，不過席薇亞最後還是離開了他。」

「她為什麼要離開？」

「喔，可憐的查理。不喝酒之後，他變成一個比較無趣的人。但這不是我們此刻關心的重點吧？」

「不，我想應該不是。事實上，我認為我們應該把這個故事當成激勵人心的例子才對。真的！」

茱莉亞看著那隻珠光寶氣的烏龜，臉色非常難看。

「你知道的，柏瑞塞斯也治療性方面有問題的病患。」

「喔，天啊！可憐的賽巴斯提安在蘇黎世會交到什麼樣的古怪朋友？」

「賽巴斯提安必須提早幾個月預約。不過，如果由我向柏瑞塞斯開口，他一定會想辦法幫賽巴斯提安。今晚我就可以在這裡打電話給柏瑞塞斯。」

（雷克斯最善良的時刻，就是展現這種自吹自擂的熱情，宛如向家庭主婦強迫推銷吸塵器。）

「讓我們再考慮一下。」

接著我們就開始思考這件事的利弊。這時，蔻蒂莉亞從狩獵隊伍中回來了。

「喔！茱莉亞！那是什麼！這實在太野蠻了！」

「是雷克斯送我的聖誕禮物。」

「喔，真抱歉，我總是在無意中冒犯別人，可是這實在太殘忍了！牠一定很痛！」

「烏龜沒有感覺。」

「你怎麼知道？我打賭牠們一定有感覺！」

蔻蒂莉亞親吻了她一整天沒見到面的母親，然後與雷克斯握手，並且叫僕人替她送上一盤炒蛋。

「我在巴尼太太那裡喝過下午茶了，我在她家打電話叫車來接我的，不過我還是覺得很餓。今天真的很棒，珍・史崔克蘭・凡納布爾斯掉進泥巴堆裡，我們從本吉爾斯一路跑到上伊斯特里，中途完全沒有休息，我想大概有五英里遠吧！布萊茲赫德，你認為呢？」

「三英里。」

「馬兒跑起來的感覺不一樣……」蔻蒂莉亞一邊吃著炒蛋，一邊分享今天打獵的經過。「……可惜你們都沒有看見珍從泥巴堆裡爬起來的樣子。」

「賽巴斯提安呢？」

「他很丟臉！」蔻蒂莉亞以銀鈴般的清晰童音繼續說道。「他穿著那身可怕的狩獵便裝，繫著噁心的小領帶，宛如墨爾文上尉騎術學校裡的學生。我在集合的時候差點沒認出他，我希望別人也沒有認出他。他還沒回來嗎？我猜他一定迷路了。」

當維爾考克斯進來收拾吃剩的茶點時，瑪奇梅因侯爵夫人問：「有沒有賽巴斯提安少爺的消息？」

「夫人，沒有。」

「他可能到誰家去喝下午茶了，這真不像他的作風。」

半個小時後，維爾考克斯端了雞尾酒過來，並說：「賽巴斯提安少爺剛剛打電話回來，叫人去南川寧接他回來。」

「南川寧？誰住在那裡？」

「夫人，他是從飯店打電話回來的。」

「南川寧？」蔻蒂莉亞說。「天啊！他還真的迷路了。」

當賽巴斯提安回到家時，他滿臉通紅，眼中閃爍著興奮的光彩，我看得出他大概醉了七、八成。

「親愛的孩子。」瑪奇梅因侯爵夫人說。「你看起來氣色紅潤，真讓人高興。到戶外活動一整天顯然對你有好處。酒在桌上，自己去拿吧。」

這句話聽起來沒有什麼特別之處，但她會這樣說，卻十分不正常。六個月之前，她肯定不會這樣說話。

「謝謝。」賽巴斯提安說。「我會的。」

又是一次打擊，而且是意料中的，再次發生的，打在上次還沒散去的瘀青上。沒有引起震驚，只有沉悶的、隱約的疼痛，以及對於如果再次發生是否還能承受的懷疑——就是這樣的感覺。當天晚上用餐時，我坐在賽巴斯提安對面，看著他那雙朦朧的眼睛與鬼祟的舉動、聽著他以低沉的聲音打斷令人難以忍受的靜默。終於，當瑪奇梅因侯爵夫人、茱莉亞與僕役們離開餐廳之後，布萊茲赫德說：「賽巴斯提安，你最好上床去。」

「我先喝點波特酒再回房。」

「好，你想喝就喝，但是不用到起居室來了。」

「我喝太醉了。」賽巴斯提安重重地點頭，說：「就像以前的人一樣，紳士們以前總是醉醺醺地去起居室，加入女士們的聊天陣容。」

（「可是，你知道，不是這樣的。」山姆葛拉斯先生事後還想找我聊這件事。「這次和以前不一樣，但我不知道區別在哪裡。是缺少好的幽默感嗎？還是缺少有趣的伴？你知道，我猜他今天自己跑去喝酒了，可是他哪來的錢呢？」）

「賽巴斯提安上樓了。」我們走進起居室的時候，布萊茲赫德告訴瑪奇梅因侯爵夫人。

「是嗎？那我開始朗讀了。」

茱莉亞和雷克斯玩牌，那隻烏龜則被北京狗嚇得縮回殼裡。瑪奇梅因侯爵夫人開始朗讀《小人物日記》，然而只讀了一會兒，她就表示大夥兒該上樓了，但其實時間還早。

「母親，我能再待一會兒嗎？讓我再玩三局好嗎？」

「好的，親愛的。妳睡前來找我，我還不打算馬上睡覺。」

我和山姆葛拉斯先生都看得出來，茱莉亞和雷克斯想獨處，偏偏布萊茲赫德不懂，仍坐著翻閱他白天沒有時間讀的《泰晤士報》。山姆葛拉斯先生和我走到房間另一側時，他說：「現在和以前完全不同了。」

第二天早上，我對賽巴斯提安說：「坦白告訴我，你希不希望我待在這裡？」

「不，查爾斯，我不希望你繼續留著。」

「我沒辦法幫助你嗎？」

「你幫不上忙。」

於是我去向瑪奇梅因侯爵夫人告辭。

「查爾斯，我有事情要問你。你昨天是不是給賽巴斯提安錢？」

「是的。」

「你明知道他會把錢拿去喝酒，你還給他？」

「是的。」

「我無法理解。」她說。「我完全無法理解，為什麼有人能夠如此麻木地做出罪惡的事？」她停頓了一會兒，但我不覺得她在等我做出回應。我沒有什麼好說的，除非我打算從頭掀起一場熟悉且永無止境的爭吵。

「我不怪你。」瑪奇梅因侯爵夫人說。「上帝也知道，我沒有資格責怪任何人。我任何一個孩子的失敗，都是我的失敗。可是我不明白，我不明白你怎麼能夠在那麼多地方表現出善良和優秀，然後又突然如此肆無忌憚地展現殘酷。我不懂我們大家那麼喜歡你，而你卻恨著我們？我不明白我們到底做了什麼，讓你這樣對待我們？」

我無動於衷，絲毫沒有被她的哀怨打動。就像我之前經常以為自己會被學校開除的想像，我甚至認為她會說：「我已經寫信給你那個傷心欲絕的父親，告訴他這件事。」然而當我搭車離開時，我在車裡回頭瞥視，心裡知道這是我最後一次看見布萊茲赫德莊園，卻覺得自己某個部分還遺留在那裡。從今以後，無論我走到哪裡，都能感覺到自己身上缺少了一部分，只能無助地搜尋，像傳說中的遊魂，不斷回到他們曾經埋葬財富的地方。缺少了這些財富，他們就無法支付前往陰間的旅費。

「我不會再回到這裡了。」我對自己說。

我關上了一扇門，一扇我在牛津大學苦苦尋來的窄門。我打開過它，但裡面再也沒有屬於我的魔幻花園。

長時間埋首於沒有光照的珊瑚宮殿和海底深處的波濤叢林，我終於又浮出水面，置身在正常的陽光下，呼吸海面上的新鮮空氣。

被我拋在身後的——到底是什麼？年少？青春？浪漫？這一切所施展的魔法，就像小魔術師的魔法盒，在那個整齊的小盒子裡，有烏木製成的魔杖、騙人的魔術撞球，還有可以折成兩半的硬幣，以及能從空心蠟燭裡拉出來的羽毛花。

「被我拋在身後的只是幻影。」我對自己說。「從今以後，我將活在一個三度空間——憑著我的五感而活。」

然而，當車子轉彎、讓那棟宅邸徹底離開我的視線之後，我卻恍然明白：根本就沒有一個我以為不用尋找就會在道路盡頭等我的世界。

就這樣，我回到巴黎、回到我在那裡結交的朋友圈中、回到我建立的新生活。我以為自己再也不會收到來自布萊茲赫德莊園的消息，然而人生很難有那種說斷就斷的分離。過了不到三個星期，我收到蔻蒂莉亞寄來的信。她以帶著法式修道院風格的筆觸寫道：

親愛的查爾斯：

你不知道，你離開之後我多麼難過！你應該來向我說聲再見的。

我聽說了你做的那件有失體面的事。我寫信來是想告訴你，我也一樣很不光彩：我偷了維爾考克斯的鑰匙，好讓賽巴斯提安去拿威士忌，結果被發現了。可是賽巴斯提安真的很想喝酒！於是這裡發生了一場可怕的戰爭。（戰火目前仍持續延燒……）

山姆葛拉斯先生走了。（真好！）我覺得他好像也犯了錯，但我不清楚是什麼事。

莫特崔恩先生很討茱莉亞歡心。（真糟！）他要把賽巴斯提安帶去看一個德國醫生。（真糟！糟糕透了！）

茱莉亞的烏龜不見了，我們覺得牠可能躲起來了，因為烏龜就是這樣。這下子，那些鑽石就跟著沒了。（莫特崔恩先生說，他虧大了。）

我很好。

愛你

蔻蒂莉亞

又過了大約一個星期，某天下午當我回到住處時，意外發現雷克斯在等我。

當時大約四點鐘，在一年當中的這個季節，這時間的光線已經開始變暗。門房告訴我樓上有訪客在等我時，我從他的表情看出有一絲不尋常。那位門房有這種表達天分，用表情就能讓你看出訪客的年齡和吸引力。他當時的表情是：這位訪客是個大人物喔！最後證實門房所言無誤，雷克斯穿著一件寬大的旅行大衣，身影占滿了我平常俯視塞納河的那扇窗。

「啊！」我驚呼。「啊！」

「我上午來找過你，他們告訴我你平常吃午餐的地方，可是我沒有看到你。他是不是在你這裡？」

我不用多問他指的人是誰。「他也從你身邊溜走了？」

「我們昨晚抵達巴黎，原本計畫今天去蘇黎世，但因為他說他累了，我就讓他留在洛堤飯店，自己到旅行者俱樂部玩牌。」

我注意到一件事：即使對我，雷克斯也是滿口謊言，彷彿想在我這裡先預演他所編織的藉口，之後再去其他地方照本宣科。「因為他說他真的很累。」很好，反正我本來就不覺得雷克斯會願意讓一個喝醉的年輕人阻礙他玩牌的機會。

「你回飯店之後，發現他不見了？」

「不是，我倒希望如此。他還在房間裡等我。我那天在旅行者俱樂部手氣很好，贏了很多錢，結果賽巴斯提安趁我睡著之後，把我贏來的錢都帶走了，只留下兩張去蘇黎世的頭等車廂車票，他把車票插在梳妝臺鏡子的邊框上。他拿走了大約三百英鎊！我真想揍死他！」

「現在他想去哪裡都不成問題了。」

「他哪裡都能去，但是你沒有窩藏他吧？」

「沒有。我和那一家人已經沒有往來了。」

「我覺得我和那一家人的糾纏才剛剛開始。」雷克斯說。「我有很多事可以告訴你，但是我答應旅行者俱樂部的一個傢伙，今天下午要讓他復仇。你願意和我一起吃晚餐嗎？」

「好，去哪裡吃？」

「我通常會去希羅餐廳用餐。」

「為什麼不去派拉德餐廳？」

「我沒有聽過這家餐廳。你應該知道由我買單吧？」

「我當然知道由你買單，可是由我選餐廳。」

「呃，好吧。那家餐廳叫什麼？」我把餐廳名稱寫給雷克斯之後，他又問：「這是可以見到巴黎人生活風貌的餐廳嗎？」

「嗯，可以這麼說。」

「好，我可以去開開眼界，點一些好菜來嚐嚐。」

「我也是這麼想。」

我比雷克斯早到餐廳二十分鐘。倘若我不得不和他共度一夜，無論如何就要依照我的方式來做。我還清楚記得那天晚餐我點了哪些菜——蔬菜湯、白醬燴比目魚、法國血鴨、檸檬舒芙蕾。吃到最後，我覺得這些菜的花費對雷克斯而言根本不算什麼，於是又追加了一份魚子醬薄餅。我還點了一瓶一九〇六年的蒙哈榭白酒[19]，這個年分的酒，在此品嚐最棒。至於用來搭配法國血鴨的酒，我點了一九〇四年的貝日紅酒[20]。

當時我在法國的生活是相對輕鬆的，依照匯率兌換後，我的生活零用金相當充裕，因此不必過得太節儉，但這種豪華晚餐我也不常吃。那天我對雷克斯頗有好感，當他抵達餐廳之後，他拿下圍巾和脫掉外套的動作，彷彿這輩子再也不想見到它們。雷克斯好奇地打量這間窄小陰暗的餐廳，宛如期望在這裡看到巴黎的流氓或酗酒的學生，然而他只看見四個法國議員將餐巾圍在鬍子下方，安安靜靜地用餐。我可以想像他回英國後會如何對他那些商業界的朋友描述這個地方：「……我認識一個有趣的傢伙，他是住在巴黎的美術學生。他帶我去一間滑稽的小餐館——基本上就是那種你路過時都不想多看一眼的地方——但那裡的食物是我吃過最美味的！還有五、六個法國議員也在那裡用餐，證明那家餐廳真的值得一去。再說，價格非常不便宜。」

「有沒有賽巴斯提安的消息？」他問。

「不可能會有的。」我回答。「得等到他需要錢的時候。」

「這個場面有點棘手。我本來希望自己在他這件事情上有優異的表現，這麼一來會對我很有好處。」

顯而易見地，雷克斯想要聊他自己的事，但那些事可以待會兒再聊，我覺得可以等我們對

---

19 譯註：蒙哈榭白酒（Montrachet），特極產區蒙哈榭所產之白葡萄酒。

20 譯註：貝日紅酒（Clos de Bèze），特極莊園貝日園所產之紅葡萄酒。

八卦和隱私更包容的時候、等我們酒足飯飽的時候、等服務生送上干邑白蘭地的時候再聊。因為那些話題適合在注意力已經遲鈍、對方只能以半醉半醒的意識傾聽時再談。我們現在才剛開始準備吃晚餐，一切的興致都還在食物上。主廚正在翻動煎鍋上的薄餅，他身後的兩名助手則忙著準備榨鴨血。此刻我比較想聊的話題是我自己。

「你在布萊茲赫德莊園待很久嗎？我離開之後，他們有沒有提到我？」

「提到你？小子，他們一直聊到你，聽得我都想吐了。瑪奇梅因侯爵夫人說她對你『深感愧疚』。我猜你們最後一次見面時，氣氛不是很好。」

「她說我『麻木地做出罪惡的事』、『肆無忌憚地展現殘酷』。」

「這種措詞真嚴厲。」

「『隨便別人怎麼說你都沒有關係，只要不把你做成鴿子派吃掉就好。』」

「什麼？」

「這只是一種說法。」

「喔。」主廚將鮮奶油和熱牛油混在一起，淋到薄餅上，將一顆顆墨綠色的魚子醬彼此分開，並且包入白色的鮮奶油與金黃色的熱牛油裡。

「我想要在我的魚子醬上灑一些碎洋蔥。」雷克斯說。「一個懂美食的朋友告訴我，這樣可以激發更棒的滋味。」

「你先試試看不加碎洋蔥的口感。」我說。「再多說一些和我有關的事。」

「喔，當然。那個叫葛林拉克還是什麼名字來著的傢伙，我忘了——總之就是那個自以為是的學者——他栽了一個大跟頭，大家都很高興。你離開之後的頭一、兩天，他變成瑪奇梅因侯爵夫人的寵兒。肯定是他故意在瑪奇梅因侯爵夫人面前說你的壞話，毫無疑問。他還是一樣討人厭，最後是茱莉亞忍無可忍，將他攆出去。」

「真的嗎？茱莉亞攆他走？」

「嗯，主要是因為他竟然管起茱莉亞和我的事情。你知道，茱莉亞已經知道他是個大騙子，某天下午賽巴斯提安喝醉時——當然，他無時無刻都是醉醺醺的——茱莉亞從他口中套出他旅遊過程中的真實情況。因此，學者先生就玩完了。在那之後，瑪奇梅因侯爵夫人就覺得自己對你太過嚴厲。」

「蔻蒂莉亞又是怎麼一回事？」

「那件事讓其他問題黯然失色。那個孩子簡直是人間奇蹟——她竟然可以瞞著大家，讓賽巴斯提安喝了整整一個星期的威士忌。我們一直想不透，賽巴斯提安是從哪裡弄來的威士忌。這件事也是導致瑪奇梅因侯爵夫人崩潰的原因。」

我們的湯非常美味，尤其是安排在口味濃郁的魚子醬薄餅之後品嚐——熱騰騰的湯口感清爽且帶點苦味，而且還冒著氣泡。

「查爾斯，讓我再告訴你一件事。瑪奇梅因侯爵夫人不想讓任何人知道的事——她病得很嚴重，隨時會死。喬治・安斯特拉瑟醫師在秋天替她做了身體檢查，當時判斷她只剩下兩年的壽命。」

「你是怎麼知道的？」

「這種事情怎麼瞞得過我？從佛萊特家目前的情況來看，我覺得瑪奇梅因侯爵夫人恐怕活不過一年。其實我知道維也納有個醫生能救活她，那個醫生讓索妮雅・班福希爾重新站了起來，即使每個人都已經對她放棄希望，包括安斯特拉瑟醫生。不過，瑪奇梅因侯爵夫人不可能去接受治療，我猜她已經被宗教搞壞了腦袋，根本不在意自己的身體。」

比目魚的料理方式很簡單，看起來不太可口，因此我猜雷克斯對這道菜完全不感興趣。我們在榨鴨的聲響中繼續用餐——鴨骨被服務生榨裂，鴨血與骨髓流出，服務生再將這些流出的液體淋在切成薄片的鴨胸肉上。我們沉默了大約一刻鐘，我喝著我的貝日紅酒，雷克斯抽著他的第一根香菸。他將身子往後靠，朝著餐桌吐了一口煙，說：「我覺得這裡的菜色很不錯，應該找個人把這裡買下來，打理出好看的門面。」

然後他又繼續說起瑪奇梅因侯爵一家的話題。

「我再告訴你一件事——如果他們再不謹慎一點，很快就會有財務問題。」

「我還以為他們非常富有。」

「當然，他們肯定很有錢，尤其他們把錢放著不去投資，還能過得如此充裕。但他們比起一九一四年那時候已經窮多了，只不過佛萊特一家好像沒有意識到這一點。我猜替他們管理資產的律師也沒有善盡責任，只要他們需要現金，就毫不遲疑地交給他們。看看他們過著什麼樣的生活——布萊茲赫德莊園與瑪奇梅因公館都是大排場，養了一大群獵犬，不曾漲過佃租，也不曾辭退過任何一名僕役。他們留著許多已經無法工作的老僕人，還得讓其他傭人來伺候那些老人。除此之外，瑪奇梅因侯爵另外有個家——同樣十分奢華。你知道他們透支了多少錢嗎？」

「當然不知道。」

「他們在倫敦就透支了將近十萬英鎊，在其他地方還有沒有欠債，我就不清楚了。嘿，那可不是小數目。你知道，尤其對於那種不懂自己運用金錢的人而言。我聽說，他們截至去年十一月的負債金額是九萬八千英鎊。」

我心裡暗忖：雷克斯果然就喜歡打聽這種事——不治之症和債務問題。

我愉快地喝著紅酒，它彷彿提醒著我：這世界並非像雷克斯所知道的那樣，而是更老舊一些，也更美好一些。人類在長久堅持的進化中，學會了雷克斯所不懂的智慧。後來，我又有機會喝到這種紅酒，那是在戰爭爆發後的第一個秋天，我在倫敦的聖詹姆斯街和我的酒商共進午餐。經過了那些年，這種酒的口感變溫和了，味道也變淡了，但仍然具有最初那種純淨真實的氛圍，讓人懷抱希望。

「我不是說他們會變成窮人，畢竟瑪奇梅因侯爵每年有三萬英鎊的收入，但他們很快就會經歷一些動盪。一旦這種上流家庭遭遇風吹草動，會先從女兒開始減少開銷，因此我得想辦法在發生這種情況前談妥婚約。」

我們還遠遠不到喝干邑白蘭地的時間，可是話題又回到了雷克斯身上。如果再等二十分鐘，或許我還能接受他想說的話。於是我盡最大努力關閉自己對他的意識，全心專注在眼前的食物上。然而三不五時仍有隻字片語執意闖入我的歡愉中，將我喚回雷克斯所棲息的貪婪世界。他想要得到一個女人，得到市場上最好的那個女人，而且用他認為最好的價格來得到那個女人，這就是他想達到的目的。

「……瑪奇梅因侯爵夫人不喜歡我。哈，反正我也不稀罕她的喜歡，我想娶的人又不是她。她沒有膽子直接對我說：『你不是紳士！你是來自殖民地的投機分子！』她只說：『我們生活在不同的星球，但是沒有關係，因為茱莉亞碰巧嚮往你居住的星球……』然後她又把宗教搬出來。我對她的教會沒有敵意，在加拿大，沒有人那麼重視天主教，但是這裡不同，歐洲到處是這種奢侈光鮮的天主教徒。沒問題，茱莉亞想去教會的時候隨時可去，我絕對不會有意見。其實對茱莉亞來說，教會不是那麼重要，但我欣賞有宗教信仰的女孩。除此之外，我絕對同意讓她以天主教的方式教導我們的孩子，教會要我『承諾』任何事，我都願意照辦……然後瑪奇梅因侯爵夫人又扯到我的過去，她說：『我們對你瞭解得不夠多。』她明明就知道得太多了，而且你可能也知道，我以前曾經和別人在一起一、兩年。」

我知道，每一個見過雷克斯的人都知道他和布蘭達．錢皮恩的交情，也知道他是透過這段關係才使他在股票經紀圈出人頭地，並且讓他與威爾斯親王打高爾夫球、當上布拉特俱樂部的會員，甚至混進下議院的吸菸室。當他第一次出現在下議院的吸菸室時，黨魁們並沒有說：「看，來了一位有前途的年輕議員，他對租額限制的議題發表了精彩的見解。」相反地，大家只說：「這位是布蘭達．錢皮恩的新歡。」這讓他在男性的圈子裡享有許多好處，顯示他有本事征服女性。

「呃，不過那些都已經過去了。瑪奇梅因侯爵夫人非常謹慎，沒有觸及那方面的話題，頂多只說我有『不好的名聲』。哼，不然她期望要有什麼樣的女婿？——難不成要像布萊茲赫德那種半生不熟的教士嗎？關於我的過去，茱莉亞都很清楚。如果她都不介意了，別人有什麼好囉嗦的？」

在法國血鴨之後上桌的是沙拉，沙拉裡有西洋菜和菊苣，以及些許細香蔥。我試著將自己的意識集中在眼前這盤沙拉，但只成功了短短一會兒。接著我一心想著接下來的舒芙蕾。最後，服務生把干邑白蘭地端上來了，終於到了聊聊隱私的恰當時機。「……茱莉亞就快要滿二十歲了，我不想等到她成年之後才談婚事。反正，我不希望草率地辦這場婚事……我不希望牆角有任何漏洞……我必須確保她應得的一切不會被剝奪。瑪奇梅因侯爵夫人不肯和我談這些事，所以我必須去見瑪奇梅因侯爵，將他擺平。我想，只要是能讓瑪奇梅因侯爵夫人不高興的事，他一定都會答應。他此刻在蒙地卡羅，我原本打算把賽巴斯提安送到蘇黎世之後就去蒙地卡羅[21]找他，這也是為什麼搞丟賽巴斯提安會讓我如此心煩。」

服務生送上的干邑白蘭地不合雷克斯的胃口。這瓶白蘭地蒼白清澈，酒瓶非常乾淨。這瓶酒的酒齡比雷克斯還大上一、兩歲，但不是裝在原本的酒瓶裡。服務生將酒斟在鬱金香造形的小酒杯裡。

「碰巧我對白蘭地有點瞭解。」雷克斯說。「這瓶酒色澤很差，而且用這種針頂般的小酒杯嚐不出什麼味道。」

於是服務生替他換了一個氣球狀的大酒杯，幾乎和雷克斯的頭一樣大。他先用酒精燈暖

21 譯註：蒙地卡羅（Monte Carlo）位於摩納哥大公國（Monaco），以博奕和娛樂設施聞名。

杯，然後一圈又一圈輕輕晃動這杯白蘭地，並且吞雲吐霧，將自己的臉隱藏在煙霧中。最後，他宣稱這瓶酒摻了蘇打水。

不好意思的服務生從一個隱蔽的暗室中拿出一個發霉的大酒瓶。這是他們專門為雷克斯這種客人準備的。

「這才像話。」雷克斯說。他將杯子傾斜，蜜糖般的酒液在他的杯壁留下一圈深深的痕跡。「餐廳通常會把這種好酒藏起來，如果你不抱怨幾句，他們絕對不會輕易拿出來。來，你喝喝看。」

「我喝這杯干邑白蘭地就好了。」

「唉，如果你不是真心喜歡這杯酒，就算喝了也是糟蹋。」

雷克斯點燃一根雪茄，身子往後一靠，不再說話。我自己也沉浸在一個與他不同的世界裡，享受全然的寧靜，這讓我們兩個都很開心。他又繼續談論茱莉亞，我雖然聽著他說話，但只當成是從遠處傳來的謎聲，宛如靜夜裡從幾英里外傳來的狗吠。

五月初的時候，我在《每日大陸郵報》上讀到雷克斯和茱莉亞訂婚的消息，雷克斯肯定擺平了瑪奇梅因侯爵。然而事情的發展並非我所預期，關於他們婚姻的第二則消息，在六月中見報。報上說他們在薩沃伊禮拜堂[22]低調地舉行婚禮，沒有任何皇室成員出席，首相也沒參加，就連茱莉亞的家人都沒有現身。套句雷克斯的話，這場婚禮聽起來就是一樁「牆角有漏洞」的事。然而一直到好幾年之後，我才聽見完整的故事。

二、茱莉亞與雷克斯

是時候說說茱莉亞了。到目前為止，她在賽巴斯提安的故事中，一直是一個忽隱忽現、帶點神祕的角色，這是她當時給我的印象，也是我給她的印象。我們被命運拉得很近，卻始終懷著不同的目的，因此保持著陌生人般的距離。後來她告訴我，在她的感覺，她曾覺得自己宛如在書櫃前掃視，想尋找一本特定的書籍，卻無意間被另一本書吸引了注意力。她將那本書從書櫃上拿下來，簡單翻閱之後告訴自己：「等我有空的時候，一定要讀一讀這本書！」然後她又把那本書放回去，繼續尋找她要的那一本。就我的立場，我對她的興趣更強烈一些，因為他們兄妹倆有太多相似之處。從各種角度和各種光線，反反覆覆不停出現。那些相似之處，每次都會再次刺痛我。而且，賽巴斯提安的急遽墮落、與日凋零，也使得茱莉亞變得更加清晰堅定。

在那段日子裡，茱莉亞清瘦、平胸、長腿，看起來彷彿除了四肢之外沒有軀體，就像蜘蛛一樣，與當時的時尚感不謀而合。然而那個年代流行的髮型與帽飾、茫然無神的張嘴表情、塗抹在顴骨上有如小丑的腮紅，都無法將她拉低到某種可標籤化的類別。

我第一次見到她，是一九二三年仲夏的某一天，在車站外的庭院，她開車來接我，在黃昏

22 譯註：薩沃伊禮拜堂（Savoy Chapel）是英國倫敦的一個皇家教堂。

中載我到布萊茲赫德莊園。當時她只有十八歲，剛剛踏入社交圈，從倫敦返回布萊茲赫德莊園。

有人說，那是自從大戰以來最光彩耀人的一季，彷彿一切都回歸原本的道路正常運作，而茱莉亞就是那一切的中心人物。當時大概有六、七間位於倫敦的宅邸可被稱為「歷史建築」，位於聖詹姆斯區的瑪奇梅因公館便是其中之一。那場為茱莉亞舉辦的舞會，無論從哪方面來看都是最光彩奪目的盛會，哪怕當時流行的服裝粗俗無比，也無損它的輝煌。賽巴斯提安去參加了那場舞會，當時他曾敷衍地邀我同行，我婉拒了，後來後悔不已，因為那大概是瑪奇梅因公館最後一次舉辦那樣的舞會，是一代風華的謝幕曲。

然而當時我怎麼可能會知道呢？在那段歲月裡，彷彿有的是時間，等我們盡情探索這個世界。那年夏天，我的心思都在牛津大學裡，因此倫敦的種種可以稍後再說。當時我是這麼想的。其他那些歷史豪宅，住的都是佛萊特家的親戚，或是與茱莉亞一起長大的朋友。除了他們之外，在梅費爾區[23]與貝爾格萊維亞區[24]還有一些財力雄厚的大家族，他們夜夜笙歌、華燈高掛。那些在前哨服役的外國人，在假期中經歷了這個社交季，再返回他們遙遠的駐地時，寫信告訴家人說：他們彷彿看見那個曾經消失於泥濘和鐵絲網間的世界又再度重現。就在那幾個星期有如天堂般的美妙日子裡，茱莉亞展翅飛翔閃耀，有如從樹梢間照進來的陽光，也像燭光在鏡中反射的彩虹。年邁的男男女女圍坐在四周看著她，看她有如青鳥的化身，自己的青春記憶也被喚醒。「她就是瑪奇梅因侯爵的長女。」他們竊竊私語。「可惜他今晚無法參加。」

那個夜晚，以及那一夜之後的下一夜，無論她走到哪裡，總是被一大群人包圍。她帶來的短暫驚喜，就像一隻青鳥，驚鴻一瞥地掠過水面，讓走過河岸的人為之驚艷。

這就是那個尤物，既非女孩但也還不是女人，在那個夏天的傍晚，驅車載著我穿過薄暮。她還不識愁滋味，忽然間就被美麗賦予的力量震懾，躊躇在有如刀刃般鋒利的生活邊緣。她發現自己已全副武裝，像童話故事的女主角，轉動手中的魔戒，只要用指尖輕輕摩擦、悄聲說出咒語，腳下的大地就會為她崩裂，發出一陣濃煙，吐出一個巨人。巨人是被她馴服的僕人，無論她要什麼，巨人都會獻給她，但或許會以她意想不到的形式出現。

那天晚上她對我毫無興趣，躲藏在我們腳下的巨人始終沒有被召喚出來。她索居在一個小世界裡，一個藏在另一個小世界裡的小世界，宛如精緻的中國象牙球，她就是那個同心球體的核心。可是，一直有個小小的麻煩困擾著她——非常微小，在她看來只是抽象的符號。她冷靜且超脫現實地思忖著自己應該嫁給誰。戰略大師猶豫地看著以彩色粉筆畫線並標註幾個點的航海圖，考慮是否應該做些細微的調整。然而在房間外，她專注研究的統馭戰略將會影響過去、現在和未來，無論是已成遺跡或仍然存在的一切。當時，茱莉亞認為自己只是一種象徵，她的生活不像小孩也不是女人，她的勝利與失敗都只標註在點與線之間。然而她對真正的戰爭一無所知。

23　譯註：梅費爾區（Mayfair）是英國倫敦市中心的一個區，位於西敏市（City of Westminster）內，地價與不動產租金在世界名列前茅。

24　譯註：貝爾格萊維亞（Belgravia）是倫敦市中心以西的一個區，屬於西敏市和肯辛頓切爾西市（Royal Borough of Kensington and Chelsea）。該區以非常昂貴的高尚住宅物業著稱，是世界上最富裕的地區之一。

「外國人是不是都把婚事交給父母和律師安排？」她想。

結婚，而且盡快以風光的方式出嫁，是茱莉亞每個朋友的人生目標。如果她把眼光投向比婚禮更遠的地方，就會知道婚姻只是獨立的第一步。在這場前哨戰中贏得勝利的人，就能展開真正的人生探索。

茱莉亞的光芒遠遠蓋過所有同齡的女孩，可是她知道，在她索居的小世界裡，有一個非常沉重的缺陷，有一個無法逃避的後果，她必須忍受與承擔。舞會中一群上了年紀的賓客坐在靠牆的沙發上，將這些缺陷一條一條加總，橫置在茱莉亞的道路上。她父親鬧出來的醜聞，是她必須繼承的汙點，不僅覆蓋在她的光芒上，而且因為她自己的某些特質變得更加嚴重——她的桀驁不遜、任性自我，她比起同年齡的女孩更缺乏約束。然而除此之外，有誰知道？……

在牆邊坐著的那些女士之中，談論著一個話題。因為這個話題的重要性，吞噬了其他所有的話題，那就是喬治五世與瑪莉皇后膝下那些未婚的王子們將娶誰為妻？他們不可能指望有比茱莉亞血統更為純正、外表更加迷人的女孩。然而她被那一層模糊的陰影籠罩，使她不再有資格享有這種最高等級的榮耀。除此之外，她的宗教信仰也是個問題。

皇室婚姻不是茱莉亞想要的。她知道，或者說，她認為自己知道她要什麼，至少絕對不是皇室婚姻。但無論她在哪個地方轉身、朝哪個方向而去，宗教似乎都是阻擋在她與她天命目標之間的障礙。

對茱莉亞而言，這是一個無法打開的死結。倘若她現在叛教，那麼按照她從小接受的天主教教育，她必須下地獄，而她認識的那些信仰新教的女孩們，在無憂無慮地接受學校教育之後，就有機會嫁給某個望族的長子，與這世界相安無事，最後還會早她一步上天堂。望族的長子輪不到茱莉亞，其他的兒子們又往往教養欠佳，雖然存在，但是登不上檯面。不過，那些兒子雖隱藏在暗處，卻享受不到好處。他們的任務是保持低調，如果兄長遭遇不測，他們就可被提拔到兄長的原本占據的位置。這就是他們的功能。這種結果令人嚮往，因此他們通常會努力堅守下去，好讓自己有資格繼位。也許在有三、四個男孩的家族裡，天主教家庭長大的女孩有機會嫁給那些兄弟中最年幼的那個而不會遭到反對。當然，茱莉亞也可以考慮嫁入其他的天主教家庭，可是他們似乎很少靠近茱莉亞為自己打造的小世界。有機會走進她小世界的人，往往是她母親那邊的親戚，那些人在她眼中全是嚴肅乖僻的傢伙。而且在另外十多個高貴富裕的天主教家庭中，目前沒有與茱莉亞年齡相仿的繼承人。至於外國人——她母親家族那邊有許多外國人——他們通常善於算計金錢，並且言行舉止古怪。一個英國女孩如果選擇嫁給外國人，無疑是在自己身上標註失敗的印記，讓自己一文不名。

這就是茱莉亞在倫敦享受兩個星期風光日子之後殘留的苦惱。可是她知道，這不是無法克服的問題。她想，外面一定有不少人具備資格，可以被她拉進她的小世界裡。然而讓人難堪的是，她必須主動去找，才能找到這樣的對象。她沒有辦法慵懶地坐在家裡，優雅地選擇和殘酷地拒絕；也沒有辦法玩欲擒故縱的遊戲，或者擺出嬌弱羞怯的姿態，她必須走入森林、尋找獵物。

茱莉亞還荒謬地為適合人選勾勒出形象：對方應當是一名英國外交官，外表俊美但不太具有男子氣概，目前在海外工作。在英國有一棟比布萊茲赫德莊園略小的房子，可是距離倫敦較近。他的年齡比茱莉亞稍長，大約三十二、三歲，妻子日前不幸過世，剛開始淒涼的鰥居生活。茱莉亞覺得自己會喜歡因為曾遭遇不幸而變得有點憂鬱的男人。對方的職涯前途似錦，然而孤單卻讓他失魂落魄。她擔心他會因此落入投機取巧、厚顏無恥的外國女人手中，他真正需要的是一個年輕的生命為他注入活力，並且扶持他邁向巴黎的大使館。對方在宣稱自己是溫和的不可知論者時，會同時表現出對宗教與傳統的興趣，也完全同意將自己的孩子按照天主教的方式扶養長大，但是他深信：在他謹慎規畫的家庭中，他應該會有兩個兒子和一個女兒，輕輕鬆鬆地在十二年間陸續出生，而非像天主教徒的丈夫，要求妻子每年懷孕。除了外交官的薪資之外，他每年還有一萬兩千英鎊的收入，而且身邊沒有密切往來的親戚。茱莉亞認為，像這樣的人選就很適合她。當茱莉亞到火車站來接我時，她正在尋覓這樣的對象，但我不是她想要找的人。雖然她沒有明說，然而當她接過我用嘴巴替她點燃的香菸時，就已經表達了這樣的想法。

我從點點滴滴的大小事慢慢瞭解了茱莉亞，就像一個人去瞭解他所愛的女人的前世——現在看來，那確實就像前世，或是預備期——好讓他覺得自己曾是其中的一部分，同時以邪惡的方式將她指引到他這邊來。

茱莉亞把我和賽巴斯提安留在布萊茲赫德莊園，自己去拜訪她舅媽羅斯康姆夫人位於卡普費拉[25]的度假別墅。一路上她都思忖著自己想像的那個男人，還把那位喪妻的外交官取了一個名字：尤斯特斯。從那一刻起，這個男人就成了她歡樂的泉源，一個她心裡無法與別人分享的小樂趣。然而，當這樣的人真的出現在她的旅途中——儘管不是外交官，而是一名渴望愛情的皇家侍衛隊少校軍官——並且深深愛上她、送她各種她喜愛的禮物時，她卻拒絕了對方。這導致對方更加憂鬱、更渴望愛情。茱莉亞之所以拒絕那名少校，是因為她當時已經遇見雷克斯・莫特崔恩。

雷克斯的年齡讓他占了上風。茱莉亞那群朋友彷彿都有一種嗜老的癖好，滿臉青春痘的年輕男性被她們當成社交場合中的笨蛋。如果能被人看見單獨與成熟的紳士在麗池飯店用餐，會被同儕認為是時髦又有品味的行為——這是那個小圈子裡的女孩們最嚮往的事，也是最會被舞會上的年長女性七嘴八舌、說長道短的事——與衣領筆挺、滿臉皺紋的風流老男人坐在麗池飯店進門後左手邊的座位。那種男人，是她母親在少女時期會被警告要遠離的對象，但是茱莉亞絕對不願意與一群毛頭小子一起坐在餐廳中央的座位喧譁作樂。再說，雷克斯沒有穿著衣領筆挺的襯衫，臉上也沒有皺紋。他在朋友圈的長輩眼中是一個精力旺盛的小痞子，然而茱莉亞卻在他身上看見無懈可擊的時尚——他具有畢福布魯克男爵、法蘭西斯・愛德華茲爵士還有威爾斯親王的風範。他坐在運動俱樂部的大餐桌，開了兩瓶酒、抽了第四根雪茄，毫無內疚地讓司機等待一小時又一小時——這些都會讓她的朋友嫉妒不已。雷克斯有著十分獨特的社會地位，而且充滿神祕氣息，甚至帶點罪惡色彩。有人說，雷克斯總是隨身攜帶槍枝。茱莉亞和她的朋友們對於這種被她們戲稱為「龐特街[26]的人」都懷有一種奇怪的敵意，她們經常想出一些咒罵這種人的句子，然後以她們自己發明的暗語交談——而且經常在公共場所這麼做，令人難堪。

---

25 譯註：卡普費拉（Cap Ferrat）位於法國東南部的阿爾卑斯濱海省（Alpes-Maritimes）。
26 譯註：龐特街（Pont Street）是倫敦肯辛頓切爾西市的一條時尚街道。

只有「龐特街的人」才會戴圖章戒指，或者去戲院時互贈巧克力；也只有「龐特街的人」，才會在舞會上說：「要不要我去幫你覓食？」無論雷克斯的真實身分為何，他絕對不可能來自龐特街。雷克斯從地底下的世界一步踏進布蘭達．錢皮恩的世界，布蘭達．錢皮恩也是同心象牙球的運轉核心，或許茱莉亞已經從她身上看見自己與朋友們十二年後的模樣，否則這個女孩和那個女人之間的友誼還真難以解釋。雷克斯是布蘭達．錢皮恩的私有財產，這件事勾起了茱莉亞對雷克斯的興趣。

雷克斯和布蘭達．錢皮恩當時在卡普費拉附近的一棟別墅度假。那棟別墅的主人是一位報業大亨，經常邀請政治圈的人物前往作客，雷克斯和布蘭達．錢皮恩原本與羅斯康姆夫人沒有交集，但因為住得近，在派對上就互相認識了。雷克斯隨即開始向茱莉亞獻起殷勤。

那個夏天，雷克斯一直感到焦躁不安，因為他與錢皮恩夫人的緣分看來已走到盡頭。在最初的激情過後，他們的親密關係開始出現各種摩擦。雷克斯發現錢皮恩夫人活在一個英國人熟悉且擅長的小世界裡，但是他需要更寬闊的天地。他希望鞏固已經打下的基礎，放下船頭的黑色旗幟，回到陸地，將短刀掛在牆上，開始考慮耕作。他想結婚，因此他也在尋找他的「尤斯特斯」。然而他的生活圈裡很少會有女孩子出現。他當然聽說過茱莉亞，因為茱莉亞是當年社交圈當之無愧的頂尖名媛，也是雷克斯眼中最恰當的獎盃。

在錢皮恩夫人墨鏡後的冰冷目光注視下，雷克斯在卡普費拉除了與茱莉亞建立起日後有機會繼續聯絡的友誼之外，很難有其他的作為。他沒有機會與茱莉亞獨處，可是他設法確保自己參與的各項活動都能看到茱莉亞的身影。雷克斯教茱莉亞玩撲克牌遊戲，並在茱莉亞前往蒙地卡羅或尼斯[27]時主動擔任她的司機。他的舉動讓羅斯康姆夫人覺得自己有必要告訴瑪奇梅因侯爵夫人這件事，也讓錢皮恩夫人改變計畫，拉著雷克斯提早前往昂蒂布[28]度假。

茱莉亞前往薩爾斯堡與她母親會合。

「芬妮舅媽說，妳和莫特崔恩先生成了好朋友。我想他應該不是什麼好人吧？」

「我也不覺得他是好人。」茱莉亞說。「反正我從來都不喜歡好人。」

新晉富豪身上總是自然而然籠罩著神祕感與無數疑問，例如他們第一筆一萬英鎊是怎麼賺來的，以及他們原本是哪種性格的人。在他們想辦法出人頭地時，在他們必須討好每個人時、在他們只能仰仗希望而活卻無法指望這個世界時，他們只能努力用自己的魅力去向世界索取，包括藉由征服女性來獲取成功。在氛圍相對自由的倫敦，雷克斯完全臣服於茱莉亞。他的生活以茱莉亞為重心：前往每一個可能遇見她的地方、逢迎所有可能向她說自己好話的人，甚至加入好幾個慈善基金會，以期接近瑪奇梅因侯爵夫人。他還答應幫布萊茲赫德在國會取得一席位置（但遭到拒絕）。他還對天主教表達出濃厚的興趣，直到他發現這樣做無法打動茱莉亞的芳心。他可以隨時駕駛他的高級轎車，載著茱莉亞去她想去的任何地方。他帶茱莉亞及茱莉亞的朋友們坐在最前排的座位觀賞拳擊比賽，賽後還介紹她們認識拳擊選手。在那段期間，雷克斯沒有與茱莉亞發生關係。對於茱莉亞而言，雷克斯從討人喜歡的朋友變成不可或缺的伴侶。一

27 譯註：尼斯（Nice）為法國南部的港口城市。

28 譯註：昂蒂布（Antibes）位於地中海沿岸，在法國第二大城馬賽（Marseille）的東部。

開始，雷克斯在公開場合讓她充滿驕傲，後來則讓她有點害羞。在聖誕節與復活節中間的那段期間，雷克斯變成一個她離不開的人。在不知不覺的情況下，她發現自己已經墜入情網。

五月的某個晚上，茱莉亞無意間撞見一件令她心煩意亂的祕密。那天晚上，雷克斯說議會有事要處理，然而當她開車經過查爾斯街時，卻看見雷克斯從一棟屋子裡走出來。她知道那是布蘭達．錢皮恩的住處，因此傷心又憤怒，吃晚餐時差點失態。吃過飯後她立刻回家，滿心苦澀地痛哭了十分鐘。然後她餓了，後悔晚餐時吃太少，於是叫僕人替她準備牛奶和麵包，並且在入睡前吩咐：「明天早上如果莫特崔恩先生打電話來，無論幾點鐘，都告訴他我還在睡覺。」

第二天，茱莉亞照例在床上品嚐早餐、閱讀晨報，並且和朋友們通了電話。最後，她忍不住問僕人：「莫特崔恩先生有沒有打電話來過？」

「喔，有的。小姐，莫特崔恩先生打了四次電話。如果他再打來，您要接聽嗎？」

「好。喔，不，說我不在家。」

茱莉亞下樓時，大廳的桌上有一則留給她的訊息：**莫特崔恩先生今天下午一點半在麗池飯店等候茱莉亞小姐**。「我今天要在家裡吃午餐。」她說。

那天下午她和她的母親出門購物，然後與一位親戚喝下午茶，回到家時已經是晚上六點鐘。

「小姐，莫特崔恩先生在等您，我讓他先待在書房裡。」

「喔，我不想見他。母親，請您叫他離開。」

「這樣不太好，茱莉亞。雖然我說過，在妳的朋友當中，他不是我最欣賞的一個，但是我已經慢慢習慣他，甚至有點喜歡他了。妳不能先對別人好，然後又這樣拋棄別人——尤其是對莫特崔恩先生這種人。」

「喔，母親！我一定得見他嗎？如果我見了他，可能會有難看的場面發生。」

「茱莉亞，別胡說八道。妳只是在玩弄這個可憐人。」

於是茱莉亞走進書房，一個小時之後她又走出書房，宣布她已訂婚。

「喔，母親，我警告過您，如果我進去，一定會發生事情的。」

「妳沒告訴我會是這種事！妳只說會有難看的場面，我完全沒想到會是這種事！」

「不管怎麼說，您也喜歡他，不是嗎？母親，您剛才是這麼說的！」

「他對我們很好，但我認為他不適合當妳的丈夫。大家都這麼認為。」

「我才不管別人怎麼想！」

「我們對他一無所知，說不定他有不好的血統——事實上，他的個性陰沉，讓人懷疑。親愛的，整件事情就是行不通，我不明白妳怎麼這麼傻。」

「啊，可是如果不嫁給他，他會和那個可怕的老女人繼續糾纏，我就沒有權利生氣了。您一向認為拯救墮落的女人是非常重要的事。嗯，我現在要拯救一個墮落的男人，我準備把雷克斯從七罪宗[29]裡拯救出來。」

29 譯註：七罪宗（seven deadly sins）為天主教教義中對人類惡行的分類，包括傲慢、貪婪、色慾、嫉妒、暴食、憤怒及怠惰。

「茱莉亞，不要再強詞奪理了。」

「和布蘭達．錢皮恩發生性關係不算是七罪宗之一嗎？」

「只能說他很下流。」

「雷克斯已經保證不再與布蘭達．錢皮恩見面。但是，除非我承認我愛他，我無法要求他為我做任何事，對不對？」

「老天，錢皮恩夫人的私德，一點也不關我的事。但妳的幸福是我最關心的，如果妳想知道我的想法，我就告訴妳：我覺得莫特崔恩先生是一個熱心又有用的朋友，可是我不信任他，而且我相信他會生下讓人討厭的小孩。這種事總是在一代又一代之間不斷發生。我也毫不懷疑，幾天之後妳就會後悔自己的決定。妳現在不許做任何事，不能讓任何人知道，也不能讓任何人產生懷疑。妳必須停止與他外出。當然，妳可以在家裡見他，但是不能在任何一個公共場所。妳叫他來見我，我要針對這件事和他談一談。」

於是茱莉亞就此展開長達一年的祕密訂婚期，那是一段令人緊張的日子，因為那天下午，茱莉亞在書房裡和雷克斯發生了關係。那種感覺與她之前和那些多愁善感且少不更事的男孩完全不同，這次充滿激情，彷彿打開了她身上某個開關。這種激情把她嚇壞了，因此有天她心生懺悔，決定停止一切。

「我必須停止和你見面。」她說。

雷克斯馬上表現出卑微的態度，就像他過去那個冬天一樣，每天在他那輛大轎車裡耐心等候茱莉亞。

「除非我們立刻結婚。」她又說。

接下來的六個星期，他們始終保持一定的距離，只能在見面和道別時親吻，坐著的時候也彼此相隔，只談論他們將來要做什麼、在哪裡生活，以及雷克斯被選為副議長的可能性。茱莉亞感到非常滿足，她深陷愛情，活在對未來的憧憬中。就在這六個星期即將結束時，她又發現雷克斯所說的陪伴選民，其實是與一名證券經紀商到桑寧戴爾[30]度週末，而且那個週末恰巧錢皮恩夫人也在桑寧戴爾。

就在她得知此事的那天晚上，雷克斯像往常一樣來到瑪奇梅因公館，於是他們又重演兩個月前的那一幕。

「不然妳要怎樣？」雷克斯說。「妳付出得這麼少，有什麼資格要求那麼多？」

茱莉亞帶著她的問題來到農場街教堂[31]，把這個問題說給神父聽。她沒有去懺悔室，而是在一間陰暗的小廳室裡說出這件事。

「神父，我為了將雷克斯從一個糟糕的罪宗中拯救出來，因此犯下一個小小的罪，這應該不過分吧？」

然而這位溫和的老耶穌會會士不認同茱莉亞。茱莉亞沒有聽清楚他說了什麼，只知道他拒

---

30 譯註：桑寧戴爾（Sunningdale）位於英國伯克郡（Berkshire）最東南角。

31 譯註：農場街教堂（Farm Street Church），又名農場街聖母無原罪堂（Church of the Immaculate Conception, Farm Street），是羅馬天主教教堂，由耶穌會管理，位於英國倫敦中心的梅費爾區。

絕給予她想聽的答案，這樣對茱莉亞來說就夠了。

結束時，神父說：「妳現在應該去懺悔。」

「不，謝謝您。」茱莉亞說，宛如買東西時拒絕店員的推銷。「我今天不想懺悔。」然後就生氣地回家了。

從那一刻起，她心裡已經不再接受自己的宗教。

瑪奇梅因侯爵夫人將此視為一道新傷，添加在賽巴斯提安所給的傷痛，並堆疊在她丈夫帶給她的舊傷以及她病入膏肓的身體之上。就這樣，她每天帶著哀思上教堂，並且沉溺於傷痛之中。她用這些傷痛一次又一次刺穿自己的心，以一顆活著的心去實現繪畫與石膏雕刻上的聖心之美。瑪奇梅因侯爵夫人從教堂裡得到什麼，只有上帝知道。

於是日子一天天過去，這樁祕密訂婚的婚訊從茱莉亞的閨中密友傳到所有朋友的耳中，最後終於像漣漪般侵蝕到泥岸，報紙也因此出現對這件事的暗示。身為皇室女官的羅斯康姆夫人，更因此被大家追問相關消息。事情顯然已經無法繼續保密，接著茱莉亞又拒絕參加聖誕節的聖餐禮。接連被我、山姆葛拉斯先生和蔻蒂莉亞背叛的瑪奇梅因侯爵夫人，因此決定在一九二五年新年開始的那幾天採取行動。她禁止任何人談論這樁婚約，也禁止茱莉亞與雷克斯以任何方式見面，並打算關閉瑪奇梅因公館六個月，帶茱莉亞到海外旅遊探親。在這樣的危機中，她仍覺得將賽巴斯提安交給雷克斯帶去找柏瑞塞斯醫生是理所當然的事。這大概是遺傳自她家族的作風，凡事冷靜面對。然而雷克斯在這件事情上卻辜負了瑪奇梅因侯爵夫人，甚至還跑去蒙地卡羅。雷克斯去找瑪奇梅因侯爵的舉動，將瑪奇梅因侯爵夫人徹底擊垮。瑪奇梅因侯爵沒有花太多心思考量雷克斯的品德問題，因為他認為那是茱莉亞自己應該考量的事。對瑪奇梅因侯爵來說，雷克斯是個健康頑強且前途光明的年輕人，他老早就經常在政治新聞版面上看見這個年輕人的名字。雷克斯雖然白手起家，氣度也還說得過去，似乎是個不錯的伴侶，擁有美好的未來。再加上瑪奇梅因侯爵夫人不欣賞雷克斯，因此總括來說，瑪奇梅因侯爵對於茱莉亞的選擇十分欣慰，當下就允許了這樁婚事。

雷克斯以極大的熱情籌備婚宴：他買了一枚戒指給茱莉亞，這枚戒指不是從卡地亞的銀盤端出來的，而是來自哈頓花園[32]的小房間。一名男子從保險箱裡拿出一袋鑽石，擺在桌上任由茱莉亞挑選。在另外一家店裡，一名設計師拿著鉛筆在便條紙上為茱莉亞繪製出戒指的設計圖。最後的成品，讓茱莉亞每一個朋友羨慕不已。

「雷克斯，你怎麼會有這麼多門路？」她問。

茱莉亞每天都因為雷克斯知道和不知道的事感到驚訝，而這些事每一次都讓雷克斯增添幾分魅力。

雷克斯位於赫特福德街的宅邸，有足夠的空間讓他們兩人居住，他們還聘請最昂貴的設計公司替他們添購新家具與裝修。茱莉亞說她暫時不想在鄉下買房子，想度假時可以去租有附家具的度假屋。

---

32 譯註：哈頓花園（Hatton Garden）為倫敦珠寶商的集散地，亦是鑽石交易的中心。

關於結婚後的財產分配，他們遇上了一些問題，但是茱莉亞不在乎。律師們都很緊張，因為雷克斯拒絕接受非現金的資產。「我要那些信託債券做什麼？」雷克斯問。

「親愛的，我也不知道。」

「我要可以替我賺錢的資產。」他說。「我要有百分之十五至二十的投資報酬率。利率只有百分之三點五的投資，根本是一種浪費。」

「親愛的，我想肯定是的。」

「那些傢伙的口氣，彷彿是我在占妳便宜，事實上是他們在占妳的便宜。他們想從妳手中搶走我能為妳賺到的三分之二。」

「雷克斯，這很重要嗎？我們不是已經有堆積如山的財富了嗎？難道不是這樣嗎？」

雷克斯希望將茱莉亞的嫁妝全部掌握在他手中，用那些錢來替他賺錢，可是律師扣著錢不放，只不過律師也沒能從雷克斯那裡得到他們期望的管理費用。最後雷克斯抱怨一堆，說這根本是將他的合法收益放在別人的口袋裡，才勉為其難地透過律師買了人身保險。然而他又利用自己在保險公司那邊的人際關係，吞了律師們指望的佣金，讓他減輕整件事帶來的頭痛。

雷克斯還有另一個不得不面對的問題：他的宗教信仰。他曾經在馬德里參加過一場皇室婚禮，非常嚮往自己也能擁有類似的婚禮。

「妳的教堂可以辦到這一點。」雷克斯說。「舉辦一場盛大的婚禮。沒有任何事能比得過有數名紅衣主教出席的婚宴。英國有幾位紅衣主教？」

「親愛的，只有一位。」

「只有一位？我們可不可以從國外邀請一些紅衣主教過來參加？」

這時茱莉亞才告訴雷克斯，他們這種混合式婚姻並非值得宣揚的事。

「妳所謂的『混合式』是什麼意思？我又不是黑人！」

「我不是這個意思，親愛的。我指的是天主教徒與新教徒結婚。」

「喔，妳說的是這個。好吧，如果妳指的是這件事，我們可以馬上解決問題。我要加入天主教。我應該怎麼做？」

這突如其來的發展，又讓瑪奇梅因侯爵夫人增添新的沮喪和焦慮。無論她如何說服自己相信雷克斯的善意，全都無濟於事。當年她丈夫求婚與皈依天主教的回憶，一下子都湧上心頭。

「雷克斯。」她說。「我有時候會想，你有沒有意識到自己在信仰方面做出的決定有多麼重大。在沒有虔誠信仰的前提下踏出這一步，是非常邪惡的。」

要應付瑪奇梅因侯爵夫人，雷克斯早已駕輕就熟。

「我並沒有假裝自己是虔誠的信徒。」他回答。「也沒有冒充自己對於神學有多少興趣和研究，我只知道一個家庭中存在著兩種宗教是很糟糕的事。人總需要有信仰，如果您的教會對茱莉亞來說夠好，那麼對我來說也一定夠好。」

「好吧。」瑪奇梅因侯爵夫人表示。「我看看要如何安排你接受輔導。」

「瑪奇梅因侯爵夫人，您知道我沒有太多時間，再說，任何輔導對我來說都只是浪費時間。您只要把表格交給我，讓我在虛線上簽個名就好了。」

「輔導需要花幾個月的時間——也可能要花一輩子。」

「喔，我學東西學得很快，請您拭目以待。」

於是雷克斯被交給農場街教堂的莫布雷神父，莫布雷神父以成功輔導頑固的慕道者聞名。他與雷克斯見過三次面之後，就來找瑪奇梅因侯爵夫人喝下午茶。

「呃，您覺得我未來的女婿如何？」

「他是我遇過最棘手的改宗案例。」

「喔，天啊！我還以為他願意讓一切容易些。」

「確實如此。我完全無法接近他的內心，因為他似乎毫無求知欲，也沒有一絲虔誠的態度。

「第一天，我想瞭解他到目前為止有什麼樣的宗教體驗，於是我問他，禱告對他而言有什麼意義。他回答：『我不知道有什麼意義，請您告訴我。』我才說了幾個字，他就說：『好，禱告就是這樣。下一課是什麼？』我給他一本教義問答手冊，讓他帶回家讀。昨天我問他，我們的神是否有超過一個主體，他回答：『神父，您說有幾個就有幾個。』

「接著我又問他：『假如教宗抬頭看見一片雲，說：要下雨了。就表示這一定會下雨嗎？』『喔，是的，神父。』『如果沒下雨呢？』他想了一會兒，說：『我想那一定是指某種精神上的雨，只是我們罪孽太深重，所以看不見。』

「瑪奇梅因侯爵夫人，雷克斯不屬於我們傳教士所見過或歸納過的任何一種異教徒。」

莫布雷神父走了之後，瑪奇梅因侯爵夫人說：「茱莉亞，妳肯定雷克斯做這一切不是為了要討好我們？」

「我不覺得他曾經想過要討好我們。」茱莉亞回答。

「他真心想成為天主教徒？」

「母親，雷克斯絕對是鐵了心要成為天主教徒。」茱莉亞又對自己說：「在教會悠長的歷史中，肯定經歷過各種古怪的宗教改革，我不相信所有的克洛維一世[33]的士兵都信仰天主教，因此再多一個也無妨。」

第二個星期，莫布雷神父又到瑪奇梅因公館喝下午茶。那時是復活節假期期間，蔻蒂莉亞也在。

「瑪奇梅因侯爵夫人。」莫布雷神父說。「您最好另外挑選一位年輕的神父來完成這項任務，因為在雷克斯成為天主教徒之前，我肯定已經死了。」

「喔，天啊，我還以為進行得很順利。」

「就某個角度來說，是的，他非常順服。無論我要求他做什麼，他都接受，並且記住我教他的每一件事，從不提出異議。可是我對他的表現並不滿意，因為他似乎不太真誠。我知道，他受了堅實的影響，所以我願意接納他。人有時候需要冒點風險——例如，在面對弱智之人時，你永遠不清楚他到底明白多少，但你至少知道有人在關心他，這種時候就可以冒這種險。」

「真希望雷克斯可以聽見您說的這番話。」蔻蒂莉亞說。

「可是我昨天又和往常一樣大開眼界。現代教育的困境，是你永遠不知道人有多麼無知。

33　譯註：克洛維一世（Clovis I，西元四六六年—五一一年十一月二十七日）是法蘭克王國（Royaume des Francs）的奠基人與國王。

對於一個超過五十歲的人，你比較有信心知道他學過什麼、遺漏什麼。然而年輕人有著看似聰明又具知識的外表，但戳破表面之後往裡面一瞧，你會發現裡面的混淆和無知有多麼嚴重。比方說，雷克斯昨天看起來表現得還不錯，熟悉地背出一段天主教教義、主禱文和聖母經，然後我像平常一樣問他，是否有什麼事情困擾他。他以狡滑的眼神看著我，說：『您知道，神父，我覺得您對我並不坦白。我希望加入您的教會，也肯定會加入您的教會，可是您一直在拖延我的時間。』我問他是什麼意思，他說：『我和一名天主教徒，一名非常虔誠且受過良好教育的天主教徒聊天，學到了幾件事。比方說，睡覺的時候必須腳朝著東方，因為那是天堂的方向。如此一來，如果你在夜裡死去，就可以走向天堂。我願意在睡覺時朝著茱莉亞喜歡的方向，但您認為一個成年人會相信人們可以走路到天堂這種鬼話嗎？對了，還有，教宗策封他的馬匹為紅衣主教，是怎麼一回事？您放在教堂前廊上的那個盒子，又是怎麼一回事？只要在一英鎊的鈔票上寫下某人的名字，再將那張鈔票放進那個盒子裡，那個人就會下地獄嗎？我並不想無端端提到這些事，但您應該要主動告訴我，而非讓我自己發現。』雷克斯說。」

「這個可憐的傢伙到底在說什麼？」瑪奇梅因侯爵夫人問。

「您看看，如果要成為一名天主教徒，他還有很長一段路要走。」莫布雷神父說。

「他究竟是和誰聊到這些怪事？是他做夢時想出來的嗎？蔻蒂莉亞，妳在笑什麼？」

「他是個大笨蛋。喔，母親，他是個超級大笨蛋！」

「蔻蒂莉亞！是妳告訴他的！」

「喔，母親！我做夢也想不到他會把那些話當真！我還告訴他許多別的事情，例如梵蒂岡有聖猴——諸如此類的玩笑話！」

「呃，妳給我添了很大的麻煩。」莫布雷神父說。

「可憐的雷克斯。」瑪奇梅因侯爵夫人說。「你知道嗎？我覺得這反而讓他顯得可愛。莫布雷神父，您必須把他當成一個傻孩子來對待。」

於是莫布雷神父繼續輔導雷克斯，並且在婚禮前一個星期終於答應接納了他。

「妳本來以為他們會全心接納我。」雷克斯抱怨。「因為我對他們總有一點幫助，可是他們根本就像在賭場裡發牌的傢伙。」接著他又補上一句：「還有，蔻蒂莉亞把我搞得暈頭轉向，我現在已經分不清楚哪些是出自教義，哪些是蔻蒂莉亞編出來的。」

在婚禮前三個星期，邀請函都寄出去了，親友的禮物也飛快地寄來，伴娘們都對自己的禮服感到相當滿意，然後就發生了被茱莉亞稱為「布萊茲赫德炸彈」的那件事。

布萊茲赫德帶著他向來的冷漠，在沒有任何警告的情況下，將一枚震撼彈投進當時十分開心的家人中。瑪奇梅因公館的書房，在那段時間暫時用來堆放待清點的禮物。正當瑪奇梅因侯爵夫人、茱莉亞、蔻蒂莉亞與雷克斯忙著打開禮物包裝並記錄品項時，布萊茲赫德走進書房，看了他們一眼。

「中國花瓶，貝蒂阿姨送的。」蔻蒂莉亞說。「這是舊東西了，我記得在貝蒂阿姨的巴克柏恩莊園樓梯間看過這個花瓶。」

「你們在做什麼？」布萊茲赫德問。

「彭德爾．加斯維特先生、夫人與小姐合送一套早茶餐具，古德瓷器店的產品，才三十先令，真是小氣。」

「你們最好把這些東西都重新包好。」

「布萊茲赫德，你這句話是什麼意思？」

「我是說，婚禮得取消了。」

「布萊茲赫德！」

「我覺得自己應該對未來的妹婿做點調查。因為沒有人想過這件事。」布萊茲赫德說。「今晚我終於接獲最後的調查結果：一九一五年的時候，雷克斯已經在蒙特婁和莎拉．伊萬傑林．卡特勒小姐結婚，而且這位小姐還住在那裡。」

「雷克斯，這是真的嗎？」

雷克斯原本手裡拿著一隻玉雕龍，站在旁邊以挑剔的眼光檢視著。他將玉雕龍小心地放回烏木托架上，對在場的每個人露出無邪的笑容。

「當然是真的。」他說。「那又如何？你們為什麼這麼在意？她對我來說根本沒有任何意義，我從來都不覺得她有什麼好。不管怎麼說，當時我還年輕，那是任何人都可能犯的錯。我在一九一九年就辦好離婚手續了，甚至不知道她現在住在哪裡，直到布萊茲赫德剛剛走進來告訴大家。這有什麼好大驚小怪的？」

「你應該告訴我。」茱莉亞說。

「妳從來沒問過我。而且我已經好多年沒有想到她了。」

雷克斯的坦誠如此簡單明瞭，於是大家心平氣和地坐下來談論這件事。

「你這個可憐的糊塗蟲，你真的不知道嗎？」茱莉亞說。「身為天主教徒，如果你的妻子還在世，你就不能再婚。」

「可是我沒有啊！我剛才不是說了嗎？我六年前就已經離婚了。」

「可是天主教徒不能離婚。」

「我那時還不是天主教徒。我已經離婚，文件我都留著，只是不記得放在什麼地方了。」

「莫布雷神父沒有向你解釋過婚姻的意義嗎？」

「他說我不可以和茱莉亞離婚，嗯，反正我本來就不想。而且他告訴我的事情那麼多，我不可能每一件事都記得——如果硬要記得，我就沒有時間做別的事情了。不管怎麼說，你們那個住在義大利的表姊法蘭雀絲卡又該怎麼解釋？她不是結了兩次婚？」

「她的第一段婚姻無效。」

「這樣就可以？那我也去申請婚姻無效。要花多少錢？要向誰申請？找莫布雷神父嗎？我只想把事情辦妥，可是沒有人告訴過我應該怎麼做。」

他們花了很長的時間才說服雷克斯，讓他明白他結婚的道路上有著嚴重的阻礙。這個話題一直持續到晚餐時間，但傭人在場時他們會暫停討論，等傭人離開之後他們又立刻繼續，直到午夜之後。他們的討論有時激烈有時冷靜，繞著爭執點打轉，就像四處飛的海鷗，一會兒飛到海面上的雲層裡，在無關緊要和一再重複的事情上打轉；一會兒又出現在眼前，直衝浮在海面上的死魚。

「你們希望我怎麼做？我應該去見誰？」雷克斯不停地問。「別告訴我沒有人能解決這個問題。」

「雷克斯，你現在做什麼都沒用。」布萊茲赫德說。「結果很簡單，那就是你的婚禮不能舉行了。我知道大家都覺得這個消息來得很突然，令人遺憾。你應該早點告訴我們這件事。」

「請聽我說。」雷克斯表示。「或許你說得對，或許從法律的角度來說，我不能在你們的教堂舉行婚禮，可是教堂的時間已經預約好了，他們沒有問我任何問題，紅衣主教也不知道任何事，莫布雷神父同樣毫不知情。除了我們之外，沒有人曉得。既然如此，我們為什麼要搞出那麼多麻煩？只要大家都閉口不談，讓這件事默默過去，就如同什麼都沒有發生過，沒有人會因此有所損失。或許我會因此下地獄，但就讓我冒這個險吧！這和其他人有什麼瓜葛？」

「有何不可？」茱莉亞也表示。「我不相信那些修道士什麼事都知道，我不相信。我甚至不知道自己是否真的相信任何事。無論如何，這是我們倆才需要關心的事，又不是要拿你們的靈魂去冒險，你們就不要插手了。」

「茱莉亞，我恨妳！」蔻蒂莉亞說，並隨即離開房間。

「我們都累了。」瑪奇梅因侯爵夫人說。「如果還有什麼話想說，我建議留到明天上午再談。」

「沒有什麼好討論的。」布萊茲赫德表示。「除了應該如何體面地解決這件事。這由母親和我來決定。首先，我們必須在《泰晤士報》和《早晨郵報》上刊登啟事，並將禮物全數退還，但我還不清楚要怎麼處理伴娘的禮服。」

「等一等！」雷克斯說。「等一等！或許你們可以阻止我們在你們的教堂結婚，好，去你的！那我們去新教的教堂結婚！」

「我還是可以阻止你們這麼做。」瑪奇梅因侯爵夫人表示。

「母親，我相信您不會的。」茱莉亞說。「您知道嗎？我已經和雷克斯發生過關係了，而且我們會繼續這麼做，不管我們有沒有結婚。」

「雷克斯，這是真的嗎？」

「不是！該死，這不是真的！」雷克斯表示。「但我希望這是真的。」

「我覺得我們明天早上應該重新討論一下。」瑪奇梅因侯爵夫人無力地宣布。「我實在撐不住了。」

在布萊茲赫德的攙扶下，瑪奇梅因侯爵夫人上樓休息。

「究竟是什麼原因讓妳對妳母親說那些話？」我問。這已經是在多年之後，茱莉亞向我述說當年的情景。

「雷克斯也想知道這一點。我猜，大概因為我當時是這麼認為的，但不是字面上的意義——你別忘了，我當時只有二十歲，不明白『人生的真相』到底是什麼，我只聽人們說過——當然，我當時想表達的並不是字面上的意義。我不知道還有什麼方式可以表達我的想法。我想說的是，我和雷克斯之間已經有很深的感情，不可能光憑他們一句『婚禮不能舉行了』就放棄。我想做一個誠實的女人。現在回想起來，我從那個時候開始，就一直這樣期許自己。」

「後來呢？」

「大家又繼續討論這件事。可憐的母親，找了神父來討論，也找了舅媽們來討論。於是她得到各式各樣的建議——有人說雷克斯應該去加拿大，有人說莫布雷神父應該去羅馬，看看能不能想辦法宣告雷克斯的那段婚姻無效。還有人說我應該到國外待一年。就在這個時候，雷克斯發了一封電報給我父親，說：『茱莉亞和我打算以新教的儀式舉行婚禮，您同意嗎？』我父親回覆：『樂見其成。』這一切才終於塵埃落定，我母親想以法律終止我和雷克斯關係的嘗試，也到此結束。然而從那個時候開始，又有一連串的私下會談與勸說，要我去找神父談、去找修女談、去找舅媽們談。在那段期間，雷克斯只是安靜地——或者說，還算安靜地——籌備我們的婚禮。

「喔，查爾斯，那真是一場齷齪的婚禮！薩沃伊禮拜堂是專門提供離婚者結婚的地方——又小又破，完全不是雷克斯期待的那種婚禮。其實我只想趁著早晨去辦理註冊，在街上找個清潔女工當證婚人，就把這件事情搞定。可是對雷克斯而言，伴娘、鮮花、紅毯，一樣都不准少，簡直太可怕了。

「我可憐的母親，表現得像一名殉道者，不管發生什麼事，堅持要我用她的頭紗。不過，她好像也必須這麼做，因為我的結婚禮服就是依照她的婚紗來設計的。我自己的朋友當然都來參加了，還有雷克斯那一票被他稱為朋友的傢伙。其他的來賓則是稀奇古怪各種組合：我母親那邊的親戚當然一個都沒出席，我父親那邊則來了一、兩家。所有的大人物都避之唯恐不及——你知道的，安克雷奇家、卡斯姆家、范布勒家——可是我當時心想：『謝天謝地，還好他們沒來，反正他們向來都瞧不起我。』然而雷克斯卻氣壞了，因為他真正想要的，是那些大人物的蒞臨。

「我一度希望不要舉行任何派對，我母親也表示不許我們使用瑪奇梅因公館，於是雷克斯又打算發電報給我父親，再由家庭律師帶著一隊宴會師傅闖進瑪奇梅因公館。最後，他決定在婚禮前一晚在家裡舉辦宴會，邀請大家來看禮物——按照莫布雷神父的說法，這麼做不會有問題，畢竟沒有人會拒絕欣賞自己送出的禮物。那場派對挺成功的，可是第二天雷克斯在薩沃伊禮拜堂為婚禮來賓舉辦的宴會就非常悲慘。

「至於家裡的佃農和租戶那邊，又是尷尬的局面，最後布萊茲赫德不得不替他們舉行一場晚宴，還點了營火，但那可不是他們在送出銀湯碗時所指望的。

「可憐的蔻蒂莉亞，這件事對她的打擊最大。她一直期盼當我的伴娘——這是我踏入社交圈之前就已經和她談論很久的話題——可是她又是一個非常虔誠的孩子。起初她不肯和我說話，然後就在婚禮當天早晨——當時我已經搬去芬妮．羅斯康姆舅媽家了，因為聽說這麼做比較恰當——蔻蒂莉亞突然在我起床前衝進我的房間，她是直接從農場街教堂跑來的。她哭著求我不要結婚，並且緊緊擁抱我，還送我一枚她買的小胸針。她說她會替我祈禱，希望我永遠幸福。查爾斯，她希望我永遠幸福！

「那是一場不受祝福的可怕婚禮。你知道，大家都站在我母親那邊。大家總是這樣——她其實也沒有從中獲益。在我母親的一生中，她總是對每個人充滿同情，但不包括她所愛的人。大家都說，我對我母親所做的事實在太可惡了。但事實上，可憐的雷克斯最後發現自己娶到一個被大家唾棄的女人，這與他期望的恰好相反。

「所以你看，這件事情一直很不順，彷彿有不祥之物纏著我們，從一開始就如此，偏偏那時候我瘋狂地愛著雷克斯。」

「想想也很有意思，不是嗎？」

「你知道，莫布雷神父對雷克斯的評價非常正確，我卻在結婚後花了整整一年的時間才明白。簡單地說，雷克斯並不完整，他根本沒有成為一個完整的人，他只是人的一小部分，沒有經過自然的成長，就像保存在瓶子裡的某種物品，在實驗室存活的某種器官。我原本以為他是原始的野蠻人，但他是一種絕對摩登而且跟得上時代的生物，只有這個可怕的年代才能產出這種生物。他只有一點人的影子，卻偽裝自己是完整的人。

「反正，一切都已經過去了。」

這些都是在經過十年之後，她在大西洋上的一場風暴中告訴我的。

三、穆開斯特與我捍衛家園◆賽巴斯提安在國外◆我離開瑪奇梅因公館

我在一九二六年春天的大罷工期間回到倫敦。

英國大罷工是巴黎當時的話題。法國人一如既往，因為過去的朋友遭遇尷尬而興高采烈，並且將海峽對岸霧濛濛的含混觀念，轉化為他們更精準的術語，還藉此預言革命與內戰。每天晚上，報亭裡都充斥著暗示厄運的字眼；在咖啡館裡，熟識的友人都帶著半嘲諷的口吻與我打招呼：「哈哈，我的朋友，幸好你不是在家鄉，而是在這裡，不是嗎？」漸漸地，我和幾個面

對相同情況的朋友開始相信，我們的祖國正處於危機之中，那裡有我們應當肩負的責任。一名信奉未來派的比利時人也加入我們，大家平常都以尚・德・布利薩克・拉蒙特這個假名來稱呼他。他聲稱人們有權利隨時隨地攜帶武器，以便對付罷工的社會底層人士。

我們在一股激昂的雄性氣息中跨越海峽。我原以為，在我們即將抵達的多佛港[34]會有以前曾在歐洲多次發生且少有變化的歷史景象。我在自己的腦中勾勒出想像的革命畫面：紅色的旗幟在郵政局的樓頂飄揚、電車被推翻在路邊、大兵喝得醉醺醺、監獄大門敞開、流氓與罪犯全跑到街上、從首都開來的列車永遠無法抵達目的地。人們在報紙上所讀到、在電影裡所看到、在咖啡桌旁所聽到的情景，一次又一次發生，已經有六、七年之久。就像法蘭德斯[35]的泥濘與美索不達米亞的蒼蠅等二手經驗，到今天終於要成為大家真正的經歷。

我們上岸之後，位於邊境的哨站像往常一樣辦理例行公事，海港列車依舊準點行駛，挑夫也還在維多利亞車站排隊成列，聚集在頭等艙乘客的行李前，計程車等候處同樣排著長長的隊伍。

「我們分開行動吧！」我們對彼此說。「看看目前是什麼情況，等吃晚餐時再集合，比較一下每個人收集到的資訊。」然而我們都已經心知肚明，這裡根本什麼事都沒發生。無論從哪

34 譯註：多佛（Dover）是英國肯特郡（Kent）的一個海港，靠近法國的加來港（Calais），兩地只相隔三十四公里。

35 譯註：法蘭德斯（Flanders）是比利時西部的一個地區。

個角度來看，根本沒有需要我們在場的事件發生。

「老天！這麼快又見到你了，真是開心。」我父親在樓梯口看見我的時候表示。事實上，我已經在國外待了十五個月。「你知道嗎？你來得真不是時候。他們在兩天後又要進行一次罷工——簡直是亂來——我不知道你什麼時候才能離開。」

我不禁想：假如我沒有離開法國，今晚可能會在塞納河畔的燈光下度過。我還想著原本可能與我作伴的人——當時我和兩個思想開放的美國女孩往來甚密，她們在奧特伊[36]合租一間公寓。光想到這些，我就希望自己沒有回英國來。

當天晚上，我們到攝政街上的皇家咖啡館用餐，我在那裡才感受到一點點戰爭的氣息，因為咖啡館裡擠滿了準備從軍的大學生，其中有一支隊伍來自劍橋大學，當天下午他們已經接獲任務，要為運輸大樓傳令。他們那桌正好背對著另一群剛加入特別糾察隊的學生，兩組年輕人三不五時就爆發挑釁的爭執，但畢竟兩桌人馬背對著背，好像也不太容易演變成嚴肅的衝突，因此他們的爭吵最後以互贈大杯啤酒落幕。

「你們真應該在霍爾蒂[37]進入布達佩斯時出現。」尚・德・布利薩克・拉蒙特說。「**那**才叫做政治。」

當晚在攝政公園有一場派對，是為了慶祝美國黑人舞臺劇《黑鳥》在英國首次上演，我們這群人當中有人受邀，於是其他人就跟著一起去。

對於我們這些在巴黎常去磚頂屋和布魯姆特街黑人舞會的人來說，這種場合並沒有特別之處。我剛踏進派對場地時，就聽見一個我不會記錯的聲音，一個彷彿來自遙遠過去的回聲。

「不，他們不是動物園裡的動物，不能讓你這樣盯著看！」那個聲音說。「穆開斯特，他們是藝術家，偉大的藝術家，應該受到尊重。」

安東尼．布蘭屈和博伊．穆開斯特正坐在吧檯附近的座位。

「感謝上帝，終於有我認識的人了。」我走過去加入他們時，穆開斯特說。「有個女孩子帶我到這裡來，結果我現在根本不知道她在哪裡。」

「親愛的，她甩掉你了。你知道為什麼嗎？因為你在這裡表現得荒唐透頂，不合禮儀。穆開斯特，這種派對不適合你，你應該離開。你知道的，去老百酒館或是貝爾格萊維亞廣場上那種可悲的舞廳。」

「我才剛從那裡過來。」穆開斯特說。「現在去老百酒館太早了。我再多待一會兒，說不定等一下這裡就變好玩了。」

「我真想吐你一口口水。」安東尼說。「來，查爾斯，讓我跟你說說話。」

我們拿了一瓶酒和各自的酒杯，走到另一個角落的座位坐下。五個《黑鳥》舞臺劇的工作人員正蹲在我們腳邊擲骰子。

「親愛的。」安東尼對我說。「那個膚色比較白的傢伙，前兩天早上用牛奶瓶敲了阿諾

36 譯註：奧特伊訥伊帕西（Auteuil-Neuilly-Passy）是法國巴黎最富裕的住宅區。

37 譯註：霍爾蒂．米克洛什（Horthy Miklós，一八六八年六月十八日—一九五七年二月九日）為匈牙利的軍人與政治人物。

德．費雷克海默夫人的腦袋。」

但無可避免地，我們的話題馬上就轉移到賽巴斯提安身上。

「親愛的，他真是一個醉鬼。去年你甩掉他之後，他跑到法國馬賽和我住在一起。真的，一直住到我能忍受的最大限度。喝，喝，喝，他整天喝，就像那些貴婦整天端著茶杯。而且他很狡猾，我的小東西經常不見，親愛的。丟掉的全是我很喜歡的東西。有一次，我的兩套西裝不見了，那兩套西裝是萊斯利裁縫店和羅伯特裁縫店剛剛寄來的。起初我當然不覺得是賽巴斯提安偷的——你知道，我家經常有奇怪的人進進出出。親愛的，有誰比你更瞭解我對怪人的喜愛？唉，到了最後，親愛的，我們找到一間當鋪，發現賽巴斯提安把我的東西全拿去典—典—典當了。不過，當票都沒了，因為小酒館除了現金之外也收當票。

「我現在可以從你眼中看見那種清教徒式的不認同。親愛的查爾斯，你彷彿認為我操縱了這孩子，但那是賽巴斯提安另一種不討人喜歡的特質：他總是給人一種印象，宛如自己被別人操縱——就像馬戲團裡的小馬。不過我向你保證，我能做的都已經做了，我一次又一次對他說：『你為什麼要喝得這麼兇？如果你想要有飄飄欲仙的感覺，還有許多更美味的東西可以嘗試。』於是我帶他去找這一行裡最好的人，啊，你應該也知道那個人。納達．阿洛普夫、尚．拉克西莫和我們認識的每個人都光顧他——他總是在雷吉納酒吧——可是這麼做又扯出麻煩，因為賽巴斯提安給了納達．阿洛普夫一張假支票——親愛的，一張偽造的支票——好多兇神惡煞的傢伙到公寓來——都是惡棍，親愛的——當時我根本不知道賽巴斯提安做了什麼。這實在讓人很不愉快。」

這時博伊．穆開斯特搖搖晃晃地朝我們這邊走來，然後在沒有人理睬他的情況下，在我身旁坐下。

「這裡的酒不夠喝了。」他說，並拿起我們那瓶酒往自己的酒杯裡倒，直到整瓶酒被倒光。「這裡的人，我以前都沒見過——都是黑人。」

安東尼沒有理他，繼續對著我說：「於是我們離開馬賽，去了丹吉爾[38]。親愛的，賽巴斯提安在那裡搭上了他的新朋友。我該怎麼形容那個人呢？就像是德國電影《鬼影》[39]裡的男僕——某個德國的大笨蛋。他加入了外國志願軍團，但因為用槍射傷自己的腳趾而退役，然而他的傷口一直沒有癒合。賽巴斯提安在原住民區的一棟房子前發現他，他沒飯吃，靠著在商店前幫忙招攬生意過活，於是賽巴斯提安把他帶回來和我們同住。簡直太可怕了，所以我才決定回來，親愛的，回到我們美好的英國。喔，美好的英國。」安東尼重複說道，並且張開雙臂，彷彿想要擁抱什麼。我們身旁的那幾個黑人還在賭博，穆開斯特則兩眼無神地看著前方。派對的女主人穿著睡衣，走過來向我們自我介紹。

「我沒見過你們，也沒有邀請你們。」她說。「你們這群低級的白人是誰？你們讓我覺得自己走錯地方了。」

「我們的國家正處於非常時期。」穆開斯特說。「因此什麼事情都可能發生。」

38　譯註：丹吉爾（Tangier）是摩洛哥北部的濱海城市。

39　譯註：《鬼影》（*Warning Shadows*）是一九二三年的德國無聲電影。

「這場派對還可以嗎？」女主人不安地問。「你覺得芙蘿倫絲・米爾斯[40]歌唱得如何？」然後她又對安東尼補上一句。「我們好像見過。」

「親愛的，我們經常碰面。可是妳今晚一直不理我。」

「喔，親愛的，那可能表示我不喜歡你。我總以為我喜歡每一個人呢！」

「如果我去報火警，」穆開斯特等女主人離開之後問。「你們會不會覺得很妙？」

「會，博伊，快去，去報你的火警。」

「我的意思是，這樣可以讓氣氛熱鬧一點。」

「沒錯。」

於是穆開斯特離開我們，去找電話。

「我想賽巴斯提安和他那個瘸子朋友到法屬摩洛哥了。」安東尼接著說。「當我離開丹吉爾時，警察正在找他們麻煩。我回到倫敦之後，瑪奇梅因侯爵夫人就像蝗蟲一樣想和我聯絡，趕也趕不走。那個可憐的女人到底經歷了什麼？但這也表示，人生有時候還是很公平。」

芙蘿倫絲小姐開始唱歌，於是所有人都擠到隔壁房間去聽她演唱，除了那幾個還在賭博的傢伙。

「那個就是我的女伴。」穆開斯特說。「在那裡，和一個黑人坐在一起。就是那個女孩帶我來的。」

「看來她已經完全忘了你。」

「是啊。我真希望自己沒來這裡。我們去別的地方吧。」

我們離開的時候，兩輛消防車開了過來，一群戴著頭盔的消防隊員衝上樓去。

「布蘭屈那個傢伙不是好人。」穆開斯特說。「我以前曾經把他丟進墨丘里噴泉。」

我們去了幾家夜總會。經過兩年的時間，穆開斯特看起來似乎已經實現他單純的抱負：在夜總會裡被大家認識且受人喜愛。在最後一家夜總會時，他和我都被一股龐大的愛國火焰點燃雄心壯志。

「你我都太年輕。」他說。「我們沒趕上戰爭，別人上戰場打了仗，成千上萬人死去，而我們都沒事。我們要做給他們看，我們要做給那些戰死的人看，讓他們知道我們也能上戰場。」

「這就是我在這裡的原因。」我說。「我從國外趕回來，在國家需要我的時候與大家一同奮鬥。」

「就像澳大利亞人一樣。」

「像那些死掉的澳大利亞人一樣。」

「你參加了哪個軍團？」

「什麼都沒有。戰爭好像還沒開始。」

「只有一個值得加入。——比爾．梅鐸斯臨時防衛隊。成員都是很棒的年輕人，他們在布

---

40 譯註：芙蘿倫絲．米爾斯（Florence Mills，一八九六年一月二十五日—一九二七年十一月一日）是美國歌手、舞蹈演員和喜劇演員。

拉特俱樂部成立的。」

「那麼我也想加入。」

「你還記得布拉特俱樂部嗎？」

「我沒聽過。我也想加入布拉特俱樂部。」

「這就對了，那裡都是很好的年輕人，就像死掉的那些傢伙。」

就這樣，我加入了比爾．梅鐸斯臨時防衛隊。那是一個緊急行動小組，主要確保倫敦貧窮地區的食品運輸與發放。我成為防衛隊的一員，宣誓向它效忠，並領到一頂鋼盔和一根警棍。接著我和其他幾個新加入的成員，被安排一同前往布拉特俱樂部，並進入一個特別委員會。整整一個星期的時間，我們都在布拉特俱樂部的命令下行動：每天駕駛著卡車，為一列牛奶車隊開路，一天三趟。我們被路人嘲笑辱罵，有時甚至被丟糞便。只有一次，我們真正踏上了戰場。

那天吃完午餐後，我隨意坐著休息，比爾．梅鐸斯打了一通電話之後回來，心情顯得十分亢奮。

「大夥兒快點動身！」他說。「商業大道那邊正在進行一場激戰。」

我們急忙開車趕去，看見路燈與路燈之間已經拉起警戒線，路上有一輛翻倒的卡車，人行道上有五、六個年輕人正用腳踹著一名落單的警察。現場兩旁不遠處，已有兩股對峙的勢力。在我們下車後分開行動的地點附近，另外一名警察坐在路旁的人行道上，看起來因為暈眩而將頭埋在雙手中，指縫間流著血，兩、三名同情者站在他身旁。警戒線的另外一頭有一群充滿敵意的碼頭工人。我們一邊大喊一邊前進，解救了那名遭到圍攻的警察。當我們接近敵方陣容時，差點撞上一群神父和參議員。他們剛從另外一條路過來，與我們同時到達，原本是來勸架，結果成為這場事件中唯一的受害者。他們被碼頭工人攻擊時，我們聽見有人喊了一聲：「小心！有警察！」隨即有一卡車的警察出現在我們身後。

所有的工人立刻散去，消失無蹤。我們扶起這群調解者（只有一人受傷嚴重），然後在附近的小巷子裡巡邏，但沒有發現任何騷動，最後才返回布拉特俱樂部。隔天大罷工解散，除了礦場之外，全國上下又恢復正常，彷彿一頭傳說中的兇惡野獸出現了一個小時，嗅到危險之後又偷偷潛回巢穴。這點小事根本不值得我離開巴黎。

尚．拉克西莫加入了另外一支隊伍，但是肯頓區一個老寡婦從樓上丟了一盆蕨草到樓下，砸在尚．拉克西莫的頭上，讓他在醫院裡住了一個星期。

我在比爾．梅鐸斯臨時防衛隊期間，茱莉亞聽說我回到英國的消息，於是打電話給我，表示她母親迫切地想見到我。

「她病得很嚴重。」茱莉亞說。

我在大罷工結束後的早晨來到瑪奇梅因公館，在大廳和艾德里安．波森爵士擦肩而過。我抵達時他正準備離開，他手裡緊握著一條絲質手帕並摀著臉。他在流淚，並因此忘了拿他的帽子和手杖。

我被僕人帶進書房，等了不到一分鐘，茱莉亞就進來了。她與我握手時的溫柔和凝重，讓我感到十分陌生。這個房間的昏暗光線，讓她看起來像個鬼魂。

「你能過來實在太好了。我母親一直問起你，不過我不確定她現在是否能見你。她剛和艾德里安．波森爵士道別，因此現在非常疲倦。」

「道別？」

「是的，她就要死了，也許還剩一個星期或兩個星期的壽命，但也可能隨時會死，下一分鐘就死去。她太虛弱了。我去問問護士。」

死寂似乎已經籠罩著這棟大宅。以前從來沒有人願意待在瑪奇梅因公館的書房裡，因為這個房間是他們家兩棟房屋的所有房間中最醜陋的一間。維多利亞式的橡木書架上放著《漢薩德英國議會議事錄》，以及從來沒有人打開過的過時《百科全書》。光禿禿的桃花木桌，像用來召開委員會似的。這個地方有一種既具公共用途又乏人問津的氣息。窗外是前院、圍欄及安靜的死巷。

這時茱莉亞又回到書房來。

「沒辦法，你現在無法見到她，因為她睡著了，她一睡就是好幾個小時。不過我可以告訴你，她找你來要做什麼。我們換個地方說話吧！我討厭這個房間。」

我們穿過大廳，來到小起居室。我們以前常常在這間小起居室吃午餐。我和她分坐在壁爐兩側，茱莉亞彷彿受到深紅色與金色牆面的影響，也散發出自己身上的溫暖。

「首先，我知道我母親希望告訴你她有多麼抱歉。你們最後一次見面時，她對你非常無禮。她經常提起這件事，她知道自己錯怪了你，但我相信你一定能諒解，不會放在心上。偏偏這是我母親很難原諒自己的事——她很少犯這種錯。」

「請妳務必轉告她，我完全可以體諒。」

「另外一件事情，我想你肯定已經猜到了——是關於賽巴斯提安。我母親想見他，但我不知道有沒有可能。你認為呢？」

「我聽說他現在的情況不太好。」

「我們也聽說了。我們發電報到我們最後得到的地址，但是沒有回音。也許還有時間能讓他回來見她，因此我一聽說你在英國，就覺得這是我們最後的希望。你能不能試著去找賽巴斯提安，並且把他帶回來？我知道這個請求對你來說並不容易，但假如賽巴斯提安有心，他會願意和你一起回來的。」

「我可以試試。」

「我們沒有別人可找了。雷克斯很忙。」

「是的，我聽說他忙著規畫瓦斯管線。」

「喔，是啊。」茱莉亞說，帶著她慣有的嘲諷口吻。「這次罷工會讓他名聲大噪。」

我們又聊了一會兒關於布拉特防衛隊的事。茱莉亞說，布萊茲赫德這次拒絕參與任何公共事務，因為他對事件起因的公正性感到不滿。蔻蒂莉亞此時也在倫敦，她正在睡覺，因為她整晚都在照顧母親。我告訴茱莉亞，我正在學習建築繪畫，而且非常喜歡。我們一直在找話題，才見面一、兩分鐘，兩人就已經把該說的都說完了。我留下來喝過下午茶才告辭。

法國航空有一班前往卡薩布蘭加的特別航班，我在那裡搭上駛往費茲[41]的巴士，凌晨出發，黃昏抵達新城。到了飯店之後，我先打電話給英國領事館，然後與領事見面。我在位於老城城牆邊的氣派官邸裡，與領事一起共進晚餐。他是一個善良而嚴肅的人。

「我真高興終於有人來照顧小佛萊特了。」領事說。「他在這個地方讓我們感到非常棘手，因為這裡不適合一個靠匯款過日子的人。法國人完全無法理解他，他們認為任何一個不做生意的人都可能是間諜。佛萊特在這裡過得不像是個英國紳士。這裡的生活很不容易，你一定無法想像，距離這棟房子不到三十英里的地方就有戰爭發生。上個星期我們這裡來了幾個騎著自行車的傻瓜，表示要加入阿卜杜・克里姆[42]的軍隊。

「還有摩爾人[43]，他們也是很難纏的一群。他們不喝酒，可是我們這位小朋友，你一定知道，他每天大部分的時間都在喝酒。他在這裡究竟想做什麼？拉巴特[44]或者丹吉爾應該都比較適合他，那裡有專門提供給旅行者的餐飲服務。你知道，他在本地人住的小鎮租了一間房子，我本來想阻止他，可是他已經從一個法國藝術家手中承接了那間房子。我不認為那裡會對他造成傷害，不過有一個可怕的傢伙和他住在一起，占他便宜，靠他吃喝——對方是一個從外國志願軍團退役的德國人，無論從哪個角度看，他都是徹頭徹尾的壞蛋。那個人一定會惹麻煩。

「告訴你實話，我很喜歡佛萊特這個孩子，可是我最近很少看到他。他還沒有找到住處之前，經常到我這裡來洗澡。他風度翩翩，我的妻子也對他印象很好。我認為他需要找一份工作。」

我向領事說明了我的來意。

「你現在去找他，他可能在家。大家都知道，在這個鬼城市裡，晚上根本沒有地方可去。如果你願意，我可以派一名挑夫為你帶路。」

於是晚餐之後我就出發了，領事的挑夫在我前方打著燈籠。對我來說，摩洛哥是一個完全陌生且充滿新鮮的國度。那天的白天，我在綿延不絕的車程中度過。車子攀爬到平坦的戰略要道，經過葡萄園和軍事崗哨，然後是全新的白人區，以及農作物長得很高的廣闊田野。我看見一面又一面的廣告看板，廣告內容都是法國的主要商品：杜本內葡萄酒、米其林輪胎、拉法葉百貨——當時我覺得自己宛如置身郊外的住宅區，與時代完全同步。但此刻在星光下，在這個被城牆圍起來的城市裡，我看見平坦的街道、布滿塵埃的階梯，以及矗立在道路兩旁但沒有窗戶的高牆。天空一會兒被烏雲遮蔽，一會兒又突然敞開，露出滿天星斗。光滑的石板路上滿是塵土，穿著白袍的人影腳下踩著或硬或軟的拖鞋，無聲地從我身旁走過。空氣中飄著丁香的氣味，混合在焚香與燃燒木柴的煙味中——這下子我終於明白賽巴斯提安為什麼留在這裡，而且待那麼久。

41 譯註：費茲（Fez）是摩洛哥的第四大城。
42 譯註：阿卜杜．克里姆（Abdul Krim，一八八二年三月—一九六三年二月六日）是二十世紀初摩洛哥北部柏柏爾人（Berbers）反抗法國和西班牙殖民統治的領導者。
43 譯註：摩爾人（Moors）指中世紀伊比利半島（今西班牙和葡萄牙）、西西里島、撒丁尼亞、馬爾他、科西嘉島、馬格里布和西非的穆斯林居民。
44 譯註：拉巴特（Rabat）是摩洛哥的首都。

領事的挑夫在我前方高傲地大步往前走，手裡的燈籠不停晃動。他用長棍敲打著地面，有時候會從敞開的門縫往裡面偷瞄。一群安靜的人圍坐在黃銅色的燈光下，籠罩在金黃色的光暈中。

「那些骯髒的傢伙。」挑夫輕蔑地說，並且不時回頭。「沒受過教育，法國人也任由他們那麼髒，一點也不像英國人和我們的人。」他說。「我們的人很像英國人。」

他是來自蘇丹的警察，這裡是他祖國文化在遠古時期的中心，然而在他眼中，大約只有羅馬在紐西蘭人眼中的地位。

我們抵達最後幾扇鑲著門釘的鐵門，挑夫用他手裡的長棍敲門。

「這裡就是那個英國少爺的家。」

燈光在鐵門的欄杆後亮起，並且出現了一張臉，領事的挑夫不由分說地嚷了幾句話，接著門栓就被打開了。我們走進一個小小的庭院，庭院裡有一口井，上面架著葡萄藤架。

「我在這裡等您。」挑夫說。「您跟著這個本地人走。」

我走進屋裡，往下走了一級臺階，裡面是一間起居室，有一臺唱機和一個油爐。在這兩個東西中間，坐著一個年輕人。等我開始打量四周時，發現這裡其實還有一些令人感到愉快的東西——地上的毯子、牆上的真絲掛飾，還有屋頂的手繪雕梁。一盞掛在鍊子上的鏤空油燈，將房間的雕花窗格照出柔和的影子。我剛進門時注意到的東西：那臺正在播放法國爵士唱片的唱機，以及那個散發煤油味的油爐，還有那個年輕人如野狼一般的神情，觸動了我的神經。他癱坐在一張藤椅上，將一隻纏著繃帶的腳放在他面前的木箱上方。他的身上穿著一件薄薄的中歐風格花呢外套，外套裡面是一件領口敞開的網球衫，沒有受傷的那隻腳上穿著棕色的帆布鞋。

他身旁有一個放在木頭支架上的黃銅托盤，托盤上面擺著兩支啤酒酒瓶，一個骯髒的盤子，和一個裝滿菸蒂的小碟子。他的手裡握著一個啤酒杯，嘴上叼著一根香菸，說話時那根菸彷彿黏在脣上。他的長頭髮往後梳，沒有分髮線，臉上布滿不屬於他這個年齡的皺紋，嘴裡的門牙少了一顆。他說話有點模糊不清，有時甚至會伴隨一聲令人不安的呼嘯。每當他發出呼嘯後，就會用一串笑聲來掩飾自己的尷尬。他剩餘的牙齒看起來稀稀落落，而且上面沾滿煙垢。

這個人毫無疑問就是領事所說的那個「徹頭徹尾的壞蛋」，以及安東尼電影裡的僕人。

「我找賽巴斯提安．佛萊特。這裡是他住的地方嗎？」我大聲地問，以蓋過唱片所播放的舞曲聲。這個人以英語小聲地回答我，他說英語的流利程度，顯示英語已是他慣用的語言。

「是的，可是他不在。這裡除了我之外沒有別人。」

「我從英國來看他，有非常重要的事，能不能請你告訴我應該去哪裡找他？」

唱片播放完畢後，德國人將唱片翻面，替唱機搖緊發條。等唱機又開始播放音樂時，他才回答我：

「賽巴斯提安生病了，教會的修士把他帶走了，讓他住院。他們也許會讓你和賽巴斯提安見面，也許不會。過幾天我該去替我腳上的傷口換藥，到時候我再替你問問。也許等他身體好一點的時候，他們就會讓你見他。」

屋裡還有另外一張椅子，我在那張椅子上坐下。德國人看我打算待著，就遞給我一瓶啤酒。

「你不是賽巴斯提安的哥哥吧？」他問。「還是他的表哥？或者你娶了他妹妹？」

「我只是他的朋友。我們以前一起上大學。」

「我上大學的時候也有個朋友。我們主修歷史，我的朋友比我聰明，但是身體很虛弱——以前我生氣的時候就把他抓起來搖晃——可是他真的很聰明。有一天他說：『這是怎麼搞的？在德國都找不到工作。德國已經被沖進下水道了。現在已經沒有工作可以給學生做了。』於是我們去向教授們道別。教授們說：『是的，德國已經被沖進下水道了。』於是我們離開德國，走啊走啊，最後到了這裡。然後我們想：『德國沒有軍隊，但我們一定要成為士兵。』就這樣，我加入了外國志願軍團。我朋友去年在亞特拉斯山脈作戰時，不幸得到痢疾死了。他死了之後，我說：『這是怎麼搞的！』於是我拿槍往自己的腳趾射。都已經過了一年，我的傷口還在化膿。」

「好。」我說。「這很有意思，可是我現在比較關心的是賽巴斯提安。也許你可以和我聊聊他的事。」

「賽巴斯提安是一個好人。他對我還不錯，丹吉爾是個充滿惡臭的地方，所以他就帶我到這裡來——漂亮的房子、美味的食物、和善的朋友——我得承認，這裡的一切對我來說都很不錯。我喜歡這個地方，這裡很不錯。」

「賽巴斯提安的母親病得很重。」我說。「我到這裡來就是為了告訴他這件事。」

「他母親很有錢嗎？」

「是的。」

「她為什麼不多給賽巴斯提安一點錢？這樣我們就可以搬去卡薩布蘭加住，或許找一間好公寓住下來。你和他母親很熟嗎？你可不可以請她多給賽巴斯提安一些錢？」

「他生了什麼病？」

「我也不知道。可能是喝太多酒了。教會的那些修士會好好照顧他，他在醫院裡不會有問題。那些修士是很好的人，醫院的花費也不貴。」

他拍拍手，叫僕人送些啤酒過來。

「你看，我有很好的僕人在照顧我，一切都還不錯。」

我向他問了醫院的名稱，然後就轉身離開。

「你告訴賽巴斯提安，我在這裡一切都好。我猜他可能很想念我。」

第二天早上我立刻到那家醫院去。那間醫院位於舊城和新城之間，由幾間平房組成，靠著方濟會[45]維持營運。我與許多病人擦身而過，走到醫生的辦公室。這位醫生並非修士，而是一般的世俗醫生。他看起來乾淨整齊，身上穿著雪白筆挺的醫師袍。我用法語和醫生交談，他告訴我賽巴斯提安沒有生命危險，但目前不適合旅行，因為他染上流行性感冒，一邊的肺部輕微感染，身體非常虛弱，沒有抵抗力。這不令人意外，因為賽巴斯提安酗酒成癮。這個醫生說話的口氣非常冷靜，近乎殘酷，帶著一種學習科學的人常有的氣質，好像藉此避免偏離話題。帶我去看賽巴斯提安的那位臉上蓄著大鬍子、腳上沒有穿鞋的修士，可就完全不同了。透過這個沒有科學優越感並長期在病房打雜的男人，我聽見了不一樣的故事。

45 譯註：方濟會（Franciscans）是天主教托缽修會（Mendicant orders）的派別之一。

「佛萊特少爺很有耐心，一點也不像其他的年輕人。他總是靜靜躺著，從來也不抱怨——其實有很多事情可以抱怨，例如我們設備不足，但政府也只能把從軍隊那邊縮減下來的經費撥給我們。佛萊特少爺很善良，有一個德國年輕人，一隻腳受了傷，一直好不了，而且還有二級梅毒，偶爾會來這裡治療。那個德國年輕人在丹吉爾挨餓，佛萊特少爺發現他之後就收留了他，還給他一個家。佛萊特少爺是一個非常仁厚的人。」

「這個頭腦簡單的修士真可憐。」我心想。「可憐的傻瓜。」上帝啊，請原諒我這麼想。

賽巴斯提安住在醫院裡專門容留歐洲人的病房，這間病房裡的每張床位中間都有屏風作為區隔，形成一個個看似稍微具有隱私的小隔間。賽巴斯提安躺在床上，雙手擱在被上，眼睛看著牆壁。牆上除了一幅宗教石版畫之外什麼都沒有。

「您的朋友來看您了。」那個修士對賽巴斯提安說。

賽巴斯提安緩緩轉過頭。

「喔，我還以為他說的是柯爾特。查爾斯，你在這裡做什麼？」

賽巴斯提安看起來比以前還瘦。酗酒讓別人發胖和臉色發紅，但卻似乎讓賽巴斯提安枯槁。那個修士離開之後，剩下我們兩個人。我坐在賽巴斯提安的床邊，聊起他的病情。

「我昏迷了一、兩天。」他說。「那時我一直想起在牛津大學的那段日子。你去過我家了嗎？你喜歡那間房子嗎？柯爾特還在嗎？我不會問你喜不喜歡他，因為沒有人喜歡他。這點很有趣——可是我無法離開他，你知道的。」

然後我把他母親的病情告訴了他。他沉默了很長一段時間，只是一直盯著牆上那幅「七苦聖母圖[46]」，然後說：

「可憐的母親，她曾經是致命的妖女，不是嗎？只要動動手指就能殺人。」

我發了一封電報給茱莉亞，告訴她賽巴斯提安暫時無法旅行。我在費茲待了一個星期，每天到醫院探望賽巴斯提安，直到他可以下床走路。在我探望他的隔天，他體力稍微恢復的第一個跡象，就是要我帶白蘭地給他。又過了一天，我發現他已經從某處弄到了白蘭地，並藏在床底下。

醫生對我說：「你的朋友又開始喝酒了。這裡禁止喝酒，但我也無能為力，因為這裡不是戒酒中心，我也不可能像警察那樣一直盯著病人。我的職責是治療病人，不是阻止他們染上惡習或者命令他們學習自制。目前白蘭地雖然對他無害，但等到他下次生病時，身體就會更加虛弱，最後如果有什麼風吹草動，都可能會要了他的命。唉，這裡不是酒鬼待的地方，我希望他這個週末就辦理出院。」

那位打雜的修士說：「您的朋友今天心情很好，簡直就像換了一個人。」

「這個頭腦簡單的修士真可憐。」我心裡又想。「可憐的傻瓜。」不過他隨即又補上一句：「您知道是為什麼嗎？他床下有一瓶白蘭地，這已經是我發現的第二瓶了。我還沒來得及收走第一瓶，他已經又弄到第二瓶了。他實在太頑皮了。是那些阿拉伯男孩替他買的。不過，看他意志消沉了那麼久，突然看他變得開心，還真令人高興。」

46 譯註：七苦聖母圖（Seven Dolours）乃紀念聖母瑪利亞於人世間所遭受的苦難。

在我停留的最後一個下午，我對他說：「賽巴斯提安，你的母親過世了——這是早上才傳來的消息——你還打算回英國去嗎？」

「回英國是一件不錯的事，就某方面來說。」賽巴斯提安回答。「可是，你覺得柯爾特會喜歡這個主意嗎？」

「看在老天的分上！」我說。「你該不會真的想要和柯爾特共度一輩子吧？是這樣嗎？」

「我也不知道。他好像有這個意願。『這麼做還不錯，我猜，也許。』」賽巴斯提安模仿著柯爾特的口音和腔調。然後他又補了一句，這句話原本是能夠幫助我明瞭許多事情的關鍵，可是我沒有察覺。「如果你這輩子都被別人照顧、由別人張羅你的生活，突然間有個人需要你來照顧，會是令人振奮的變化。當然，那個人一定得非常可悲，才會需要我這種人去照顧。」

在我離開之前，我能做的另一件事，就是照料賽巴斯提安的經濟問題。他到目前為止都是勉強過日子，撐不下去時才發電報給律師，請律師給他一點錢。於是我去找當地銀行的經理，替賽巴斯提安做好安排。我請銀行經理幫忙收受我從倫敦匯來的款項，並且代為保管，每個星期提供賽巴斯提安生活費，並保留一定的金額作為緊急備用金。每個星期的生活費只能由賽巴斯提安本人親自領取，請銀行經理確認他把錢花在該花的地方。賽巴斯提安毫不猶豫地接受了這些條件。

「如果不這麼做，柯爾特會趁我喝醉的時候，叫我簽下所有的支票，然後拿著錢出去惹事。」

我把賽巴斯提安從醫院裡接出來，送他回家。他坐在藤椅上的模樣，看起來比躺在床上時還要虛弱。他和柯爾特這兩個病人，分別坐在唱機的兩邊，一邊一個，彼此相向而坐。

「你也該回來了。」柯爾特說。「我需要你。」

「柯爾特，是這樣嗎？」

「我覺得是。生病的時候還要孤單一人，感覺非常不好。那個僕人是個懶惰蟲——總在我需要他的時候開溜。有一次他溜出去一整夜沒回來，我早上起床時沒有人替我準備咖啡，長了膿的腳也很不舒服。有時候我根本沒有辦法睡覺。也許下次我也要溜出去，到一個有人可以照顧我的地方。」柯爾特說完之後就拍拍手，但是僕人沒有回應。

「你看吧！」他說。

「你需要什麼？」

「香菸。在我床底下的包包裡。」

賽巴斯提安吃力地想從藤椅上起身。

「我去拿吧！」我說。「他的床在哪裡？」

「不，這是我的責任。」賽巴斯提安說。

「對啊！」柯爾特搭腔。「我猜這是賽巴斯提安的責任。」

於是我離開了賽巴斯提安和他的朋友，把他們留在小巷盡頭的那間小屋裡。那裡已經沒有我能夠替賽巴斯提安做的事了。

我原本打算從那裡直接返回巴黎，可是關於賽巴斯提安的生活費，我得先到倫敦去見布萊茲赫德。這次我從丹吉爾搭乘大英輪船，於六月上旬抵達倫敦。

「你認為我弟弟和這個德國人之間有沒有什麼見不得人的事？」布萊茲赫德問。

「沒有，我確定沒有。純粹就是兩個流浪者互相作伴。」

「但你說那個德國人是個罪犯？」

「我說他是個『罪犯之類』的人，因為他進過軍事監獄，而且因為不光彩的理由遭到退役。」

「醫生說賽巴斯提安的酗酒問題會害死他自己？」

「會讓他身體虛弱。他現在沒有酒精中毒，也沒有肝硬化。」

「而且沒有發瘋？」

「當然沒有。他找到了一個他喜歡的伴侶，也發現一個他願意住下來的地方。」

「那麼確實如你所說，他應該得到該有的生活費，這點很清楚。」

就某些方面而言，布萊茲赫德是一個很容易溝通的人，他對各種事情都有一種近乎瘋狂的定論，這使得他的決定總是來得快又簡單。

「你願意畫這棟房子嗎？」他突然問我。「四幅油畫：一幅正面，一幅後花園，一幅樓梯，一幅大客廳。這是我父親的願望，他想留下來做紀念，擺在布萊茲赫德莊園。我沒有認識什麼畫家，茱莉亞說你專攻建築繪畫。」

「是的。」我說。「我很樂意。」

「你知道這棟房子就要被鏟平了嗎？我父親要賣掉這個地方，買主會在這裡蓋起一棟公寓大樓，但是沿用原本的名字——顯然我們無法阻止他們這麼做。」

「這太令人難過了。」

「嗯，我當然非常遺憾。從建築的角度來看，你覺得這棟房子美嗎？」

「它是我見過最美的房子之一。」

「我看不出它有什麼好。我一直覺得它很醜，但或許你的畫作會讓我從全新的角度來欣賞它。」

這是我頭一次受託作畫，而且時間限制頗為嚴苛，因為買方的建商目前只等最後的文件簽妥，就會開始進行拆除工作。儘管如此，或者說，正因如此——因為我在畫布上一向不肯見好就收——那四幅畫成為我最喜愛的作品。不只有我覺得它們是成功的作品，別人也同樣這麼認為，這堅定了我從此以繪畫為業的念頭。

我從那間長方形的大客廳開始畫，因為他們急著要把裡面的家具搬走，那些家具從這棟房子蓋好之後就一直擺在裡面。那是一間空間狹長、裝潢講究、擺設對稱的房間，採用蘇格蘭亞當兄弟的設計風格，兩組朝外突出的窗戶面向格林公園。我開始作畫的那個下午，窗外的新樹讓客廳西側透進淡綠色的光。

我先用鉛筆勾勒出線條，再仔細添上細節。我遲疑著不敢開始使用顏料，宛如潛水夫在水邊躊躇，可是一旦下水之後，發現自己漂浮其間才開始感到興奮。我平常是個動作緩慢但下筆仔細的畫家，可是那個下午及第二、三天的整天，我卻畫得飛快，彷彿每一筆都不會出錯。每完成一個部分，我就會停下來，緊張地不敢進入下個部分，宛如害怕好運突然轉向，會將眼前的賭注在轉瞬間輸光的賭徒。一點點再一點點、一分鐘又一分鐘，這幅畫最後終於成形，我沒有遭遇任何困難。層疊交錯的光線與色彩融為一體，準確的顏色正好出現在我希望它們出現的地方，每一道顏料刷在畫布上，只要一完成，就彷佛它一直在那裡，妥妥當當。

在最後的那個下午，我聽見一個聲音從身後傳來，說：「我可以在這裡看你畫畫嗎？」

我轉過頭，看見了蔻蒂莉亞。

「可以。」我說。「只要妳不發出聲音。」我繼續工作，完全忘記她的存在，直到逐漸暗去的光線迫使我收起畫筆。

「會畫畫的感覺一定很棒。」

我都已經忘了蔻蒂莉亞還在這個房間裡。

「是的。」

儘管太陽已經下山，房間變成單一色調，我卻仍捨不得離開我的作品。我將這幅畫從畫架上拿下來，舉在窗戶前仔細端詳，然後再放回畫架，減少一些陰影。突然間，一股倦意襲向我的大腦、眼睛、背部與雙臂，因此我決定今天工作到此為止，這時我才轉過頭去看蔻蒂莉亞。

她已經十五歲了。在過去一年半裡，她長高了不少，差不多已經到了成人的高度。她沒有茱莉亞那種十五世紀文藝復興般的美貌，高挺的鼻子和顴骨反而隱約帶有布萊茲赫德的影子。她一身黑服，顯然還在哀悼她母親的逝世。

「我累了。」我說。

「我也覺得你累了。你畫完了嗎？」

「大致完成了，明天早上我會再檢查一遍。」

「你知道晚餐時間已經結束了嗎？廚房現在已經沒有人了，什麼東西都沒得吃。我今天才回來的，沒想到這裡已經衰敗成這樣了。你願不願意帶我出去吃飯？可以嗎？」

我們從花園的那道門出去，走進公園，然後在暮色中步行到麗池烘焙坊。

「你見到賽巴斯提安了嗎？即使發生了這種事，他還是不肯回家嗎？」

在那一刻之前，其實我沒有意識到她已經很懂事了。我把這樣的想法告訴她。

「喔，我比任何人都還愛賽巴斯提安。」她說。「瑪奇梅因公館的下場真令人傷心，對不對？你知道，他們會在那裡蓋一棟公寓，雷克斯打算把頂樓那一層買下來，取名為頂樓公寓。這種行為很有他的風格，對吧？可憐的茱莉亞，這些事情對她來說太難以承受了。雷克斯根本不懂，他以為茱莉亞會希望繼續留在自己的舊家。一切結束得太快了，對不對？我父親顯然已經背負沉重的債務很長一段時間，將瑪奇梅因公館賣掉，可以減輕他的債務，而且每年省下一筆龐大的開銷，可是拆掉它實在太可惜了。不過，茱莉亞說她寧可這樣，好過讓別人住進瑪奇梅因公館。」

「妳有什麼打算？」

「唉，我能有什麼安排呢？大家有各式各樣的建議，芬妮．羅斯康姆舅媽希望我搬去和她住，但聽說茱莉亞和雷克斯要拿走布萊茲赫德莊園一半的產權，並且搬進去住。我父親還是不肯回來，我們以為他會回來，但是他不想。

「他們已經關閉布萊茲赫德莊園的小教堂了。是布萊茲赫德和主教決定的。我母親的告別式是那裡最後一次舉行彌撒。她下葬那天，神父走進小教堂——當時只有我一個人在裡面，我覺得他可能沒看到我——他將神壇上的石頭放進他的包包，然後點燃聖油燒了一疊文件，再把灰倒在外頭。他清掉了聖水盆、吹熄祭壇上的燈，並且將小教堂的門打開，彷彿從此之後都是主受難日[47]一樣。我猜這些事情對你來說無聊透頂，查爾斯，你這個可憐的無神論者。我在小教堂裡一直待到神父離開，就這樣，布萊茲赫德莊園的小教堂突然不存在了，只剩下一間裝飾怪異的房間。我無法告訴你那是什麼感覺，因為你從來沒有參加過熄燈禮拜[48]，對嗎？」

「從來沒有。」

「唉，如果你參加過，你就會知道猶太人對他們的聖殿有什麼感覺。*Quomodo sedet sola civitas*[49]……好美的曲子。你應該去一次，就為了聽這首詩歌。」

「蔻蒂莉亞，妳還在想著勸我受洗嗎？」

「喔，沒有。這件事早已過去了。你知道我父親在受洗時是怎麼說的嗎？我母親告訴過我，我父親對她說：『妳把我們祖先的信仰又帶回了這個家。』你知道，他誇大其詞了。信仰對不同的人會有不同的影響，無論如何，我們家一直充滿變數，不是嗎？首先是我父親離開，然後是賽巴斯提安，再來是茱莉亞。可是上帝不會讓他們走得太遠，你知道的。你記不記得賽巴斯提安第一次喝醉的那個晚上——我是說他真的醉得非常嚴重的那個晚上，我母親讀給我們聽的那個故事。書中的布朗神父說了一句話，大概是『我抓住了那個小偷，用一個看不見的鉤子和一條看不見的線，那條線長到足以讓他遊蕩到世界盡頭。不過，我只要輕輕一拉，這條線就可以把他拉回來。』」

我們一直聊天，可是幾乎沒有提到她的母親。蔻蒂莉亞狼吞虎嚥地吃著，然後突然說：

「你有沒有讀到艾德里安．波森爵士在《泰晤士報》上發表的詩？非常有趣。他比我們任何人都還要瞭解我母親——他愛了她一輩子，你知道的——可是他寫出來的那首詩，卻彷彿完全不是她這個人。

「我是所有人當中與她相處最為融洽的，然而我相信自己從來沒有真正愛過她，沒有如她所想像的或她應得的那樣愛她。回想起來，真的太奇怪了，因為我是一個充滿著各種自然情感的人。」

「我從來沒有真正瞭解過妳的母親。」我說。

「你不喜歡她。我有時候認為，當人們想要恨上帝的時候，他們就會去恨我母親。」

「蔻蒂莉亞，妳這麼說是什麼意思？」

「呃，你看，她那麼聖潔，但不是聖徒；沒有人會恨聖徒，對不對。人們也不能恨上帝。所以，當他們想恨上帝與上帝的聖徒時，就得在他們的同類之中找一個人，把那個人當成上帝來恨。我猜你一定覺得我這些話都是胡言亂語。」

「我以前也聽某人說過幾乎完全一樣的話——某個和妳完全不同的人。」

---

47 譯註：主受難日（Good Friday）為天主教徒用來紀念耶穌基督被釘死的受難日。

48 譯註：熄燈禮拜（Tenebrae）為復活節前一週最後三天的禮拜，舉行禮拜時會將燈燭逐次熄滅。

49 譯註：*Quomodo sedet sola civitas* 是一首猶太詩歌，歌名的意思為「這座城市多麼孤單」，引自聖經耶利米書（Jeremiah），是先知對於耶路撒冷被毀壞所發出的喟嘆。

「喔，我是很認真的。這件事我思考了很久，我覺得這樣好像可以解釋為什麼我母親那麼可憐。」

接著這個古靈精怪的孩子又繼續熱情地吃她的晚餐。「這是我第一次被人單獨帶出來吃飯。」她說。

過了一會兒，她又說：「茱莉亞聽到他們要賣掉瑪奇梅因公館時，曾說：『可憐的蔻蒂莉亞，她無法在這裡舉辦成人禮舞會了。』那是我們以前經常討論的話題。就如同我要當茱莉亞的伴娘那件事一樣，最後也沒有辦法實現。舉行茱莉亞成人禮舞會那天，大人們允許我下樓待一個小時。我和芬妮舅媽一起坐在角落，她說：『六年之後，妳也會有自己的舞會。』……但我比較希望自己具有某種使命。」

「我不明白這是什麼意思。」

「我的意思是，我可以去當修女。如果你沒有這種使命，無論你多想都沒用。如果你有這種使命，你就沒有辦法擺脫，不管你多痛恨這種使命。布萊茲赫德覺得自己有這樣的使命，但其實他沒有。我以前經常覺得賽巴斯提安有這種使命，可是他痛恨這種使命——現在我就不清楚了，因為一切都改變了，突然之間就改變了。」

我當時沒有太多心思聽她喋喋不休地談論這些修道院話題，因為我的思緒完全被當天下午我手中的畫筆所占據，我的手指沾滿了創造力的汁液。那天晚上我是一個文藝復興時代的人——白朗寧[50]的文藝復興。我，穿著熱內亞[51]的天鵝絨長袍走在羅馬大街上，從伽利略的望遠鏡欣賞滿天繁星，唾棄那些拿著沉重且沾滿灰塵的舊典籍的修士，那些有著凹陷眼眶和忌妒眼神、說話時令人寒毛豎立的修士。

「妳將來也會談戀愛的。」我說。

「喔，千萬不要。對了，我可不可以再吃一個好吃的蛋白脆餅？」

---

50 譯註：羅伯特．白朗寧（Robert Browning，一八一二年五月七日—一八八九年十二月十二日）是英國詩人及劇作家，主要作品有《戲劇抒情詩》（*Dramatic Lyrics*）、《環與書》（*The Ring and the Book*）、《巴拉塞爾士》（*Paracelsus*）。

51 譯註：熱內亞（Genoa）是義大利北部的港口城市。

第三部

輕拉一線

一、暴風雨的孤兒

我的回憶，在戰爭時期那個灰濛濛的清晨，如同天使般在我的頭頂上盤旋。這些記憶就是我的人生——因為這世上沒有任何事物是我們確定擁有的，除了過往——它們永遠跟隨著我。就像聖馬可廣場上的鴿子，無所不在：在我的腳邊、形單影隻的、成雙成對的、歌聲如蜂蜜般甜美的、點頭附和的、昂首闊步的、眨動眼睛的、抖動頸部羽毛的。有時候，如果我站著不動，牠們就會飛到我的肩膀上休息，直到中午的砲聲隆隆響起，所有的鴿子都展翅飛去，轉瞬間只剩下空盪盪的路面，天空被騷動的鴿群占據而變得陰暗。這就是戰爭時期那天清晨的景象。

那晚與蔻蒂莉亞聊天之後，在將近十年的死寂歲月裡，我被一條表面上充滿變化的道路牽著走。然而，在那段時間裡，除了作畫的時候之外——作畫時間的間隔也越來越長——我再也不曾感受過我與賽巴斯提安相處時的那種生命力。我將這樣的轉變視為青春的流逝，而非生命的消失。我的創作支撐著我，因為我選擇了一種我能做得好的工作，而且每天都能越做越好，並且樂在其中。那個時候，由於我做的工作獨一無二，因此我就這樣成了一名專業的建築畫家。

比起偉大建築師的設計，我更欣賞這些建築數百年來所經歷的成長，它們捕捉並保留了每個年代最好的部分，同時也讓歲月磨去藝術家的驕傲和非利士人[1]的粗俗，並修正工匠的拙技。其實這類建築在英國比比皆是，但它們在過去十年間才掀起風潮，英國人彷彿頭一次注意到這些以前被視為理所當然的美好，開始在它們即將絕跡的時刻展現敬意。於是，我得到遠遠超出我值得的盛譽，但我的作品其實乏善可陳。我的畫技確實日漸成熟，我對那些建築的熱情也與日俱增，而且我對於外界的讚美無動於衷。

那個年代的經濟衰退，讓許多藝術家丟了飯碗，卻促成我的成功。我的成功，事實上就是經濟衰退的徵兆，因為水池枯涸之後，人們只能靠著幻象來解渴。我在舉辦了第一次的畫展之後，便收到來自全國各地的邀約，要我為那些即將被遺棄或拆除的房屋繪製肖像。我往往只比拍賣師早到一步，暗示著那些房屋即將面對的厄運。

我出版了三本漂亮的畫冊——《萊德的鄉村宅邸》、《萊德的英式家園》和《萊德的地方建築》，每本售價五畿尼，各賣出一千本。我很少讓贊助人感到不滿，因為我與他們之間沒有任何衝突，我們有相同的目標。然而，隨著時間一年一年過去，我開始懷念我失去的某種東西，某種我在瑪奇梅因公館起居室裡得到的感受。自從那次之後，我僅體驗過一次或兩次那種強烈且單一的信念——如果要用一個詞彙來描述，那就是所謂的靈感。

為了尋找這種即將熄滅的一絲光芒，我動身前往海外，像奧古斯都[2]那個年代的人一樣，帶著我的畫具在異鄉度過兩年重生的時光。我沒有去歐陸，因為歐陸的古老建築都很安全，非常安全，在專家的照護下，宛如襁褓中的嬰孩，受到過度呵護而產生阻隔。歐陸可以將來才

1 譯註：非利士人（Philistines）是居住在迦南（Canaan）南部海岸的古民族。

2 譯註：奧古斯都（Augustus，西元前六三年九月二十三日—西元一四年八月十九日）為羅馬帝國的開國君主。

去，我總有一天會去歐陸，我想，這個時候還嫌太早，我目前還不需要身旁有人替我擺畫架、扛畫作。某天當我無法走出舒適的高級飯店、整天都需要輕柔的涼風與和煦的陽光時，我就會帶著我老花的雙眼去看看德國和義大利。現在，趁著我還有力氣，我可以去無人的荒原、去藤蔓纏繞的叢林。

就這樣，我以緩慢但不算悠閒的腳步遊歷了墨西哥與中美洲。那裡有我需要的一切：離開我所熟悉的溫帶草木與輝煌大廳，無疑讓我的腳步變得輕盈，也幫助我找回自己。我在頹圮毀壞的宮殿、雜草叢生的寺院、只剩下蝙蝠的廢棄教堂、只有螞蟻鑽洞的劇院大廳、沒有道路可以到達的城市、住著生病印度人的古老陵墓間尋找靈感。經歷過無數勞累、病痛，以及偶爾的危險之後，我完成了《萊德的拉丁美洲》裡的幾幅素描。每隔幾個星期我就會休息一下，回到貿易商和旅行者經常聚集的地區。等恢復元氣之後，我便打造一個臨時工作室，重新謄繪我的素描草稿，然後小心翼翼地將完成的畫作包裝好，寄給我在紐約的經紀人，接著再次啟程，帶著一名小跟班進入荒野之境。

在那段期間，我沒有與英國保持聯絡的強烈欲念。由於我遵從當地人建議的行程，沒有固定的路線，因此大部分的郵件永遠無法送達我手中，其餘的信件也因為累積過多，沒有辦法一次讀完。我常常把一大捆信塞進包包，等閒來無事時才隨便拿幾封出來讀。大多數的時候，信的內容與我讀信的環境格格不入——我躺在吊床上、躲在蚊帳裡，只靠防風燈的微弱光線閱讀，或者是在小船順河而下時閱讀，還得三不五時留意船頭的方向，以免撞上河岸。我的小跟班坐在我後方的船尾處，協調船身與船下深色水流的步調。在這裡的綠蔭下，上方有一排又一排的參天大樹，猴子在樹上的花朵間和陽光下尖叫嬉鬧。有時候，我坐在投宿的農家迴廊上，聆聽杯子裡的冰塊與桌面上的骰子同時叮噹作響，並且看著一隻虎斑貓在修剪過的草坪上追逐自己身上的鏈子——這一切遙遠得就像不具任何意義的聲音，但也清清楚楚地經過我的意識，只是沒有留下一點痕跡就消失，有如美洲鐵路車廂中我偶遇的旅客所分享的小故事。

雖然我與世隔絕地在這個陌生境地停留這麼長的時間，我卻完全沒有改變。我仍然只使用很小部分的自己，去偽裝成一個完整的人。隨後我拋下了兩年來與我相伴的熱帶裝備及各種經歷，回到出發的原點——紐約。我帶回的成果頗為豐碩——總共有十一幅油畫和五十幅左右的素描——最後當我終於在倫敦展出作品時，那些藝術評論家們——其中大部分的人在那時之前，對我一直以恩人的態度自居——在那次成功的展出之後，大肆稱讚我的作品具有一種嶄新且豐富的元素。最具聲望的一位評論家寫道：「萊德先生像一條躍起的年輕鱒魚，為我們注入新的文化元素，也為他自身的潛力版圖揭開充滿實力的另一面……透過專注使用明顯的傳統技巧，將混亂與野蠻的畫面表現得優雅又廣博。萊德先生終於找到了自己。」

這些文字應該讓我感激涕零，然而，唉，它們遠遠背離事實。我的妻子遠渡重洋，從英國到紐約來與我碰面，她看到我在我們分開的那段時間所畫的作品掛在經紀人的辦公室裡，說了幾句話，恰當地做出結論：「當然，我看得出它們非常棒，而且真的十分好看，帶點邪惡的美。可是我總覺得，這樣的作品不像你的風格。」

在歐洲時，我的妻子因為時髦活潑的穿著打扮，以及帶有些許怪異潔癖的美貌，經常被當成是美國人。然而她一到美國，又立刻示範起英國式的溫柔賢淑與沉默寡言。她比我早到一、兩天，當我搭乘的輪船靠岸時，她已經在碼頭等我。

「好久不見了。」我們見面時，她溫柔地對我說。

她沒有跟著我一起去探險。向朋友們解釋原因時，她說那些地方不適合她，而且家裡有年幼的兒子要照顧。她接著又補充一句：現在又多了一個女兒。我這時想起她曾經告訴我她又懷孕了，就在我出發前夕。另外，她在信裡也提過女兒已經誕生。

「我猜你肯定沒有讀我寫給你的信吧？」那天夜裡她說。當天我們參加了一場晚餐派對，接著又在夜總會待了幾個小時，最後終於只剩下我們兩人在飯店房間裡獨處。

「有一些信可能寄丟了。我記得妳說花園裡的水仙竟然開花、保姆人很好、妳找到一張攝政時代風格的四柱床。不過，坦白說，我不記得聽妳提過新寶寶的名字叫做卡洛琳（Caroline）。為什麼取這個名字？」

「當然是因為和查爾斯（Charles）比較接近啊。」

「喔！」

「我請貝莎．凡．霍特擔任教母，我以為她會送一份不錯的禮物，結果你猜她送什麼？」

「大家都知道貝莎．凡，霍特是個人盡皆知的騙子。她送了什麼？」

「一張十五先令的圖書禮券。總之，小翰翰現在有伴了。」

「誰？」

「你的兒子。親愛的，你該不會忘了他吧？」

「拜託。」我說。「你為什麼這樣叫他？」

「他都這樣叫自己，你不覺得很可愛嗎？小翰翰現在有伴了，我想我們短期內不要再生了，你說呢？」

「妳決定就好。」

「小翰翰經常提到你。他每天晚上都為你禱告，希望你平安回家。」

她一邊脫掉衣服一邊閒聊，試圖表現得輕鬆一點，然後坐在梳妝台前，拿起梳子梳頭。她裸露的背部對著我，眼睛則看著鏡中的自己，說：「我應該整理一下我的臉，然後準備睡覺嗎？」

這是我很熟悉的句子，但我很不喜歡這種說法。她的意思是，她是否應該卸妝，在臉上抹一點油，然後套上髮網。

「不。」我回答。「不必馬上這麼做。」

她明白我想要做什麼。關於做那件事，她也有一套保持整潔衛生的方法。從她臉上的笑容，我看見她既鬆了一口氣，也充滿勝利感。完事之後，我們躺在各自的單人床上抽菸，彼此相距一、兩碼遠。我看看手錶，時間是凌晨四點鐘，然而我們都沒有睡意。這個城市的空氣中瀰漫著一種焦慮，卻被人們誤認為是活力的象徵。

「查爾斯，我覺得你一點都沒變。」

「沒有，我確實沒變。」

「你希望自己變得不同嗎？」

「改變是生命存續的唯一證據。」
「但是你改變後可能就不再愛我了。」
「確實有這種風險。」
「查爾斯，你該不會不愛我了吧？」
「妳剛剛說了，我一點都沒變。」
「呃，我現在開始覺得你已經變了，是我沒變。」
「是的。」我說。「妳沒變，我看得出來。」
「今天和我見面之前，你一點也不緊張嗎？」
「一點也不緊張。」
「你有沒有想過，要是這段期間我愛上別人了呢？」
「我沒想過。妳愛上別人了嗎？」
「你知道我沒有愛上別人。你呢？」
「沒有，我沒有愛上別人。」

我的妻子似乎對這個答案非常滿意。六年前，她在我第一次舉行畫展時嫁給我，自此之後就一直為我們的家而努力。有人說，她「造就」了今日的我，但她覺得自己只是在背後支持我。她對於我的才華及「藝術家個性」深具信心，並認為偷偷摸摸地做事等於沒做。

這時她又問我：「你對於回家有任何期待嗎？（我父親給我一筆錢作為結婚禮物，我用那筆錢在妻子娘家附近買了一棟老修道院式的寓所。）我準備了一份驚喜要送給你。」

「什麼驚喜？」

「我把舊穀倉改建成工作室了。如此一來，你就不會被孩子們或臨時來訪的客人打擾。我特別請埃姆登設計的，每個人都覺得很棒，《鄉村生活》雜誌也有報導，我特別帶來給你看。」

她讓我讀了那篇文章。「……這是建築藝術的極佳展現……喬瑟夫．埃姆登爵士巧妙地將傳統屋舍轉變為符合現代需求的空間……」雜誌上還刊登了幾張照片，只見原本的泥土地面蓋上了橡木地板，北邊的牆面開了一扇高高的石框凸窗，讓原本陰暗的木頭屋頂，在充足的光線中露臉。每一根屋梁之間都刷上了灰泥，看起來像鄉村委員會的大廳。我還記得那間穀倉裡的氣味，但現在看起來，那種味道肯定已經沒了。

「我比較喜歡原本的穀倉。」我說。

「可是你現在可以在那裡畫畫了，不好嗎？」

「我曾經蹲在蚊蟲多如雲的地方作畫，也曾經在能將畫紙烤焦的烈日下作畫。」我說。「如果妳現在要我趴在公車車頂上畫畫，我也辦得到。我猜神父可能會想借用這個地方來玩牌。」

「已經有很多工作在等著你了。我答應了安克雷奇夫人，等你一回英國就去畫安克雷奇公館，因為那裡也要被拆掉了。你知道的——要改成樓下是商店、樓上是兩房格局的公寓。查爾斯，你該不會以為能靠這些異國風情畫賺錢吧？」

「沒有。」

「呃，因為這種畫風真的很不同，你不要生氣。」

「那些房子也只不過是即將被拆除的叢林。」

「我懂你的感受，親愛的。喬治亞學會[3]太大驚小怪了，可是誰也沒有辦法……你有沒有收到我那封關於博伊的信？」

「妳寫過嗎？信上寫些什麼？」

（博伊．穆開斯特是我妻子的哥哥。）

「博伊訂婚了。不過，現在已經無所謂了，因為婚約已經取消了。我父母為了這件事很難過。那個女孩很糟糕，他們給她錢，才得以解決這件事。」

「我沒有收到。我完全沒聽說過博伊的消息。」

「他現在和小翰翰感情很好，看他們相處真的很甜蜜。無論他什麼時候回到英國，第一件事就是開著車到老修道院來，走進屋裡誰都不理，只顧著大喊：『我的小翰翰在哪裡？』小翰翰一聽到他的聲音，就會蹦蹦跳跳地跑下樓，接著他們的身影便消失在樹林間，一玩就是好幾個小時。聽他們說話，你會以為是兩個同齡的孩子。事實上，是小翰翰讓博伊想清楚了關於那個女孩的事。這是真的。你知道，小翰翰實在很聰明，他可能聽過我母親和我的談話，於是在博伊下次來訪時，他就說：『博伊舅舅不應該娶那個壞女孩，丟下小翰翰不管。』結果，當天博伊就花了兩千英鎊解決了他的婚約問題。小翰翰非常崇拜博伊，什麼事情都要模仿博伊。這對他們兩人來說都是好事。」

我走到房間另一頭，試著想把暖氣關小一點，可是徒勞無功。我喝了一點冰水，再把窗戶打開，然而隔壁房間的音樂伴隨著夜晚刺骨的冷空氣飄了進來。隔壁房間的人正在收聽廣播，我只好又把窗戶關上，回頭走向我的妻子。

過了好一會兒，她才又開口說話，不過聽起來有點疲倦。

「花園開了許多花……你種的樹籬去年長高了五英寸……我從倫敦找了一些工人，把網球場也整修好了……現在我們有一個頂尖的廚師……」

當這個城市開始甦醒時，我們兩人才沉沉入睡，但睡了不久就被電話聲吵醒。電話那頭有一個雌雄莫辨的聲音以愉快的語調說：「薩伊福卡爾頓飯店，早安，現在是早上七點四十五分。」

「你知道，我沒有安排電話喚醒服務。」

「您說什麼？」

「算了，沒事。」

「請別客氣。」

我刮鬍子時，我的妻子在浴缸裡泡澡。她對我說：「我們現在就像從前那樣，我也不必再牽掛你了，查爾斯。」

「很好。」

「我本來很害怕，擔心兩年的時間會改變一切，但現在我明白，我們可以從你拋棄一切的時間點重新開始。」

「什麼時候？」我問。「拋棄什麼？我們什麼時候拋棄什麼東西？」

「我當然是指你離開的時候。」

3 譯註：喬治亞學會（The Georgian Society）致力於保護各時期的傑出建築及相關藝術作品。

「妳腦子裡想的不是別的事吧？我們稍早之前聊到的那件事。」

「喔，查爾斯，那個話題已經結束了，那根本沒什麼，從來就沒事。我早就忘了我們聊過那件事。」

「我只是想確定一下。」我說。「妳的意思是，我們現在又回到我離開英國前的那個時候，是嗎？」

於是我們就這樣展開新的一天，如同兩年前我們分開時那樣，我的妻子流著眼淚。

我妻子的溫柔婉約、英式含蓄、潔白牙齒、粉紅指甲、少女氣質，以及女學生般的穿著打扮，加上她花了大筆金錢讓人從遠處就能看見的時髦首飾，還有永遠掛在臉上的合宜笑容、對我的尊重、對我的興趣所投入的熱情、每天發電報與保姆聯絡的慈母情懷——簡言之，就是她的獨特魅力——讓她深受美國人的喜愛。因此我們啟程返回英國那天，我們在輪船上的艙房裡堆滿了禮物——鮮花、水果、甜點、書籍、給孩子們的玩具——全都是來自她這個星期所認識的新朋友。船上的船員就如同療養院裡的修女，習慣以戰利品的數量和價值來評斷旅客的地位。就這樣，我們在備受禮遇的情況下展開這趟旅程。

我妻子上船之後，立刻查看了船上的旅客名單。

「船上有很多朋友。」她說。「這趟旅程一定會很愉快。今天晚上我們就來舉辦一場雞尾酒派對吧。」

從甲板通往船艙的階梯都還沒被收走，我的妻子已經抱著電話開始邀約客人。

「茱莉亞，我是西西莉亞——西西莉亞．萊德。我發現妳也在船上，這真是太好了。妳最近在忙什麼？今晚過來喝點雞尾酒吧，我們好好聊一聊。」

「那是哪一個茱莉亞？」

「茱莉亞．莫特崔恩。我已經好幾年沒見到她了。」

我也沒有。事實上，自從我的婚禮之後，我就沒有再見過茱莉亞，更別說好好和她聊天。我的婚禮當天，布萊茲赫德將我為瑪奇梅因公館所畫的四幅油畫借給我展出，那四幅畫一掛在展覽牆上，立刻成為大家關注的焦點。那幾幅畫是我和佛萊特一家最後的連繫，我們的人生曾經有一、兩年走得很近，但隨即就被遠遠分開。就我所知，賽巴斯提安還在國外，雷克斯也不如以前預期的那般飛黃騰達，他一直卡在政府核心機關的邊緣地帶，雖然表現搶眼，前途卻籠罩著一團迷霧。雷克斯往來的對象都是最有錢的人，他在演講時經常透露出對於改革性政策的偏好。人們交談時，經常會提到莫特崔恩夫婦的名字。有時候我在等候朋友時隨意翻閱雜誌，也會看見他們夫婦的照片出現在時尚雜誌的頁面。然而他們和我早已形同陌路，彼此的世界毫無交集，宛如各自轉動的小行星。這種人際關係只會出現在英國。根據我粗淺的認知，物理學領域中大概能找到形容這個現象和過程完美的比喻：能量的粒子在不同的磁場中自行配對和重組。對於那些能精確闡述這種現象的人，隨口以此譬喻是輕而易舉的事，可惜我不是那種人。我只能說，英國到處充斥著小型交友圈，因此，像茱莉亞和我，我們可能住在倫敦的同一條街上，偶爾會遇見彼此，但感覺就像相隔幾英里遠，宛如對方住在鄉村。我們可能其中一人對另一人頗有好感，對彼此的財富也有點好奇，甚至遺憾我們這麼疏離。我們知道只要任何一人拿起電話，就能夠與對方在枕邊暢談，享受起床時那種宛如清晨陽光和柳橙汁一同出現在面前的親密感。然而我們各自世界的向心力，以及星際之間的冰冷與遙遠，阻止了我們這麼做。

我的妻子置身於包裝紙和絲帶中，一邊繼續打電話，一邊以興奮的情緒檢視那份旅客名單……「是的，一定要帶他來參加，別人告訴我他人很好……是的，查爾斯終於從荒蠻之境回來了，真的很棒……我在旅客名單上看見妳的名字，實在太開心了，這讓我這趟旅程更加愉快！親愛的，我們也住在薩伊福卡爾頓飯店，為什麼沒有在那裡遇到妳呢？」……有時候她會突然轉頭對我說：「我得確定一下你現在是真的在這裡，我還沒習慣你在我身邊呢！」

我離開艙房，走到甲板上。這艘輪船此刻正緩緩被蒸氣推動，順流而下。許多旅客站在玻璃棚底下，看著陸地距離我們越來越遠。我的妻子剛才說：「船上有很多朋友。」可是這些人我一個也不認識。這些人與親友道別的離情依依，此時開始漸漸淡去，其中有些人在上船之前就與送行者一起喝酒，他們此刻還充滿醉意，另一些人則已經開始思忖應該把甲板上的躺椅放在哪個地方。沒有人留意到樂隊已經開始演奏——大家就像螞蟻一樣各忙各的。

我轉身走進船艙裡的一間交誼廳，這些交誼廳都很寬敞，但是一點也不漂亮，彷彿本來要被當成火車車廂來使用，只不過空間以荒謬的方式放大許多。我穿越過兩扇巨大的青銅門，門上刻著一些薄得像紙雕的動物。我腳下的地毯，顏色宛如吸墨紙，壁面的顏色也像吸墨紙——全都是愚蠢的黃褐色，像幼稚園小孩的作品——四面牆壁中間是餅乾色的木頭地板，但這些木頭地板絲毫看不見木匠的用心，只是一片片緊密拼接在一起，再經過加熱、擠壓、拋光。那些有吸墨紙的地毯上，擺滿了宛如公廁隔間的桌椅，方方正正的造型，中間挖了方型的凹口供人坐歇，坐墊的顏色也像吸墨紙。交誼廳裡的燈光均勻地照在每個角落，沒有形成任何陰影——這個地方充斥著出風口的嗡嗡聲，並隨著輪船引擎的運轉而微微震動。

「我回來了。」我心想。「我從叢林回來了，我從廢墟回來了。在那些地方，財富不重要，權力也不重要。*Quomodo sedet sola civitas*。」（大約在一年前，我在瓜地馬拉聽到一個由混血兒組成的合唱團演唱這首蔻蒂莉亞曾在瑪奇梅因公館提到的詩歌。）

一名服務生向我走來。

「先生，您需要喝點什麼嗎？」

「一份威士忌加蘇打水，不加冰塊。」

「對不起，先生，所有的蘇打水都冰過了。」

「開水也是嗎？」

「是的，先生。」

「噢，沒關係。」

那個服務生無言地緩步走開，看起來一臉迷惘。

「查爾斯。」

我回頭一看，是茱莉亞。她正坐在一個吸墨紙坐墊的方塊椅上，雙手放在膝蓋上。由於她剛才靜止不動，所以我沒有注意到她。

「我知道你也在船上，西西莉亞打電話告訴我的。真高興見到你。」

「妳在這裡做什麼？」

她攤攤雙手，姿勢說明了一切。「我在等待。我的女僕正在替我打開行李。自從我們離開英國以來，她一直在鬧脾氣，現在又抱怨我的艙房。我實在不懂有什麼好抱怨的，我覺得艙房已經很不錯了。」

服務生回來了，端著威士忌和兩個小壺，一個壺裡裝著冰水，另一個壺裡裝著滾燙的熱水。我把水溫混合成適當的溫度。他站在旁邊看著我做，然後說：「先生，我會記住您喜歡這樣喝威士忌。」

每位乘客都有不同的怪癖，他的職責是滿足每個人的需求。茱莉亞點了一杯熱巧克力，我在她身旁的一個方塊坐下。

「我好久沒見到你了。」她說。「我好像再也見不到任何一個我喜歡的人，不知道是什麼原因。」

她說話的口氣，彷彿只是幾個星期的事，而不是幾年，也彷彿我們在分開前是情誼堅定的好友，但這與我們此時重逢的感受正好相反。時間已經築起一道防禦線、偽裝所有的脆弱，並且布滿地雷，只留幾條走過的小路。於是，我們只能從糾結的鐵絲網兩邊，向彼此發送出一點訊息。她和我，以前從來就不是朋友，然而這一刻的重逢，卻彷彿發現了以往不曾留意的親密。

「妳去美國做什麼？」

她慢慢抬起頭，用那雙漂亮的眼睛嚴肅地看著我，說：「你不知道嗎？我再找時間告訴你吧。我被人騙了，我以為自己與某人彼此相愛，結果卻不是那麼一回事。」這讓我想起十年前在布萊茲赫德莊園的那個夜晚，一個面容甜美、身材纖瘦的十九歲少女，因為被母親忽略而生氣地說：「你知道，我也讓她非常焦慮。」那時我自以為已經是個成年人，心想：「這些年輕女孩都把愛情看得太重了。」雖然我根本也不夠成熟。

現在不同了。茱莉亞說話的時候，語氣中只有謙遜和友善的直率。

我希望自己也能回應她的自信，並且表現出一絲認同，然而我過去這幾年看似充滿變化實則平淡的歲月，實在沒有什麼能與她分享的事。我只好講述自己在叢林度過的時光、在旅途遇到的怪人，以及我去過的那些被人遺忘的祕境。不過，在這種與老友敘舊的氛圍中，我的故事聽起來很無趣，因此不到一會兒就說完了。

「我很期待看到你那些畫作。」她說。

「西西莉亞希望我打開其中幾幅畫，好讓她在雞尾酒派對上展示，可是我不能這麼做。」

「這樣確實不妥……西西莉亞還是像以前一樣漂亮嗎？我一直認為她是我們同齡的女生中最漂亮的一個。」

「她一點也沒變。」

「可是你變了，查爾斯，你變得很瘦、很陰沉，一點也不像賽巴斯提安當年帶回家來的俊美男孩。你的個性也變嚴厲了。」

「妳的個性變柔軟了。」

「是的，我也這麼覺得。我現在很有耐性。」

茱莉亞還不到三十歲，正值美貌的巔峰期，以往的潛質此刻都已完整展現出來。她不再是以前那種時髦的纖瘦少女，當年我總覺得她的頭顱有如十五世紀的義大利藝術品，略顯怪異地放在她的肩膀上，但如今她的頭已經完完全全地適合她，絲毫不具有佛羅倫斯的氣息，而且與繪畫、藝術或其他事物都沒有關聯，就只屬於她自己，如果想要解析或條列出她的美麗，都只是浪費時間。她的美麗是她特有的本質，只能在她的身上、經過她的允許才能看見。她的美麗只存在於我即將深陷的愛情中，我與她之間的愛情。

除了她詭祕自滿的蒙娜麗莎式微笑，時間還鑄成另外一種變化。歲月不僅只有豎琴與長笛的美妙樂音，它還讓茱莉亞變得憂鬱。她彷彿訴說著：「看看我，我已經貢獻出我的力量，如此美麗，美得如此超凡脫俗。我讓人感到快樂，然而我得到什麼？我應得的獎賞在哪裡？」

這就是她這十年來的變化。事實上，這也正是她的獎賞，這種令人無法忘懷、有如魔法般的憂傷，直接指向人們的心靈，打破所有的沉默。這是完成她美貌的最後一筆。

「妳也變得更憂傷了。」

「喔，是的，我憂傷多了。」

我在兩個小時之後返回船艙，我的妻子還處於極度亢奮的狀態。

「所有的事情我都得自己來。你覺得這個如何？」

我們在不需額外付費的情況下，被升等至一間大型套房，一間平時很少人預訂的大房間。船務長表示，這間套房除了輪船公司董事在搭船時會使用之外，只會提供給享有殊榮的旅客。（我的妻子很擅長爭取這種小恩惠，她會先利用自己的美貌和我的名聲讓別人留下深刻印象，一旦鞏固這種優勢之後，她馬上會轉變成一種近乎調情的親切姿態。）為了表示感激，她也邀請船務長來參加我們的雞尾酒派對。隨後，船務長又表達他的感謝，在抵達派對前先派人送來一尊與實體大小相同的天鵝冰雕，上頭還擺滿了魚子醬。這個冰冷壯觀的擺飾，占據著整個房間的視覺中心。它被放在位於房間正中央的桌子上，一點一滴地慢慢融化，水滴從它的喙子滴落在下方的銀盤。至於上午送來的花束，早已完全遮擋住牆面的飾板。（我們的套房是樓上那間醜陋交誼廳的迷你版本。）

「你必須馬上換衣服。出去那麼久，你究竟跑到哪裡去了？」

「我在和茱莉亞・莫特崔恩聊天。」

「你認識她？噢，對，你是她那個酒鬼哥哥的朋友。我的老天，她長得好漂亮。」

「她也一直稱讚妳的美貌。」

「她以前是博伊的女朋友。」

「不可能吧？」

「博伊總是這麼說。」

「妳有沒有思考過，客人要怎麼吃魚子醬？」我問。

「我想過，這個問題無法解決，不過我們有這些。」她拿出一疊玻璃盤。「再說，大家在派對上一定都能想辦法吃東西的。你不記得了？我們有一次還用拆信刀吃罐頭裡的蝦。」

「有嗎？」

「親愛的，就在你向我求婚的那天晚上。」

「我記得是妳向我求婚。」

「好吧。總之就在我們訂婚的那個晚上。你還沒說，你喜不喜歡這些安排？」

她所謂的安排，除了天鵝冰雕與花束之外，還有一名站在臨時吧檯後方不敢亂動的服務生。另外一名手裡端著托盤的服務生，看起來就比較自在。

「這裡的安排簡直是電影演員的夢想。」我說。

「電影演員。」我的妻子說。「那正是我想要說的。」

她走進我的更衣室，在我換衣服的時候繼續和我說話。她說，既然我對建築有興趣，應該去找一份為電影設計場景的工作。因此她今晚找了兩個電影界的大人物來參加雞尾酒派對，希望藉此為我鋪路。

我們走回起居室。

「親愛的，我知道你不喜歡那隻天鵝，但請不要在船務長面前失禮。他送我們這份禮物是出於好意。再說，你知道的，如果你讀過十六世紀威尼斯宴會中關於冰雕的描述，你可能會覺得那種生活才是真正的享受。」

「如果是在十六世紀的威尼斯，那就另當別論了。」

「聖誕老人來了。我們都非常喜歡您送的天鵝呢！」

船務長走了進來，與我們夫妻握手。他的手勁很強。

「親愛的西西莉亞夫人。」船務長說。「如果您明天願意穿上最保暖的衣服和我去一趟冰庫，我可以向您展示一大堆冰雕。吐司麵包待會兒就送來了，廚房正在烤。」

「吐司麵包！」我的妻子驚呼，宛如那是什麼了不起的東西。「查爾斯，你聽見了嗎？還有吐司麵包！」

賓客隨即陸續抵達，因為船上沒有什麼事情能耽誤他們的行程，害他們遲到。「西西莉亞，這間艙房好華麗啊！這隻天鵝多美麗啊！」他們說。然而，即便這已經是船上最大的艙房之一，擠滿了賓客之後還是令人相當痛苦。這些客人開始用聚積在天鵝周圍的那灘冰水熄菸。

船務長表示即將有一場暴風雨來襲，因而引起現場賓客的騷動。他具有像水手一樣的預測能力。「您怎麼可以這麼殘忍？」我的妻子說，宛如認為船務長具有主宰一切的本事，除了給我們最大的艙房、提供天鵝冰雕之外，還能夠左右天氣。「不過，這麼大的輪船，應該不必擔心這場暴風雨，對不對？」

「可能會耽誤一點行程。」

「但不會讓我們感到不舒服吧？」

「這得看您適不適合航海。每當發生暴風雨時，我一定會暈船，從小就如此。」

「我才不信，您是故意說反話。請到這兒來，我有東西給您看。」

我妻子拿了孩子們最新的照片給船務長看。「查爾斯還沒見過卡洛琳。他一定會很高興。」

派對上沒有我的朋友，但我認識大約三分之一的人，因此還可以像個文明人找人聊天。某位年長的女士對我說：「你是查爾斯嗎？我覺得我好像早就認識你了，徹徹底底地認識你，因為西西莉亞一天到晚提到你。」

「徹徹底底。」我心裡暗忖。「徹徹底底認識一個人，是一條漫長的道路，這位夫人，您真的能看見我心裡的陰暗角落嗎？那些我自己都看不見的陰暗角落。親愛的史蒂文森．奧格蘭德夫人——如果我沒聽錯，我的妻子是這樣稱呼您的——為什麼在這一刻，在我與您說話的時候，在討論我即將舉行畫展的時候，我心裡只想著：茱莉亞會不會來參加派對？為什麼我可以這樣和您交談，而不是和茱莉亞？為什麼我會將她與所有人做出區隔，為什麼我只想和她遠離人群？為什麼您可以自由進入我的靈魂深處？史蒂文森．奧格蘭德夫人，您有什麼本領？」

茱莉亞始終沒來。這個房間裡充斥著二十幾個人的說話聲，這個原本因為太大而無人預訂的房間，如今充滿了人們的說話聲。

這時我看見一個奇怪的人：一個身材矮小的紅髮男子，一個似乎沒有人知道他是誰的陌生男子。這個外表寒酸的傢伙，和我妻子那些尊貴的客人完全不同。他在魚子醬旁邊站了二十分鐘，然後突然像兔子一樣開始狂吃，吃完後便拿出手帕擦嘴。接著，顯然出於一時衝動，他傾身用手帕去擦拭天鵝的嘴，擦掉垂在天鵝喙上即將滴落的水珠，然後偷偷四處張望，看有沒有人注意到他的舉動。這時他與我四目相接，緊張地傻笑一下。

「我從剛才就想要這麼做。」他說。「我打賭你不知道天鵝的喙子滴了幾滴水。我知道，我有數過。」

「我不知道。」

「你猜猜看。如果你猜錯，你給我六便士；如果你猜對了，我給你半美金。很公平的遊戲。」

「三滴。」我說。

「老天，你可真會猜，我敢說你一定也數過。」然而他完全沒有付錢的意思，反而又接著說：「我是英國人，但這是我第一次航行在大西洋上，你猜猜看是什麼原因。」

「你之前是搭飛機到美國的？」

「不對，我從來沒有飛越過大西洋。」

「那麼，你肯定環遊了全世界，先經過歐洲大陸和亞洲，然後越過太平洋到了美國。」

「你真的很聰明，完全正確。我拿這件事和別人打賭，賺了不少錢呢。」

「你去過哪些地方？」我基於禮貌隨口問問。

「哈哈，三言兩語說不完。好了，我得走了，再見。」

「查爾斯。」我的妻子帶著一個人走過來。「這位是國際星電影公司的柯蘭姆先生。」

「您就是查爾斯．萊德先生？」柯蘭姆先生說。

「是的。」

「很好，很好，很好。」他停頓了一會兒，我等他繼續往下說。「剛才船務長表示，一場暴風雨即將發生，您有什麼看法？」

「船務長才是專家。」

「不好意思，萊德先生，我不明白您的意思。」

「我是說，我不懂這方面的事。」

「是這樣嗎？很好，很好，很好。很高興與您聊天，希望將來有機會多聊聊。」

一位英國女士說：「喔，竟然有隻冰雕天鵝！待在美國的這六個星期中，我得了恐冰症。

請告訴我，您在離開兩年後再次見到西西莉亞，心裡有什麼感覺？如果是我，我肯定會害羞得像個新娘子。西西莉亞永遠那麼美麗，您說是吧？」

另外一位女士說：「這裡就像天堂。我們互道再見，但心裡知道半個小時之後又會見面，接下來好幾天都會如此，每隔半個小時就見一次面。」

賓客陸續離開，每個人在道別時都提醒我，我妻子已經答應要帶我出席接下來的各種派對，而且我們將一直見到彼此，就像物理學家闡述的分子系統。最後，那隻冰雕天鵝也被推走了，我才對我的妻子說：「茱莉亞一直沒出現。」

「是的。她打了電話過來，但那時太吵，我沒聽清楚她說什麼，好像是她的禮服出了什麼問題。還好她沒來，這裡連一隻貓都擠不進來了。這場派對很棒，是不是？你一定覺得很討厭，可是你表現得很好，看起來那麼耀眼。你那個紅頭髮的朋友是誰？」

「我不認識他。」

「那可真奇怪。你和柯蘭姆先生提到你想去好萊塢工作的事了嗎？」

「當然沒有。」

「喔，查爾斯，你真讓人擔心。光靠耀眼和一臉藝術殉道者的表情是不夠的。我們去吃晚餐吧，今晚我們和船長同桌用餐，但我不認為他會下樓來吃飯。儘管如此，我們基於禮貌，還是準時就座比較好。」

我們抵達餐廳時，同桌的其他人已經安排好各自的座位。船長的座位兩旁坐著茱莉亞和史蒂文森．奧格蘭德夫人，她們身旁則分別坐著一位英國外交官和他的妻子，以及史蒂文森．奧格蘭德議員。另外還有一位美國牧師，孤單地坐在兩個空位中間。這位美國牧師自我介紹——

雖然有點多餘——表示自己是聖公會的主教。在船上，丈夫和妻子必須坐在一起，雖然服務生要替我們安排座位，但是我的妻子陷入兩難：她既想坐在我旁邊，也想坐在奧格蘭德議員旁邊，最好還能離主教近一點。茱莉亞沮喪地向我們投以同情的眼光。

「真抱歉我沒能參加派對。」茱莉亞說。「我那個可惡的女僕，帶著我的行李不知道跑哪裡去了，直到半個小時前才又出現。她竟然跑去打乒乓球了。」

「我正在告訴議員，他錯過了一場很棒的派對。」史蒂文森・奧格蘭德夫人說。「無論西西莉亞在什麼地方，她身邊都有非常有趣的人。」

「我右邊的座位，本來是安排給一對重要的夫婦。」主教說。「他們習慣在艙房裡吃飯，除非有人提早通知他們船長要到餐廳用餐。」

這一桌子的人真可怕，連我那善於交際的妻子都不知道該說什麼了。我聽見她與他們的對話。

「……那個紅頭髮的矮個子，簡直就像是法恩納福船長[4]本人。」

「可是，西西莉亞夫人，我還以為您不認識他。」

「我的意思是，他看起來就像法恩納福船長。」

「我懂了，那個人為了參加您的雞尾酒派對，假扮成您的朋友。」

4　譯註：法恩納福船長（Captain Fouleough）是一九一九年—一九七五年間在《每日快報》（*Daily Express*）上出現的漫畫人物，喜歡擅闖上流社會人士舉行的派對。

「不，不。法恩納福船長是搞笑漫畫的角色。」

「您的朋友是搞笑演員？可是那個矮小的男人看起來並不好笑啊。」

「不，不是的。法恩納福船長是英國報紙的漫畫人物，好比美國的大力水手[5]。」

議員放下手中的刀叉。「總而言之，有個不請自來的傢伙跑到您的派對上，您也默許他留下，因為他長得像個卡通人物。」

「是的，確實是如此。」

議員看看他的妻子，彷彿說著：「呃，真是個怪人。」

我聽見坐我對面的茱莉亞正告訴外交官她某個匈牙利親戚和某個義大利親戚結婚的事。她髮飾上和戒指上的鑽石閃閃發亮，她的手卻一直揉著麵包屑，頭也始終陰鬱地低垂著。

主教向我說起他以前曾參加一個巴塞隆納的使節團。「我們做了非常有意義的工作，萊德先生，現在應該在更廣泛的基礎上發揚光大。我的下個目標是調停所謂的無政府主義者和共產主義者。我們的委員會已經閱讀並消化所有相關文獻，而且得到一致的結論，萊德先生。這兩種思想沒有太大的差異，只是表面上看起來不同。萊德先生，能夠產生分裂的特質，當然也可能團結在一起……」

我聽見有人問：「可否冒昧請教一下，是哪個機構贊助妳丈夫在海外的旅行？」

接著外交官的妻子又勇敢地打斷主教的話。

「巴塞隆納使用哪種語言？」

「講道理和重視兄弟情誼的語言，夫人。」主教回答。

外交官夫人又轉頭對我說：「在即將到來的下個世紀，溝通要靠思想，而不是靠文字。萊德先生，您同意我的說法嗎？」

「是的。」我說。「是的。」

「什麼文字？」主教問。

「文字到底是什麼？」

「只不過是一種傳統符號罷了。萊德先生。這是一個質疑傳統的年代。」

我已經開始頭暈。在經歷過我妻子舉辦的鴿籠派對之後，在經歷過整個下午的情緒起伏之後，在經歷過我妻子於紐約安排的各種活動之後，在經歷過數個月悶熱的叢林生活之後，眼前的這一切已經超出我能承受的範圍。我覺得自己就像荒野中的李爾王[6]，也像被瘋子恐嚇的瑪爾菲公爵夫人[7]，我呼喚著暴雨和狂風，結果我的呼喚居然得到了回應，就像變魔術一樣。

儘管我當時不確定自己是不是神經質，因為那種感覺已經持續好一陣子，但我覺得船身晃得越來越厲害，反覆且持續不斷——餐廳彷彿像是一個熟睡者的胸膛，一會兒高一會兒低，而

5　譯註：大力水手（Popeye）為美國著名的漫畫人物，最早出現在一九二九年的《頂針劇院》畫冊（*Thimble Theatre*）。

6　譯註：《李爾王》（*King Lear*）是威廉．莎士比亞著名的悲劇之一，於一六〇五年寫成。

7　譯註：《瑪爾菲公爵夫人》（*The Duchess of Malfi*）是英國劇作家約翰．韋伯斯特（John Webster）於一六一二年—一六一三年間所寫的悲劇。瑪爾菲公爵夫人是一個年輕的寡婦，她想再婚的心願遭到全家反對，在遭人殺害之前，還被一名瘋子恐嚇驚嚇。

且開始顫抖。我的妻子轉頭對我說：「如果不是我喝多了，就是大海真的開始躁動了。」就在她對我說這句話的時候，我們發現我們的椅子開始往旁邊傾斜，刀叉也滑到牆邊並掉落到地板上，發出叮叮噹噹的聲響。餐桌上的酒杯全都翻倒，往四處滾動。每個人連忙抓緊自己的刀叉和餐盤，彼此緊張互視，但是表情各不相同：外交官的妻子十分惶恐，茱莉亞則是鬆了一口氣。

我們在那個封閉的小空間裡沒有聽見、看見或感覺到外面的風雨，然而在過去的一個小時中，暴風雨早已占據我們的上空，海浪也開始轉向，朝著我們俯衝而來。

在這一連串碰撞之後，大家先沉默了片刻，然後發出高亢的緊張笑聲。服務生忙著清理濺出的紅酒，旅客們試著回到剛才聊天的話題，可是每個人都在默默等待，等待下一波大浪襲來，彷彿那個矮小的紅髮男子睜大眼睛等待冰雕天鵝的喙子滴水。浪又來了，比前一次更加猛烈。

「我先向大家道晚安了。」外交官的妻子站起身來。

她的丈夫扶她返回艙房，餐廳裡的客人也陸續離去，最後只剩下茱莉亞、西西莉亞和我留在座位上。彷彿有心靈感應一般，茱莉亞突然說：「這就像是李爾王的場景。」

「只不過我們都同時扮演了三個角色。」

「哪三個？」我的妻子問。

「李爾王、肯特伯爵[8]、弄臣[9]。」

「天啊，這彷彿是剛才那段關於法恩納福船長的對話，求你不要解釋了。」

「我也不確定自己能不能解釋清楚。」

接著又是一次高升，然後是一次俯衝。服務生忙著固定所有的東西，並且暫停各項服務，先將搖搖晃晃的裝飾品收起來。

「呃，反正晚餐也吃完了，我們已經充分表現出英國人的淡定。」我的妻子說。「走吧，去看看船上還有什麼活動。」

在前往交誼廳的途中，我們三人都得扶著柱子而走，可是等我們抵達交誼廳，卻發現裡面幾乎沒人，只有樂隊還在演奏，舞池是空的。桌上擺著抽獎遊戲，可是沒有人玩，遊戲主持人以特殊的方式喊出抽出的號碼——「沒有親吻經驗的甜蜜十六」——「開門的鑰匙，二十一」——「滴答滴答，六十六」——他只是懶洋洋地喊給服務生聽。另外還有幾個旅客在閱讀小說，幾個旅客在玩橋牌，吸菸室裡也有幾個人在喝白蘭地，然而兩個小時前在我們艙房裡出現的那些客人都不見蹤影。

我們三人在無人的舞池邊坐了一會兒，我妻子一直在思考如何能夠不失禮地到咖啡廳坐坐。「瘋子才會再去餐廳。」她說。「付更多的錢，點同樣的餐。而且只有電影圈的人才會這麼做，我們沒有理由去。」

過了一會兒她又說：「船搖來晃去讓我頭痛，而且我也睏了，我要回去睡覺了。」

茱莉亞和她一起離開，我則沿著船緣散步，在甲板上有遮篷的地方停下腳步。狂風持續怒吼，巨浪依舊翻騰，白色與棕色的海浪打在玻璃牆上，一位服務生走過來提醒旅客們遠離甲

8　譯註：肯特伯爵（The Earl of Kent）是李爾王的忠臣，被李爾王驅逐後又扮裝為僕人繼續服侍李爾王。
9　譯註：弄臣是忠於李爾王的宮廷小丑，表面上裝瘋賣傻，實際上非常聰明。

板，於是我也跟著下樓。

我更衣室裡所有的易碎物品都已經收好，通往艙房的門扇也以門鉤掛著，我聽見西西莉亞在艙房裡發出哀號。

「感覺糟糕透了，沒想到這麼大的輪船也會如此搖晃。」她說，看起來滿是驚慌與憤怒，宛如一個即將生產的女子，終於意識到無論醫院多麼豪華、醫生多麼優秀，都無法減少她分娩時的疼痛。此刻輪船的起伏就像臨盆的陣痛，規律地來襲。

我睡在她身旁，或者，更精確地說，我躺在那裡，介於清醒和做夢之間。如果躺在又小又硬的床墊上，或許我還能稍微睡一下，可是這種寬大且柔軟的床整晚隨著輪船搖來晃去，就算我把所有的靠墊都找來撐著身體，依舊輾轉難眠——此刻我的妻子也跟著船搖晃——我的大腦就在船身晃動的聲響中清醒著。

在天亮前一個小時，我的妻子像幽魂一樣出現在走廊，雙手撐在兩側的牆壁上，問：「你醒著嗎？可不可以幫我去醫生那裡拿點藥？」

我打了電話給夜班的服務生，他拿了一瓶藥水過來，才讓西西莉亞平靜下來。

在一整晚半夢半醒的狀態下，我腦子裡想的全是茱莉亞：在夢境中，茱莉亞千變萬化，有時美麗，有時可怕，有時淫穢；在清醒時，她又帶著憂傷且迷人的表情出現，就像吃晚餐時那樣。

在第一線曙光出現之後，我睡了一、兩個小時，然後懷著充滿期盼的喜悅和興奮醒來。

風勢好像減弱了，但服務生說還是很強，而且有一陣大浪正在醞釀中。「對旅客來說，巨浪是最可怕的。」他說。「今天早上幾乎沒有人來吃早餐。」

我去查看了我妻子的情況，她睡著了，於是我將通往彼此艙房的房門關上，吃了一點鮭魚炒飯和一份冷火腿，接著就打電話請理髮師過來替我刮鬍子。

「起居室裡還有很多要送給西西莉亞夫人的禮物。」服務生問。「要先留在那裡嗎？」

我走到起居室，看見一堆來自輪船商店的禮品。其中有一些是紐約的朋友以無線電訂購的。我們離開美國時，他們的祕書忘了提醒他們買禮物。還有一些是昨天來參加雞尾酒派對的客人送的。這種天氣不適合在桌上擺放鮮花，因此我請服務生把花和花瓶類的禮物留在地上，但是心念一轉，就把柯蘭姆先生送的那束玫瑰換上我的名片，叫服務生送去給茱莉亞。

理髮師替我刮鬍子時，茱莉亞打了電話過來。

「你做了很不恰當的事，查爾斯，這真的很不像你。」

「妳喜歡嗎？」

「天氣這麼糟，玫瑰也幫不上忙。」

「妳可以聞花香。」

茱莉亞沒有接話，我聽見她拆去花束包裝紙的聲音。「一點香味都沒有。」

「妳早餐吃什麼？」

「麝香葡萄和香瓜。」

「我什麼時候可以見妳？」

「吃午餐之前吧。我上午預約了按摩師。」

「按摩。」

「對，很棒吧？我以前從來沒有找過按摩師，除了有一次在打獵時弄傷了肩膀。不知道為什麼，在輪船上，每個人都變得像電影明星一樣奢華。」

「我沒有。」

「你怎麼解釋那束令人尷尬的玫瑰？」

理髮師以靈巧的動作完成他的任務——真的，他非常靈活，像芭蕾舞者一樣，只靠一隻腳穩住身體，有時候又換成另一隻腳。他輕輕抹去剃刀上的泡沫，然後趁輪船搖晃時把剃刀移回我的下巴。在這種天搖地動的情況下，我甚至不敢用安全剃刀自己刮鬍子。

電話再度響起。

這次是我妻子打來的。

「查爾斯，你好嗎？」

「我有點累。」

「你不來看我嗎？」

「我剛才去過一次，我再去一次。」

我把起居室裡剩下的花束拿去給我妻子，她在艙房裡營造的產房氛圍因此變得更完整。一名女服務生站在她的床邊，宛如挺直堅固的柱子，神情像產房的護士。我的妻子倚著枕頭，對我虛弱一笑。她伸出手，指指房間裡的花束和禮物。「這些人真體貼。」她輕聲地說，彷彿這場暴風雨是降臨在她一個人身上的私人災難，還好這個充滿愛的世界對她深具同情心，送來許多慰問。

「妳是不是還沒辦法起床？」

「嗯，沒辦法。幸好克拉克太太很細心地照顧我。」她總能在第一時間就知悉服務生的名字。「你不必擔心，只要偶爾過來陪我聊天就好了。」

「親愛的夫人，妳今天盡量多休息會比較好。」女服務生說。

暈船這件事彷彿被我妻子搞成一種神聖且充滿女性光輝的儀式。

茱莉亞的艙房位於我們下一層，我在主甲板的電梯口等她。我見到她之後，兩人就在船上散步。我扶著舷梯，她挽著我，每一步都走得很艱難。隔著滿是水珠的玻璃牆，我們看見一片灰色的天空和一面黑色的海洋。當船身開始劇烈搖晃時，我讓茱莉亞走在另外一側，如此一來，她也可以扶著舷梯。風聲漸漸變小，可是船身在對抗暴風雨時開始發出吱吱聲響。我們走了一圈之後，茱莉亞說：「我走不動了，我累了，我們坐下吧。」

交誼廳那兩扇巨大的青銅門從門鉤脫落，此刻正隨著船身搖搖晃晃，以一種自由且規律的方式開開關關，並且在每一次週期間暫停，接著又繼續，最後在響亮的碰撞聲中結束動作。然而，除非滑倒或者不小心被門扇擊中，否則應該可以安然無恙地從那兩扇門中間進出交誼廳。儘管如此，看見這種金屬製的龐然大物不受控制地在面前晃動時，還是會讓人心生恐懼，足以讓膽小的人退縮，或者只敢飛快地穿越它。我很高興茱莉亞的手還穩穩地勾住我的臂彎，讓我知道她在我身旁毫無畏懼。

「你們真勇敢。」某個坐在交誼廳裡的旅客說。「我得承認，我是從另外一邊的門進來的。不知為什麼，我不喜歡這兩扇門這樣開開闔闔，那些服務生努力了一整個早上，但就是修不好。」

這天船上都沒有什麼人，因此交誼廳裡的幾個旅客似乎都有一種惺惺相惜的心情，然而除了坐在扶手椅上並偶爾喝一杯酒、互相恭喜對方沒有暈船之外，也沒有別的事情可做。

「您是我見到的第一位女士。」那人對茱莉亞說。

「我真幸運。」茱莉亞表示。

「是我們幸運。」那個人說話時弓起身體，因為我們中間那片有如吸墨紙的地板突然傾斜，以致他彎向自己的膝蓋，我們也朝著與他相反的方向倒去，而且兩人撞在一起，但還好沒有摔倒。我們隨即又順著原本的位置倒去，然後在椅子上坐下，孤單地坐在遠離其他人的角落。服務生在交誼廳裡拉開救生繩，我們就像拳擊手一般被圈在擂臺中。

服務生走過來問：「先生，老樣子嗎？威士忌加常溫水？女士呢？我能建議您喝點香檳嗎？」

「你知道嗎？我確實想要喝香檳。」茱莉亞說。「這是多麼享受的人生啊——玫瑰花束、半小時的按摩，現在又喝香檳。」

「我希望妳不要一直提到那束玫瑰，因為那束花其實是別人送給西西莉亞的。」

「喔，原來如此。這麼一來你就無罪了，你不是奢華的人，但我找人按摩的行為卻顯得更糟。」

「我找了理髮師替我刮鬍子。」

「那束玫瑰讓我很開心。」茱莉亞表示。「坦白說，我有點錯愕，彷彿這天從一開始就出了錯。」

我明白她的意思。在那一刻，我彷彿甩掉了這十年來身上堆積的灰塵與砂礫，從那時候開始，一直到永遠，無論她對我說什麼，就算只有半句話、一個字，或是現代流行語、不易察覺的眼神、輕動嘴唇或手指，無論多麼難以形容的念頭，無論它從眼前多麼快速、多麼遙遠、多麼深沉地閃過，就像經常發生的那樣，從表面直接沉到深處，我也能夠完全明白。即使那天我只是站在愛情的懸崖邊緣，也已經完全明白她的意思。

我們開始喝酒，然而在不久之後，剛才那個男人就沿著救生繩走過來。

「介不介意我加入你們？這種糟糕的天氣最容易讓人們聚在一起。這是我第十次橫越大西洋，從來沒有遇過這種天氣。這位年輕的女士，我看得出來，您是一位經驗豐富的航海家。」

「不，事實上，除了這次去紐約之外，我以前從來沒有搭過船，當然也不曾橫越過大西洋。感謝上帝，我沒有暈船，只覺得很累。我原本以為是因為按摩，但我現在明白了，是船搖來搖去的緣故。」

「我的妻子現在暈船暈得很厲害，可是她搭船經驗豐富，實在很奇怪，對不對？」

吃午餐的時候，這個人又來找我們，不過我不介意他在場。他顯然很欣賞茱莉亞，而且以為我們是夫妻。這種誤會，加上他的君子風度，將我和茱莉亞之間的距離拉近不少。「昨天晚上，我看見你們坐在船長桌。」他說。「同桌的旅客都是大人物。」

「無趣的大人物。」

「如果你問我的意見，我會說大人物全都一樣無趣。遇到這種暴風雨，你才會發現人的本質。」

「你可以看出誰是有經驗的航海家？」

「喔，我看不出來——我的意思是，這場暴風雨拉近了人們之間的距離。」

「對。」

「就拿我們來說吧，我們原本可能永遠不會認識彼此。以前我在海上也曾遇過很多人，假如這位女士不介意，我想告訴你們我年輕時的故事，在利翁灣[10]的一次小經歷。」

我和茱莉亞都已經累了。睡眠不足加上這個男人喋喋不休，以及搖來晃去造成的疲勞，都耗損了我們的體力。那天下午，我們各自返回艙房休息，我睡了一覺，醒來時大海正在前所未見的巨浪中，天空也烏雲密布，窗玻璃上都是水珠。然而我在睡夢中已經習慣了這場風暴，將它的節奏變成我的節奏，我也成了它的一部分，因此我醒來時覺得強壯且自信。我發現茱莉亞也睡醒了，而且她和我感覺相同。

「你有什麼看法？」她問我。「那個男人今晚要在吸菸室舉行一場小型聚會，邀請我和『我的丈夫』一起去。」

「我們要去嗎？」

「當然……我想我是不是也應該要像他在巴塞隆納遇見的那位女士一樣大方。偏偏我不是那種人，查爾斯，我完全不是。」

那場小型聚會來了十八個人，除了沒有暈船之外，大家沒有任何共通點。我們喝了一點香檳。那個男人說：「我有一個賭博輪盤，但因為我妻子身體不舒服，我沒辦法邀請大家去我的艙房，可是又不能在公開場合玩。」

於是這群人就到了我的起居室。我們只押很小的賭注，一直玩到深夜。茱莉亞離開時，那個男人已經喝了很多酒，他發現茱莉亞和我睡在不同艙房時感到非常吃驚。等大家都離開的時候，他在椅子上睡著了。我把他獨留在那裡，那是我最後一次見到他——後來服務生告訴我，他在走回自己的艙房時，不小心在走廊上跌了一跤，把腿摔斷了，因此進了船上的醫院。

隔天一整天，我和茱莉亞都待在一起，沒有受到任何打擾，可是我們只能聊天，因為巨浪將我們困在椅子上，哪裡都去不了。吃完午餐後，最後幾位沒有暈船的旅客也回艙房休息了，只剩下我們，彷彿大家刻意為我們清場，或者被一股無形的力量送走，只留我和茱莉亞。

交誼廳的青銅門已經被固定住了。之前有兩名船員在此受了傷，服務生想盡辦法用繩子將門扇綁牢，可是過了一會兒就鬆開，於是他們改用鋼纜，偏偏鋼纜沒辦法拉緊，最後先拿木塊卡在門下，在門扇開啟的瞬間將門穩住，才終於搞定一切。

吃晚餐前，當茱莉亞回艙房換正式服裝時（結果那天晚上根本沒有人穿正式的晚餐服出席），我陪她一起回去。雖然她沒有邀我同行，但也沒拒絕我。一如預期，在關上房門的時候，我將她擁入懷中，第一次親吻了她，那個吻讓我們整個下午延續著甜蜜的氛圍。當晚我躺在床上隨著船身起起伏伏時，我回想著過去十年我面對愛情的經歷：在約會之前打上領帶、在鈕扣縫裡插上梔子花，心裡計畫著夜晚會發生的種種，並且想辦法找機會跨越那道起跑線，不

---

10 譯註：利翁灣（Gulf of Lion）是地中海的海灣，位於法國東南部。

管結果會如何，我必須採取攻勢。「關於這場戰役，這種準備的階段已經進行得夠長了。」我心想。「一定要有結果。」然而我和茱莉亞之間沒有所謂的階段，也沒有起跑線。我根本束手無策。

那天晚上，當茱莉亞準備回艙房睡覺時，我跟著她走到門口，但是她不讓我進去。

「不，查爾斯。現在不行，或許永遠都不行。我不知道，我不知道自己還要不要愛情。」

當時有某種東西，宛如那沉寂了十年的鬼魂——畢竟人們死後不可能什麼都不留，就算只殘存一點點靈魂——支配了我的意志。我說：「愛情？我要的並不是愛情。」

「喔，查爾斯，你要的就是愛情。」她說，舉起手輕撫了我的臉頰，然後才關上門。

我步履蹣跚地離開，走在那條燈光柔和、空無一人的長走廊上，一會兒往這面牆上倒去，接著又往另一面牆上倒去。這場暴風雨似乎是環狀的，一整天我們都在相對平靜的暴風眼裡航行，此刻又再度被捲入憤怒的暴風中——甚至比前一個晚上還要猛烈。

我們聊了十個小時。到底有什麼可聊的？大部分的時間，我們都只聊一些簡單的事實：我們的生活紀錄。經過這麼漫長的時間，相隔這麼遙遠的距離，我們好不容易又合為一體。那個巨浪翻騰的夜晚，我都在回味茱莉亞曾經對我說過的話。她不再是第一天晚上的妖女，或者星光燦爛的幻影。她把自己的過往都告訴了我，雖然我都已經聽過：關於她的愛情和婚姻，還有關於她的童年。我想像著那個畫面：在陽光燦爛的日子，她坐在草地上翻閱自己最愛的童書，霍金斯奶媽坐在涼椅上，蔻蒂莉亞睡在搖籃裡；在安靜無聲的夜晚，她睡在穹頂下的育兒房裡，等待蠟燭逐漸燃燒殆盡，讓床邊的宗教圖畫變得模糊。她告訴我關於她和雷克斯的生活，以及那趟祕密的、邪惡的、充滿災難的紐約之旅。她說，關於要不要和雷克斯生孩子這件事，她掙扎了很久。一開始她想要，努力一年之後，醫生才告訴她必須先接受某種手術才有辦法懷孕，但那時她與雷克斯的感情已經走到盡頭。然而雷克斯還是想要有自己的孩子，等到她好不容易懷孕，結果生下一名死嬰。

「雷克斯從來沒有對我不好。」茱莉亞說。「只不過，他不是一個完整的人，他在許多方面缺少人性，而且他不理解為什麼他與布蘭達・錢皮恩偷情這件事會傷害我。當時我們度完蜜月回到倫敦還不到兩個月。」

「當我發現西西莉亞不忠時，心裡其實很高興。」我說。「我覺得這讓我有正當理由不再喜歡她。」

「她有外遇嗎？你真的這麼想嗎？我很高興，因為我也不喜歡她。你當初為什麼娶她？」

「肉體方面的吸引力，以及企圖心。每個人都認為她是畫家的理想妻子。還有，因為我很寂寞，我很思念賽巴斯提安。」

「你愛過他，對嗎？」

「是的，他是我的初戀。」

茱莉亞明白我的感受。

輪船發出吱吱聲響，船身不停顫抖，一會兒升起，一會兒又下沉。我的妻子在隔壁艙房叫我：「查爾斯，你在嗎？」

「我在。」

「我睡了好久。現在幾點了？」

「凌晨三點半。」

「天氣還是很差，對不對？」

「現在變得更糟了。」

「可是我的身體舒服多了。你覺得我們可以打電話請服務生送茶水和點心過來嗎？」

於是我請夜班服務生送茶和餅乾過來。

「你今天過得如何？」

「大家都暈船了。」

「可憐的查爾斯，我原本期望這會是一趟很棒的旅行。也許明天天氣就會好轉了。」

我熄了燈，並且將兩個艙房中間的房門關上。

我睡了一會兒又醒了一會兒，在這個令人難以入眠的漫漫長夜，我躺在床上，張開雙臂與雙腿，感受著船的搖晃。我在黑暗中睜著雙眼，腦海裡想著茱莉亞。

「……我們本來以為，我母親去世之後，我父親就會回到英國，或者他會與卡拉結婚，可是他的生活一切照舊。我和雷克斯經常去探望他，我變得很喜歡他了……賽巴斯提安完全消失了……蔻蒂莉亞參加了醫療急救隊，正在西班牙……布萊茲赫德依然過著他那種特立獨行的生活。自從我母親死後，他一直想要關閉布萊茲赫德莊園，但不知什麼原因，我父親不肯答應，於是我和雷克斯就住在那裡，布萊茲赫德則在霍金斯奶媽的房間旁保留了兩個房間，也就是以前的育兒房。他就像契訶夫[11]小說裡的角色，會突然從書房裡走出來，或者出現在樓梯上——我從來都搞不清楚他什麼時間在家——他三不五時會毫無預警地出現在晚餐餐桌旁，就像鬼魅一樣。

「……喔，雷克斯的那些朋友，話題盡是政治與金錢。如果不談錢，他們好像什麼事也做不了，就連到湖邊走一圈，也要打賭能看到幾隻天鵝……他們經常在布萊茲赫德莊園待到凌晨，和雷克斯找來的那些女孩子打打鬧鬧、聊八卦、下棋、玩牌、抽雪茄。雪茄的味道，我早上起床時都還能在我的頭髮裡聞到，晚上更衣時也能在我的衣服上聞到。現在我身上是不是也有雪茄味？你覺得按摩師會不會從我的皮膚感受到那種氣味？

「……我原本還會和雷克斯一起到他朋友家應酬，但後來他就不讓我同行了，因為他覺得我很丟臉，因為他發現我不是他想要的那種女人；他也覺得自己很丟臉，因為他娶了我，我根本不是他當初討價還價想要的那個商品，他覺得我根本沒有價值。每當他說服自己接受這個事實，開始不那麼介意時，又會經常感到驚訝——因為他發現他敬重的某個男士或女士覺得我很好。這時他才意識到，別人所理解的世界，他一點也不懂……我離開英國的時候，他很不高興，現在我回去了，他一定會很開心。在此之前，我對他完全忠誠。你知道，因為教養很重要，所以去年當我想要擁有孩子的時候，我決定以天主教的方式養育這個孩子。在那之前我

11 譯註：安東・帕夫洛維奇・契訶夫（Anton Chekhov，一八六〇年一月二十九日－一九〇四年七月十五日），俄國小說家，擅長描寫有個性的小人物，作品反映當時俄國的社會現況。

完全沒有想過宗教方面的事，後來也沒有再想過。然而那個時候，當我等著生產時，我心想：『這是我可以為這孩子做的事，雖然天主教的教育沒有讓我變成一個很棒的人，可是我的孩子應該接受這樣的教育。』說來實在奇怪，我竟然想把某種讓我迷失的東西再傳給我的孩子。只不過，到了最後，我連生命也無法給她。我根本沒機會看到她，因為那時候我身體太虛弱，陷入昏迷。後來有很長一段時間，即使到現在還是，我不太願意提到她——她是個女兒，因此雷克斯不太在意她沒有活下來。

「我已經因為嫁給雷克斯而受到懲罰。你看，我還是無法將那些觀念從我腦中抹去，起碼沒有辦法完全抹去——死亡、審判、天堂、地獄、霍金斯奶媽，以及天主教的教義。如果一個人從小就被灌輸某些觀念，那些觀念就會變成這個人的一部分。然而我仍舊希望我的孩子可以擁有這些觀念……我猜我將會因為自己最近的行徑而再次受到懲罰，或許這就是為什麼我們現在會在這裡……都是命中註定的。」

這幾乎就是她那天對我說的最後一件事——「命中註定的」——我們下樓之前，我將她獨自留在艙房門口。

第二天，風減弱了一會兒，然後我們又再次在巨浪中翻滾。大家聊天的話題已經從暈船變成骨折，因為有人在黑夜裡被風雨搖下床，還有人在洗手間裡發生意外。

因為我和茱莉亞前一天說了太多話，因此這天我們很少交談。我們之間其實不需要言語。茱莉亞和我都帶了書，她還玩了她喜歡的遊戲。每當沉默許久之後，我們會開口聊幾句，結果發現彼此的想法非常貼近。

我對她說：「妳還沒有走出憂傷。」

「這是我咎由自取。就像你昨天說的，這是我應該付出的代價。」

「這是生活的代價，總有一天必須償還。」

到了中午，雨停了，烏雲在傍晚時分也散了。陽光從船尾照進交誼廳裡，讓所有的燈光黯然失色。

「夕陽西沉。」茱莉亞說。「一天又來到盡頭。」

她站起身，要我跟著她走到甲板，儘管此時輪船仍然非常搖晃。她挽著我的手，還把手放進我的大衣口袋裡，在口袋裡牽我的手。甲板已經乾了，而且空無一人，只有風繼續以輪船前進的速度吹拂著。我們費力地往前走，並閃避煙囪冒出來的黑煙。晃動的船身讓我們不得不偶爾停下腳步，一會兒擠在一起，一會兒又被拉開，兩人的手也因此差點分開。我緊抓著欄杆，茱莉亞則勾住我的手臂，然後再次被推擠在一起又分開。在一次劇烈搖晃中，我被甩到她身上，將她緊緊壓在欄杆上，我趕緊以手臂撐住欄杆，好讓自己從她身上移開，接著將她擁入懷中。船下沉至最低點，然後靜止片刻，彷彿要凝聚往上攀升的力量。我們抱著彼此，在無人的甲板上貼著對方的臉頰，她的髮絲拂過我的眼睛。波濤洶湧的黑色海面出現平靜的金色光束，我也從茱莉亞黑色的秀髮中看見了金色的天空。起起伏伏的海浪讓茱莉亞緊緊靠住我的胸膛，我依然抓著欄杆，她的臉也始終貼著我的臉。

她的嘴唇突然移向我的耳際，溫暖的呼吸伴隨著鹹溼的海風。雖然我沒有說話，但是她說：「好，就是現在。」趁著輪船在海浪中穩住的瞬間，她拉著我走下甲板。

珍貴的甜蜜溫存總會來臨，在適合的季節裡，和燕子及青檸檬花一同出現。此時在漫天翻騰的巨浪中、在世俗禮儀的監督下，我終於獲得茱莉亞的許可，第一次自由進入了我渴望已久的境地。

那天晚上，我們在輪船頂層的餐廳吃飯。透過弧形的窗戶，我們看見了滿天的星星，讓我想起在牛津大學時的回憶，璀璨的星子高掛於山形牆上方的天幕中。服務生告訴我們，樂隊明天晚上就會重新開始表演，到時候餐廳裡又會熱鬧如昔。服務生還說，如果我們想要好一點的位子，最好現在就先訂位。

「喔，親愛的。」茱莉亞說。「如果天氣變好，我們能躲到哪裡去呢？我們是暴風雨中的孤兒。」

那天晚上，我捨不得離開茱莉亞。隔天清晨當我再次沿著走廊走回我的艙房時，發現船身已經不再搖晃，輪船在海面上平靜地航行。於是我知道，我們的獨處時光已經結束了。

我妻子在她的艙房裡歡欣鼓舞地叫我：「查爾斯，查爾斯，我現在覺得舒服多了。你猜我早餐吃什麼？」

我走過去一看，發現她正在吃牛排。

「我預約了美容師——可是你知道嗎，她們今天下午四點之前的時段都被預約滿了，為什麼會突然變得這麼忙呢？晚餐前我實在不應該露臉，可是上午會有很多人來看我們，而且我邀請了麥爾斯和珍妮特到我們的起居室吃午餐。過去兩天我真是一個沒用的妻子，你都在忙些什麼？」

「有天晚上很有意思。」我說。「我和一些人玩賭博輪盤，一直玩到深夜兩點，就在我們的起居室裡，結果活動主辦人卻因為喝醉而睡著了。」

「我的天啊，這傳出去不太好聽。查爾斯，你沒有做出什麼失禮的事吧？你有沒有找女人搭訕？」

「女士們幾乎都在艙房休息，但我大部分的時間都和茱莉亞在一起。」

「喔，那就好。我以前一直想介紹你們認識，因為在我的朋友當中，我覺得你可能會比較欣賞她。對她來說，你可能就像天上掉下來的禮物。她最近心情不太好，我猜她可能沒告訴你，可是……」我妻子開始談起關於茱莉亞紐約之行的傳聞。「今天上午我應該邀請她過來喝杯雞尾酒。」她最後表示。

茱莉亞和其他的客人都來了。只要能夠接近她，我就覺得很開心。

「我聽說妳替我照顧我丈夫。」我妻子對茱莉亞說。

「是的，我們變成好朋友了。除了他和我之外，還有一個我們不知道名字的男人。」

「柯蘭姆先生，你的手臂怎麼了？」西西莉亞問。

「我在浴室摔倒了。」柯蘭姆先生回答，並詳細說明了意外發生的經過。

那天晚上，船長到餐廳吃晚餐，那張餐桌的座位總算被填滿了。主教右邊的座位，坐著一對日本夫婦，他們對於主教的傳教經歷深感興趣。船長拿茱莉亞沒暈船的事情說笑，表示打算聘她擔任這艘船的船員。長年的航海生涯讓船長具備在各種場合都能談笑風生的本領。我妻子經過美容師的巧手改造，如今已經煥然一新，在她身上看不到她這三天所受的痛苦折磨。在很多人眼中，她的光芒肯定蓋過了茱莉亞。茱莉亞的憂鬱也不見了，取而代之的是一種難以形容的滿足和安詳，只有我知道她改變的原因。我和她中間隔著這些男男女女，在人群中孤單地坐著，但感覺彷彿還像昨夜，我們在彼此的臂彎中躺著。

那天晚上整艘船瀰漫著歡樂的氛圍，儘管明天清晨就得起床整理行李，可是所有的人都已經打定主意，要在最後一晚盡情享受被暴風雨耽誤的樂子。船上每一個角落都有人，大家都在跳舞和聊天，服務生端著酒杯四處走動，抽獎遊戲的主持人也忙個不停——「凱莉的眼睛——第一號；修長的雙腿，第十一號；現在我們要開始繼續抽號碼了。」史蒂文森．奧格蘭德夫人頭上戴著紙帽，柯蘭姆先生手上纏著繃帶，兩個日本人以優雅的姿態揮動彩帶，嘴裡還發出像鵝一般的叫聲。

一整個晚上，我和茱莉亞都沒有機會獨處。

第二天，當所有人都擠在左舷的甲板上欣賞德文郡碼頭翠綠色的海岸線時，我和茱莉亞在右舷待了幾分鐘。

「妳有什麼計畫？」

「在倫敦待幾天。」她說。

「西西莉亞會直接回家，她急著見孩子。」

「你呢？你也會馬上回去嗎？」

「不。」

「那麼你也在倫敦待幾天吧。」

「查爾斯，你有沒有看見？那個紅頭髮的矮個子男人——法恩納福船長，剛剛被兩名便衣刑警帶走了。」

「我沒看見，因為剛才人太多了。」

「我已經查過火車班次，也發了電報給僕人，晚餐前我們就可以回到家了。雖然孩子們可能都睡了，但我們可以把小翰翰叫起來，就這麼一次。」

「妳先回去吧。」我說。「我得待在倫敦。」

「喔，查爾斯，可是你一定得和我一起回去啊！你還沒見過卡洛琳呢！」

「我晚一、兩個星期回去，她應該不會有什麼差別吧？」

「親愛的，她每天都在長大呢！」

「為什麼一定要馬上見到她？親愛的，我很抱歉，但我得先把所有的畫都打開，看看它們在旅途中有沒有受損，接著還得馬上把畫展的事情搞定。」

「一定要馬上嗎？」她問。我心裡明白，只要我拿工作這項祕密武器當成藉口，她就不會再多說什麼。「這實在很令人失望。除此之外，我也不知道安德魯和辛西亞會不會從我們城裡的公寓搬走。他們的租期到月底。」

「我可以住飯店。」

「那太可憐了，我不忍心讓你在回來英國的第一晚就獨自過夜。我可以留下來陪你，明天再回去。」

「妳不應該讓孩子們失望。」

「你說得對。」她的孩子、我的工作，都是我和她談判時的祕密武器。

「你週末會回家嗎？」

「如果我忙完了的話。」

「持英國護照的旅客，請到吸菸室等候。」一位船務人員宣布。

「我已經拜託和我們一起用餐的那位外交官，他會安排我們和他們夫婦一起提早下船。」西西莉亞對我說。

二、私人視角◆雷克斯・莫特崔恩在家

我依照我妻子的意思，將不對外公開的預展安排在星期五。

「我們一定要抓住那些評論家的心。」她說。「現在是讓他們嚴肅看待你的時機，他們也很清楚這一點。如果你把預展安排在星期一，他們大多剛從鄉下度假回來，只會在晚餐前隨便寫幾句評論就敷衍了事——當然，我只在乎那幾份特別重要的報紙和雜誌。但如果我們給他們整個週末的時間好好思考，讓他們在鄉下歡度週末時，先享用美好午餐再坐下來慢慢寫出動人的好文章，說不定我們將來還可以把這些評論集結成冊。因此，這次的安排絕對不能大意。」

在準備展覽的這一個月裡，西西莉亞每天往返於倫敦和我們位於老修道院的家，並且忙著

修改邀請名單、協助我調整畫作的擺放方式。

預展的那天早上，我打電話給茱莉亞，說：「我看膩了這些畫，再也不想看見它們，偏偏我今天一定得去亮相。」

「你希望我去陪你嗎？」

「我真心希望妳不要來。」

「西西莉亞寄了一封邀請函給我，用綠色的墨水寫著：『把所有的朋友都帶去參加。』我們要約在哪裡見面？」

「晚上約在火車站見面好了。妳等一下可以先把我的行李載到火車站。」

「如果你待會兒可以先把行李整理好，我還能順便載你到畫廊。我和服裝設計師約了中午十二點在畫廊附近碰面。」

我走進畫廊時，西西莉亞正透過玻璃窗望著大街，她身後有五、六位收藏家，手裡拿著目錄，從這幅畫欣賞到下一幅畫。他們曾在畫廊買過畫，所以被畫廊列為主要客戶名單。

「目前還沒有人來。」我妻子說。「我十點鐘就到了，一直很冷清。你坐誰的車來的？」

「茱莉亞的車。」

「茱莉亞？你為什麼不找她一起進來呢？真有意思，我剛剛才和一個身材矮小而且長得很有趣的男人聊到布萊茲赫德莊園，他好像對那裡很熟。他說他叫做山姆葛拉斯，是替卡博勛爵做事的評論家。我想向他介紹你的作品，可是他似乎比我還要瞭解你。他還說很多年前曾經在布萊茲赫德莊園見過我。要是茱莉亞和你一起來就好了，我們可以問問她這個山姆葛拉斯先生是什麼樣的人。」

「我記得他。他是一個騙徒。」

「是的，這點毫無疑問。他一直在談論被他稱為『布萊茲赫德黨』的那一群人，顯然雷克斯．莫特崔恩把布萊茲赫德莊園變成了某個叛黨的總部。你知道這件事嗎？不知道瑪奇梅因侯爵夫人會怎麼想？」

「我今晚要去布萊茲赫德莊園一趟。」

「今晚不行，查爾斯，你今晚不能去。家裡的孩子還在等你呢！你答應過，等到展覽一切就緒之後，你就會回家去。小翰翰和奶媽還為你做了一幅『歡迎回家』的掛旗，而且你到現在還沒見過卡洛琳。」

「不好意思，可是我已經約好了。」

「再說，父親也覺得你很怪。博伊這個星期天也會來。你還沒有機會看到新的工作室。今晚你真的不能去布萊茲赫德莊園。他們有邀請我一起去嗎？」

「當然有邀請妳，可是我知道妳沒辦法去。」

「現在才說，我當然沒辦法去。如果早點讓我知道，我可以參加。我想親眼看一下『布萊茲赫德黨』是什麼樣子！我覺得你這麼做很殘忍，但現在不是吵架的時候，克拉倫斯公爵答應吃午餐前會來一趟，他們可能隨時會到。」

這時有人出現了，但不是克拉倫斯公爵，而是一位報社女記者。畫廊經理帶著她走向我們，她不是來欣賞畫，而是希望聽聽我在旅途中的「佚事」。我請西西莉亞陪她聊天，結果我隔天在報上讀到她的報導：「**查爾斯．萊德從倫敦社交圈出走，迎向叢林裡的蟒蛇和吸血蝙蝠。知名畫家萊德的新觀點，離開上流豪宅，走進非洲廢墟……**」

展覽上的來賓漸漸變多，我也開始忙著扮演文明人的角色。我的妻子到處招呼客人、介紹朋友，熟練地將這群人變成一場派對。我看她帶著一組又一組朋友去預訂《萊德的拉丁美洲》，並聽見她說：「不，親愛的，我一點也不意外，你應該也不覺得我會感到意外吧，是嗎？你看，查爾斯只為一件事而活——美感。我認為他已經厭倦了在英國這些建築上尋找美感，不得不靠自己走出去、靠自己創造美感。他希望有個嶄新的世界讓他征服。再說，關於鄉村莊園，他已經把所有該表達的美感都說盡了，不是嗎？我倒不是說他已經徹底放棄那個領域，我相信在朋友們需要的時候，他還是會再畫一、兩幅的。」

一位攝影師幫我們夫妻倆合照，閃光燈在我們面前一亮，然後我們又分開。

突然有一陣小騷動，人群向兩側讓開，空出一條走道，有貴族來了。西西莉亞行了屈膝禮，我聽見她說：「喔，公爵，您實在太客氣了。」接著我就被帶到人群空出來的那條走道。克拉倫斯公爵對我說：「我猜那個地方一定很熱吧？」

「是的，公爵。」

「你在畫中表現的熱，真的非常美妙，讓我想要立刻脫掉身上這件大衣。」

「哈，哈。」

他們離開後，我妻子說：「我的天啊，我們的午餐要遲到了。瑪歌為你舉行了一場派對。」搭上計程車之後，她說：「我剛剛想起一件事，你何不寫封信給克拉倫斯公爵夫人，請她同意讓你把《萊德的拉丁美洲》這本書獻給她？」

「我為什麼要這麼做？」

「這麼做可以讓她高興。」

「我不想把這本書獻給任何人。」

「又來了，查爾斯，你總是這樣。為什麼你不肯給別人開心的機會呢？」

午餐只有十二個客人，雖然是以我的名義邀請，但顯然一半以上的客人都不知道我舉辦了畫展。無論如何，女主人和我的妻子都很開心。這些人出席的原因，只是因為受到邀請，而且同一時段沒有其他的邀約。午餐期間，他們都在聊辛普森夫人[12]，但吃過午餐之後，他們所有的人，或者說幾乎所有的人，都跟著我們一起回到畫廊。

午餐後的那個小時非常忙碌，有泰特美術館[13]和國家藝術基金會[14]的代表光臨，他們都訂購了一些畫，並承諾會盡快帶同事來捧場。一位最具影響力的評論家，以前曾用幾句傷人的話語打擊我，但現在他頭上戴著寬邊呢帽、脖子圍著羊毛圍巾，伸出手拉住我的手臂，說：「我知道你很有本事，我一直都看得出來，我一直在等你表現。」

我也從上流社會人士和一般人口中聽見類似的讚美。我聽到有人說：「如果要我猜，萊德將會是我此生喜歡的最後一個畫家。他的作品如此陽剛、如此激情。」

他們都認為自己在這裡有了全新的發現，然而上次在我出發到國外之前，也在這間畫廊舉辦了畫展，只不過情況完全不同。當時，這個地方毫無疑問充滿了倦怠感。那時他們聊的都是畫中的房子，或是屋主的佚事，而不是我。今天有一位女士讚美我畫作的陽剛和激情，但上次她站在一幅我耗費心力的作品前，說它「平淡無味」。

我之所以記得那次畫展，是因為我在同一個星期發現我妻子不忠。然而她此刻像個不知疲倦的女主人，我聽見她說：「無論什麼時候，只要我看見美麗的畫作——無論建築畫或者風景畫——我心裡都會想著：『這是查爾斯的作品。』我已經習慣透過他的雙眼去看這世界，他就是我的英國。」

我以前也聽她這樣說過。在我們的婚姻中，每次聽見她這麼說，都會讓我產生一陣胃痛。可是那天在畫廊裡，當我再次聽見她這麼說的時候，卻完全無動於衷。我突然意識到，她已經不會再對我造成任何傷害，我已經自由了。她那次短暫且狡猾的出軌，讓我得到解放。那頂綠帽子，讓我成為森林的主人。

這一天終於結束，西西莉亞說：「親愛的，我得走了。這次的畫展真的相當成功，不是嗎？我會編個理由，告訴家人們你為什麼不肯回去，可是我真希望事情沒有演變到這種地步。」

「所以她已經知道了。」我心想。「她是個聰明人，吃午餐時她肯定聽見了什麼風聲。」

---

12 譯註：華里絲・辛普森（Wallis Simpson，一八九六年六月十九日——一九八六年四月二十四日）是英國國王愛德華八世的女友，在愛德華八世退位為溫莎公爵之後成為其夫人。

13 譯註：泰特美術館（Tate Gallery）收藏英國藝術品與現代藝術創作，雖不屬英國政府組織機構，但主要贊助來自英國文化部門。

14 譯註：國家藝術基金會（National Art Collections Fund）是獨立的會員制英國慈善機構。

她離開之後，我原本也想跟著離開——這時畫廊裡已經沒有什麼客人了——但突然聽見門口傳來一個聲音，一個我已經很多年沒有聽見但永遠不會忘記的聲音，一個尖銳且結巴的說話聲，正在發表一連串抗議。

「不，我沒有帶邀請卡。我甚至不知道自己有沒有收到過邀請卡。我不是來參加什麼社交活動，也不是來和西西莉亞夫人攀交情，更不希望我的照片被刊登在雜誌上。我不是來展覽我自己的，我是來欣賞畫作的。妳該不會不知道這裡有畫展吧？我碰巧對這位畫家有點興趣，倘若畫家這個詞彙對妳來說有任何意義。」

「安東尼！」我說。「快進來吧。」

「親愛的，這個女—女—女妖怪認為我想要硬—硬—硬闖。我昨天才回到倫敦，今天吃午餐時碰巧聽說你舉行畫展，所以當然馬上跑來向你祝賀。我有沒有變很多？你還認得出我嗎？你的作品在哪裡？快解釋你的作品給我聽。」

安東尼．布蘭屈依然和我上次見到他的時候一樣，完全沒有改變。事實上，從我第一次見到他以來，他都沒有任何變化。他以輕快的腳步穿過房間，來到我最重要的一幅畫前面——那是一幅叢林畫——然後沉默了片刻。他點點頭，宛如一隻熟悉了自己任務的小獵犬，接著便問我：「親愛的，你在哪裡找到這片華麗的綠色？這是川—川—川特公園還是川—川—川寧公園的溫室？是哪個有錢人提供你這麼豐盛的花草？」

隨後他在展間裡走了一圈，做了一、兩次深呼吸，其餘的時候都保持靜默。最後他又重重地嘆了一口氣，說：「親愛的，我從這些畫作可以看出，你正沉浸於愛河之中。就是這樣，或者差不多就是這樣，對不對？」

「有這麼明顯嗎？」

安東尼壓低嗓子，以一種具穿透力的聲音在我耳邊說：「親愛的，我們不要在這些清純的好人面前拆穿你的騙局。」——他一臉神祕地看屋內剩下的那些人一眼——「我們不要壞了他們純潔的雅興。我們都很清楚，你和我，這話題很可－可－可怕，也很無－無－無聊。走吧，在我們還沒有冒犯那些鑑賞家之前。我知道附近有一間風評不佳的小酒館，我們去那邊聊聊你的豐－豐－豐功偉業。」

我需要這樣的聲音把我拉回現實。今天一整天，讚美的話語就像不曾間斷的公路廣告看板，一英里接著一英里出現，穿插於白楊樹之間，提醒你到某間旅館投宿。等你到了道路盡頭，滿身塵土且疲憊不堪，終於抵達那個目的地時，那家原本讓你厭煩甚至惱怒的旅館，卻變成你不假思索且無可避免的選擇。最後，它還成為你疲憊身心不可分割的一部分。

安東尼領著我走出畫廊，走過幾條僻靜的街道，來到一扇門前。這扇門的兩邊，分別是一間聲名狼藉的雜誌社，以及一家同樣聲名狼藉的藥房。門上寫著「藍洞俱樂部，只限會員進入。」

「你可能不會喜歡這裡，親愛的，但這是我喜歡的地方，千真萬確。不過，反正你已經在你的圈子裡待了一整天。」

他帶我走下樓，我先聞到一股貓味，接著有杜松子酒的味道和菸味，並且聽到廣播聲。

「某個『屋頂上的公牛』的老客人給我這個地址。我很感謝他，因為我離開英國太久了，真的沒想到變化這麼多。昨天晚上我第一次到這裡來，但我已經幾乎把這裡當成自己家了。你好，西里爾。」

「嗨，安東尼，你又來了。」在吧檯裡的年輕人說。

「我們先點酒，然後到那邊去坐。記住，親愛的，你在這種地方非常突兀。而且，甚至可以說很不尋常。親愛的，就像我在布—布—布拉特俱樂部一樣。」

這裡的牆壁鍍著鉻，地板上鋪著油布，天花板與牆面隨意地貼著金色與銀色的紙魚，幾個年輕人在喝酒及玩吃角子老虎，還有一個年紀稍長、打扮入時但看起來飲酒過量的男子，似乎是這裡的老闆。水果口香糖販賣機那邊傳來笑聲，然後有個年輕人走過來，問：「你的朋友想不想跳舞？」

「不，湯姆，他不想跳舞，我也不會請你喝酒，起碼現在不會。」安東尼將他打發走，然後對我說：「親愛的，他是個不懂事的孩子，經常在這裡騙吃騙喝。」

「好。」我刻意表現輕鬆，以掩飾我在這裡的極度不適應。「這幾年你都在忙什麼？」

「親愛的，這幾年你都在忙什麼？這才是我們要聊的重點。我一直注意著你的動態，親愛的，我是一個忠誠的老朋友，視線從來沒有離開過你。」當安東尼開始說話時，這間酒吧的一切，包括吧檯裡的酒保、藍色的藤製桌椅、吃角子老虎、留聲機、在油布地板上跳舞的年輕人、在吃角子老虎旁嬉笑的年輕人、在對角座位上喝酒的古板老人，似乎都在我眼前漸漸消失。我彷彿又回到牛津大學，正隔著哥德式的窗戶往外觀看基督堂學院的草坪。「你第一次舉辦畫展時，我就已經去捧場了。」安東尼說。「我覺得那幅畫很有魅力——瑪奇梅因公館的客廳，非常英式，非常精確，而且引人入勝。『查爾斯已經有所成就了。』我當時心想。『但他不光只想做這些，他能做的也不只這些，但起碼他已經有所成就。』

「即便在那個時候，親愛的，我心裡也還是有些疑慮。對我來說，你的畫作似乎有點紳士風格。請你記得，我不是英國人，我不理解那些熱衷於良好出身的人。那種英國式的勢利眼作風，對我而言比英國式的道德觀更可怕。不過，我心裡還是認為：『查爾斯做了很棒的事，他接下來會做什麼呢？』

「然後，我看見了你那本漂亮的畫冊：《萊德的鄉村建築》。書名是這個，沒錯吧？很厚的一本書，親愛的。我從這本書裡看見了什麼呢？同樣是一種英式魅力。『不太合乎我的胃口。』我暗忖。『太英國式了。』你知道我對重口味的事物比較感興趣，而不是西洋杉、黃瓜三明治、銀製餐具和穿著網球裝的英國女孩——不是這些，不是珍．奧斯汀，不是米—米—米特福德小—小—小姐[15]。因此，坦白說，我對你失望了。『我是一個墮落的義—義—義大利佬。』我說。『但是，查爾斯，你是一個穿著棉布裙的少女——我是指你的作品，親愛的。』

「你不難想像我今天吃午餐時的興奮之情，因為每個人都在談論你。我參加的那場派對，女主人是我母親的朋友，一個叫史蒂文森．奧格蘭德夫人的女人。她也是你的朋友，親愛的，一個保守又邋遢的女人。我可以想像那不是你想接觸的圈子，然而他們全都去參觀了你的畫展。只不過，他們談論的話題是你的人，而非你的畫。關於你如何掙脫一切，親愛的，然後逃

15 譯註：瑪麗．羅素．米特福德（Mary Russell Mitford，一七八七年十二月十六日—一八五五年一月十日）是英國作家和戲劇家。

到熱帶地區，變成高更[16]、變成韓波[17]。你應該不難想像當時我的心跳得有多快。

「『可憐的西西莉亞。』他們說。『西西莉亞為查爾斯做過那麼多事。』『他欠她太多了，真的很糟糕。』『還有，他和茱莉亞的關係。』他們還說。『茱莉亞在美國做了那些事情。』『茱莉亞本來準備回到雷克斯的身邊。』

「『可是，你們覺得他的畫作如何？』我問他們。『請告訴我那些畫作如何。』

「『喔，那些畫作啊！』他們說。『非常古怪。』『完全不是他原本的風格。』『很有力。』『相當野蠻。』『我覺得非常不健康。』史蒂文森．奧格蘭德夫人說。

「親愛的，這時我就忍不住了，我想要立刻離開那場派對，跳上計程車，告訴司機：『請送我去看查爾斯那些不健康的畫作。』是的，我確實去了，然而午餐時間過後，畫廊裡擠滿了荒唐的女人，她們頭上戴著那種看起來應該拿來吃掉的帽子。於是我休息了一會兒——就在這間酒吧，和西里爾和湯姆以及那些可愛的男孩們在一起。到了不太熱鬧的下午五點鐘，我才又迫不及待地前往畫廊。結果我看見了什麼？親愛的，我看見了一場淘氣又成功的惡作劇，讓我想起賽巴斯提安當年喜歡戴著假鬍子的那段往事。我必須再說一次，這些畫作很有魅力，親愛的，具有一種單純的、充滿奶油味的英國式魅力，就像嬉戲中的老虎。」

「你說得沒錯。」

「親愛的，我說得當然沒錯。我很多年前就說得沒錯——而且我很高興，我們看起來都沒那麼老——我已經警告過你了。當時我邀你出去吃晚餐，警告你要提防魅力，並提防佛萊特一家人。魅力是一種可怕的英國疾病，在這個潮溼的島嶼之外都不存在的疾病，任何東西只要被魅力沾上，就會被汙染、被摧毀。它摧毀了愛情，也摧毀了藝術。我很擔心，親愛的查爾斯，魅力已經摧毀了你。」

那個叫湯姆的年輕人又走過來。「別逗我了，安東尼，請我喝一杯酒吧。」我突然想起自己還得趕火車，於是就把安東尼丟給湯姆。

我在餐車旁邊的月臺上看見我和茱莉亞的行李，茱莉亞那個臭臉女僕正帶領著車站搬運工把行李推到我身旁。茱莉亞抵達時，工人已經準備關上車廂門。茱莉亞不慌不忙地上車，我請服務生替我們準備兩人座的位置。這趟車程還不錯，晚餐前有半個小時的休息時間，晚餐後又有半個小時，而且可以直達布萊茲赫德莊園附近的火車站，不像瑪奇梅因侯爵夫人那個年代還要轉車。我們離開帕丁頓火車站的時候天色已暗，隨著火車往前駛去，城市的光亮逐漸被郊區的燈火取代，接著就進入荒野的黑暗中。

「我覺得好像已經好幾天沒看到妳了。」我說。

「六個小時，而且我們昨天一整天都在一起。你看起來很累。」

「今天就像惡夢一樣——人群、評論家、克拉倫斯公爵、瑪歌的午餐派對，最後還得在一

---

16 譯註：歐仁・亨利・保羅・高更（Eugène Henri Paul Gauguin，一八四八年六月七日—一九〇三年五月八日）為法國印象派畫家。

17 譯註：強・尼可拉・阿瑟・韓波（Jean Nicolas Arthur Rimbaud，一八五四年十月二十日—一八九一年十一月十日）為十九世紀的法國詩人。

間奇怪的小酒館聽某人批評我的作品……我覺得西西莉亞已經知道我們的事了。」

「也好，反正她早晚會知道。」

「似乎每個人都知道了。我那個怪裡怪氣的朋友回到倫敦還不到二十四小時，就已經聽說我們的事情了。」

「我不在乎。」

「雷克斯知道了嗎？」

「不必管雷克斯。」茱莉亞說。「他根本不重要。」

火車在暗夜中疾駛而去，刀叉在餐桌上發出碰撞聲，酒杯裡的杜松子酒和苦艾酒震盪出橢圓形的波圈。在搖晃不已的車廂中，酒杯碰到我們的嘴唇之後又離開，但是沒有灑出來。我已經把這天經歷的種種拋在腦後，茱莉亞則脫下她的帽子，放在上方的置物架，並且撥弄著她烏黑的秀髮，因為心情放鬆而發出輕嘆——宛如在準備入睡之前、在爐火熄滅之前的輕聲嘆息。臥鋪車廂的窗子，對著星空與呢喃的樹林敞開。

「你回到英國真是太好了。查爾斯，就像從前一樣。」

「從前？」我心想。

雷克斯已經四十出頭，身型開始發胖，說話時不再有加拿大口音，而是變成扯著大嗓門說話的腔調，和他的朋友們一樣。他們的說話聲彷彿被緊緊拉扯，直穿雲霄，宛如遭到年輕人遺棄，害他們沒時間等待機會開口。他們沒有時間傾聽，也沒有時間回覆，只有時間放聲大笑——那種來自喉嚨深處的沉悶笑聲，是他們表示友好的方式。

織錦廳裡坐著五、六個人，全都是四十出頭的「年輕保守黨」政客。他們的頭髮稀疏，血壓過高：一位是來自煤礦區的社會主義者，口齒清晰，嘴上叼著雪茄，倒酒的時候手會發抖；一位是比其他人年紀稍大一點的企業家，從別人對他的態度看來，他顯然也比其他人有錢；一位是戀愛中的專欄作家，獨自在角落安靜地坐著，憂鬱地望著在座唯一的女性（一位名叫格拉澤爾的女子）；一位是知道很多祕密的浪子，因此其他人都有點怕他。

他們也怕茱莉亞，包括格拉澤爾。茱莉亞向他們打招呼，並為自己未能親自迎接他們而道歉，她一本正經的口吻使得大家安靜了片刻，然後她就走出織錦廳，和我一起坐在壁爐旁。其他人繼續交談，他們的聲音迴盪在我們耳邊。

「當然，他隨時可以娶她，讓她變成王妃。」

「我們十月的時候本來有機會打贏。我們為什麼沒有在馬勒諾斯特[18]海擊沉義大利艦隊？為什麼沒有燒光拉斯佩齊亞[19]？為什麼沒有攻占潘泰萊里亞[20]？」

「佛朗哥[21]其實是德國的間諜，他們讓他混進來，籌備轟炸法國的空軍基地，幸好奸計沒

18 譯註：馬勒諾斯特海（Mare Nostrum）為羅馬人對地中海的稱呼，意為「我們的海」。
19 譯註：拉斯佩齊亞（La Spezia）為位於義大利北方的城市。
20 譯註：潘泰萊里亞（Pantelleria）為地中海上的義大利小島。
21 譯註：佛朗哥（Francisco Franco，一八九二年十二月四日—一九七五年十一月二十日）為前西班牙元首。

有得逞。」

「這將使英國皇室變得強大，讓他們擁有自都鐸王朝[22]以來最強大的勢力。人民都站在他這邊。」

「媒體也站在他這邊。」

「我也站在他這邊。」

「再說，現在誰還會在乎離婚這種事，除了幾個嫁不出去的老女人。」

「如果他和那些老傢伙攤牌，他們會消失得像……像……」

「我們為什麼沒有關閉運河？我們為什麼沒有轟炸羅馬？」

「這倒是沒有必要，只要發出堅定的聲明……」

「一場堅定的演說。」

「一次攤牌。」

「不管怎麼說，佛朗哥很快就會回到摩洛哥。今天我就遇見一個從巴塞隆納來的人……」

「……一個從貝爾維第宮[23]來的人……」

「……一個從威尼斯宮[24]來的人……」

「我們只想要攤牌。」

「向鮑德溫[25]攤牌。」

「向希特勒攤牌。」

「向老幫派攤牌。」

「……這樣我就能活著看見我的國家，克萊夫[26]與尼爾森[27]的土地……」

「……我的國家，也是霍金斯[28]和德瑞克[29]的國家。」

「……我的國家，也是帕默斯頓[30]的國家……」

「可不可以請你停止？」格拉澤爾對那位專欄作家說。那個作家一直想伸手拉她的手。「我不喜歡這樣。」

22　譯註：都鐸王朝（House of Tudor）是一四八五－一六〇三年間統治英格蘭王國和其屬地的王朝。

23　譯註：貝爾維第宮（Belvedere）位於奧地利的首都維也納，是一座巴洛克建築風格的宮殿。

24　譯註：威尼斯宮（Palazzo Venezia）位於義大利的首都羅馬，是羅馬最早的文藝復興建築之一。

25　譯註：鮑德溫（Stanley Baldwin，一八六七年八月三日－一九四七年十二月十四日）為英國保守黨政治家，曾勸阻愛德華八世放棄迎娶辛普森夫人。

26　譯註：羅伯特．克萊夫（Robert Clive，一七二五年九月二十九日－一七七四年十一月二十二日）為英國軍人及政治家。

27　譯註：霍雷修．尼爾森（Horatio Nelson，一七五八年九月二十九日－一八〇五年十月二十一日）為英國海軍將領及軍事家。

28　譯註：約翰．霍金斯爵士（Sir John Hawkins，一五三二年－一五九五年）為英國海軍司令。

29　譯註：法蘭西斯．德瑞克爵士（Sir Francis Drake，一五四〇年－一五九六年一月二十八日）為英國著名的探險家和航海家。

30　譯註：帕默斯頓子爵（Viscount Palmerson，一七三九年十二月四日－一八〇二年四月十七日）為英國政治家。

「我不知道哪件事比較可怕。」我說。「西西莉亞的藝術感和時尚感，還是雷克斯對政治的狂熱與對金錢的喜好。」

「為什麼要想著他們？」

「喔，親愛的，為什麼愛情讓我痛恨這個世界？難道不該是相反的結果嗎？我覺得似乎全人類還有上帝都與我為敵。」

「確實如此。」

「就算這樣，我們仍擁有屬於我們的快樂。在這個地方，此時此刻，我們擁有著快樂，誰也傷害不了我們，對不對？」

「起碼今晚不能，起碼現在不能。」

「我們還能擁有多少個夜晚的快樂呢？」

三、噴泉

「你還記得嗎？」茱莉亞在一個寧靜且飄著檸檬香的夜晚對我說。「你還記得那場暴風雨嗎？」

「那扇碰碰撞撞的青銅大門？」

「那束玫瑰。」

「那個邀請我們參加『小型聚會』但後來再也沒見過他的男人。」

「你還記得最後那天的傍晚，陽光是如何突然出現的？就像今天一樣。」

那天下午烏雲密布、狂風吹拂，天色非常灰暗，我不得不暫時放下畫筆，將恍惚中的茱莉亞喚醒。她半夢半清醒地坐著——她經常這樣，但我從不厭倦替她畫人像，我永遠可以從她身上發現最新的靈感與巧思——直到我們返回屋裡稍做盥洗並換上晚餐服下樓吃晚餐。在這一天最後半個小時的天光裡，我發現這個世界變得不一樣了。太陽出現在天空中，狂風也已經緩和下來，輕柔地拂過盛開的青檸檬花。雨後的青檸檬花散發出芳香，與樹籬的氣息及被吹乾的石頭氣味融合為一。方尖碑的陰影斜斜占滿了整座露臺。

我從柱廊的亭子拿了兩個花色坐墊，放在噴水池邊。茱莉亞穿著白色洋裝和金色外套，她坐在噴水池旁，慵懶地將一隻手伸進池裡潑水，她手上的祖母綠戒指映照著夕陽餘暉。在她頭頂上方陰暗處那些長滿綠色青苔的石雕動物，在發光的石頭上形成濃密的陰影，四周環繞著水池被潑動時所產生的水花。水花冒出水泡，然後又破裂。

「……有這麼多值得記住的回憶。」她說。「我們在那之後分開了多少天？一百天？你說呢？」

「沒有那麼多。」

「兩次聖誕節。」——那些蕭瑟但基於禮貌的一年一度聚會。地點位於博頓[31]，我家人的老

31　譯註：博頓（Boughton）是英格蘭北安普敦郡德文垂區（Daventry）的村莊和民事教區，教區橫跨道路兩側，但村莊的主要部分在東部。它位於北安普敦市區的北部邊緣，並且與鄰近的摩頓村（Moulton）一起成為擴大城鎮的首選區域。

家，我堂哥賈斯伯的家。在我陰沉的童年記憶裡，那裡是油松木圍成的走廊和滴著水的灰牆。我父親和我滿腹牢騷地並肩坐在叔叔的車上，緩緩駛向紅杉大道，在大道的盡頭有我的叔叔、嬸嬸、菲莉帕姑姑、賈斯伯堂哥，以及新增加的賈斯伯堂哥的妻子和孩子。除了他們之外，我的妻子和孩子可能已經到達或者隨時會到達。這一年一度的節日讓我們聚集在一起，在冬青和槲寄生以及雲杉的樹枝之間，我們在客廳裡照舊玩傳統遊戲，白蘭地和牛油和喀斯巴德梅干，村裡的聖誕歌曲在油松木製成的舞臺上唱著，還有金色的彩帶與樹葉圖案的包裝紙。在過去的一年中，無論有什麼醜惡的謠言，大家依舊把我和西西莉亞視為夫婦地接納我們。

「看在孩子分上，我們必須堅持下去，無論一切對我們有多麼困難。」我妻子說。

「是的，兩次聖誕節……還有我跟著妳到卡布里島之前那三天的美好回憶。」

「我們的第一個夏天。」

「妳還記得我是如何在那不勒斯閒晃，然後跟隨著妳？妳還記得我們是怎麼在那個山間小徑上相約見面？那條小徑多麼平坦啊！」

「我回到我父親家說：『父親，您猜猜誰也來了？』然後他說：『我想應該是查爾斯・萊德。』我問：『為什麼您會想到是他？』我父親說：『卡拉從巴黎回來之後告訴我，說妳和他好像形影不離。他似乎對我的孩子們情有獨鍾。不過，妳就帶他來這裡住吧，我們還有空房間。』」

「有一段時間，妳得了黃膽，不肯讓我見妳。」

「還有一次是我得了流感，你不敢來。」

「還有無數多次，妳必須與雷克斯的選民見面。」

「還有加冕週[32]。你離開倫敦，奉命去拜見你岳父，趕去牛津畫那幅他們不喜歡的畫。喔，是的，真的已經過了一百天。」

「兩年多的時間，我們浪費了一百天……但我們之間沒有一天冷漠、不信任，或者失望。」

「永遠不會有。」

我們陷入沉默，只有鳥兒在青檸檬樹叢間清晰的啼聲。

茱莉亞拿起我胸前口袋裡的手帕將手擦乾，然後點燃一根菸。我害怕打斷那些記憶，可是這一次我們的思緒沒有保持一致。當茱莉亞再次開口時，她悲傷地說：「還有多少次？再一次一百天嗎？」

「一輩子。」

「查爾斯，我想和你結婚。」

「總有一天，妳不要急。」

「可是有戰爭。」她說。「今年，明年，很快就會發生戰爭。我只希望能夠與你共度一、兩天平靜的日子。」

「現在這樣不算嗎？」

這時太陽已經西沉至山谷那邊的樹林邊緣，遠處的山坡都沉浸在暮色中，只有山邊的湖水

32 譯註：加冕週（Coronation Week）是指一九三七年五月十二日喬治六世即位。

在夕陽下燃燒。隨著光線漸漸消失，色彩也變得更加燦爛，在草地上拖出長長的影子，在屋牆上揮灑、在窗格上燃燒、在飛簷、廊柱和穹頂上閃耀，並且在層層疊疊的泥土、石頭、樹葉的顏色與氣味中發散，讓茱莉亞的深色秀髮與金色肩膀看起來絕美動人。

「妳所謂的『平靜』日子是什麼？如果現在這樣的日子還不算平靜。」

「比現在這樣還要平靜。」茱莉亞以一種冰冷但陳述事實的口氣說。「當我們被衝動與激情所控制時，就沒有辦法談論結婚這件事。我們需要各自離婚——兩樁離婚必須開始計畫了。」

「計畫，離婚，戰爭——在這個平靜的黃昏。」

「有時候，我覺得自己被過去和未來緊緊壓縮著，眼前幾乎沒有空間。」

維爾考克斯這時從陽臺那頭走了過來，迎向夕陽下的我們，告訴我們晚餐已經準備妥當。

百葉窗已經關上，窗簾也已拉上。繪畫廳裡的蠟燭都點燃了。

「喔，三人份的餐具。」

「小姐，半個小時前布萊茲赫德伯爵回來了。他說他會晚一點過來用餐，請您們不必等他。」

「他上次回來好像已經是好幾個月前的事了。」茱莉亞說。「他都在倫敦做什麼？」

我們經常猜測——並萌生各種想像。因為布萊茲赫德非常神祕，他就像地底下的生物，有堅硬的口鼻可以在地上打洞，也像害怕光線的冬眠動物。他成年之後的這幾年，從來不曾真正完成過任何事：他說過想要從軍，也說過想要參加議會，還說過想要去修道院，結果都不了了之。他唯一做過的一件事——有一陣子因為沒有新聞事件發生，一篇名為「**貴族的罕見嗜**

好」的報導上了版面——就是收藏了數量可觀的火柴盒。布萊茲赫德將那些火柴盒固定在木板上，並且製作索引卡片。那些火柴盒收藏在他位於威斯敏斯特[33]的小房子裡，占據的空間逐年增加。一開始他還因為報紙替他造成惡名感到害羞，但後來感到十分欣慰，因為他發現這是讓他在世界上結交同好的絕佳方式。如今他和那些因為報導而結識的朋友們互相交流，並且交換重複的收藏品。除了收集火柴盒之外，大家都不知道他還有哪些興趣。他是瑪奇梅因領地的共同主人，因此每次回布萊茲赫德莊園就會抽兩天時間去打獵，以便盡到自己的責任。他從來不去附近的領地打獵，即便周圍鄉間比他的領地好得多。其實他對於狩獵這項運動沒有真正的熱情，每一季出去的次數不多。他沒有什麼朋友，會定期拜訪阿姨和舅媽，也會參加與天主教有關的晚宴。他在布萊茲赫德莊園善盡自己無法免除的責任，並將失禮與自命清高的態度都帶到他出席的各種場合中。

「上星期有個女孩在旺茲沃斯[34]被人用鐵絲勒死。」我想起一則舊新聞。

「那肯定是布萊茲赫德做的，他就是這麼邪惡的人。」

我和茱莉亞在餐桌坐下後，過了十五分鐘，布萊茲赫德就出現了。他穿著綠色的天鵝絨吸菸服，以笨拙的姿態走進來。他這套衣服一直放在布萊茲赫德莊園，因此每次回來都會換上。他已經三十八歲了，身材開始發胖，頭頂也開始微禿，就算被誤認為四十五歲也不令人意外。

33 譯註：威斯敏斯特（Westminster）是英國倫敦的一區。

34 譯註：旺茲沃斯（Wandsworth）是英國倫敦的一區。

「啊！」他說。「喔，只有你們兩個。我還以為雷克斯也在。」

我有時會好奇布萊茲赫德如何看我，以及對於我持續出現在他們家裡有什麼想法。但他似乎已經接納我成為他們的家庭成員，從不好奇我為什麼出現。在過去兩年間，他曾二度向我表現出類似友誼的舉動，讓我相當驚訝：一次是在聖誕節期間，他寄了一張照片給我，照片中是他穿著馬爾他騎士團[35]的袍子；在那不久之後，他又邀請我和他一起去一家晚餐俱樂部。他那兩次的舉動，我都能找到合理的解釋：那張照片是因為他加洗張數太多，不知道能發送給誰；俱樂部則是他非常以自己的地位為傲，因為那家俱樂部的成員都是各行各業的傑出人物，每個月聚會一次，像舉行儀式般插科打諢。每位成員都有自己的綽號——布萊茲赫德的綽號是「大哥」——而且人人都必須佩戴一枚像騎士組織的小徽章，他們的外套也都縫著俱樂部鈕扣。除此之外，他們隆重地請大家介紹各自帶來的客人。晚餐之後，他們還會宣讀一篇文章，並發表調侃時政的演說。很顯然地，他們每個人都會暗中比較各自客人的知名度高低。布萊茲赫德幾乎沒有朋友，而我還算略有虛名，因此才受到邀請。但即使在那種輕鬆愉快的聚會上，我也感受不到布萊茲赫德散發出任何社交熱情，他只會製造讓自己陷入尷尬的氣氛，就像一塊浮木，靜靜漂浮在水中。

他在我面前躬身坐下時，我看見他髮量稀疏的頭頂露出粉紅色的頭皮。

「嗨，布萊茲赫德，最近過得如何？」

「事實上，我確實有個消息要宣布。」他說。「不過，可以等一下再說。」

「快告訴我們。」

他做了一個鬼臉——我認為他的意思是「不方便在僕人面前談論」——然後他說：「查爾斯，你的畫進行得如何？」

「哪一幅畫？」

「隨便哪一幅。看你現在正在畫什麼。」

「我剛開始畫一幅茱莉亞的素描，可是今天一整天光線都很不好。」

「你在畫茱莉亞？我記得你以前已經畫過她了。我猜，比起畫建築物，這算是一種轉變，而且比較難畫。」

他說話時經常會出現長長的停頓，而且他停頓時似乎也陷入暫停思考的狀態。但是停頓之後，他總能從剛才中斷的地方接續話題。這次，他在停頓一分多鐘之後說：「這個世界充滿不同的事物。」

「你說得沒錯，布萊茲赫德。」

「如果我是畫家，我每次都會畫不同的主題。」他說。「充滿動態的主題，例如……」他又停頓了一會兒。我猜想著他接下來會說什麼，蘇格蘭飛人[36]？輕騎兵的衝鋒隊[37]？皇家亨利賽艇

35　譯註：馬爾他騎士團（Knight of Malta）為一個天主教組織，後來變為軍事組織。

36　譯註：蘇格蘭飛人（Flying Scotsman）是連接倫敦與愛丁堡的鐵路。

37　譯註：輕騎兵的衝鋒（Charge of the Light Brigade）是指一八五四年十月二十五日巴拉克拉瓦戰役（Battle of Balaclava）中英軍輕騎兵向俄軍發起的著名衝鋒。

日[38]？結果，出乎意料地，他說：「……例如馬克白[39]。」把布萊茲赫德想像成一個繪畫動態的畫家，是極度荒謬的事，因為他一向荒唐，卻因為他的孤僻和看不出年齡，成就了他一定程度的尊貴感。他一半是孩子，一半是老人，在他身上看不出任何時代的痕跡，有一種厚實不可侵犯的正直，對現實世界視若無睹，這些特徵讓你不由得對他產生些許敬意。儘管我們經常嘲笑他，他也不是真的那麼愚蠢，有時候甚至可以說他很精明。

我們說起中歐方面的新聞，布萊茲赫德突然打斷這個不會有任何結果的話題，問：「母親的珠寶現在放在哪裡？」

「這個是母親的。」茱莉亞伸出手。「還有這個。這幾個都是母親的，現在放在我和蔻蒂莉亞這邊。家族的珠寶放在銀行保險箱裡。」

「我很久沒有去看那些珠寶了——我不確定自己有沒有看過所有的珠寶。一共有哪些東西？有沒有什麼比較著名的紅寶石？我記得好像有人提過。」

「有一條紅寶石項鍊，母親以前經常戴著，你不記得了嗎？還有一些珍珠——都是她以前經常佩戴的首飾。可是大部分的珠寶，都一直放在銀行裡，我記得有幾件不好看的鑽石頭飾，還有一個維多利亞時期的鑽石項鍊，現在不會有人想戴。另外還有很多寶石。你為什麼突然問這個？」

「我想要找時間看看。」

「該不會是父親想要賣掉那些珠寶吧？他是不是又欠債了？」

「不，不，沒有這回事。」

布萊茲赫德吃飯的速度很慢，可是食量很大。茱莉亞和我看著燭光下的他吃飯時，他又說：「如果我是雷克斯，我會希望住在自己的選區。」他腦子裡經常充滿這一類的假設：「假如我是西敏寺的大主教」、「假如我是鐵路公司的主管」、「假如我是個女演員」，聽起來彷彿命運開了他一個玩笑，讓他無法成為這些身分，但他可能在某天起床的時候，會發現一切都已經改正過來。

「雷克斯說，如果他不住在選區，可以減少四天的工作量。」茱莉亞表示。

「真遺憾他不在這裡，我想要宣布一件事。」

「布萊茲赫德，不要裝神祕了，快點說出來吧。」

他又做了一次鬼臉，彷彿還是那個意思：「不方便在僕人面前討論。」

最後，當餐桌旁只剩下我們三人時，茱莉亞說：「如果你不宣布，我絕不離開這裡。」

「好吧。」布萊茲赫德說。他往椅背一靠，眼睛盯著自己的酒杯。「其實妳只要等到星期一，就可以在報紙上看到新聞了。我訂婚了，希望你們可以為我高興。」

「布萊茲赫德，這實在太……太令人興奮了！對方是誰？」

「喔，妳不認識。」

「她漂亮嗎？」

---

38 譯註：皇家亨利賽艇日（Henley Royal Regatta）是每年七月第一個週末在泰晤士河畔舉行的賽舟活動。

39 譯註：馬克白（Macbeth）是一〇四〇年－一〇五七年間的蘇格蘭王，亦是莎士比亞的戲劇名稱。

「我不認為漂亮這個詞可以形容她。『端莊』應該比較貼切。她是體型很大的女性。」

「她很胖？」

「不，體型很大。她的名字是瑪斯普拉特夫人，受洗的名字是貝柔。我已經認識她很久了，但是到去年為止，她都有丈夫，現在才成為寡婦。妳笑什麼？」

「不好意思，我不應該笑，只不過我很意外。她……她和你同年嗎？」

「大概和我差不多吧，我想。她有三個孩子，年紀最大的兒子剛剛去念艾姆培爾福斯公學。她的經濟狀況並不寬裕。」

「布萊茲赫德，你們怎麼認識的？」

「她的前夫瑪斯普拉特海軍上將也收集火柴盒。」他嚴肅地說。

茱莉亞忍住想笑的衝動，好不容易才克制住自己。她又問：「你娶她該不會是因為想得到火柴盒吧？」

「不，不，瑪斯普拉特上將的火柴盒已經捐給法恩茅斯圖書館了。我是真的喜歡她。雖然她遭遇這麼多困苦，卻依然還是那麼快樂，而且熱愛表演。她是天主教演員公會的成員。」

「父親知道了嗎？」

「我今天早上剛剛收到他的回信，他已經答應了。他一直敦促我快點結婚。」

茱莉亞和我同時意識到，我們顯得太好奇也太驚訝了，於是趕緊以溫和的口吻向他道賀，不再嘲笑他。

「謝謝。」他說。「謝謝，我覺得自己非常幸運。」

「我們什麼時候可以見到她？你應該帶她一起回來啊！」

他沒有答腔，啜飲一口酒之後便看著茱莉亞。

「布萊茲赫德。」茱莉亞問。「你為什麼沒有帶她一起回來？」

「喔，妳知道，我沒辦法帶她回來。」

「為什麼不能？我想見她。我們打電話叫她過來吧！如果不找她來，她一定會覺得我們很怪。」

「她有孩子。」布萊茲赫德說。「再說，妳本來就很怪，不是嗎？」

「這是什麼意思？」

布萊茲赫德抬起頭，一本正經地看著他妹妹，然後又繼續以他那種直白的方式說話，彷彿接下來要說的一切沒什麼大不了。「現在這種情況，我無法邀請她來，因為邀請她來是不恰當的。再說，我現在只是這裡的客人。如果要說這裡是誰的家，應該說是雷克斯的家。這裡的一切都是他的，所以我不能帶貝柔到這裡來。」

「我不懂。」茱莉亞說。我看著她，她剛才那種溫柔的調侃語氣已經消失了，顯得十分緊繃，甚至害怕。「雷克斯和我當然都希望她能來。」

「喔，是的，這點我不懷疑，但困難點不是這個。」他把自己杯子裡的波特酒喝完，又倒了一杯，然後把酒瓶推到我面前。「妳知道，貝柔是嚴守天主教教義的女性，而且經過中產階級偏見的洗禮，所以我不可能帶她到這裡來。我不介意妳想帶著原罪與雷克斯在一起或者與查爾斯在一起，或者與他們同時在一起——我也不想知道你們這種三角關係的細節——可是貝柔絕對不會願意受邀到這裡來。」

茱莉亞站起身。「你這個自以為是的混蛋……」她沒有把話說完，直接轉身走出去。原本我以為她會一笑置之，然而當我替她開門時，卻驚覺她在流淚。我不知道該怎麼安慰她，可是她從我身邊走開，沒有看我一眼。

「也許你們認為我們的婚姻只是各取所需。」布萊茲赫德繼續平靜地說。「當然，我無法代表貝柔發言，可是我的身分地位可以給她安全感，她自己也這麼說過。至於我，讓我重申一次，我已經深深愛上她。」

「布萊茲赫德，你對茱莉亞所說的話非常無禮！」

「她應該不會不同意那些話吧？我只是說出她也很清楚的事實。」

茱莉亞不在書房裡，所以我到她的房間去找她，可是她也不在房間裡。我在她的梳妝臺前佇足，猜想她會不會回房間來。在窗外從露臺照射到噴水池的光線中，我看見茱莉亞白色的裙角出現在噴水池的石座後方。當時天色已經漸漸暗沉，最後我在噴水池附近的樹籬旁找到她，她坐在木頭涼椅上。我將她擁進懷裡，她把臉貼在我胸前。

「妳在這裡不冷嗎？」

她沒有回答，只是依偎得更近一些，一邊哭泣一邊顫抖。

「親愛的，妳怎麼了？為什麼要在意那些？那個笨蛋說的話有那麼重要嗎？」

「我不在意。他的話確實不重要。我只是一時想不開，不要取笑我。」

我們相愛的這兩年，就彷彿是一輩子，我從來沒有看過她如此難過，也不曾感覺過自己如此無能為力。

「他怎麼可以對妳說那種話。」我說。「他是個冷血的偽君子……」然而我的安慰對茱莉亞沒有發生任何作用。

「不。」她說。「他說得沒錯。大家都知道，布萊茲赫德和他的寡婦，他們有無罪證書，花一便士在教堂買到的無罪證書。只要花一便士就可以買到，白紙黑字，沒有人會看見你是花錢買來的，只有在走廊另一端掃地的老婦人、在懺悔室裡的信徒，以及在七傷圖前點蠟燭的年輕女子。你在奉獻箱裡放入一便士，不給也可以，全憑自己的意思，然後帶走白紙黑字的無罪證書。

「所有的一切，都只存在於一個字裡，一個小小的致命字眼，足以讓人的一生罩上陰影。

「『活在罪裡』，不只是做錯事而已，例如我跑去美國就是做錯事。做錯事情，知道自己做錯，並且停止，你的錯誤就會被遺忘。但這不是他們所說的罪，也不是布萊茲赫德那一便士的價值。他所指的是白紙黑字的無罪證書。

「『活在罪裡』，與罪相伴，永遠不變，就像一個被細心養大的笨孩子，不讓全世界接近這個孩子。『可憐的茱莉亞。』他們說。『她永遠不能掙脫，她必須管好自己的罪。她的罪惡人生真悲慘。』他們說。『可是卻又那麼強壯。這種孩子通常就是這樣。茱莉亞對她自己的瘋狂小罪惡太過包容了。』」

「一個小時前。她坐在這裡的夕陽下，在水裡玩著手上的戒指，細數歡樂的日子。」我心想。

「然而在剛剛升起的星空下，伴隨著日光最後一聲幽暗的耳語，卻只剩下神祕的悲傷情緒。剛才在繪畫廳裡發生了什麼事？什麼樣的陰影罩住了燭光？只不過是幾句魯莽的話語。」茱莉亞彷彿失了神，她的聲音在我胸前聽起來一會兒很模糊，一會兒又清晰且痛苦，但傳進我耳中時，只剩下斷斷續續不連貫的句子。

「過去那幾年，我一直努力扮演好妻子的角色，無論在雪茄的煙霧中、在雙陸棋盤的聲響中，或在橋牌明手替其他人斟酒時。當我懷著雷克斯的孩子時，其實就像被一種已死的東西撕成碎片。後來我把雷克斯擱到一旁，忘掉他並且找到你。過去兩年我和你在一起，未來歲月都和你在一起。無論將來的日子有沒有你，戰爭就要爆發，世界即將毀滅——因為我背負著罪。

「我的罪從很久之前就存在了。當霍金斯奶媽在壁爐旁做針線活、夜燈在聖心像前燃燒時，我和蔻蒂莉亞在星期天吃午餐前都會先到母親的房間裡閱讀天主教的教義。我母親帶著我的罪到教堂，頭戴黑紗彎腰祈禱。在倫敦的時候，她總是在天亮前就出門，當送牛奶的工人忙著工作時，她帶著我的罪走在空曠的街上。母親被我的罪吞噬而死，那些罪比她身上的疾病還要兇殘。

「母親因為我的罪死去，耶穌也帶著罪死去，祂的手腳被釘在十字架上，掛在育兒房的床頭，也掛在陰暗的小書房中，以及昏暗的老教堂裡，等清潔女工拭去灰塵、點亮蠟燭。祂在中午時被釘在十字架上，在人群和士兵之中，沒有人安慰祂，只有浸泡過醋的海綿和罪犯的話語[40]。他們就這樣釘著祂，沒有清涼的墓穴與蓋在石板上的裹屍布，只有正午的陽光和身上的受刑袍。

「罪惡的道路無路可退；所有的門都關閉；所有的聖徒和天使都在牆上；所有的一切都被丟棄和毀壞，漸漸腐敗；身上長瘡的老人拄著拐杖，在夜色降臨時瘸著腳出來翻找垃圾，希望能找點東西賣錢，但最後也一臉嫌惡地離開。

「罪惡沒有名字，只有死亡，就像我的孩子，在我看見她之前就已經被包在布裡帶走。」

茱莉亞說著說著就安靜下來，無言地流著眼淚。我沒有辦法安慰她，沒有辦法做任何事，猶如漂浮在陌生的海上，只能輕摸她外套上冰冷僵硬的金色線頭。我也沒有一絲感傷。雖然她在黑暗中緊緊靠著我，然而在精神上，我與茱莉亞之間相隔著非常遙遠的距離，就像多年前我在車上替她點燃香菸時那麼遙遠，也像我在老修道院和叢林裡的空洞歲月那麼遙遠，她不存在於我的思緒中。

淚水來自話語，沉默之後，茱莉亞就停止了哭泣，並且從我胸前退開，坐直身子。她拿我的手帕擦去眼淚，站起身時還微微顫抖。

「沒事了。」她恢復了正常的聲音。「布萊茲赫德總是這樣，不是嗎？」

我走在她身後，跟著她走回大宅，並回到她的房間。她在鏡子前坐下，說：「我剛才那麼歇斯底里，可是看起來還不算太糟。」她的眼睛又大又亮，蒼白的臉頰點綴著兩點腮紅。她年輕時就常擦腮紅。接著她又說：「每個歇斯底里的女人看起來都像得了重感冒。你最好換一件

---

40 譯註：聖經說，當耶穌被釘在十字架上時，人們不讓祂喝水，只用海綿沾醋給祂喝。祂左右兩邊分別釘著一名罪犯，一個願意悔罪，一個不願意悔改。

襯衫再下樓，你的襯衫上沾滿了眼淚和口紅印。」

「我們還要下樓嗎？」

「當然，我們不能在布萊茲赫德宣布訂婚的晚上丟下他自己一人吧？」

等我換好衣服再去找她時，她說：「查爾斯，很抱歉我剛才那麼失態。我也不知道自己為什麼會這樣。」

布萊茲赫德在書房裡一邊抽著菸斗，一邊安靜地閱讀偵探小說。

「外面天氣好嗎？早知道你們要出去散步，我也要跟你們一起去。」

「有點冷。」

「請雷克斯搬離布萊茲赫德莊園，希望不會造成太多麻煩。妳知道，巴頓街的房子對我們夫妻倆加上三個孩子實在有點太小。再說，貝柔喜歡鄉下，父親在信裡也建議我們立刻辦理產權轉移。」

我突然想起我第一次受茱莉亞之邀，到布萊茲赫德莊園時雷克斯迎接我的情景。「這下子皆大歡喜了。」雷克斯當時這麼說。「這對我而言是再適合也不過的。那個老頭子負責管理這棟大宅，布萊茲赫德負責管理領地的佃農，我不必支付租金就能使用這棟房子，只需負責伙食和傭人的薪水。沒有比這個更公平的交易了，對不對？」

「我想雷克斯可能會感到非常遺憾。」我對布萊茲赫德說。

「喔，他會從別的地方占到便宜的。」茱莉亞說。「不用替他擔心。」

「貝柔有一些老家具，已經有感情了，但我不確定適不適合放在這裡。妳知道，就是那種橡木櫥櫃、長板凳之類的東西。我覺得可以放在母親的房間裡。」

「是的，那裡很適合。」

於是他們兄妹倆開始討論起這棟房子該怎麼安排，一直討論到該睡覺的時候。「一個小時之前，在樹籬環繞的黑暗中，茱莉亞為了耶穌之死哭得那麼慘。」我心想。「現在卻忙著討論貝柔的孩子們應該使用哪個房間。」我完全無法理解。

「茱莉亞。」布萊茲赫德上樓之後，我問她：「妳有沒有看過霍爾曼．亨特[41]一幅名為〈良心覺醒〉的畫作？」

「沒有。」

「幾天前我在書房裡看到一本《拉斐爾前派》[42]，裡面提到這幅畫。我讀了拉斯金對這幅畫的闡述。」

茱莉亞笑了出來。「你說得沒錯，這正是我的感受。」

「可是，親愛的，我不相信妳的眼淚是因為布萊茲赫德的幾句話。妳心裡一定有過一些掙扎。」

---

41 譯註：威廉．霍爾曼．亨特（William Holman Hunt，一八二七年四月二日—一九一〇年九月七日）是英國畫家，他一八五三年的作品〈良心覺醒〉（The Awakening Conscience），表現一名女子從道德層面懷疑自己的行為。

42 譯註：《拉斐爾前派》（*Pre-Raphaelitism*）是約翰．拉斯金的藝術評論書，於一八五一年出版。該書並未討論亨特的這幅〈良心覺醒〉。

「很少。我偶爾會想這方面的事，但最近比較常想到，隨著最後的號角聲[43]越來越近。」

「當然，心理學家對這類罪惡感有其解釋，可能是與生俱來的想法，也可能是受到小時候教育的影響。然而妳心裡一定很清楚，所謂的原罪都是胡說八道，對不對？」

「我真希望原罪都是胡說八道。」

「賽巴斯提安對我說過類似的話。」

「他又回歸教堂了，你知道的。當然，他從來沒有像我一樣徹底遠離宗教。我走得太遠，已經回不去了，如果這就是你所謂的胡說八道。現在我只希望，在人類秩序走向滅亡前，讓我的生活變得與普通人一樣井然有序。這就是為什麼我想和你結婚的原因，我想要有個孩子，這是我做得到的事……我們再出去散步吧，月亮應該已經出來了。」

滿月高掛在天空。當我們沿著宅邸外圍散步時，在青檸檬樹下，茱莉亞停下了腳步，慵懶地折斷一根樹枝。那是去年才生出來的新芽，裝飾著主要的枝幹。她一邊走一邊剝掉樹皮，像小孩子一樣把樹枝做成藤條，然而她任性的舉動不帶孩子氣，而是以神經質的方式拉扯樹葉，將樹葉揉碎之後，再用指甲摳剝樹皮。

我們再次來到噴水池旁。

「這好比一齣喜劇的布景。」我說。「場景是貴族的豪華宅邸及一座巴洛克式噴泉。第一幕，日落。第二幕，黃昏。第三幕，月夜。劇中角色都在噴水池旁徘徊，原因不明。」

「喜劇？」

「反正就是戲劇。悲劇、鬧劇，都無所謂。現在這一幕是劇中的角色準備和解。」

「劇中的角色有爭吵嗎？」

「第二幕的時候有過疏離和誤會。」

「喔，不要像個討厭鬼一樣。為什麼所有的事情都得一再檢視？為什麼我們一定要在一齣戲裡？為什麼我的良心必須在《拉斐爾前派》那本書裡？」

「因為我就是這個樣子。」

「我討厭你這樣。」

茱莉亞的憤怒讓我意外，就像她今晚來去無蹤的情緒變化一樣。突然間，她拿手裡的藤條鞭打了我的臉一下，用盡全力地狠狠鞭打一下。

「你現在知道我有多恨你了。」

她又抽了一下。

「好。」我說。「再來。」

雖然她的手已高高舉起，這時卻停止動作，並將那枝藤條丟進水裡。被剝去一半樹皮的樹枝，黑白分明地漂在月光下的水面上。

「痛嗎？」

「痛。」

---

43 譯註：哥林多前書第十五章第五十二節曾提到「最後的號角聲」：「就在一剎那，眨眼之間，在最後的號角聲中。的確，號角要吹響，死人要復活為不朽，我們也要被改變。」

「是嗎？……我傷害了你嗎？」

她的狂怒在轉瞬間又結束了，並且再度落淚，這次我也跟著她一起掉眼淚。我伸手摟住她，她把頭靠在我身上，用臉頰觸碰我放在她肩上的手，宛如一隻貓咪，只不過貓咪不會在我手上留下淚痕。

「妳是屋頂上的貓。」我說。

「我是野獸。」

她作勢要咬我的手，但發現我無意躲開時，她先用牙齒輕碰我，然後轉變成親吻，接著又從親吻變成輕舔。

「妳是月光下的貓。」我說。

這是我已熟悉的情景，接著我們走回屋裡。當我們走進明亮的大廳時，她說：「你的臉真可憐。」並撫摸我臉上的紅腫處，問：「明天會不會留下傷疤？」

「會。」

「查爾斯，我是不是快要發瘋了？我今晚是怎麼了？我一定是太累了。」

她打了呵欠，一連串的呵欠。她坐在梳妝臺前，低下頭，頭髮蓋在臉上，然後又無力地打了一個呵欠。等她再次抬起頭時，我從她身後看著鏡中的她，她一臉茫然，帶著士兵撤退時的疲憊，旁邊則是我自己的臉，臉上有兩道血痕。

「我太累了。」她重複道，然後脫去金色的外套，任其垂落在地板上。「不管我是累了或是瘋了，都已經無所謂了。」

我看她爬上床，閉上藍色的雙眼，蒼白的嘴脣在枕頭上動了動，分不出是祝我晚安還是在默念禱告詞——她在童年時期學會的短歌，這時降臨在介於悲傷與沉睡的世界裡。這首古老而虔誠的兒歌，曾經透過多少世紀的睡前低語，從我不知悉的朝聖之道，經過語言的變遷，傳到霍金斯奶媽那裡。

第二天晚上，雷克斯和他那些政治夥伴們來了。

「不會發生戰爭。」

「他們沒有辦法開戰，沒有錢，也沒有汽油。」

「他們沒有鎢，也沒有人力。」

「他們沒有膽量。」

「他們怕法國人、怕捷克人、怕斯洛伐克人、怕我們。」

「他們只會虛張聲勢。」

「這當然只是虛張聲勢。他們沒有辦法弄到鎢，也沒辦法弄到錳。」

「他們沒辦法弄到鉻。」

「這還用說……」

「聽著，一切都會沒事。雷克斯有件事要告訴你們。」

「……我的一個朋友在幾天前開車經過黑森林。他回來之後，和我一起打高爾夫球時告訴我，他的車子原本開在一條小路上，當他準備轉到大馬路上時，看到了一輛軍用裝甲車。他來不及剎車，就直接撞上了。他猛烈地撞上那輛裝甲車，原以為自己死定了……等一下，好玩的部分來了。」

「好玩的部分來了。」

「他的車竟然直接穿過那輛裝甲車，連烤漆都沒掉。你們猜那是什麼？那是一面帆布畫——用竹框架著的油畫。」

「他們已經沒有鋼鐵了。」

「他們沒有工具，也沒有人力。他們的人都已經餓得半死了，而且沒有汽油。他們的孩子都得了佝僂病。」

「他們的婦女不孕。」

「他們的男人不舉。」

「他們沒有醫生。」

「他們的醫生都是猶太人。」

「他們還有肺癆。」

「他們有梅毒。」

「戈林[44]對我朋友說……」

「戈培爾[45]對我朋友說……」

「里賓特洛輔[46]告訴我，軍隊支持希特勒的條件，是希特勒必須免費提供軍隊各項資源。這時只要有人跳出來反對希特勒，希特勒就完蛋了，軍隊會幹掉他。」

「自由黨會將他吊死。」

「共產黨會將他五馬分屍。」

「他會先去跳河自盡。」

「如果不是因為張伯倫[47]，他早就已經跳河自盡了。」

「如果沒有哈利法克斯子爵[48]。」

「如果沒有山繆・霍爾[49]。」

「以及一九二二委員會[50]。」

---

44 譯註：赫爾曼・戈林（Hermann Wilhelm Göring，一八九三年一月十二日—一九四六年十月十五日）是納粹的重要領袖。

45 譯註：保羅・約瑟夫・戈培爾（Paul Joseph Goebbels，一八九七年十月二十九日—一九四五年五月一日）曾任納粹宣傳部部長。

46 譯註：約阿希姆・馮・里賓特洛輔（Joachim von Ribbentrop，一八九三年四月三十日—一九四六年十月十六日）曾任納粹外交部部長。

47 譯註：亞瑟・內維爾・張伯倫（Arthur Neville Chamberlain，一八六九年三月十八日—一九四〇年十一月九日）是英國保守黨政治人物，曾於一九三七年五月—一九四〇年五月擔任英國首相。

48 譯註：哈利法克斯子爵（The Viscount Halifax，一八八一年四月十六日—一九五九年十二月二十三日）為英國保守黨政治家。

49 譯註：山繆・霍爾（Samuel John Gurney Hoare，一八八〇年二月二十四日—一九五九年五月七日）為英國保守黨政治家。

50 譯註：一九二二委員會（1922 Committee）是英國保守黨在國會下議院的議會黨團。

「誓言和平聯盟[51]。」

「外交辦公室。」

「紐約的銀行。」

「只需要一場很棒的演講。」

「雷克斯的演講。」

「還有我的演講。」

「我們要對歐洲發表一場很棒的演講，整個歐洲都在等雷克斯發表演講。」

「還有我的演講。」

「還有我的。將這世界上熱愛自由的人們都集結起來。德國會崛起，奧地利會崛起，捷克會崛起，斯洛伐克也註定會崛起。」

「為雷克斯的演講和我的演講乾杯。」

「再喝一輪如何？再喝杯威士忌？誰想抽雪茄？哈囉，你們要出去？」

「是的，雷克斯。」茱莉亞說。「查爾斯和我要去外面散步。」

我們把門關上，將他們的說話聲留在屋裡。月光映照在露臺上，讓露臺看起來像是蒙上了一層霜。噴水池的聲音傳到我們耳邊，露臺的石頭欄杆就像特洛伊的圍牆，寂靜的庭院裡可能立著希臘人的帳篷，克瑞希達[52]就躺在帳篷裡。

「再過幾天，再過幾個月。」

「我們不能再浪費時間了。」

「我們的一生就在月亮升起與落下之間，其餘只剩黑暗。」

四、賽巴斯提安與全世界為敵

「對了，西西莉亞肯定會得到孩子的監護權吧？」穆開斯特問。

「當然。」

「老修道院也歸她所有嗎？你和茱莉亞應該不會跑到我家來住吧？孩子們一直把我家當成他們自己的家。你知道，羅賓在他叔叔過世之前，沒有屬於自己的房子，再說你也從來沒有使用過那間工作室，對吧？前兩天羅賓還說，那是一間很棒的遊戲室——可以拿來打羽毛球。」

「羅賓和西西莉亞可以擁有老修道院和那間工作室。」

「錢方面的事呢？西西莉亞和羅賓都沒想過要特別要求什麼，只考慮到孩子的教育。」

「不必擔心，我會找律師談。」

「呃，我想大概就這些事情了。」穆開斯特說。「你知道，我這幾年也看過一些人離婚，從來沒聽過像你們這種皆大歡喜的情況。離婚的人無論一開始多麼和氣，一談到細節就萌生敵

---

51 譯註：誓言和平聯盟（Peace Pledge）是一九三四年創立於英國的和平運動組織。

52 譯註：克瑞希達（Cressida）是一名特洛伊少女，在特洛伊圍城時愛上國王的小兒子特洛伊羅斯（Troilus），後來又被希臘武士狄厄默德斯（Diomedes）吸引。

意了，幾乎毫無例外。我不介意坦白告訴你，過去這兩年我好幾次都覺得你對西西莉亞有點無情。她是我的妹妹，我不好意思自誇，但我覺得她是一個討人喜歡的好女孩，任何男人都會珍惜她——而且她也很有藝術天分，和你很搭。當然，話說回來，我承認你應該選擇茱莉亞，因為我心裡對茱莉亞也一直很有好感。無論如何，事情發展至今天這種地步，每個人應該都很滿意。羅賓已經愛慕西西莉亞一年多了，你認識他嗎？」

「有點印象，但是不熟，我只記得他是滿臉青春痘的年輕人。」

「喔，這點我不太同意。他雖然比較年輕，可是小翰翰和卡洛琳都很喜歡他。查爾斯，你有兩個很棒的孩子。記得替我問候茱莉亞。看在過去的舊情分上，希望她一切都好。」

「所以你正在辦離婚手續？」我父親問。「這不是很沒有必要嗎？你們這麼多年來都過得那麼快樂。」

「我們過得並不快樂，您知道的。」

「是嗎？你們不快樂？我記得去年聖誕節你們看起來很幸福。為什麼要離婚呢？你會發現一切從頭開始是很煩人的。你幾歲了？——三十四歲？這不是從頭開始的年紀了，你應該安頓下來。你有什麼計畫嗎？」

「等離婚手續辦妥之後，我會馬上再次結婚。」

「喔，這下子我真覺得是胡鬧了。我可以理解一個男人希望自己沒結婚，只想從婚姻關係中逃出來——儘管我沒有類似的體驗——可是剛剛拋棄一個妻子之後，又馬上找另外一個，這根本不可理喻。我一直認為西西莉亞非常優雅又有禮貌，我對她很有好感。如果你連和她在一起也不快樂，你怎麼知道你和別人在一起會快樂？聽聽我的建議，親愛的兒子，放棄這個念頭吧。」

「為什麼要把我和茱莉亞牽扯進來？」雷克斯問。「如果西西莉亞想要再婚，很好，那就讓她去吧。那是你和她的事。我覺得我和茱莉亞現在這樣很好。你應該不會覺得我不好相處吧？如果換成別人，肯定會把事情搞得很難看。我希望自己屬於全世界，我有很多事情想做，可是我不想離婚，我從來沒有聽說離婚會有什麼好處。」

「這是你和茱莉亞之間的問題。」

「喔，可是茱莉亞已經鐵了心，我希望你能說服她。我會盡力不妨礙你們，如果我出現得太頻繁，你可以直接告訴我，我不會介意。現在所有的事情都擠在一起了，布萊茲赫德還要我把房子還給他，這點也很令人困擾。我腦子裡已經有太多事情要忙了。」

雷克斯的政治生涯正處於轉折點，事情不如他計畫中的那麼順利。我不瞭解財經，但我聽說正統的保守黨不滿意他的做法，他的友善與激進如今都變成他被抨擊的原因。他主導的「布萊茲赫德黨」成為大家討論的對象，報紙上有太多關於他的報導，他是報業大亨與眼神焦慮但面帶微笑的記者所關注的焦點。他的演講中總有能讓弗利特街[53]編造故事的題材，這讓他的黨

53 譯註：弗利特街（Fleet Street）是英國倫敦市內一條著名的街道，一直到一九八〇年代，弗利特街都是傳統上的英國媒體總部，今日依舊是英國媒體的代名詞，即使最後一家英國主要媒體路透社的辦公室已在二〇〇五年搬離弗利特街。

派領袖很不高興。現在唯有戰爭才能挽回雷克斯的頹勢，護送他進入權力核心。離婚對他來說無傷大雅，可是他還有正經事要忙，目前無法分神。

「如果茱莉亞堅持離婚，我猜她一定會辦到。」雷克斯說。「可是她挑了一個不可能更糟的時間。請她再等一會兒，查爾斯，我知道你是好人。」

「布萊茲赫德的那個寡婦說：『妳要和一個離過婚的人離婚，然後再去嫁給一個離過婚的人。這聽起來很複雜，可是，親愛的（她叫我親愛的，差不多叫了二十次）我發現每個天主教家庭都有叛逆的孩子，而且往往是長得最可愛的那一個。』」

茱莉亞剛剛從羅斯康姆夫人替布萊茲赫德舉辦的訂婚午宴回來。

「她是什麼樣子的人？」

「高大、豐滿，當然，長相平凡。嗓音沙啞，大嘴巴，小眼睛，染過頭髮——我告訴你，她肯定欺騙了布萊茲赫德，她至少四十五歲。我不覺得她還能為我們家族生個繼承人。布萊茲赫德的目光一直放在她身上，完全無法移開。整頓飯的時間，他一直用令人作嘔的方式讚美她。」

「她客氣嗎？」

「喔，老天。是的，帶著居高臨下優越感的客氣。你看，我猜她以前在海軍圈裡可能頤指氣使慣了，總有一群副官圍著她打轉，還有一心想往上爬的年輕軍官忙著討好她。嗯，她顯然無法在芬妮舅媽那邊指使太多人，所以我只能充當黑羊，讓她覺得舒服一點。事實上，她基本上把全部注意力都放在我身上，向我打聽各種店家，似乎有意常在倫敦遇見我。我想布萊茲赫德的顧慮僅在於不願意我和她住在同一個屋簷下，假如和她在帽子店或美容院碰面，或者去麗池飯店與她共進午餐，還不至於會帶壞她。再說，那只是布萊茲赫德個人的顧慮。那個寡婦是狠角色。」

「她會使喚他嗎？」

「暫時還沒有。但是他被她迷得暈頭轉向，可憐的傢伙，根本搞不清楚自己身在何方。她是一個心腸不壞的女人，只想給自己的孩子們一個美好的家，不容許任何人擋路。她現在很喜歡聊宗教方面的事，但我敢說，等到婚禮結束後，她就不會這麼咄咄逼人了。」

我離婚的事在朋友之間傳得沸沸揚揚，即使在那個國際局勢緊張的夏天，人們也不忘討論別人的私事。我的妻子有本事讓所有人認為離婚對她是好事，因為我應該受到指責。她讓大家都認為她表現得很有風度，沒有人能像她包容我這麼久。羅賓比西西莉亞小七歲，而且與和他同年齡的人相比，他也不夠成熟。人們對此竊竊私語，然而羅賓對可憐的西西莉亞忠心不二。在經歷過那麼多事情之後，西西莉亞確實值得被好好珍惜。至於茱莉亞和我，我們的關係還是老樣子。「我必須坦白說。」賈斯伯堂哥表示，彷彿他這個人說話還不夠坦白。「我真不明白你為什麼還要再婚。」

夏天過去了，人們因為張伯倫從慕尼黑回來而歡呼，雷克斯也在下議院發表了一次激進的演說，或多或少封死了自己的政治仕途。封死，就像對海軍下達的命令，後來又會在海上解開。茱莉亞的家庭律師慢吞吞地辦理她的離婚手續，他們的辦公室裡堆滿了標註著「瑪奇梅因侯爵」的黑色鐵皮箱。辦理我離婚手續的律師事務所規模比較小，但是動作快了好幾個星期。這兩家律師事務所位在同一條街，只隔著兩棟樓。雷克斯和茱莉亞必須先正式分居，由於布萊茲赫德莊園暫時還是茱莉亞的家，因此她先繼續住在那裡，雷克斯則叫他的管家把他的東西都搬回倫敦的住處。關於茱莉亞和我的婚外情證據，已經在我的公寓裡取得。布萊茲赫德的婚期訂在聖誕假期開始的某一天，以方便他的繼子們參加。

十一月的某個下午，茱莉亞和我站在起居室的窗戶旁，望著窗外的風拂過青檸檬樹，將黃葉一片片吹落，再將它們從地上捲起，讓它們在露臺和草坪上旋轉、在積水的地面和潮溼的草坪上拖曳，再貼到牆壁和窗戶上，最後堆在溼透的石頭上。

「我們在春天時看不到這些樹葉了。」茱莉亞說。「我們也許永遠看不到了。」

「有一次，當我離開這裡時，我心裡也想著：或許我永遠不會再回到這裡。」我說。

「也許多年以後，再來看看這裡還剩下什麼，再來看看我們還剩下什麼……」

一扇門在我們身後的黑暗中打開又關上，維爾考克斯從壁爐旁出現，朝著窗邊走來。

「有一通電話留言，小姐，是蔻蒂莉亞小姐。」

「蔻蒂莉亞！她在哪裡？」

「小姐，她在倫敦。」

「維爾考克斯，這太好了。她要回來了嗎？」

「她打電話來的時候正準備前往火車站，所以晚餐過後應該就會抵達。」

「我已經十二年沒見到她了。」我說——自從那個晚上和她一起吃飯，她說想去當修女之後。那天晚上，我就完成了瑪奇梅因公館客廳的那幅畫。「她曾是一個那麼迷人的孩子。」

「她這幾年的生活怪異且不尋常，一開始先在修道院度過，後來加入了西班牙內戰，接著我就沒有再見到她了。和她一起參加醫護隊的女孩們在戰爭結束後就回英國了，可是她繼續待在國外，幫助更多人返回自己的家園，並且到戰俘營幫忙。她是一個很獨特的女孩，但長大之後外表並不出色，你知道的。」

「她知道我們的事情嗎？」

「知道。她還寫了一封內容甜蜜的信給我。」

一想到蔻蒂莉亞長大後變得「並不出色」，以及她火熱的激情全部奉獻給血清注射和除蝨粉，就讓我心裡難過。她終於到了，長途奔波讓她顯得格外疲憊，看起來甚至有點邋遢。從她的行為舉止，我看得出來她已經不在乎能否取悅別人，這讓我覺得她變成了一個醜陋的婦女。說來實在奇怪，相同的原料，經過不同的調配方式，就製造出布萊茲赫德、賽巴斯提安、茱莉亞和蔻蒂莉亞。毫無疑問，她是他們的妹妹，只不過她沒有茱莉亞和賽巴斯提安的優雅，也沒有布萊茲赫德的威嚴。她似乎很爽朗，說話時就事論事，而且還沉浸在醫護隊與包紮傷口的氛圍中。她已經習慣了忍受莫大的痛苦，因此喪失了欣賞精緻與微妙事物的能力。她看起來超過二十六歲的實際年齡，粗糙的生活改變了她，長年在外語和方言交織的環境也將她的上流口音和精巧談吐抹去。她坐在壁爐旁，雙腿微微交叉著，說：「回家真好。」然而她的話語在我耳中聽起來像動物回籠時的咕噥。

那只是我最初半個小時的印象。在茱莉亞的白皙肌膚、絲綢美裳、精緻髮飾，以及我腦子裡對蔻蒂莉亞童年時期的記憶相比之下的印象。

「我在西班牙的工作結束了。」她說。「那些官員很客氣，感謝我所做的一切，還送我一枚勛章，然後就讓我收拾行李回來了。看來英國也會有許多類似的工作等著我。」

然後她又說：「我現在去看奶媽會不會太晚？」

「不會，她還在聽廣播。」

我們三人一起上樓，回到以前的育兒房。茱莉亞和我平時都會上來陪奶媽一會兒。霍金斯奶媽和我父親似乎是兩個完全不會有任何變化的人，他們的樣子都與我剛認識他們時沒有什麼不同。霍金斯奶媽的桌上多了一臺收音機，這臺收音機旁邊放著她的收藏品——念珠、以棕色包裝紙保護其金紅色封面的《貴族年鑑》、照片、紀念品。當我們告訴她茱莉亞和我即將結婚的消息時，她說：「喔，親愛的，我希望一切會有最好的結果。」即使她的宗教不認同茱莉亞的行為，她也不會當面提出質疑。

但布萊茲赫德從來就不是霍金斯奶媽最疼愛的孩子，因此當她聽說他訂婚時，她說：「過了這麼久，他終於決定結婚了啊。」然而在她查遍《貴族年鑑》卻找不到瑪斯普拉特夫人的資料時，她又說：「我敢說是她主動勾引布萊茲赫德的。」

我們走進奶媽的房間時，她就像平常一樣坐在壁爐旁編織羊毛毯，身邊放著一壺茶。

「我就知道妳會上來看我。」她說。「維爾考克斯先生已經派人告訴我說妳回來了。」

「我帶了一些蕾絲布料給您。」

「喔，親愛的，妳真好。是像可憐的夫人做彌撒時所戴的那種蕾絲嗎？但是我不明白他們為什麼把蕾絲染成黑色，蕾絲應該是白色的，不是嗎？無論是什麼顏色的蕾絲，我都喜歡。」

「奶媽，我可以關掉收音機嗎？」

「喔，當然。真高興見到妳，我都沒注意收音機還開著。妳的頭髮怎麼了？」

「我知道，很難看。親愛的奶媽，現在我回來了，我一定會好好整理我的頭髮。」

我們坐著聊天。當我看著蔻蒂莉亞注視我們的歡愉眼神時，才發現她有屬於自己的美麗。

「我上個月見到賽巴斯提安了。」

「他離開太久了。他好嗎？」

「不太好，那正是我去找他的原因。您知道西班牙和突尼斯[54]距離不遠。他現在和突尼斯的僧侶住在一起。」

「希望他們好好照顧他，但我知道他們會發現他不太好相處。他每個聖誕節都寫信給我，但這和他親自回來看我是不同的。我一直不明白，為什麼你們都要到國外去？例如老爺。當我聽說我們要和慕尼黑作戰時，我對自己說：『蔻蒂莉亞、賽巴斯提安和老爺都在國外，戰爭會讓他們很不方便。』」

「我想叫賽巴斯提安和我一起回來，可是他不肯。他現在蓄了鬍子，而且對宗教非常熱誠。」

「這我可不信，就算親眼看到也不會相信。他是一個異類，布萊茲赫德才是對宗教有熱誠

---

54 譯註：突尼斯（Tunis）是北非突尼西亞的首都。

的人，賽巴斯提安不是。哈，他留了鬍子？我得想像一下那是什麼模樣。他的皮膚那麼白淨，就算在水塘裡玩一整天也還是那麼白淨。相反地，布萊茲赫德就算什麼都沒做，你也會想把他抓過來洗一洗。」

「真可怕。」茱莉亞有一次對我說。「沒想到你就這樣把賽巴斯提安忘得一乾二淨。」

「他是我的初戀。」

「你在那場暴風雨中曾經這麼說。在那之後，我常常會想：或許我也只是你生命中的過客。」

「或許吧。」當她的話語像一縷輕煙盤旋在我倆之間時，我心裡這麼想——然而這個念頭也宛如輕煙，隨即消失得無影無蹤——「或許我們所有的愛情，都只是一些暗示與象徵，像流浪漢刻在門柱和石板路上的暗語，在這一條教人疲憊也讓無數人絆倒的道路上。也許妳我都只是其中之一，在尋找過程中有時候會因為失望而憂傷。我們每掙扎地走過一步，總是又會越過對方的極限，不時瞥見轉角處有個影子，一直走在我們前方一、兩步的距離。」

我沒有忘記賽巴斯提安，他每天都在茱莉亞身上，和我一起。或者說，每天和我一起的茱莉亞，就是我從遙遠的阿爾卡迪亞年代所瞭解的賽巴斯提安。

「你這番話對女孩子而言沒有任何安慰的效果。」當我試圖解釋時，茱莉亞這麼說。「我怎麼知道自己會不會也在情路上絆倒？被人拋棄是常有的事。」

我沒有忘記賽巴斯提安，這棟房子裡的每一塊石頭上都有他的記憶。當我聽到蔻蒂莉亞提起他、得知她在一個月前才見過他，他的一切立刻填滿了我的思緒。離開育兒房時，我對蔻蒂莉亞說：「我想知道關於賽巴斯提安的一切。」

「明天再說吧，說來話長。」

第二天，我們在颳著強風的院子裡散步。她說：

「我聽說他快死了。布哥斯[55]有一位從北非來的記者告訴我，有個窮困潦倒的傢伙叫做佛萊特，聽說是英國的勳爵，神父們發現他的時候，他已經幾乎餓得半死。那些神父把他帶到迦太基[56]附近的修道院安置，這就是我最初得到的消息。我知道這些消息可能並不真實——雖然我們對賽巴斯提安做得不夠多，但起碼一直有給他錢——不過我還是立刻啟程去找他。

「找他並不困難，我先去領事館，領事館的人知道他在哪裡，當時他被送進了一間修道院。領事說，賽巴斯提安某天搭著從阿爾及爾[57]駛來的公車出現在突尼斯，表示想成為一名傳教助理，神父看了他一眼，沒有收留他。於是他住進位於阿拉伯區的一間小酒館，並且開始酗酒。我去看了那個地方，那間酒館的老闆是一個希臘人，酒館樓上有幾個房間，希臘商人會去那裡住宿、下棋、聽廣播。那些房間裡都是大蒜味、酒味和舊衣服的味道，賽巴斯提安住了一個月，每天喝希臘苦艾酒，有時會出去散步，但沒有人知道他去哪些地方。他回酒館之後又繼續喝酒，人們擔心他會出事，因此有時候會偷偷跟著他，可是他只去教堂，或者搭車到郊外的修

55　譯註：布哥斯（Burgos）是西班牙北部的城市。
56　譯註：迦太基（Carthage）是位於突尼西亞的城市。
57　譯註：阿爾及爾（Algiers）為阿爾及利亞的首都。

道院。那裡的人都很喜歡他。你看，無論他去哪裡，無論在什麼情況下，大家還是喜歡他。這是他與生俱來的魅力，永遠不會消失。你應該聽聽那個酒館老闆是怎麼說他的，他們一邊說，一邊掉眼淚。他們可以打劫他，但是相反地，他們照顧他，想辦法讓他吃東西。他們最驚訝和難過的事，就是他不肯吃東西。他有很多錢，可是很瘦。我們以奇怪的法語交談時，還有其他客人走進那家酒館，而他們說的全都一樣，說賽巴斯提安是一個很好的人，而且他們看見他那麼消沉，都感到非常難過。他們也都覺得他的家人很邪惡，放任他變成那種樣子，這種事絕對不可能發生在他們的家人身上。我想，他們說的是對的。

「但那是後來的事情了。我從領事館出來之後，直接去了修道院，並且見到院長。院長是一個嚴肅且上了年紀的荷蘭人，曾經在非洲中部待了五十年。他把他知道的事情都告訴我，包括賽巴斯提安是怎麼出現的。和領事說的一樣，賽巴斯提安蓄著鬍子，帶著一個行李箱，希望他們收留他，讓他待在修道院裡幫忙。『他非常誠懇。』院長說。（蔻蒂莉亞模仿院長的喉音，她很有模仿天賦，我記得她在學校時就是如此）『請不要對這一點有任何懷疑——賽巴斯提安非常理智，也非常有誠意。』他想到叢林去傳教，到越遠的地方越好。他想接近最單純的人，接近食人族。院長說：『我們傳教的區域裡沒有食人族。』賽巴斯提安說：『好吧，不然就俾格米人[58]，或者位於河邊的原始部落，痲瘋病人也可以，痲瘋病人最好了。』院長又說：『我們有很多痲瘋病患，可是他們都已經被安頓好了，與醫生及修女們住在一起，生活十分規律。』賽巴斯提安想了一想，說他也許不想要痲瘋病人，他想去河邊的小教堂——你看，他一直想要選擇待在河邊——等傳教士離開後，他可以負責照料那間小教堂。院長說：『是的，我們在河邊確實有一些小教堂。現在，說說你的經歷吧。』賽巴斯提安回答：『喔，我只是個無名小卒。』『我們都認為他很奇怪。』（蔻蒂莉亞又開始模仿院長的口吻。）『他真的很奇怪，可是非常誠懇。』院長告訴賽巴斯提安關於見習修士的工作及相關的培訓過程，然後說：『但你也不年輕了，我看你的身體也不太強壯。』賽巴斯提安說：『不，我不要接受培訓，我不想做任何需要接受訓練的事。』院長說：『朋友，你本身就需要傳教士的幫助。』賽巴斯提安回答：『是的，沒錯。』後來他們就把他打發走了。

「第二天，賽巴斯提安又回到修道院，而且喝醉了。他說他決定要成為一名見習修士，並且接受培訓。『呃。』院長說。『可是，前往叢林傳教，他必須放棄一些習慣，例如喝酒，而且這還不是最難熬的部分。於是我又將他打發走。』就這樣，賽巴斯提安不斷地回去找院長，一個星期兩、三次，每次都喝得醉醺醺的，直到院長命令看門人不許他進修道院。我說：『喔，天啊，他給您添了很多麻煩。』賽巴斯提安的行為舉止，修道院裡的人當然不能理解。院長說：『除了禱告之外，我也不知道應該怎麼幫他。』院長是一個很神聖的老人，而且能從別人身上看出對方是否具有神聖的特質。」

「神聖？」

「是的，查爾斯。如果你想要瞭解賽巴斯提安，就必須看出他具有這種特質。」

「後來有一天，他們發現賽巴斯提安躺在門外，昏迷不醒。他走路去修道院——以前他都

58 譯註：俾格米人（Pygmies）不是單一種族，而是泛指所有全族成年男子平均高度矮於一百五十公分的種族。

是搭便車去——結果摔倒了，在門口躺了一夜。他們原本以為他只是喝醉，但隨即發現他病得非常嚴重，於是把他送進醫院。從那時候開始，他就一直在醫院裡。

「我在醫院裡陪他兩個星期，直到他度過最危險的階段。他看起來糟透了，雖然還不算老，可是他的頭開始禿了，而且滿臉鬍渣。然而他還保有以前那種甜蜜的態度。他們給他一間單人房，那個房間和僧侶的房間沒有什麼兩樣，一張床、一個十字架，還有白色的牆壁。一開始他沒辦法說話，見到我的時候也沒有表現出吃驚的模樣。後來他雖然驚訝我去找他，可是什麼都不肯多說，直到我快要離開時，他才告訴我發生了什麼事。基本上都與柯爾特有關——就是他那個德國朋友。呃，你見過那個人，所以你很清楚，那個人聽起來很可怕，但賽巴斯提安很高興自己能夠照顧他。他告訴我，他和柯爾特一起生活時幾乎戒了酒。柯爾特有病在身，還有遲遲無法癒合的傷口。賽巴斯提安照顧他，等柯爾特痊癒後，他們兩人一起去了希臘。你知道，德國人到古老的國家時，會突然想表現出高雅的一面，這種情況好像突然出現在柯爾特身上。賽巴斯提安說，柯爾特在雅典的時候突然變得很有人性，然而他後來入獄了，我沒有追問是什麼原因，但顯然不完全是他的錯——據說是他與某個官員起了爭執。柯爾特被關起來之後，德國政府就把他帶走了，因為他們當時正在全世界尋找德國人，準備帶回德國加入納粹。柯爾特不想離開希臘，可是希臘人不想留他。他和許多名硬漢一起被押上德國船艦，送回了德國。

「賽巴斯提安也跟著去德國，苦苦尋找柯爾特一整年，最後終於在一個偏僻的鄉下找到柯爾特。柯爾特一身衝鋒隊員的裝扮，原本假裝不認識賽巴斯提安，並且滔滔不絕地說著官方的宣傳口號，關於他祖國的重生、他屬於自己的祖國，以及他在生命的競賽中實現了自我。然而這只是他裝出來的，畢竟賽巴斯提安在過去六年教他的一切，遠遠超過希特勒在這一年教他的。後來他笑了出來，承認自己痛恨德國，想要遠走高飛。我不知道他這個念頭中有多大成分是因為嚮往安逸的生活、希望賽巴斯提安繼續養他、懷念每天在地中海沐浴、在咖啡館閒晃、每天有人替他擦鞋的日子。但是，賽巴斯提安認為不完全是因為那些理由，他說柯爾特到雅典之後已經變得成熟。或許他是對的。總之，柯爾特試著逃走，可是沒有成功。無論柯爾特做什麼，到最後都會惹上麻煩。賽巴斯提安說，那些人抓走了柯爾特，將他送進集中營。賽巴斯提安無法接近他，也得不到他的消息，甚至不知道那個集中營在什麼地方。賽巴斯提安在德國遊蕩了將近一年，又開始酗酒，直到有天喝酒時遇到一個從集中營逃出來的人，才知道柯爾特被關進去的第一個星期就上吊自殺了。

「於是賽巴斯提安離開了歐洲。他回到摩洛哥，因為他曾在那裡有過快樂的日子。他沿著海邊城市而行，從一個地方到另一個地方，直到有天當他清醒時——他灌醉自己與保持清醒的日子間有著規律的間隔——他決定投向蠻荒之境，於是就去了修道院。

「我沒有建議他和我一起回英國，因為我知道他不會願意，而且他也沒有力氣和我爭論。我離開的時候，他看起來非常愉快。他永遠也沒有辦法進入叢林，當然也不可能加入傳教隊伍，可是那個院長會照顧他，他們打算讓他幫忙打雜。那種宗教機構裡，總有一些奇怪的人，你知道，無法融入世界但也受不了修行之苦的人。我猜我自己也有點奇怪，可是我不喝酒，所以還有工作可做。」

我和蔻蒂莉亞走到一個轉彎處，來到最後一面湖的石橋。這個湖的面積最小，橋下洶湧的湖水匯聚成一個瀑布，流進低處的溪流。過了石橋，有一條寬敞的小徑，朝屋子的方向延伸而去。我們在橋的欄杆旁停下腳步，看著下方深色的湖水。

「我以前有個家庭教師從這座橋上往下跳，溺死了。」

「是的，我知道這件事。那是我聽說的第一件關於妳的事——在我還沒見過妳之前。」

「那還真是奇怪……」

「妳對茱莉亞說過這些關於賽巴斯提安的事了嗎？」

「只說了重要的部分，不像我對你說的這麼多。你知道，她不像我們這麼愛他。」

「像我們這麼愛他。」這句話讓我深思。在蔻蒂莉亞口中，「愛」這個字不是使用過去式。

「可憐的賽巴斯提安。」我說。「太讓人心疼了。他最後會變成什麼樣子？」

「我想我現在就能精準地告訴你，查爾斯。我見過和他一樣的人，而且我相信他們非常接近上帝且敬愛上帝。他會好好活著，一半在社會中，一半在社會外。他會變成大家都很熟悉的形象，隨身帶著掃把和一大串鑰匙。他會成為老神父最喜歡的助手、實習修士眼中的笑話。大家都知道他嗜酒如命，每個月一定會消失兩、三天，而他們也都會笑著點頭，用不同的口音說：『賽巴斯提安又去狂歡了。』接著他會衣衫不整地回到修道院，帶著一臉愧疚，回來後的前一、兩天表現特別虔誠。他可能會在花園或某個祕密角落裡偷藏一瓶酒，三不五時跑去偷喝幾口。每當有說英語的訪客來臨，他們就會叫賽巴斯提安負責導覽，在訪客離開前的這段時間，賽巴斯提安會徹底釋放他的魅力，那些訪客可能會出於好奇而打探他的過去，或許能隱約感覺到他出身自英國的上流社會。如果他活得夠久，一代又一代的傳教士可能會把他當成自己在實習時的舊回憶，把他當成一個古怪的老傢伙，在做彌撒時想起他。他會發展出一套敬拜方面的怪癖，以及個人的強烈好惡。人們會在奇怪的時間看見他去教堂，然而當你以為他會出現時，他卻不露臉。然後，在某天早晨，當他又喝了許多酒之後，人們會在門口攙扶起他，知道他就快要死了。他們替他進行最後的禱告儀式時，他會輕輕眨眼，讓人們知道他還有意識。以這種方式過完一生也不錯。」

我想起那個在栗子樹下抱著泰迪熊玩偶的年輕人。「我無法想像那樣的畫面。」我說。「但我猜他起碼活得並不痛苦。」

「喔，我想他活得非常痛苦。別人很難想像那是怎麼樣的痛苦，就像終生殘廢——沒有尊嚴，沒有意志力。沒有人能夠不經歷痛苦就變得神聖，他就是以這種方式痛苦著……在過去幾年間，我看過太多痛苦。每個人都會遇上很多事，這就是愛的湧現……」她帶著一種面對我這種異教徒時的優越感，又說：「他在一個很美麗的地方，你知道，在海邊——有白色的迴廊、鐘樓以及菜園。當太陽西沉時，有一位僧侶在菜園澆水。」

我笑了出來。「妳知道，我不會懂的。」

我們朝屋裡走去。「你和茱莉亞……」她說。「昨晚你見到我的時候，心裡有沒有想著：『可憐的蔻蒂莉亞，多麼討人喜歡的一個孩子，現在變成一個平凡又虔誠的老處女，只懂得做善事』？你有沒有想著：『她飽受挫折』？」

這不是推搪的時候。「是的，」我說。「我確實這麼想。但現在已經沒有那種感覺了，沒那麼強烈。」

「很有意思。」她說。「這正是我想到你和茱莉亞的時候會想到的詞彙。我們和奶媽坐在育兒房裡的時候，我心裡想著：『飽受挫折的激情』。」

她說這些話的時候語氣很溫柔，帶著一絲從她母親那裡遺傳來的嘲弄口吻。然而那天夜裡，當這些話語再度出現在我腦中時，卻讓我感到心酸。

茱莉亞穿著中國式的旗袍，我們在布萊茲赫德莊園單獨用餐時，她經常穿這件衣服。這件旗袍的重量和堅硬的衣領，讓她原本鎮定自若的神情變得緊繃。她的頭在脖子那圈素淨的金色圓環中優雅地揚起，雙手靜靜放在繡於膝蓋部位的龍上。曾有無數個夜晚，我都懷著喜悅的心情欣賞她這種姿態。那天晚上，我看她坐在爐火和電燈的光線下，對她的愛戀讓我無法移開視線。我突然想：「我是不是曾經見過她這副模樣？為什麼我會突然想起另一個視覺的瞬間？」然後我想起來了，是那場暴風雨前夕，她也是以這種姿態坐在郵輪上，這就是她當時的模樣。於是我意識到，她已經找回那些我以為她永遠遺失的神奇魅力、那些將我吸引到她身邊的憂鬱。她那種受挫的表情，彷彿訴說著：「我當然是為了其他目的而存在。」

那一夜，我在黑暗中醒來，翻來覆去地思考白天與蔻蒂莉亞交談的內容。我回想起自己是怎麼說的：「妳知道，我不會懂的。」我經常覺得自己是個半途而廢的人，就像一匹原本大步邁進的馬，突然遇上了障礙物，結果我只想往後退，甚至沒有試著跨過去的勇氣。

我腦子裡還出現另外一個畫面：一間位於北極的小木屋，有個獵人獨自在屋裡，旁邊只有他的獸皮、煤油燈及柴火。屋外是寒冬的最後一場大風雪，積雪堵住了小木屋的門。雪的重量靜靜壓迫著木門，門上的插銷因而彎曲變形。隨著時間一分一秒過去，黑暗中已經有一座雪白的小山把小木屋的門堵死。後來，一陣強風吹過，太陽出來了，陽光照射在積滿冰雪的斜坡上。當積雪開始融化時，冰塊也跟著鬆動、搖晃、下滑，在高處聚集了能量，整片山坡即將塌陷。小木屋的門終於可以打開了，但是立刻被崩落的雪塊壓成碎片，跟著積雪一同滾落到谷底，消失得無影無蹤。

五、瑪奇梅因侯爵在家◆在中國式客廳過世◆顯露目的

我的離婚案，或者應該說我妻子的離婚案，差不多在布萊茲赫德舉行婚禮的期間進行審理，茱莉亞的離婚案則得等到下一季。在這段時間，大家都忙著搬家——我的東西從老修道院搬到我的公寓，我妻子的東西從我的公寓搬回老修道院，茱莉亞的東西從雷克斯家和布萊茲赫德莊園搬到我的公寓，雷克斯的東西從布萊茲赫德莊園搬回他自己的家，瑪斯普拉特夫人的東西從法恩茅斯搬進布萊茲赫德莊園——就某種程度而言，我們每個人都無家可歸。然而就在這個時候，瑪奇梅因侯爵以不合宜的戲劇性方式宣告了他的決定，他的長子顯然是從他身上遺傳到這種風格。基於當時的國際局勢，瑪奇梅因侯爵決定返回英國，在布萊茲赫德莊園安享天年。

這個變化的唯一受益者是蔻蒂莉亞，這個一直在動盪中被人遺棄的可憐孩子。當然，布萊茲赫德曾經正式向她提出邀請，希望她考慮接受把他的房子當成自己的家，然而當她聽說，她嫂嫂在婚禮後會把自己的孩子們都帶進布萊茲赫德莊園，並且找自己的妹妹與一位友人照顧那些孩子時，她就決定搬去倫敦獨居。她父親的決定讓她宛如灰姑娘，再度搖身變回那座城堡的

主人，她的哥哥嫂嫂則在轉瞬間失去成為那棟宅邸主人的權利。布萊茲赫德莊園繼承權移轉的文件，原本都已備妥並等待簽署，現在又被擱置到一旁，放進林肯律師學院[59]的黑色鐵皮盒中。這對於瑪斯普拉特夫人實在有點難以接受，雖然她不是那種有野心的女人，即便是一個不具布萊茲赫德莊園排場的小地方，也能讓她心滿意足，可是她渴望為她的孩子們安排聖誕假期的去處，而且她位於法恩茅斯的房子已經搬空，準備出售。瑪斯普拉特夫人在向法恩茅斯的鄰居告別時，也渲染了她未來美好的新生活，因此她不可能帶著孩子們回法恩茅斯。可是她現在必須立刻把她的家具從瑪奇梅因侯爵夫人的房間搬出來，放進一間廢棄的車庫裡，然後自己租一間附家具的別墅。如我所說，她並不是一個有野心的女人，但由於原本期望太高，突然間又什麼都沒有，實在讓她難以接受。村子裡準備歡迎新人入住的慶典，這時都把彩旗上代表貝柔的字母「B」拿下來，換成代表瑪奇梅因侯爵的字母「M」，以歡迎瑪奇梅因侯爵歸來。

瑪奇梅因侯爵打算返回英國的消息，以一連串互相矛盾的電報傳送而來，首先抵達律師辦公室，然後到了蔻蒂莉亞手中，最後才到茱莉亞和我這裡。原本說瑪奇梅因侯爵會趕回來參加布萊茲赫德的婚禮，後來又變成會在婚禮結束後抵達；原本說他已經在巴黎見過布萊茲赫德伯爵和他的新婚妻子，後來又說是在羅馬見到的；原本說他的身體狀況不佳，無法旅行，後來又說他已經出發了；原本說他會獨自回來，後來又說他會把義大利的僕人全都帶回來；原本說他想隱居，因此這次歸來的訊息將不公開，後來又說他要舉辦一場盛大的舞會；原本說他對於布萊茲赫德莊園的冬天有不愉快的回憶，因此在春天到來前不會啟程，後來又確定在一月的某天就會抵達。

普倫德爾比瑪奇梅因侯爵早一步到達，因此發生了一點麻煩。普倫德爾最初並不是布萊茲赫德莊園的僕役，而是瑪奇梅因侯爵在旗兵隊裡的隨從，他只見過維爾考克斯一面，而且那次場面尷尬，是瑪奇梅因侯爵在戰爭結束後決定不再返回英國時，由普倫德爾去布萊茲赫德莊園拿行李。在那之後，普倫德爾就成了瑪奇梅因侯爵的貼身男僕，而且理論上來說，他現在還是。只不過前幾年，瑪奇梅因侯爵替他找了一名副手，一個來自瑞士的僱工，幫忙他打理衣櫃，並且在需要時負責家中比較不重要的事，因此普倫德爾已經成為實質上的管家，他有時甚至會在電話裡自稱是瑪奇梅因侯爵的「祕書」。於是，他和維爾考克斯之間就出現了一絲尷尬。

幸好，現在他們對彼此都釋出善意，所有的事情在蔻蒂莉亞的陪同下得到解決。普倫德爾與維爾考克斯一起擔任聯合總管，就像皇家藍色騎兵團[60]和內近衛騎兵團[61]，同時具有最高職權：普倫德爾負責瑪奇梅因侯爵的臥室內外，維爾考克斯負責其他公共區域。資深的門房換上黑色的制服，升等為管家，那個瑞士人抵達之後則換穿便服，成為貼身男僕。所有人的薪資都調高，好讓他們適應新的職等，因此皆大歡喜。

茱莉亞和我，以及在一個月前就已經搬走的布萊茲赫德，這時都為了迎接瑪奇梅因侯爵而

59 譯註：林肯律師學院（The Honourable Society of Lincoln's Inn）是英國倫敦四所律師學院之一，負責向英格蘭及威爾斯的大律師授予執業認可資格。

60 譯註：皇家藍色騎兵團（Blues and Royals）是皇家近衛騎兵團（Household Cavalry）的構成兵團之一。

61 譯註：內近衛騎兵團（Life Guards）是英國陸軍兵團之一，與皇家藍色騎兵團共同構成皇家近衛騎兵團。

回到布萊茲赫德莊園。瑪奇梅因侯爵抵達那天，蔻蒂莉亞去車站接他，其他人留在家裡等候。那天天氣非常陰冷，強風陣陣吹拂，原本要在露臺點燃營火並聘請樂隊演奏的安排全都取消了，只有那面已經二十五年沒有升起過的家族旗幟再度高掛於山形牆上，在強風中拍打著鉛灰色的天際。無論中歐土地上的擴音器發出什麼樣的刺耳聲響、無論軍工廠裡的車床如何忙著運轉，瑪奇梅因侯爵的歸來都是這塊領地上的首要大事。

瑪奇梅因侯爵預計在三點鐘抵達，茱莉亞和我一直在客廳裡等候，火車站的站長隨時向維爾考克斯報告火車的最新行程：「火車已經傳來信號。」「火車已經到站。」「老爺已經在回家的路上。」於是我們走到前廊，與資深的僕役們一起等待他進門。過了不久，一輛勞斯萊斯在車道轉彎處出現，後面跟著兩輛貨車。勞斯萊斯停妥之後，最先下車的是蔻蒂莉亞，接著是卡拉，等了一會兒，車裡先遞出一條毛毯交給司機，然後遞出一根拐杖交給門房，接著才伸出一條腿。普倫德爾站在車門前，另外一名僕役——那個瑞士貼身男僕——從貨車上下來，兩人一起將瑪奇梅因侯爵攙扶出車外，讓他站穩。他試試拐杖，以確定自己可以穩住身子，並且站立了一分鐘，以便凝聚力量，好讓他走到前門的矮階梯。

茱莉亞發出一聲輕嘆，驚訝地碰碰我的手。九個月前，我們才在蒙地卡羅見過瑪奇梅因侯爵，當時他帥氣挺拔，與我第一次在威尼斯見到他的時候沒有太多變化，此刻他卻變成一個老人。雖然普倫德爾告訴過我們，瑪奇梅因侯爵最近身體不太好，但我們沒有預期會看見他這副模樣。

瑪奇梅因侯爵弓著身子，看起來縮水了，整個人被他的大衣緊緊包著，白色的圍巾在他脖子上隨風翻飛，一頂布帽壓在額頭上。他臉色蒼白，滿面皺紋，鼻尖被凍得通紅，眼中充滿淚水，但非情緒所致，而是因為冷風。他大聲喘著氣，讓卡拉替他圍好圍巾。卡拉在他耳邊說了幾句話，他便抬起戴著手套的手——灰色的羊毛手套——向站在門前歡迎他的人群揮手致意，然後以非常緩慢的步伐走進屋裡。

他們替他脫去大衣、帽子、圍巾以及大衣下的皮背心，讓他看起來比剛才更加虛弱，但是較為優雅，不再顯得那麼疲憊。卡拉替他拉正領帶，他用一條絲質印花手帕擦擦眼睛，然後拄著拐杖走向大廳的壁爐。

壁爐旁邊有一張印著紋章的小椅子，是整套椅子中的一張，不起眼地靠在牆邊。它的存在只是為了在椅背上印出那枚講究的紋章，或許從它被製造出來的那天開始，就不曾有人在上頭坐過，甚至連疲倦的門房也不想坐在上面。然而瑪奇梅因侯爵這時在這張小椅子上坐下，繼續擦拭他的雙眼。

「天氣真冷。」他說。「我都忘了英國多冷，這種冷天氣讓我非常不舒服。」

「老爺，您需要喝點什麼嗎？」

「不用，謝謝。卡拉，我那些該死的藥片放在哪裡？」

「艾利克斯，醫生說一天不能吃超過三次。」

「不管那麼多了，我很不舒服。」

卡拉從她的手提包裡拿出一個藍色的小藥瓶，瑪奇梅因侯爵從中服用了一顆藥。那顆不知名的藥丸讓他恢復了元氣，他將雙腿往前伸直，把拐杖夾在雙腿中間，下巴倚在拐杖的象牙手把上。這時他才開始注意到身旁的每個人，先與我們打招呼，然後向僕役下達命令。

「我今天很狼狽，這趟旅行把我累壞了，我應該在多佛休息一個晚上才對。維爾考克斯，你替我準備了哪個房間？」

「老爺，您原本的房間。」

「不行，我現在體力不支，沒辦法走那麼多臺階到樓上。我必須睡在這層樓。普倫德爾，你去替我準備一張床。」

普倫德爾與維爾考克斯緊張地互看一眼。

「好的，老爺。您想睡哪個房間？」

瑪奇梅因侯爵想了一下，說：「就在中國式客廳好了。維爾考克斯，我要睡那張皇室專用的女王床。」

「好的，老爺。中國廳，女王床。」

「我接下來這幾個星期就這樣安排。」

我從來沒有看過他們使用中國廳。事實上，不曾有人走近那個房間。那個房間用紅絨繩圍起來，每逢這棟宅邸向大眾開放展示的日子，觀光客都會被擋在那個房間門外。那個房間是個不適合居住的小型博物館，裡面陳列著齊本德爾的雕刻、瓷器、漆器、繪畫。那張放在樓上的女王床也是向大眾公開的展示品，有著巨大的天鵝絨帳，以及宛如聖彼得大教堂的華麗床蓋。我不知道瑪奇梅因侯爵是不是早就已經計畫好這種公開的弔唁儀式，他是否在離開陽光普照的義大利之前，或者在細雨紛飛的漫長旅途中，就已經想好要這麼做？他是否想起某個童年時的記憶，當他還睡在育兒房時的夢想——「等我長大之後，我要睡在中國廳裡，睡在那張女王床上。」——這是對成年生活最壯麗輝煌的完美想像。

這棟宅邸很少出現這麼大的騷動，原本大家都以為這只是充滿儀式感的一天，沒想到變成一場令人疲憊的混亂。女僕們點燃中國廳的壁爐、掀去家具的防塵罩、準備各式各樣的日用品，男僕們圍上圍裙，開始搬動家具。村子裡的木匠都被找來拆卸女王床，那張床的各個零件在下午逐一從屋內主要的樓梯搬到樓下來，包括龐大的洛可可組件、天鵝絨帳頂、繡著金花的天鵝絨床柱，以及藏在布幔下沒有拋光的床梁。染色的羽毛從金色的床座往上延伸，形成帳幔的冠頂，最後再由四個辛苦的工人把床墊搬下樓來。瑪奇梅因侯爵似乎因為這個突發奇想的怪點子得到些許安慰，興致勃勃地坐在爐火旁看著忙得團團轉的僕役，我們其他人則站在旁邊——卡拉、蔻蒂莉亞、茱莉亞，還有我——圍成半圓形陪他聊天。

他的臉色恢復了一點紅潤，眼睛也比較有神。「布萊茲赫德和他的妻子到羅馬和我一起用餐。」他說。「既然這裡都是自己人，我就直說了。」——他看看卡拉和我——「我覺得那個女人很可悲，她的前夫是個海軍，因此可想而知，她不太挑剔，但我的兒子都已經三十八歲了，為什麼在全英國女性任由他挑選的情況下，還會選擇這個女人？——我猜我應該叫她貝柔……」他以一種「你們明白我意思的口吻」沒有把話說完。

瑪奇梅因侯爵顯然沒有移動身子的打算，於是我們各自搬了椅子過來——那些相同系列的紋章小椅子，因為大廳裡其他的椅子都很重——圍在他身旁坐下。

「我想，我的身體在夏天之前可能無法好轉。」他說。「我只能指望你們四個人陪我了。」

我們無法讓沉悶的氣氛變得愉快。事實上，瑪奇梅因侯爵是我們當中最活潑的一個。「告訴我吧！」他說。「布萊茲赫德是怎麼愛上她的？」

於是我們就把我們知道的一切告訴了他。

「火柴盒。」他說。「他們竟然是透過火柴盒認識的。我覺得她已經過了生育孩子的年齡。」

僕人端了茶過來。

「在義大利，沒有人相信會發生戰爭。」他又說。「大家都認為一切都會『被安排妥當』。茱莉亞，我猜妳現在已經沒有管道取得政治方面的小道消息了。卡拉很幸運地藉由婚姻關係成為英國人，她不習慣告訴別人這件事，但這個身分可能很有用。在法律上，她是希克斯太太。親愛的，我說得沒錯吧？我們對希克斯先生瞭解不多，可是無論如何我們應該感激他，尤其如果戰爭爆發的話。至於你。」他把話題轉向我。「你已經是職業畫家了。」

「不，事實上，我正準備申請加入後備役，成為一名軍官。」

「喔，可是你應該當藝術家。在上一次戰爭中，我的騎兵團裡就有幾個藝術家，我們共度了幾個星期——直到奔赴前線。」

他尖刻的態度對我來說很新奇，雖然我以前就知道他儒雅的外表下藏著惡毒，只不過那些惡毒現在有如尖銳的頭骨，從他凹陷皮膚下冒了出來。

女王床裝好時，天色已經黑了。我們都走到中國廳裡去看，瑪奇梅因侯爵的腳步變得輕盈。

「我替你感到驕傲，維爾考克斯。這看起來真的不同凡響。我記得有一個銀盆和一個寬口水壺——我想都放在被我們稱為『紅衣主教更衣室』的房間裡——你可不可以拿來放在那張桌子上？然後請普倫德爾和加斯頓進來，行李明天再收拾就好——只要先打開裝衣服的行李箱，把我今晚要使用的東西準備好就可以。普倫德爾知道我需要什麼。這裡留他們兩個人就夠了，我要上床休息一下。我們待會兒見，在這個中國式客廳裡用餐，你們要負責逗我開心。」

我們紛紛轉身離開。在我走出房門之前，瑪奇梅因侯爵又叫住我。

「這裡看起來很不錯，對不對？」

「這裡非常好。」

「你可以在這裡畫一幅畫，呃，就命名為〈彌留之際〉吧？」

「是的。」卡拉說。「他就是為了準備辭世才回英國的。」

「可是他剛才對於康復還顯得信心十足。」

「那是因為他病得很嚴重。他清醒的時候，知道自己就快死了，已經接受這個事實。有時候一連好幾天，他感覺自己身體強壯且充滿活力，這時他就能做好準備，但有時候他的身體狀況又會突然急轉直下，這時他就會非常緊張。等到他情況越來越糟時，我不知道會發生什麼事，可是應該還有一段時間。羅馬的醫生說，他剩下不到一年。明天會有醫生從倫敦過來，這位醫生會告訴我們更多細節。」

「他得了什麼病？」

「心臟病，一種病名很長的心臟病。這種病最後會要了他的命。」

那天晚上瑪奇梅因侯爵的精神很好，房間裡瀰漫著一種香味。僕役替我們在造型怪異的中式壁爐旁擺好餐桌，瑪奇梅因侯爵斜靠在椅墊上喝香檳，品嚐並讚美那些特別為他準備的菜餚，可是吃得不多。維爾考克斯特別拿出我從不曾看他們使用過的金餐具，加上房間裡鑲金邊的鏡子與擺飾用的漆器，以及女王床上的花布流蘇和茱莉亞的中式旗袍，讓這個場景增添了聖誕童話的氣氛，我們宛如置身在阿拉丁的洞穴裡。

吃完晚餐後，當我們準備離開時，瑪奇梅因侯爵突然變得沒有精神。

「我睡不著。」他說。「誰可以在這裡陪我一會兒？卡拉，親愛的，我知道妳累了。蔻蒂莉亞，妳願意在這個客西馬尼園[62]待一個小時嗎？」

第二天早上，我問蔻蒂莉亞前一晚的情況。

「他馬上就睡著了。過了兩個小時之後我再去看他，並在他的壁爐添加柴火時，發現他又點亮了燈，可是再度睡著了，也許是中途醒來後打開電燈的。他必須下床才能走到電燈開關處，因此我猜他可能很怕黑。」

由於蔻蒂莉亞具有照護經驗，因此照顧瑪奇梅因侯爵的任務就交給她了。當天醫生來訪時，兩位醫生也很自然地把注意事項都交代給她。

「在他病情惡化之前，由我和貼身男僕照顧他就可以了。」蔻蒂莉亞說。「等到有需要時，再聘請專業的護士。」

目前這個階段，醫生只建議我們確保他的舒適，並且在他發病時讓他服用藥物。

「他還有多久的時間？」蔻蒂莉亞問醫生。

「蔻蒂莉亞小姐，有些人被判定只剩一個星期的壽命，結果卻健健康康地活到老。我行醫多年學到的一件事，就是不做任何預測。」

除了倫敦來的醫生，還有一位本地醫生也在旁聆聽，並給出相同的忠告。這兩位醫生千里迢迢來到這裡，就只為了告訴蔻蒂莉亞這件事。

這天晚上，瑪奇梅因侯爵的話題又回到他的新媳婦身上，看來他始終惦記著這件事。白天時，他想到了更多想說的話，於是晚上就靠在枕上再次談論起她。

「我以前不太重視家庭，但現在不同了。」他表示。「坦白說，一想到貝柔即將把這個曾是我母親住處的地方占為己有，我就忍不住心煩。為什麼他們要占據這裡？更何況布萊茲赫德無法擁有自己的孩子，只能任由這個地方粉碎。我不打算在你們面前偽裝，我就是不喜歡貝柔。

「或許是她倒楣吧？我們第一次見面竟然在羅馬。如果在別的地方，我對她的印象可能會比較好一點。不過仔細一想，我在任何地方見到她，應該都會討厭她。我們去拉涅利餐廳吃飯，那是我這幾年常去的一間小餐館——你們應該都聽過這家餐廳。貝柔一走進去，彷彿就把整間餐館塞滿了。當然，由我請客，可是如果你們聽見她一直叫布萊茲赫德吃這個和吃那個，可能會誤以為她才是主人。布萊茲赫德一向是個貪心的孩子，讓他全心折服的妻子，應該要多多約束他才對。當然，這也不是什麼大了不的問題。

「她一定聽說過我不尋常的人生經歷，我只能用『無賴』來形容她對待我的態度。她覺得

---

62 譯註：客西馬尼園（Gethsēmani）是耶路撒冷的一個果園，耶穌被釘死在十字架上的前夜，和他的門徒在最後的晚餐之後前往此處禱告。

我是一個不守規矩的老頭子！我猜她以前一定認識許多不守規矩的海軍上將，知道怎麼取笑他們……我不想重複她說過的話，只舉一個例子給你們聽。

「他們那天上午去梵蒂岡見教宗，接受教宗的祝福——我沒有專心聽她說話——但她好像提到了自己以前的事，和她前一任丈夫去見前一任教宗。她生動地描述自己新婚之軀的經歷：她看見梵蒂岡各個階層的義大利人，穿婚紗的純潔義大利新娘彼此恭維，義大利新郎則暗中比較自己的新娘和別人的新娘，諸如此類的事。然後她又說：『當然，這一次，教宗還是單獨接見我們，可是您知道嗎？瑪奇梅因侯爵，我覺得好像變成是我帶著新娘去見教宗。』

「她的口吻非常下流，但一開始我沒有馬上聽懂她的意思。她拿我兒子的名字開玩笑[63]！或者，你們覺得她是拿他的童貞開玩笑？我猜是後者。無論如何，那天晚上就在類似的談話中度過。

「我不認為她適合這裡。你們覺得呢？我應該把這裡留給誰？限嗣繼承[64]到我這一代就停止了。賽巴斯提安，唉，那是不可能的了。誰想要呢？誰呢？卡拉，妳願意接受嗎？不，妳當然不會願意接受。蔻蒂莉亞？我想我應該把這裡留給茱莉亞和查爾斯。」

「不，父親，這裡是布萊茲赫德的。」

「還有呢……也是貝柔的？最近我會請律師來一趟，我們會討論一下我的遺囑。現在應該是更新遺囑的時候了，原本的內容已經過時……我寧願想像茱莉亞住在這裡。妳今晚真美，親愛的，妳永遠那麼美。她比誰都適合這裡。」

不久之後他就派人去倫敦把他的律師找來了，可是律師來的那天，瑪奇梅因侯爵正好身體狀況不佳，無法討論。「將來還有時間。」在兩次痛苦的沉重喘息間，他說：「改天吧，等我身體好一點。」可是繼承人的選擇一直在他腦中盤旋，而且他經常說應該讓我和茱莉亞在結婚之後一起繼承。

「妳覺得他是真心想把布萊茲赫德莊園留給我們嗎？」我問茱莉亞。

「是的，我想他是認真的。」

「這對布萊茲赫德太殘酷了。」

「是嗎？我不認為他在乎這個地方，但是我在乎。你知道，如果布萊茲赫德和貝柔住在某間小屋裡，他會更滿足。」

「妳的意思是我們應該接受？」

「當然，這棟房子是我父親的，他想留給誰就留給誰。我認為你和我住在這裡會非常開心。」

我腦中出現一個畫面，就像我第一次和賽巴斯提安到這裡時所看見的：在大馬路轉彎之後，一座與世隔絕的山谷，幾面湖泊層層相疊，中間矗立著這棟古老的宅邸，整個世界都被遺棄和遺忘。這裡是世外桃源，擁有屬於自己的安寧、愛情與美好，是士兵在外征戰時的夢境，如同在沙漠中經歷飢餓、在叢林裡經歷豺狼出沒之後，出現在眼前的偉大神廟。倘若一個人偶

63 譯註：布萊茲赫德（Brideshead）的名字裡有「新娘」（Bride）這個字。

64 譯註：限嗣繼承（The entail）是舊時英國土地保有和繼承的一種形式，土地只能由「土地被授予人或受贈人」的「特定繼承人」繼承，而非由其全部繼承人繼承。土地的限嗣繼承在進行土地贈與時即可設立，假如在贈與時明定該土地只能由受贈人及其直系繼承人繼承，土地就能在其家族世代相傳。

爾沉浸在這種海市蜃樓的幻想之中，是否應該遭受到懲罰？

瑪奇梅因侯爵的病情持續加重，為了配合病人衰退的體力，屋裡的活動也跟著調整。有時候，瑪奇梅因侯爵會穿戴整齊地站在窗前發呆；有時候，他會扶著貼身男僕的手臂在一樓每個房間裡走動。許多客人來來去去——鄰居、領地上的村民、為了處理各種事務而從倫敦過來的人——裝著新帳本的包裹一個接一個被打開、一本接一本被討論。一架鋼琴被搬進中國式客廳。在二月底的某一天，外頭罕見地出現大太陽，瑪奇梅因侯爵便命令僕役備車，並且替他穿上皮大衣。然而當他走到大門邊，突然又打消了出門兜風的念頭。他說：「不去了，以後再說。等夏天再說。」隨後就拉著身旁的人坐到椅子上休息。又有一次，他臨時起意，要僕役把他的房間搬到繪畫廳去，因為中國廳的那些中國人偶讓他心神不寧——他總是整晚開著燈——結果他又打消念頭，待在原本的中國廳不想搬動。

在其他的日子，當他高高坐在床上，以一堆枕頭撐著身體時，整棟屋子就變得安安靜靜，只剩下他的呼吸聲。即使在那種時候，他也希望我們在他房間裡陪他。他無法忍受獨自一人，無論白天或黑夜。當他說不出話的時候，會用眼睛看著我們。如果有人要離開他的房間，他就會露出難過的表情。一直坐在他床邊的卡拉就會伸出雙手抱住他，安慰他說：「沒關係，艾利克斯，她馬上就會回來。」

布萊茲赫德和他的妻子度完蜜月之後，在這裡住了幾個晚上，碰巧那幾天瑪奇梅因侯爵的身體狀況不佳，因此不願意讓他們接近他。那是貝柔第一次到布萊茲赫德莊園，假如她對這棟幾乎已屬於她而且鐵定就要成為她住宅的大房子完全不感興趣，實在說不過去。可是她一切都做得非常自然，在那幾天徹底將布萊茲赫德莊園視察了一番。此刻因為瑪奇梅因侯爵生病而做出的怪異安排，看起來日後都可以調整改善，於是她找了一、兩間以前拜訪過的莊園，當作未來重新裝潢時的參考。白天，布萊茲赫德帶她去拜訪領地上的佃農；晚上，她會找我聊繪畫、找蔻蒂莉亞聊醫院、找茱莉亞聊服裝，永遠散發著一種歡愉的自信。我知道我們背叛了他們，也知道所有的事情都不穩定，但這種理解只存在於單方面。我對他們夫妻的態度不是很好，但這對布萊茲赫德而言不是什麼新鮮事。他早已習慣受人冷落，所以我的愧疚感也在不知不覺中消失。

終於，瑪奇梅因侯爵表示不希望見到他們，但允許給布萊茲赫德一分鐘的時間單獨與他道別。然後，布萊茲赫德他們就離開了。

「我們在這裡什麼事情也做不了。」布萊茲赫德說。「這讓貝柔感到很困擾。等父親情況惡化再叫我們來吧。」

瑪奇梅因侯爵身體變差的持續期間越來越長，而且越來越頻繁，於是我們聘請了一位護士。「我從來沒有看過這種房間。」她說。「我在任何地方都沒看過這樣的房間，非常不方便。」她試著說服她的病人搬到樓上的臥室，因為那裡有自來水，她也可以有自己的更衣室，還有一張「還算像樣」的窄床供她「休息」——她習慣在工作空檔時休息一下——可惜瑪奇梅因侯爵不肯移動。又過了不久，瑪奇梅因侯爵已經分不清白天黑夜，於是我們聘請了第二位護士，醫生也再次從倫敦趕來。各種藥物對病人來說似乎都沒效了，於是他們建議了一種新療法，結果新療法也沒有任何助益。我們已經無可期待，只能看著衰亡以不同速度在他身上起起伏伏。

布萊茲赫德又被叫了回來。當時是復活節期間，貝柔和她的孩子們在一起，所以只有布萊茲赫德自己一個人回來。他在他父親身旁沉默地站了幾分鐘，他父親安靜地坐著，眼睛看著他。布萊茲赫德離開中國廳之後，到書房來找我們，說：「父親應該見見神父了。」

這個話題並非第一次被提起。瑪奇梅因侯爵剛回來的那一陣子，教區的神父——由於莊園的小教堂已經關閉，梅爾斯德那邊蓋了一座新教堂和長老會——基於禮貌上來拜訪過一次，被蔻蒂莉亞委婉地打發走。然而那位神父離開後，她說：「現在還不是時候，父親現在還不必見他。」

當時茱莉亞、卡拉和我都在現場，我們每個人都有話想說，可是都沒說出口。這個話題在我們之間從來沒有被提起過，可是當茱莉亞和我獨處時，她說：「查爾斯，我可以預見一場宗教風波正在等著我們。」

「難道他們不能讓他在安寧中去世嗎？」

「他們對於『安寧』有不一樣的看法。」

「這對他是極大的冒犯。他這輩子對宗教抱持什麼態度，大家都很清楚，現在大家卻要趁他神智恍惚、無力拒絕的時刻，宣稱他在臨終前懺悔。我原本對那間教堂還抱持一定的尊敬，可是現在已經不存敬意了。如果他們硬要這麼做，我就看清了那些笨蛋所說的一切都只是迷信和騙人的花招。」

茱莉亞什麼都沒說。

「妳不同意我的看法嗎？」我問。

「我不知道，查爾斯，我真的不知道。」

後來，儘管我們都沒有再提起這件事，但是我能感覺到，這個問題一直存在。隨著瑪奇梅因侯爵病情加重，這個問題在數星期後又無可避免地浮上檯面。我能在蔻蒂莉亞一早搭車去做彌撒時看見她心裡惦著這件事，也能在卡拉跟隨蔻蒂莉亞出門時看見她的想法。這片小小的烏雲，雖然只有手掌般的大小，卻在我們之間膨脹出一場暴風雨。

最後，布萊茲赫德以他沉重且不帶情感的口吻，把問題丟在我們面前。

「喔，布萊茲赫德，你覺得父親會答應嗎？」蔻蒂莉亞問。

「我覺得他會答應。」布萊茲赫德說。「明天我就帶麥凱神父去看他。」

那片小小的烏雲持續聚積，沒有散開。沒有人開口說話，卡拉和蔻蒂莉亞又回去瑪奇梅因侯爵的房間，布萊茲赫德在書房裡找一本書，找到之後就離開了。

「茱莉亞。」我說。「我們應該如何阻止這件傻事？」

她沉默了一會兒，然後才說：「我們為什麼要阻止？」

「妳和我一樣清楚，因為這是——這是不得體的做法。」

「我有什麼資格反對這種不得體的做法？」她悲哀地表示。「再說，又不會有什麼害處。我們去問問醫生的意見吧。」

我們問了醫生，醫生說：「這很難說。當然，可能會造成病人恐慌。另一方面，也可能產生安撫病人的效果。我知道還有一些病人因此精神重振。肯定的是，這通常給家屬極大的安慰。我認為應該由布萊茲赫德伯爵決定該怎麼做，但不瞞您說，現在還不需緊張。瑪奇梅因侯爵今天雖然很虛弱，但明天可能又會變強壯，稍晚再做決定也很合情合理。」

「喔，醫生的意見根本沒幫助。」醫生離開後，我對茱莉亞說。

「幫助？我真不懂你為什麼這麼不希望我父親接受最後的聖餐。」

「因為那是巫術與偽善。」

「是嗎？但是這個宗教已經持續了將近兩千年，我不明白你為什麼突然對它不滿。」茱莉亞提高了音量。最近幾個月來，她變得很容易發怒。「看在老天的分上，你去《泰晤士報》發表文章、去海德公園演講、去發起反教宗的運動，隨便你想做什麼都好，不要再來煩我了。我父親要不要見教區的神父，和我們有什麼關係？」

我瞭解茱莉亞這種狂躁的情緒，就像那天在月光下的噴水池旁一樣，而且我隱約猜到她憤怒的原因。我知道這種憤怒無法透過語言得到緩解，更何況我也無話可說，因為這些問題沒有明確的答案。我只覺得自己面對的不只是一個靈魂的命運，而是許多靈魂的命運，宛如積雪正沿著高坡往下崩塌。

第二天早上，布萊茲赫德和我與剛剛值完夜班的護士一起吃早餐。

「今天他的意識清醒多了。」護士說。「昨晚穩穩睡了三個小時，早上加斯頓進來替他刮鬍子時，他說了很多話。」

「好的。」布萊茲赫德說。「蔻蒂莉亞去做彌撒了，她會帶麥凱神父回來用餐。」

我見過麥凱神父幾次，他是一個身材矮壯、性格和善的愛爾蘭中年男子。我們第一次見面，他就問我：「萊德先生，您認不認為提香[65]比拉斐爾[66]更有資格被稱為藝術家？」而且，令人難堪的是，他還記住我的回答。「萊德先生，上次我榮幸地見到您時，您說提香……」我們結束對話時，他總會說：「啊，擁有像您這樣的才華，實在是一筆龐大的財富。萊德先生，更何況您還有時間盡情享受人生。」蔻蒂莉亞很會模仿麥凱神父說話的模樣。

這天，麥凱神父吃完豐盛的餐點之後，先閱讀一下報紙，然後就以專業的方式說：「布萊茲赫德伯爵，您認為那個可憐的靈魂現在是不是已經準備要見我了呢？」

布萊茲赫德帶著他走進房間，蔻蒂莉亞走在他們身後，留下我獨自在餐桌旁。不到一分鐘，我就聽見門外傳來三個人說話的聲音：

「……真是不好意思。」

「……可憐的靈魂。您知道，因為陌生的臉孔讓他害怕——我是個讓他意外的陌生人。我可以理解。」

「……神父，對不起……讓您大老遠跑來……」

「千萬別這麼說，蔻蒂莉亞小姐。我在戈柏爾[67]還被病患扔過瓶子……再給他一點時間吧，

65 譯註：提齊安諾・維伽略（Tiziano Vecelli，一四八八年—一五七六年八月二十七日）是義大利文藝復興後期威尼斯畫派的代表畫家，英語系國家通常稱呼其為提香（Titian）。

66 譯註：拉斐爾・聖齊奧（Raffaello Sanzio，一四八三年四月六日—一五二〇年四月六日）是義大利畫家及建築師，與達文西和米開朗基羅合稱「文藝復興三傑」。

67 譯註：戈柏爾（Gorbals）位於蘇格蘭，是格拉斯哥市（Glasgow）的一個地區。

我碰過很多更糟的例子，但他們最後都能完美地離世。讓我們為他禱告……我會再來的……現在請容我告辭，我想去看一下霍金斯太太。喔，是的，我知道怎麼走。」

蔻蒂莉亞和布萊茲赫德走進來。

「我猜這次沒能成功。」

「對，不成功。蔻蒂莉亞，待會兒麥凱神父從奶媽那裡下樓後，可不可以麻煩妳送他回去？我得打電話給貝柔，問她希望我何時回去。」

「布萊茲赫德，這實在太糟糕了。我們應該怎麼辦？」

「我們能做的都已經做了。」他說完後就離開了房間。

蔻蒂莉亞的臉色沉重，拿了一塊培根沾沾芥末醬，然後放進嘴裡。「可惡的布萊茲赫德。」她說。「我就知道這行不通。」

「怎麼回事？」

「你想知道？我們走進房間時，卡拉正在讀報紙給父親聽。布萊茲赫德說：『我帶了麥凱神父來看您。』父親說：『麥凱神父，這恐怕是場誤會。我還沒有進入彌留狀態，而且我這二十五年來都不是貴教會的教友。布萊茲赫德，請你送麥凱神父出去。』於是我們只好又走出房間，然後我聽見卡拉繼續讀報紙給父親聽。就是這樣，查爾斯，這就是事情的經過。」

我把這件事告訴茱莉亞，她躺在床上，床頭櫃上攤著一堆報紙和信件。「瘋言瘋語結束了。」我說。「神父離開了。」

「可憐的父親。」

「布萊茲赫德很不高興。」

我覺得自己大獲全勝，我一直以來都是對的，他們是錯的，真理已經占了上風。自從在噴水池的那個晚上便一直懸在我和茱莉亞心上的威脅，如今也被移開了，或許將永遠消散。我心裡偷偷慶祝另一種沒有表達也無法表達的喜悅——但是我終於可以承認這種不太光彩的勝利感：我猜，這天早上發生的事，讓布萊茲赫德與他的合法繼承權又拉開了一段距離。

這點我真的猜中了。一、兩天後，倫敦的律師事務所派了一個人過來，瑪奇梅因侯爵擬訂了一份新的遺囑。不過，我原以為宗教爭議也已平息，沒想到在布萊茲赫德離開前的晚餐席間，戰火又重新開始燃燒。

「……父親說的是：『我還沒有進入彌留狀態，而且我這二十五年來都不是教會的教友。』」

「不是『教會』，是『貴教會』。」

「這有什麼差別嗎？」

「差別非常明顯。」

「布萊茲赫德，父親的意思已經很清楚了。」

「我可以判斷，他所說的就是他的意思。他說，他以前沒有常規性地領受聖餐，而且他還不到死前的那一刻，因此沒有打算改變現有的態度——暫時沒有。」

「你這只是狡辯而已。」

「為什麼每當一個人想以更精確的方式解釋事情時，就會被別人認為他在狡辯？父親明明就說他那天不想見神父，但是到了『彌留之際』，他就會願意。」

「我希望有人為我解釋一下。」我說。「聖餐到底有什麼重要性？你們的意思是，如果他自己死去，他就會下地獄，但如果神父替他抹油——」

「喔，那不是油。」蔻蒂莉亞說。「那是用來治癒他的香膏。」

「那就更奇怪了——好吧，無論神父要做什麼——總之他這樣才能上天堂。是這個樣子嗎？你們都相信這種事？」

卡拉這時開口說：「我記得護士曾對我說，或者是某個人這樣告訴我，只要神父在屍體變冷之前出現就可以了。就是這樣，對不對？」

其他人開始糾正她。

「不，卡拉，不是這個樣子。」

「當然不是。」

「妳完全弄錯了，卡拉。」

「喔，我記得亞方斯·德·格雷內特去世時，德·格雷內特夫人安排了一位神父躲在門邊——因為亞方斯·德·格雷內特無法忍受任何神父——然後，趁著他屍體還沒變冷之前，她把神父帶進房間裡。這是她親口告訴我的。他們為他舉行了安魂彌撒，我也去參加了。」

「舉行安魂彌撒不代表能上天堂。」

「德·格雷內特夫人認為可以。」

「喔，那是她弄錯了。」

「你們天主教的人，到底有沒有人知道神父可以帶來什麼好處？」我問。「你們這樣安排，只是為了讓你們的父親得到天主教式的安葬，還是希望他不會下地獄？我希望有人能為我解答。」

布萊茲赫德長篇大論地為我說明，可是等他一說完，卡拉又困惑地小聲表示：「我沒有聽說過這些說法。」形同推翻布萊茲赫德的天主教理論。

「讓我釐清一下。」我說。「你們的父親必須表達某種心態，必須表示懺悔，必須希望與上帝和解，是嗎？可是只有上帝才知道他是不是真的有這個意願，神父無從得知。假如沒有神父在他身旁，他獨自表達出這樣的意願時，效果應該和神父在場是相同的。而且，很有可能，當一個人身體非常虛弱時，他即使沒有辦法做出外人看得到的動作，心裡也可能想表達這樣的意願，對不對？他可能躺著不動，因為就快要死了，可是他心裡一直在禱告，而且已經被上帝原諒。因為上帝懂他的心，對不對？」

「大致上是如此。」布萊茲赫德說。

「很好。既然如此，為什麼要請神父來呢？」我問。

大家安靜了一會兒，茱莉亞嘆了一口氣，布萊茲赫德則吸了一口氣，彷彿打算進一步發表高見。卡拉這時說：「我只知道，我要盡最大的努力確保神父在場。」

「願神保佑妳。」蔻蒂莉亞說。「我相信這是最好的答案。」

我們放棄了繼續爭辯，因為大家都認為無法得到共識。

後來，茱莉亞說：「我真希望你沒有挑起這場宗教爭辯。」

「不是我挑起的。」

「你無法說服任何人。你甚至連自己也說服不了。」

「我只想知道這些人到底相信什麼。他們所說的一切有邏輯可言嗎？」

「如果你能讓布萊茲赫德說完，他會為你釐清前後的邏輯。」

「你們四個人。」我說。「卡拉連最基本的教義都不懂，她可能相信，但也可能不相信。妳懂一點，可是完全不信。蔻蒂莉亞懂得不少，瘋狂相信一切。可憐的布萊茲赫德什麼都懂而且相信，但我覺得他解釋得很糟。人們總說：『天主教徒知道自己相信什麼。』我們今晚就看見了四種類型的天主教徒。」

「喔，查爾斯，別說了。我開始覺得你在懷疑自己了。」

一個星期接著一個星期過去，瑪奇梅因侯爵依然撐著。我的離婚案在六月辦妥，前妻也順利改嫁，茱莉亞則即將在九月恢復單身。但是，隨著我和茱莉亞的婚事越靠越近，我發現茱莉亞說話的神情就越來越憂傷。戰爭一步步朝我們而來——這點我們都不懷疑——可是茱莉亞的脆弱與恍神，有時充滿絕望，都是因為她本人對未來的不確定感，與戰爭無關。有一種力量約束著她對我的愛，讓她陷入掙扎，像牢籠中的困獸，心中懷著幽暗的怨恨。

我被召喚至戰情辦公室，經過面談之後便被列入候補軍人名單，蔻蒂莉亞也被列入醫護人員名單。名單再次成為我們日常生活的一部分，就像以前學生時期那樣。在陰暗的戰情辦公室裡，沒有人提到「戰爭」二字，因為那是禁忌。所有的一切都是為了「緊急狀況」而做準備，倘若緊急狀況發生，我們就會被召喚至前線——戰爭是出於人類的意志，但緊急狀況不像憤怒或懲罰別人那種簡單清晰的感覺。緊急狀況像是從水裡冒出來的東西，像沒有臉的妖怪，從水底深處搖著巨大的尾巴現身。

瑪奇梅因侯爵對於發生在他房間以外的事情完全不感興趣，我們每天拿報紙進去給他看，有時也試著讀報給他聽，但躺在枕頭上的他只會轉動頭部，目光跟著出現在他身旁的影像移動。「我應該繼續讀嗎？」「如果你不嫌煩的話，就請繼續吧。」然而他其實沒有真的在聽。每當報上出現他所熟悉的名字時，他就喃喃自語地說：「歐文……我認識他——他是一個平庸的傢伙。」有時候他也會提出一些不著邊際的評論：「捷克人都是很好的馬車夫，就是這樣。」他的意識已經與這個世界相隔遙遠，如今他只在乎他自己，他孤單地為了活下去而掙扎，沒有多餘的力氣留給外面正在發生的戰爭。

我問每天來看他的醫生：「他有非常強烈的求生意志，是不是？」

「你這麼認為嗎？我認為他對死亡有非常強烈的恐懼。」

「這有什麼差別？」

「喔，老天，當然有。他沒有辦法從恐懼中得到力量，你知道，那只會讓他損耗更多精力。」

在死亡邊緣掙扎的他，十分害怕黑暗與孤獨，可能是因為這兩者與死亡非常相似的緣故。他喜歡我們待在他房間裡，也喜歡讓擺放中國玩偶的角落整晚亮著燈。他不喜歡我們多說話，但他經常對自己說話，而且聲音很輕很低，以致我們甚至不知道他在說話。我認為，他說話是因為那是他唯一信任的聲音，可以讓他確定自己還活著。他說的話也不是真的想讓我們聽見，他只想說給自己聽。

「今天好一點了，今天好一點了，我可以看見了，在壁爐的角落，那個中國人偶拿著金色鈴鐺，他腳邊的樹開了花。昨天我很迷糊，把那座塔樓當成是一個人。不久之後我應該就可以看到那座橋和那三隻鸛鳥了，還可以看見延伸至山頂的小路通往何處。

「明天我會更好，我們家的人都活得很久，而且晚婚。七十三歲不算太老，我的茱莉亞姑婆，也就是我父親的姑姑，活到八十八歲，她從出生到死亡都住在這裡，一輩子沒結婚。她曾看過烽火臺為特拉法加海戰[68]升起的火焰。她總是把這裡稱為『新房子』，當時孩子們和鄉間那些不識字的老人都這樣稱呼這棟房子。從這裡往遠處看，可以看見老房子就在村裡教堂的旁邊，他們把那個地方稱為『城堡山』，那塊地凹凸不平，一半以上都是荒地，長滿蕁麻和野玫瑰。由於土壤貧瘠，無法耕種，所以他們就把地基裡的石頭挖出來，搬到這裡來，蓋起了這棟新房子。茱莉亞姑婆出生時，這棟房子已經蓋好一個世紀了。但是我們的根，是在『城堡山』那片凹陷的荒原上，在野玫瑰和蕁麻間，在老教堂的墳墓間，在沒有神父吟唱的小教堂裡。

「茱莉亞姑婆知道所有的天主教殉道者，包括那些穿著緊身背心的伯爵與侯爵，還有羅馬時代的議員，以及用石灰岩、雲石和義大利大理石雕成的人像。她用她的烏木拐杖敲敲墓碑上的盾牌，讓羅傑爵士的頭盔叮叮作響。我們家族在那個年代還是騎士，從亞金奎特開始受封為男爵，到了喬治王時代[69]又獲得更高的爵位，可是晚來的卻先離去，我們只剩男爵的爵位可以延續下去。等到所有人都死了，茱莉亞的兒子將可以享有祖先們在輝煌年代的頭銜。那些剪羊毛的年代，那些玉米田一望無際的年代，那些興盛壯大的年代，那些沼澤地都被抽乾、荒原變成耕地的年代。一個人先蓋起房子，他的兒子蓋起穹頂，兒子的兒子再擴建房屋的兩翼，並且在河上築起水壩。茱莉亞姑婆親眼看著他們蓋起那座噴泉，那座噴泉在來到英國之前就已經很老了，曾經在那不勒斯的陽光下經歷兩百年的歲月，由納爾遜[70]的戰艦運來英國。噴泉很快就乾了，直到雨水再將它填滿，任憑樹葉掉落在池面。湖泊旁的蘆葦蔓生，最後連成了一片。今天我的身體好多了。

「今天我的身體好多了，我一直很小心，不吹冷風，不吃太多，而且只吃當季的食物、喝最好的紅酒、睡自己的床鋪，所以我應該可以活很久。我五十歲的時候，被要求從馬背上下來，到前方的戰壕裡待著。他們原本說老人可以待在後方，起碼軍令是這樣說的，可是我的指揮官華特・維納布爾斯不這麼認為。他也是我的鄰居，他說：『艾利克斯，你和年輕人一樣強壯。』我確實很強壯，到現在還是，只要我能呼吸。

「沒有空氣，這天鵝絨布幔裡沒有空氣，夏天快來了。」瑪奇梅因侯爵說。他沒有發覺在午後的陽光下，一望無際的玉米田、飽滿的水果、貪吃的蜜蜂都已經在他的窗外了。「等到夏天來的時候，我就可以下床，坐在外面暢快地呼吸。

「誰想得到這些小黃人，這些中國的紳士們，竟然可以不呼吸而且活得這麼久，就像礦井

---

68 譯註：特拉法加海戰（Battle of Trafalgar），一八〇三年法國與「第三次反法同盟」（Third Coalition）爆發戰爭，拿破崙派海軍與英國海軍周旋。

69 譯註：喬治王時代（Georgian era）指大不列顛王國漢諾威王朝一七一四年—一八三七年的時期。

70 譯註：海軍中將霍雷肖・納爾遜子爵（Vice Admiral Horatio Nelson, 1st Viscount Nelson，一七五八年九月二十九日—一八〇五年十月二十一日）是英國十八世紀末及十九世紀初的著名海軍將領及軍事家。

裡的蟾蜍，在深邃的井底無憂無慮。老天，為什麼要挖這種洞給我呢？難道人們一定得在自己的地洞裡窒息而死嗎？普倫德爾、加斯頓，把窗戶打開。」

「老爺，窗戶都開著。」

瑪奇梅因侯爵的床邊擺著一個氧氣瓶、一根長管子、一個氧氣罩，還有一個可以讓他自己操控的開關。他總是說：「護士，這個氧氣瓶空了，沒有空氣了。」

「不，瑪奇梅因侯爵，氧氣瓶裡還很滿，玻璃管裡的氣泡顯示壓力還很充足。聽，您沒聽見嘶嘶聲嗎？試試看，慢慢呼吸。瑪奇梅因侯爵，輕一點，然後你就會覺得舒服一點了。」

「像空氣一樣自由，就像人們所說的——『像空氣一樣自由』，可是他們把我的空氣裝在瓶子裡。」

有一次他還問：「蔻蒂莉亞，小教堂現在變成什麼樣子？」

「父親，自從母親去世之後，小教堂就關了。」

「那間小教堂是她的，是我給她的。我們家族每個人都是建造者，我蓋了那間小教堂給她，蓋在陰暗的涼亭邊，用老牆後面的老石頭打造的，小教堂是這間『新房子』最後完成的部分，結果卻最先關閉。戰爭爆發之前，那裡一直有一位神父，妳還記得嗎？」

「當時我還太小。」

「然後我就走了——留她在那間小教堂裡祈禱。那是她的小教堂，她屬於那個地方，我再也沒有回來打擾她禱告。他們說，我們是為了自由而戰，我也獲得了我的自由。這是罪嗎？」

「我想是的，父親。」

「呼求上天的懲罰嗎？這就是他們把我關在這個洞裡的原因，妳是不是這麼認為？他們用一條黑色的管子給我空氣，讓我和牆上那些不需要呼吸也能活下去的小黃人作伴。孩子，妳是不是這麼認為？可是風很快就吹來了，也許明天我又可以呼吸了，可怕的風會把我治好，我明天會更好的。」

就這樣，瑪奇梅因侯爵一直躺在床上，直到七月中旬。他奄奄一息，在求生的掙扎過程中將自己慢慢耗盡，但看不出會有立即的變化，於是蔻蒂莉亞就去倫敦拜訪她的「緊急情況」婦女組織。沒想到這天瑪奇梅因侯爵的病況急轉直下，他靜靜躺著，用力喘氣，可是偶爾會睜開眼睛並轉動眼珠，讓我們知道他尚有意識。

「是時候了嗎？」茱莉亞問。

「很難說。」醫生回答。「但是他死的時候差不多就會是這樣。也許他還能夠熬過這一次，只要我們不驚擾他，因為任何刺激都可能害他喪命。」

「我去請麥凱神父過來。」茱莉亞說。

我不覺得意外。一整個夏天，我都能夠從茱莉亞的意識中看出她的想法。她離開後，我對醫生說：「我們必須阻止這場鬧劇。」

醫生說：「我只負責瑪奇梅因侯爵的健康，至於人活著比較好還是死了比較好，以及人死之後會怎樣，都不關我的事。我只能盡力幫助他們活著。」

「可是您剛才說，現在任何一點刺激都可能讓他送命。像他這麼懼怕死亡的人，如果看見有人帶著神父過來看他，結果一定會很糟——他以前還有力氣的時候，非常排斥神父。」

「我覺得這麼做可能會害死他。」

「您會阻止這種事情發生嗎？」

「我沒有權力阻止任何事，我只能提供我的意見。」

「卡拉，妳有什麼看法？」

「我不希望他不高興，這是我此刻唯一的希望。我希望他在沒有痛苦的情況下離世，可是我又希望神父在場。」

「妳可不可以勸茱莉亞，讓神父先在旁邊等候——等到一切結束。這麼一來，瑪奇梅因侯爵就不會受到驚嚇。」

「好的，我會請她讓艾利克斯高興一點。」

半個小時之後，茱莉亞帶著麥凱神父回來，我們在書房碰面。

「我已經發電報給布萊茲赫德和蔻蒂莉亞。」我告訴茱莉亞。「我希望妳能同意，在他們回來之前，什麼事情都不做。」

「真希望他們現在就在這裡。」

「妳不能獨自承擔責任。」我說。「這裡每個人都反對妳想做的事。葛蘭特醫生，請您告訴她您剛才對我說的話。」

「我說，我認為瑪奇梅因侯爵這時如果看見神父，可能會讓他因此喪命。假如沒有受到刺激，他可能還能熬過這一波。身為他的醫生，我必須避免讓他受到驚嚇。」

「卡拉，妳有什麼事要對茱莉亞說？」

「茱莉亞，親愛的，我知道妳想把一切做到最好，可是，妳知道，艾利克斯並不是迷戀宗教的人，他一向以嘲笑的態度看待宗教，因此我們不可以趁他虛弱之際，利用他來安撫我們自己的良心。等他失去意識之後，我們再請麥凱神父接近他，讓他得以上天堂。神父，這樣好嗎？」

「我先去看看他現在情況如何。」醫生說完後就起身離開。

「麥凱神父。」我說。「您也很清楚，上次您來這裡的時候，瑪奇梅因侯爵有什麼樣的反應，您覺得他現在會有任何改變嗎？」

「感謝上帝。在上帝的恩典下，任何事都有可能。」

「也許。」卡拉說。「您可以趁他睡著之後再進去，在他身旁禱告，這樣他永遠也不會知道。」

「我見過很多人過世。」神父說。「但我從來沒聽過有人在臨終前會因為看到我而感到不安。」

「您說的那些人都是天主教徒。瑪奇梅因侯爵只是名義上的天主教徒，實際上並不是——最起碼他已經很久不是了。他嘲笑宗教，這是卡拉說的。」

「耶穌說，我來本不是召義人悔改，乃是召罪人悔改[71]。」

醫生回來了，說：「沒有什麼變化。」

「醫生。」神父問。「我會對任何人造成刺激嗎？」他用呆滯且無辜的表情看看醫生，然後又看看我們其他人。「你們知道我想做什麼嗎？我會輕輕地禱告，不會引起激烈的騷動，也不會穿特殊服裝。我現在就想進去替他禱告。他已經認識我了，因此不會太過驚訝。我只想問問

71 譯註：「我來本不是召義人悔改，乃是召罪人悔改。」出自聖經路加福音，第五章第三十二節。

他，他願不願意悔改自己的罪。我希望他能給我肯定的答覆。無論如何，我希望他不要拒絕我，我會給他上帝的原諒。然後，我會替他抹上香膏，雖然這不是重要的儀式。小小的儀式，只是用手指點一下這個小盒子裡的香膏，不會造成任何傷害。」

「喔，茱莉亞。」卡拉說。「我們該怎麼做呢？先讓我進去對他說吧。」

卡拉走進瑪奇梅因侯爵的房間，我們其他人則安靜地等候。我和茱莉亞之間宛如隔著一道火牆。過了一會兒，卡拉回來了。

「我覺得他已經聽不見我說話了。」她說。「原本我以為自己可以想辦法讓他接受，我對他說：『艾利克斯，你還記得那位從梅爾斯德來的神父嗎？上次他來看你的時候，你表現得不太好，傷了他的心，可是他現在又來了。我想讓你見見他，就當是為了我，請你和他做個朋友。』可是他沒有回答。醫生，如果他現在已經沒有意識了，神父去看他，應該不會刺激他，對不對？」

原本安靜站著的茱莉亞，這時突然開口說話。

「醫生，謝謝您的忠告。」她說。「無論發生什麼事，我會負起全部的責任。麥凱神父，現在請您和我進去見我父親。」她完全不看我，直接帶神父走進房間。

我們其他人也都跟著進去。瑪奇梅因侯爵和我早上看到他的時候一樣，只不過現在他已經閉上眼睛，雙手放在身體兩側，以手心朝上之姿擱在被單上。護士正在替他測量脈搏。「請進來吧。」護士語氣篤定地說。「你們現在不會打擾到他了。」

「妳的意思是……？」

「不，還沒，可是他現在已經沒有感覺了。」

護士拿著氧氣罩靠近他的臉，氧氣罩發出的嘶嘶聲是床邊唯一的聲響。

神父彎下腰靠近瑪奇梅因侯爵，開始為他祈禱。茱莉亞和卡拉在床邊跪下，醫生、護士和我則站在她們後面。

「現在，我知道你對自己這一生所有的罪已經具有悔意，是不是？」神父說。「如果可以的話，請你給我一個手勢。你已經願意悔改了，是不是？」然而瑪奇梅因侯爵沒有任何反應。「請想一想你的罪，告訴主你願意悔改，我會赦免你的罪。當我赦免你的時候，請你告訴主，你很後悔曾經冒犯祂。」接著神父開始說拉丁文，我聽出一句：「ego te absolve in nominee Patris……[72]」然後他畫了一個十字。這時我也跪了下來，祈禱道：「喔，主啊，如果真的有這麼一個主，請原諒他的罪，如果真的有所謂的罪。」床上的瑪奇梅因侯爵突然睜開眼睛，發出一聲嘆息，就如同我想像中人們在死前的最後一聲嘆息。然而他的眼睛還在轉動，因此我們知道他的生命還在身體裡。

我突然希望瑪奇梅因侯爵能做出一個手勢，就算只是基於禮貌也好，就算只是為了我心愛的女人也好，她此刻就跪在我的前方祈禱。我知道，她是為了那個手勢而祈禱。這似乎是一個渺小的請求，只是為了讓在場的人知道，就像在人群中點個頭。於是我以更簡單的方式祈禱：「主啊，請原諒他的罪。」以及「主啊，請您讓他接受您的原諒。」

就這麼一個小小的請求。

72 譯註：「ego te absolve in nominee Patris」意思為「我以天父之名免除你的罪」。

神父從口袋裡拿出他的小銀盒，繼續用拉丁文說話，並且用沾了香膏的棉花去觸碰那個將死之人。他做完一切該做的事之後，就把盒子收起來，並給予瑪奇梅因侯爵最後的祈福。突然間，瑪奇梅因侯爵將手移向自己的額頭，我以為他感覺到香膏，想要將香膏擦掉，於是我祈禱著：「喔，主啊，請別讓他這麼做。」然而是我多慮了，因為他的手緩緩移到胸前，然後滑到肩膀，最後完成了一個十字手勢。這時我才明白，我所請求的那個手勢，並不是一件小事，不是那種打招呼式的點頭。我腦子裡突然想起童年時聽過的一段經文：殿裡的幔子從上到下裂為兩半[73]。

一切都結束了。我們站起身來，護士又走回到氧氣瓶旁，醫生也彎腰查看他的病人。茱莉亞在我耳邊說：「請你幫我送一下麥凱神父好嗎？我想在這裡多待一會兒。」

到了門外，麥凱神父又變回我熟識的那個簡單且友善的人。「好了，這是你所能見到的一件美事。我知道最後一定會如此，因為每次都是這樣。魔鬼會一直抵抗到最後一刻，直到難以抵禦上帝的恩典。我知道您不是天主教徒，萊德先生，但至少您樂於看見女士們得到安慰吧？」

等司機開車過來時，我突然想到麥凱神父應該因為他提供的服務得到報酬，於是我笨拙地詢問他費用。「什麼，請別這麼想，萊德先生，這是我的榮幸。」他說。「不過，隨便您想奉獻多少都可以，這對於我們的教區會很有幫助。」我從鈔票夾裡找到三英鎊，全部交給了他。「喔，您真是太慷慨了。願上帝保佑您。萊德先生，我會再來的，但我不認為那個可憐的靈魂還能在這世上活多久。」

茱莉亞一直待在那間中國廳裡，直到下午五點鐘她父親去世，這應驗了之前神父和醫生所說的話都是正確的。

然後，茱莉亞和我進行了最後的對話，也是我們之間最後的回憶。

瑪奇梅因侯爵過世後，茱莉亞在屍體旁待了幾分鐘，由護士走出房間告訴我們他的死訊。我從開啟的房門看見她跪在床尾，卡拉站在她身邊。後來，她們兩人一起走出來，茱莉亞對我說：「先別說話，我把卡拉送回她房間，有話待會兒再說。」

茱莉亞下樓之前，布萊茲赫德與蔻蒂莉亞都從倫敦趕回來了。等到我們終於可以獨處時，感覺宛如偷偷摸摸的小情侶。

茱莉亞說：「在這個陰暗的樓梯角落——我們有一分鐘的時間可以互相道別。」

「我們在一起這麼久，說的話卻這麼少。」

「你也這麼認為？」

「自從今天早上以來，自從今天早上之前，這一整年來我都這麼認為。」

「直到今天之前，我都沒有這樣想過。喔，親愛的，我希望你能明白。如此一來，我才能夠忍受與你分離，或者稍微能夠忍受。我必須說，我的心正在破碎，如果我相信心也會破碎。我沒有辦法和你結婚，查爾斯，我沒有辦法和你在一起。」

「我知道。」

「你為什麼會知道？」

---

73 譯註：「殿裡的幔子從上到下裂為兩半」出自聖經馬太福音，第二十七章第五十一節。

「妳有什麼打算？」

「就這樣活下去——獨自一人。我該如何告訴你我有什麼打算？我的一切你都知道，你知道我不是會哀悼一輩子的人。我一直很壞，也許我會再次變壞，然後再次受到懲罰。然而我越壞，就越需要上帝。我不能將自己鎖在祂的仁慈之外。這就是這件事對我的意義。與你一起生活，我就失去了祂。每個人只求能看見自己眼前的道路，但我今天看見了自己的無可饒恕——就像以前在學校裡，我做的事情實在太壞，壞到難以懲罰，只有我母親能處理——我差點就做出壞事，可是我還沒有壞到真正去做、真正去違抗上帝的意旨。查爾斯，為什麼上帝要讓我明白這些事理，而不是讓你明白這些事理呢？也許是因為我母親、奶媽、蔻蒂莉亞、賽巴斯提安——還有布萊茲赫德與瑪斯普拉特夫人——他們一直在禱告中提到我的名字，或者是因為我和上帝之間有一種私下交易，假如我放棄我最渴望的事，無論我多壞，祂到最後都不會遺棄我。

「現在我們兩個都應該獨處，但是我沒有辦法讓你明白這一點。」

「我確實明白。我這麼說不是為了讓妳好過一些。」我回答她。「我希望妳心碎。」

山上的積雪崩塌了，山坡變成一片平地，覆蓋在深雪底下。最後的回聲在雪地消失，只剩下新的山丘熠熠生輝，安靜地躺在寂寥無聲的山谷裡。

尾聲

「這是我們目前到過最糟糕的地方。」我們的指揮官說。「交通不便，設備也不好，旅部就安排在我們上方。聖瑪莉教堂那邊有一家大約可容納二十個人的小酒館——當然，軍官不准去那種場所。營區有一間三軍福利社。我希望每個星期能有一班交通車前往梅爾斯德・卡柏里。十英里外是瑪奇梅因的領地，可是那裡什麼都沒有。因此，我們應該先想一想連上弟兄如何從事休閒活動。軍醫，我希望你去確認一下那些湖泊適不適合讓大家洗澡。」

「好的，長官。」

「旅部希望我們替他們打掃一下那棟房子。我在營區總部那邊看到幾個懶散的傢伙，原以為他們會負責整理，不過……萊德，你帶五十個人過去，十點四十五分向營區指揮官報到，他會告訴你要做哪些事情。」

「好的，長官。」

「前一批駐紮於此的部隊似乎不太有企圖心，但我認為這片山谷深具潛力，非常適合進行突擊訓練以及發射迫擊砲。武器訓練官，你今天上午去偵察一下地形，並且在旅部抵達前做好安排。」

「好的，長官。」

「我會與人事行政參謀去察看訓練場地。你們當中有人熟悉這個地方嗎？」

我沒有開口。

「好吧，那就這樣了。你們馬上行動。」

「這棟房子很漂亮。」營區指揮官對我說。「破壞了實在很可惜。」

他是一名退休之後再次入伍的老中尉，就住在幾英里外。我們在布萊茲赫德莊園的大門前碰面，我帶著半連的士兵過來，等候他下達指令。「進來，我先帶你參觀一下。這裡就像野兔的窩一樣錯綜複雜，不過我們只徵用一樓和樓上六個房間，其餘地方仍屬於私人住所，那些空間基本上都堆滿了家具。有些東西你一定從來沒看過，其中還有一些是無價之寶。

「這裡有個管家，還有幾個老僕人住在頂樓——他們不會給你添任何麻煩——還有一個虔誠的羅馬天主教神父。茱莉亞女爵讓他住在這裡——他是個不安的老傢伙，但也不會惹麻煩。他負責管理的那間小教堂，可提供給部隊弟兄使用。沒想到很多弟兄都上教堂呢。

「這個地方歸茱莉亞．佛萊特女爵所有，她現在是這樣稱呼自己的，但以前她曾嫁給一個叫莫特崔恩的議員。她住在國外，服務於某個婦女救援組織。我盡力替她照料這裡的一切。不過，那個老侯爵竟然把所有的東西都留給她，實在很怪——他對他的兒子們可真狠心。

「這是可以讓文書官辦公的最後一個房間，空間寬敞。我已經用木板蓋住牆面和壁爐了。你知道——這些牆面和壁爐都是很有價值的老藝術品。嘿！有人在這裡胡搞！儘是一些搞破壞的混蛋，我是說那些士兵。還好我們現在發現了，不然到時候就會算在你們連隊的帳上。

「這個房間也很大，以前掛滿了織錦畫。我建議你們可以把這個房間當成會議室。」

「我只是來幫忙打掃的，長官，旅部的人會負責分配房間。」

「噢，好吧。你的任務並不困難，因為上一批住在這裡的傢伙還不錯，只不過他們不應該破壞壁爐。他們是怎麼弄的？看起來很嚴重，我不知道能不能修好。

「我猜旅部的人會把這裡當成辦公室，上一批人就是如此。這裡有很多畫作，沒有辦法搬走。畫都掛在牆上。你可以看得到，我已經盡量蓋住一些，然而那些士兵總有辦法把每樣東西都找出來——就像那邊的角落一樣。另外還有一個牆壁畫得很漂亮的房間，在走廊外面——雖然畫風比較有現代感，但如果你問我的意見，我會說那個房間是整棟屋子裡最漂亮的一間。那裡以前充當信號辦公室，被人弄得一團亂，我替那些傢伙感到可恥。

「這些亂七八糟的東西是他們堆放的雜物，因此我沒有蓋住，就算弄亂也沒有關係。這些東西總讓我想起高級妓院，你知道——『日式公館』……這裡是接待室。」

沒花多少時間，我們就看完了那些充滿回聲的房間，走到外面的露臺上。

「那裡是另一支部隊使用的公共廁所，我不知道為什麼還在那個地方，在我接手這份任務之前就已經建好了。以前這裡和前面是隔開的，我們在林子裡開了一條路，連接到主要的車道，雖然不美觀，但是非常實用，每天有很多軍車來來往往。你看那邊，某個傢伙粗心地撞壞了樹籬，還毀了所有的圍欄。是一輛三噸卡車幹的好事，你可能以為裝甲車才具有這種破壞力。

「那座噴水池是我們的女主人比較在意的東西。以前有些年輕軍官駐紮於此時，喜歡跳進噴水池裡嬉戲，所以我用鐵絲網把它圍起來，並且切斷水源，以致現在看起來很髒，因為駕駛兵都把菸蒂或吃剩的三明治往裡頭丟。由於我裝設了鐵絲網，所以不容易清理。這真的是一座很華麗的噴水池，對不對？……

「好了，我要交代的事情都讓你知道了，祝你今天愉快。」

這時他的駕駛兵丟了一個菸蒂到那座沒有水的噴水池裡，行禮之後打開車門。我也向營部指揮官敬禮，然後他就搭車沿著青檸檬樹間那條新開闢的道路離去。

「胡柏爾！」我手下的士兵開始打掃時，我問。「我可以讓你負責監督他們半個小時嗎？」

「我正想著可以去哪裡弄到下午茶呢！」

「老天！」我回答。「他們才剛剛開始打掃呢！」

「他們已經覺得厭煩了。」

「就讓他們繼續厭煩好了。」

「好吧！」

我沒有繼續在一樓那些荒涼的房間逗留，而是走到二樓，在我熟悉的走廊上遊蕩一會兒，並試試那些上了鎖的門，想開門走進堆滿家具的房間。過了一會兒，我見到一位年老的女僕，她正端著一壺茶。「老天！」她說。「這位不是萊德先生嗎？」

「是的。我還在想什麼時候才能遇見我認識的人呢！」

「霍金斯奶媽在樓上，她還住在以前的那個房間。我正準備送茶給她。」

「我替妳送去吧。」我說。於是我穿過覆蓋粗呢布的房門，踏上沒有地毯的樓梯，來到了育兒房。

在我開口說話之前，霍金斯奶媽沒有認出我，我的出現只讓她感到困惑不安。直到我在爐火邊坐了一會兒，她才恢復慣有的鎮靜。在我認識她的那幾年中，她幾乎沒有什麼變化，但如今看起來明顯衰老了。最近幾年的動盪變化，讓晚年的她難以接受和理解。她的視力正逐漸衰退，她說她現在只看得見最粗的針腳。她說話的方式，多年來一直被優雅的環境薰陶得清晰俐落，此刻卻已變回她最初那種拖沓無力的鄉下人調調。

「……這裡只有我和兩個女僕，以及可憐的孟布林神父。戰爭的轟炸讓他無家可歸、一無所有，直到好心的茱莉亞收留他。他的神經系統也被震壞了……布萊茲赫德的夫人也一樣，噢，現在應該改稱她瑪奇梅因夫人了。理論上我應該直接尊稱她為夫人，只不過我沒辦法那麼自然。她好像也無家可歸了，茱莉亞和蔻蒂莉亞前往戰場之後，她帶著兩個兒子來這裡住，可是軍隊要他們搬走，於是他們去了倫敦。然而他們在那裡，雖然是布萊茲赫德自己的家，也只待不到一個月，因為那棟房子被轟炸成平地。布萊茲赫德帶著志願騎兵團出征，就像可憐的老爺一樣，於是她又在倫敦城外另找了一間房子，結果軍隊也徵用了那個地方。據我上次聽說的消息，她目前住在海邊某家旅館。住旅館和住自己家感覺不一樣，對不對？總之就是感覺不好。

「……你昨天晚上有沒有聽莫特崔恩先生的演講？他對希特勒可真不客氣。我對那個照顧我的女僕艾菲說：『假如希特勒聽見那番話，而且聽得懂英文，一定會覺得自己很渺小吧！雖然我不覺得希特勒懂英文。』誰能料到莫特崔恩先生這麼能幹？還有他那些朋友，以前常待在這裡的那些人。維爾考克斯現在每個月會從梅爾斯德搭乘巴士來看我兩次，他真的很體貼，讓我很感動。我對艾菲說：『我們以前招待的客人，沒想到都是天使！』維爾考克斯先生以前從來沒有喜歡過莫特崔恩先生那些朋友。不過我從來沒有看過那些人，只是經常聽你們大家提起。茱莉亞也不喜歡他們。可是他們現在做得多好，不是嗎？」

最後我問她：「您有茱莉亞的消息嗎？」

「我上星期收到蔻蒂莉亞的來信，她們還在一起，一向如此。茱莉亞在那封信的最後有向我問候，她們都過得很好，但沒告訴我她們在什麼地方。孟布林神父說，從字裡行間看來，她們應該在巴勒斯坦。布萊茲赫德的騎兵團也在那裡，所以他們應該都很好。蔻蒂莉亞說她們非常期待戰爭結束後回家的那一刻到來，我肯定大家都有相同的想法，至於我能不能活著看見這一天，那是另外一回事了。」

我陪霍金斯奶媽坐了半個小時，離開時還承諾會經常來探望她。走回大廳時，我沒看見任何人在打掃，只見到一臉愧疚的胡柏爾。

「他們去找鋪床的乾草。我本來不知道，直到布勞克中士告訴我。我也不清楚他們還會不會回來。」

「不清楚？你怎麼對他們說的？」

「噢，我告訴布勞克中士，如果還有時間，就把他們找回來。我的意思是，如果在晚餐前還有一點時間的話。」

這時還不到中午十二點。「胡柏爾，你又被他們愚弄了。下午六點前都可以去找鋪床的乾草。」

「噢，老天！真對不起，萊德，可是布勞克中士——」

「是我的錯，我剛才不應該離開……用餐後立刻叫他們集合，把他們帶回來打掃，直到完成任務為止。」

「好的。話說回來，你剛才是不是說你以前就知道這個地方？」

「是的，我很熟。這裡是我朋友家。」這句話從我口中說出時，聽在我耳裡感覺非常奇怪，宛如當初賽巴斯提安不肯說「這裡是我家」，卻說「我家人住在這裡」。

「看起來真不合理──這麼大的地方，只住了一家人。」

「嗯，但我想旅部的人會覺得這棟大房子很好用。」

「這棟房子當初不是為了提供軍隊使用才蓋的吧？」

「不是。」我說。「這棟房子不是為了提供軍隊使用才蓋的。但或許這就是蓋房子的樂趣之一，就像養孩子一樣，沒有人知道自己的孩子將來長大後會變什麼樣子。其實我也不清楚，胡柏爾，因為我沒有蓋過房子，也沒有可以看著他長大的孩子。我只是一個無家可歸、沒有子女、沒有愛情的中年人。」胡柏爾看了我一眼，想確認我是不是在開玩笑，最後他決定把我這番話當成玩笑話，笑了出來。「我們回營區去吧，如果指揮官已經完成偵察，希望我們不要遇到他。別讓任何人知道我們鬼混了一個早上。」

「好的，萊德。」

這房子還有一個部分我還沒去看，現在我去了。這間小教堂並未因長久無人使用而損壞。新藝術運動的畫作還像以前一樣明亮，神壇前的新藝術運動燈具已經再次亮起，我念了一段禱告詞之後才離開，返回我的營區。那段禱告詞雖然古老，卻是我新學會的話語形式。在走回營區的路上，伙房的號角聲在我頭頂上方響起。我心裡想著：

「建造這棟房子的人不知道自己的作品會被當成什麼用途。他們用老城堡的石頭打造這棟新房子，經過一年又一年、一代又一代，持續地充實它、擴建它。花園裡的花草樹木逐年長大盛開，直到突如其來的變化，進入了戰亂時代。這個地方從此荒廢，以往的努力全付諸流水。空虛中的空虛，一切都是空虛。

「不過。」我一邊思忖，一邊踏出更輕盈的腳步朝營區走去。號角聲在短暫停頓之後又再度響起，但這次聽起來像是「撿起來、撿起來，熱騰騰的馬鈴薯。」「這不是最後的結語，甚至不是恰當的話語，只是十年前已死的詞彙。

「有些結果超出建造者的初衷，超出房子本身，也超出我參與其中的悲劇。有些結果我們當時都沒有想過：小小的紅色火苗——有一盞設計醜陋的手工銅燈在小教堂的聖體和銅門前重新點燃。這是古老騎士在他們墓穴裡看見的，他們看見這盞燈被熄滅後又再次點燃，為了另一批戰士而點燃。這些戰士遠離了家園、遠離了自己的心，去到比阿爾切[1]或耶路撒冷還要遙遠的地方。若不是為了建造者和悲劇演員，火苗不會被重新點燃。這天上午，我在古老的石頭中看見了重新燃燒的火焰。」

我加快腳步，抵達我們作為接待室的帳篷。

「你今天看起來格外開心。」副指揮官說。

1　譯註：阿爾切（Arce），是義大利佛羅西諾內省（Provincia di Frosinone）的一個市鎮。

屬於上個世紀的優雅愛慾——閱讀《慾望莊園》

但唐謨（作家、影評人）

二〇一七的夏日，大英圖書館的走廊辦了一個小巧的英國同志歷史展，紀念英國同性戀除罪化五十年。瀏覽其中，看到了這西方古國有最耀眼／妖冶的八〇年代的酷兒流行文化，也看到最惡名昭彰的同志黑歷史，包括王爾德，圖靈等事件。英國的同志歷史多元而有趣，每個世代都有不同的媒材紀錄同志的記憶。在二十世紀初，整個人類開始邁向新文明之際，英國作家伊夫林．沃的小說《慾望莊園》（*Brideshead Revisited*）呈現了一個帶著點嘆息與時代印記的同志文本。

◆慾望的時空

《慾望莊園》的背景是個美好優雅的烏托邦。故事開始於一九二〇年代，英國剛經歷過世界大戰，還在緬懷歌頌戰爭英雄，僅管國力已不如以往，昔日的榮光仍足以支撐那份富饒的傳統，此時的英國，仍然是個日不落的帝國，即使已經到了尾聲。故事的主人翁，就是這世代的最後貴族。他們養尊處優，談吐高尚，遵守上流社會的規範，至少，他們都意識到了這規範的制約。他們對生命都有各自的執著，然而，生命卻不一定如他們的執著所願。

《慾望莊園》誠如它的副標題：「查爾斯．萊德上尉的敬神與瀆神回憶錄」，是一份生命／成長的紀錄，標題中的查爾斯．萊德是個成長在二十世紀初末代帝國的年輕人。他的出生雖非超級富裕，至少他也進得起牛津名校。他帶著一絲不切實際的青春浪漫，希望當一個藝術家。在風格特異的大學生態中，他結識了同樣年輕帥氣，但是小小年紀卻彷彿承載了生命無比重量的賽巴斯提安。兩個男孩馬上莫名奇妙地彼此吸引。然後，賽巴斯提安帶著查爾斯造訪了他的家，也就是故事的中心，書名中的——布萊茲赫德莊園。

對於布萊茲赫德莊園，我們應該一點也不難去想像，就像我們在電影電視看過的那種大得不得了的西方大豪宅，裡面有一大堆複雜的房間走廊，有下人住的地方，還有一大片草坪，可能還會有河流小湖。豪宅內好像博物館，滿滿的藝術品，每個人都穿著正式服裝走來走去……你彷彿可以在這地方優雅地過完一生一世。

◆宗教與逃離

這本書中對於布萊茲赫德莊園的描述，應該是最吸引人的地方之一。那種過度的豐富，絕對的完好，風格化的完美要求，從今天的角度看，根本沒人會去住吧（累死）；但是今天的我們卻願意去從旁欣賞這份古典的頹「廢」。故事中兩個男孩來到莊園的時候，家裡沒大人，豐盛的莊園是他們的玩耍空間，他們可以盡情揮灑生命，享受／分享彼此，彷彿無憂無慮的伊甸園；但是當大人（母親瑪奇梅因侯爵夫人）在家的時候，這個大莊園頓時變成了地獄。

《慾望莊園》中的家庭，我們也不陌生：美麗的母親一絲不苟的執念，逼瘋了每個人，於是父親拋棄一切離家，兒子也選擇自我放逐，幾乎是典型的《玻璃動物園》的家庭生態。然而這故事中，一切的衝突的源頭卻是宗教（天主教）的執念。英國歷史上的天主教與「異教」一直在互相廝殺，爛事一堆。這份悖乎人性的宗教執念被放進名門豪宅中，演變成了這場宿命悲劇。於是，逃離與流放，就是唯一的宿命了。

◆慾望的流放

在空間場域上，《慾望莊園》也是個慾望流放的過程。英國人超級愛往外跑，有個說法是英國太冷，所以他們喜愛跑去溫暖的地方；但也或許是，英國的拘謹壓抑，讓他們很想逃離。《慾望莊園》以英國／倫敦／牛津為中心，故事空間卻涵蓋了歐陸，北非，拉美，以及美國。每個地點都彷彿是個慾望的流放之地。無法擺脫壓抑的賽巴斯提安，最後選擇了北非摩洛哥的坦吉爾，當作慾望的終點；無法忍受妻子的瑪奇梅因侯爵逃到了威尼斯，藉著異國氛圍來解放自己；查爾斯來到法國，故事中鉅細靡遺地描述了一場法國大餐飲食的過程，也是另一種慾望的實踐（大家都知道英國食物超難吃）；他也流放到了墨西哥，從相異的文化中尋找創作靈感。故事到了最後面還有一場紐約豪華郵輪的壯麗景觀，也是從另外一個文化觀點，對比人物內心的慾望衝突。每個人都有各自的理由，選擇各自的流放；只有英國，只能孤零零地死守著一片大而無當的莊園。

◆曖昧的同性戀

《慾望莊園》中兩個男性角色——查爾斯與賽巴斯提安——發展了一段比友誼還深厚的感情，「幾乎」就要是同性戀了。或許正因為這份曖昧性，本書中並沒有《墨利斯的情人》中那種直接對於同性戀傷害壓抑的文字，而是以隱晦的美感來呈現，這種曖昧的，隱喻的，文學性的表達，也襯托出了那個時代的純真／無知。例如侯爵夫人會在對話中直接對查爾斯說：「賽巴斯提安愛你，」但是母親不知道兒子的同性戀，在她的思維中，那根本是不存在，不可能發生的東西。又如故事中賽巴斯提安在告解室「總是花很長的時間懺悔，因此我相當好奇，他到底在懺悔什麼？他從來沒有做錯過任何事……」那麼？他到底在告解室幹嘛？跟神父打情罵俏嗎？

至於查爾斯，他或許是那種青春時期有過同志慾望的暫時性異性戀，因為他後來選擇了女性；然而他卻更像一個隱性的，深櫃的，想要轉性卻沒有成功的同性戀。他喜歡上賽巴斯提安的妹妹茱莉亞，只是因為她像極了她哥哥（如果不像的話呢？）；他娶了俗不可耐的妻子，只是因為「我很寂寞，我很思念賽巴斯提安。」

同性戀在這整個故事中，彷彿一個洶湧的暗流，從來沒有在文字中明喻，從來沒有過性慾的描述；這道暗流也從來沒有真的射出來過，但文字依然抒情撩人，正如那個保守，壓抑，卻不失優雅的年代。

◆純真的慾望

保守不失優雅的年代，也是《慾望莊園》所讚美或緬懷的，查爾斯在二戰的時候回歸了她愛情的起點——布萊茲赫德莊園，但是昔日的優雅，已經永遠失去。同樣的人物故事，放在今天的脈絡，絕對是完全不一樣的結局，甚至可能是個勵志喜劇；但是唯有在二十世紀初，思想剛剛開始解放，現代化剛剛成型完畢，人們對於舊秩序仍然存在著頭腦不清楚的執著，以及所有人物耽溺到不行的感性背景下，才能成就出如此一個「敬神與瀆神」的紀錄。這份對慾望傻傻分不清的「純真」也讓故事格外吸引人，因為，那些都是我們已經失去的東西。

伊夫林・沃　重要大事年表

一九〇三年　出生英格蘭倫敦北部，西漢普斯特德區（West Hampstead），是家中的次子。

一九一七年　五月前往藍西學院（Lancing College）就讀，發表首篇論文並獲藝術雜誌《*Drawing and Design*》認可並刊載其文章。

一九二一年　離開藍西學院，申請到牛津大學赫特福德學院（Hertford College）獎學金，攻讀當代歷史。

一九二二年　抵達牛津大學，開始大學生活，結交了許多對他影響甚深的朋友、並形成了前衛藝術的小團體。

一九二四年　待在牛津的最後一年。

一九二七年　為出版商撰寫羅塞蒂（Dante Gabriel Rossetti）生平傳記；和伊夫林・賈兒（Evelyn Gardner）訂婚。

一九二八年　四月出版首部小說《失落與瓦解》（*Decline and Fall*），六月二十七日與伊夫林・賈兒於英國的聖保羅教堂、波特曼廣場舉行婚禮。

一九三〇年　出版小說《邪惡身軀》（*Vile Bodies*）；兩年的婚姻告終，離婚後他改信天主教。接下來十年間，他時常以新聞特派員的身分遊走採訪各地。

一九三一年　接連兩趟旅程造訪英屬東印度屬地和比利時剛果，將旅遊所見寫成了旅行遊記《遙遠的人們》（*Remote People*）。

一九三二年　出版小說《黑色惡作劇》（*Black Mischief*）。

一九三三年　造訪希臘諸島時，認識了十七歲的蘿拉．賀伯（Laura Herbert）。

一九三四年　出版《一掬塵土》（*A Handful of Dust*）。

一九三五年　他在衣索比亞帝國境內報導義大利入侵事件。

一九三六年　將在衣索比亞帝國之經歷寫成新作（*Waugh in Abyssinia*）出版。

一九三七年　與蘿拉．賀伯再婚。

一九三八年　出版《獨家新聞》（*Scoop*）、大女兒瑪麗亞．泰瑞莎（Maria Teresa）出生。

一九三九年　十一月第二個兒子奧本容．亞力山德（Auberon Alexander）出生。

一九四二年　《旌幟揮舞》（*Put Out More Flags*）出版，二戰爆發幾個月前出版的作品，是他回歸自己三〇年代時期文學寫作風格的小說。

一九四四年　二戰期間，服役於皇家海軍和皇家騎兵護衛隊，並參與了英國對南斯拉夫游擊的軍事行動，這次的經驗也為他之後的小說提供豐富素材。

一九四五年　出版《慾望莊園》或譯《夢斷白莊》（*Brideshead Revisited*）。

一九五八年 《教宗若望二十三世》（*Pope John XXIII*）問世。

一九六五年 為了推廣文學而首次舉辦企畫活動，將三本戰爭小說重新編纂成一選輯《榮譽之劍》（*Sword of Honour*）出版。

一九六六年 四月十日復活節，與家人外出至鄰近村落返家後，因心臟衰竭於家中過世，享年六十二歲。

不朽Classic

慾望莊園

2020年9月初版　　定價：新臺幣480元

著　　者　Evelyn Waugh
譯　　者　李斯毅
叢書編輯　黃榮慶
校　　對　蘇暉筠
　　　　　邴啟菁
內文排版　極翔企業
封面設計　謝佳穎

出版者　聯經出版事業股份有限公司
地址　新北市汐止區大同路一段369號1樓
叢書編輯電話　(02)86925588轉5307
台北聯經書房　台北市新生南路三段94號
電話　(02)23620308
台中分公司　台中市北區崇德路一段198號
暨門市電話　(04)22312023
台中電子信箱　e-mail：linking2@ms42.hinet.net
郵政劃撥帳戶第0100559-3號
郵撥電話　(02)23620308
印刷者　文聯彩色製版印刷有限公司
總經銷　世和印製企業有限公司
發行所　新北市新店區寶橋路235巷6弄6號2樓
電話　(02)29178022

副總編輯　陳逸華
總編輯　涂豐恩
總經理　陳芝宇
社長　羅國俊
發行人　林載爵

行政院新聞局出版事業登記證局版臺業字第0130號

本書如有缺頁，破損，倒裝請寄回台北聯經書房更換。　ISBN 978-957-08-5598-2 (平裝)
電子信箱：linking@udngroup.com

國家圖書館出版品預行編目資料

慾望莊園/ Evelyn Waugh著．李斯毅譯．初版．新北市．聯經．
2020年9月．464面．14.8×21公分（不朽Classic）
ISBN 978-957-08-5598-2（平裝）
譯自：Brideshead Revisited.

873.57 109011524